AF192251

Das Buch

Mona ist nicht auf der Suche nach der großen Liebe. *Eigentlich* ist sie ganz zufrieden mit ihrem unkomplizierten Leben – bis sie Milan begegnet. Aber noch bevor die beiden, die so perfekt füreinander scheinen, sich wirklich kennenlernen können, reißt ein fatales Ereignis Mona für Monate aus dem Alltag. Eine Zeit, in der Milan glaubt, dass Mona ihn vergessen hat, und dabei keine Ahnung hat, dass er der seidene Faden ist, an dem Monas Leben hängt. Als sie sich endlich wiedersehen, hat sich vieles verändert. Nur die Anziehungskraft ist ungebrochen. Doch das Schicksal hat anderes mit ihnen vor, denn manchmal steht zwischen Glück und unerfüllter Liebe nur ein kleines, zerstörerisches Wort: *Eigentlich* …

Die Autorin

Kristina Moninger wurde 1985 in Würzburg geboren und verbrachte eine glückliche Kindheit in einem kleinen Dorf auf dem Land, in dem sie auch heute noch mit ihrem Mann und ihren zwei Kindern lebt. Nach einer kaufmännischen Ausbildung schloss sie ein Übersetzerstudium ab und kam damit zum geschriebenen Wort. Da sie das Schreiben seitdem nicht mehr losgelassen hat, stiehlt sie dem turbulenten Alltag mit Kleinkindern Minuten und verwandelt sie in Worte, aus denen Geschichten werden. „Eigentlich nur dich" ist nach „Wenn gestern unser morgen wäre" und „Nur eine Ewigkeit mit dir" der dritte Roman der Autorin.

Für Tom

Weil man die Wahrheit manchmal auf einem Buchdeckel findet.

Mehr zur Autorin finden Sie auf
www.kristina-moninger.de,
www.facebook.com/InaMon85/,
www.instagram.com/moningerkristina/ und
www.feuerwerkeverlag.de/moninger

Abonnieren Sie auch unseren Verlags- und Autoren-Newsletter und
erfahren Sie so als Erster von unseren **Neuerscheinungen,
Autorennews** und exklusiven **Buch-Gewinnspielen**:
www.feuerwerkeverlag.de/newsletter

Originalausgabe Juni 2018
© FeuerWerke Verlag, alle Rechte vorbehalten
Maracuja GmbH, Laerheider Weg 13, 47669 Wachtendonk
Herstellung: Books on Demand GmbH
Printed in Europe
Umschlaggestaltung: Judith Jünemann unter Verwendung von
shutterstock_167197667.jpg
Typo: fonts2u.com/shine-bright.font
Lektorat: Ulrike Jonack
ISBN: 978-3-945362-39-6

Aus Datenschutzgründen und zum Schutz der Persönlichkeitsrechte
wurden alle Namen der handelnden Personen geändert. Überein-
stimmungen oder Ähnlichkeiten mit weiteren realen Personen sind
zufällig und unbeabsichtigt. Alle Texte und Bilder dieses Buches sind
urheberrechtlich geschütztes Material und ohne explizite Erlaubnis des
Urhebers, Rechteinhabers und Herausgebers für Dritte nicht nutzbar.

Eigentlich nur dich

Ein Roman von Kristina Moninger

Ich bin weit gerannt und doch nie von der Stelle gekommen. Ich bin geflüchtet, immer wieder, nur um jetzt festzustellen, dass ich im Kreis gelaufen und wieder bei null bin. Bei dir. Und ich weiß, ich kann nicht bleiben. Ich kann ganz einfach nicht bleiben.

Mona

Inhaltsverzeichnis

Kapitel 1 – Come as you are

„KANNST DU MICH ABHOLEN?"

„Ich verstehe keinen Ton, Mona, du musst lauter sprechen!"

„Geht nicht. Warte, ich gehe in die Küche." Mona flüsterte, aber Aneta am anderen Ende der Leitung schrie für sie beide.

„Mona? Bist du noch dran?"

„Jaaa", gab sie genervt zurück. „Ich kann nicht lauter."

„Wo zum Teufel bist du?", kreischte Aneta.

„Bei Nicolai. Aber der schnarcht ... Autsch! Verdammt!"

Monas Zeh hatte unliebsame Bekanntschaft mit der Ecke des Küchentresens gemacht und fühlte sich nun so an, als würde er in Flammen aufgehen.

„Alles in Ordnung?" Das war auf einmal nicht mehr die Stimme ihrer Mitbewohnerin, deren tschechischer Akzent jedes deutsche Wort so unglaublich hart klingen ließ. Das war eine männliche Stimme, weich und gleichzeitig ein wenig rauchig. Und eindeutig amüsiert. Mona hielt ihr Handy ein Stück von ihrem Ohr weg, als würde sich dadurch erklären, wer da mit ihr sprach. Sie versuchte in dem dämmrigen Raum jemanden auszumachen. Das einzige Licht fiel durch ein kleines Oberlicht auf der gegenüberliegenden Seite des Zimmers, an den restlichen Fenstern waren die Jalousien heruntergelassen.

„Hey, ist alles okay?" Eine Hand legte sich auf ihre Schulter und vor Schreck oder vielleicht auch ein wenig aus Schmerz ließ Mona ihr Handy auf die Fliesen fallen. Dann machte jemand das Licht an und Mona blinzelte geblendet auf den Boden. Dorthin, wo sie sofort ihre neue Spiderapp und ihren in Sekundenbruchteilen um das Doppelte seiner ursprünglichen Größe angeschwollenen kleinen Zeh bewundern konnte. Anetas Gesicht auf dem Handydisplay war dagegen hinter deutlich erkennbaren Rissen verschwunden.

Als sie den Kopf wieder hob, stand ein Mann hinter ihr, den sie noch nie zuvor gesehen hatte. Es war weder Nicolais Mitbewohner, der so extrem nach Tigerbalsam roch, als würde er sich damit die Zähne putzen, noch einer der Kommilitonen, die sie bereits kennengelernt hatte.

„Was machst du hier und warum trägst du Nicos T-Shirt?", wollte der Kerl wissen.

Sie schaute an sich herab auf das alte T-Shirt mit dem Aufdruck eines lokalen Fußballvereins. Dann sah sie nach oben und betrachtete den Fremden. Er hatte dunkles Haar, das ihm in sanften Wellen über der Stirn lag, während es an den Seiten vom Nacken bis auf Höhe der Augenbrauen zu einem Undercut rasiert war. Er trug einen gewollten Vollbart, dem noch ein paar Zentimeter dazu fehlten, dass er sich wirklich so nennen durfte, und hatte schöne dunkle Augen. Lange Wimpern. Sie hatte noch nie einen Mann mit so langen Wimpern gesehen.

„Das sollte wohl eher ich dich fragen. Ich schlafe hier", antwortete Mona und versuchte noch nicht einmal, ihr Shirt weiter nach unten zu ziehen. Es war sowieso zu spät dafür.

„Sieht so aus, als hättest du dir den Zeh gebrochen", stellt er ungerührt fest, ohne auf ihre Bemerkung einzugehen.

„Könnte sein. Fühlt sich auf jeden Fall so an", stimmte sie zu.

„Ich hole dir Eis, du musst da schnell was Kaltes draufmachen." Er schien sich in der Küche auszukennen, denn statt auf den Kühlschrank zuzugehen, öffnete er zielstrebig das Fach unter der Spüle, hinter dessen unscheinbarer Holzverkleidung sich Nicolais Gefrierschrank befand. Darin gab es eine stattliche Anzahl an Fertigpizzen, Nudelgerichten für die Mikrowelle und Eiswürfel.

Der Fremde war ein gutes Stück größer als Mona. Er trug kurze Hosen, aus denen muskulöse, dunkel behaarte Beine herausragten, seine Flipflops wirkten überdimensional groß und sein ganzer Körper hatte etwas Schlaksiges, ohne dabei unathletisch auszusehen.

„Wer bist du denn überhaupt?", wollte Mona wissen, die Arme vor der Brust verschränkt.

„Milan", antwortete er schlicht, als würde allein schon sein Name erklären, warum er hier um kurz nach Mitternacht einfach in der Küche stand.

„Milan wer und was?"

„Nicos Bruder."

„Ich wusste nicht, dass er einen Bruder hat", sagte sie ehrlich überrascht.

„Ich wusste nicht, dass er eine Freundin hat", konterte er und grinste sie an. „Setz dich mal!"

Als sie nicht sofort reagierte, packte er sie kurzerhand und drückte sie auf den Barhocker drei Schritte hinter ihr. Dann legte er ihr einen mit einem karierten Geschirrtuch umwickelten Eiswürfelbeutel auf den Fuß. Mona jaulte kurz auf, die Kälte war stechend. Es fühlte sich an, als ramme er ihr Nadeln direkt unter den Nagel. Seine Hände dagegen waren fast unwirklich warm.

„Ich bin nicht seine Freundin. Ich bin Mona."

„Aha, und das eine geht nicht mit dem anderen?"

„Mona sein und Nicos Freundin?" Sie kicherte, weil es den Kopf auf den Nagel traf oder den Nagel auf den Kopf oder vielleicht auch beides. „Nee, das geht auf keinen Fall."

Er zog eine seiner dichten dunklen Augenbrauen fragend in die Höhe und sein Lächeln wurde breiter.

„Na dann … Aber du kommst schon aus seinem Schlafzimmer." Das Fragezeichen fehlte, es war eindeutig eine Feststellung.

Sie nickte und biss sich fest auf die Zähne, als er mit einem Mal den Beutel fester auf ihren Fuß drückte. „Ehrlich gesagt, bin ich gerade auf der Flucht."

„Ich will dich nicht aufhalten", lachte er. Er hatte schöne Zähne. Wie Nicolai. „Wusste gar nicht, dass mein Bruder so eine verschreckende Wirkung auf Frauen hat."

„Er schnarcht", erwiderte sie schnell. Auch wenn das nur die halbe Wahrheit war. Selbst wenn er lautlos schlafen würde wie ein Baby, wäre sie nicht geblieben. Sie blieb nie.

„Das ist ein Argument. Und jetzt?"

„Jetzt, Milan, Nicolais Bruder, kühle ich meinen gebrochenen Zeh und dann haue ich ab."

„Warum?"

„Warum nicht? Ihr Typen macht das doch auch ständig!"

„Ich nicht", erklärte er, nahm das Geschirrtuch von den Eiswürfeln und band ihr den Beutel damit geschickt um den Fuß. Dann ließ er ihr Bein los, zog sich den anderen Barhocker heran, setzte sich ihr gegenüber darauf und sah sie neugierig an. „Wahnsinn, du bestehst ja fast komplett aus Haaren", stellte er fest und deutete auf den wilden Busch ihrer schwarzen Locken, die ihr weit den Rücken hinabreichten.

„Ist das ein Kompliment?", fragte sie und verzog das Gesicht halb beleidigt.

„Durchaus!", grinste er. „Wird es besser mit dem Schmerz?"

„Ja, etwas", gab sie zu und auf einmal kam sie sich komisch vor, halb nackt nur mit Pantys und weitem T-Shirt bekleidet vor einem Fremden zu sitzen, vor dessen Bruder sie eben noch hatte fliehen wollte. Seltsamerweise fühlte sie sich gerade verdammt wohl und wollte gar nicht weg. „Ich hatte mal Läuse, als ich klein war", hörte sie sich sagen. „Meine Mutter musste mir eine Glatze scheren, weil wir sie nicht mehr rausbekommen haben. Jedes Jahr nach Fasching und nach den Sommerferien bin ich mit einer Badekappe in den Kindergarten marschiert, um mich vor den alljährlichen Läuseepidemien zu schützen."

„Klingt nach einer glücklichen Kindheit", sagte er bierernst.

„Stimmt", lachte sie. „Keine Ahnung, warum ich dir das erzähle."

„Vermutlich, um mich davon abzuhalten, mir die gleiche Frisur zuzulegen."

„Du hast mich durchschaut", erklärte sie. Sie lächelte ihn an und er lächelte zurück. „So, jetzt weißt du, wie ich mit gebrochenem Zeh aussehe, kennst eines meiner größten Geheimnisse und ich weiß immer noch nicht, was du hier machst."

„Meinen Bruder besuchen", antwortete er. Er schaute ihr die ganze Zeit in die Augen und sie wusste auf Anhieb, dass sie ihn mochte.

„Nachts, um zehn nach zwölf?"

„Ehrlich gesagt habe ich mich ausgesperrt und Nicolais Tür ist selten abgeschlossen. Ich wollte mich eigentlich nur hier auf die Couch legen und ein paar Stunden schlafen, bevor ich meine Eltern rausklingele und mir den Ersatzschlüssel hole."

„Verstehe."

„Tja, und da treffe ich hier auf Chewbacca." Er grinste über beide Backen und sie starrte ihn erst einmal stumm an, bevor sie verstand und laut nach Luft schnappte.

„Ich bin wenn dann Prinzessin Leia, klar!"

„Nein, du siehst mehr nach Chewbacca aus, aber hübscher."

„Und ohne Gesichtsbehaarung", versuchte sie, ohne Erfolg, ernst zurückzugeben.

„Zugegeben", er hielt kurz inne, rieb seine Finger über seinen Bart, als müsse er ernsthaft nachdenken, und fügte dann hinzu: „Was meinst du? Wenn wir hier schon sitzen und du dafür sorgst, dass dein Zeh wieder Normalgröße ...", er beugte sich nach vorn, zog den Eisbeutel ein wenig zur Seite und rümpfte dann die Nase, „... und Normalfarbe annimmt, könnten wir was zusammen trinken. Nico hat eine gute Auswahl an Spirituosen."

„Kein Mensch sagt Spirituosen", lachte sie.

„Gebildete Menschen sagen das", erklärte er gelassen.

„In was bist du denn gebildet?"

Milan war aufgestanden und machte sich wieder am Gefrierschrank zu schaffen. Dann zog er eine Flasche Kräuterlikör aus dem untersten Fach und schenkte eine unverschämt große Menge davon in zwei Saftgläser.

„Ich arbeite in den Medien, falls du dich für meinen Beruf interessierst."

„Das lässt viele Interpretationen zu", meinte sie. „Grafikdesigner, Schmierblattkolumnist, Pornodarsteller."

Jetzt lachte er schallend und da konnte sie die Ähnlichkeit zu seinem Bruder sehen. Auch wenn Nicolais Haare heller, sein Körper muskulöser und definierter, er gleichzeitig sicher mindestens fünf Zentimeter kleiner war als Milan und er sich jeden Morgen rasierte, so hatten sie doch diesen schelmischen Ausdruck im Gesicht gemeinsam, die kleinen Falten, die sich nach oben zu den Augen zogen, wenn er lachte.

„Weder noch", schmunzelte er. „Und du?"

„Gibst du mir mal ein Blatt Papier und einen Bleistift? Dann zeige ich es dir. Ich würde es mir ja selbst holen, aber ich bin so schlecht zu Fuß."

„Kein Problem." Er drückte ihr das Saftglas mit dem Ramazzotti in die Hand und sie nahm einen großen Schluck. Milan wühlte kurz in einer Schublade in der chaotischen, aus verschiedensten Möbeln zusammengewürfelten Küche seines Bruders und reichte ihr dann ein kleines Blatt Papier aus einem Notizzettelbuch mit Eselsohren und einen gerade mal daumenlangen Bleistift von IKEA.

Sie klemmte das Glas zwischen die Oberschenkel, streckte sich nach vorn, zog den Barhocker näher an den Tresen heran, um das Papier abzulegen, und dann fing sie an. Sie brauchte nicht lange, vielleicht ein, zwei Minuten, und Milan unterbrach sie kein einziges Mal, er fragte nicht einmal, was sie da eigentlich tat.

„Hier", sagte sie schließlich und reichte ihm das Blatt.

„Wow, Chewbacca, das bin ja ich! Fantastisch! Du bist eine Künstlerin!"

„Nö, ich zeichne ein wenig. Für Kinderbücher, ab und an für Zeitschriften. Die Kunst besteht darin, seinen Lebensunterhalt damit zu verdienen, und dafür reicht es bisher nicht."

„Was machst du dann? Also beruflich?"

Sie zuckte mit den Schultern. „Ich schufte in einem Café und jobbe in einem kleinen Buchladen."

Er sah wieder auf die Zeichnung. „Das ist unglaublich. Du hast mich verdammt gut getroffen."

Es stimmte. Das zu erwischen, was einen Menschen ausmachte, erforderte eigentlich, ihn ein bisschen besser und länger zu kennen, aber Mona wusste instinktiv, dass ihr bei Milan ein Volltreffer gelungen war. Sie hatte es ein wenig übertrieben mit seinen Wimpern, aber ansonsten war es keine ihrer üblichen Karikaturen, sondern eigentlich ein kleines Porträt.

„Und das so schnell, ich bin absolut ... wie soll ich sagen ... erstaunt, auch wenn das vielleicht auch niemand sagt, der nicht so gebildet ist wie ich." Er neckte sie. Wenn sie ihm so in die Augen sah, aus wenigen Zentimetern Entfernung, dann – so stellte sie mit einer

Gänsehaut fest – fühlte es sich so an, als sähe sie in ihre eigenen. Sie hatten beide den exakt gleichen haselnussbraunen Ton mit kleinen gelben Sprenkeln. Sie konnte nicht aufhören, sich zu fragen, ob es ihm auch schon aufgefallen war.

Auf einmal wussten sie beide nicht mehr, was sie sagen sollten. Also sah sie ihn weiter an und tat so, als wäre das die Künstlerin in ihr, die sich für die Linien in und um seine Augen herum interessierte.

Seine Haut war gebräunt, aber nicht von diesem natürlich dunkleren Teint, den Mona den Genen ihrer Mutter und nicht der Sonne zu verdanken hatte. Er sah wieder auf das Blatt mit der Zeichnung.

„So lange Wimpern habe ich nicht", widersprach er schließlich.

„Doch", beharrte sie und nahm einen Schluck aus dem Saftglas.

„Wollest du eigentlich nur im T-Shirt von hier verschwinden?"

„Nicolai liegt auf meinen Klamotten."

„Du hättest ihn fragen können, ob er dich nach Hause fährt", erwiderte er.

„Stellst du immer so viele Fragen, Mann aus den Medien?"

„Berufsrisiko. Wie oft warst du schon hier?"

Was war das jetzt wieder für eine Frage? „Ich hüpfe nicht von Nacht zu Nacht in ein anderes Bett, falls du das meinst", zischte sie.

Er zuckte mit den Achseln. Unbeeindruckt. „Meine ich gar nicht. Es hat mich nur interessiert, wie lange du schon Nicolais …", er korrigierte sich schnell, bevor er das Wort „Freundin" wieder laut aussprach, und sagte stattdessen: „Wie lange du Nicolai schon kennst."

„Ein paar Wochen", antwortete sie schlicht. „Ich jobbe in einem Café als Kellnerin, da hat er mich angesprochen. Aber jetzt muss ich gehen."

„Warum?", wollte Milan wissen.

„Weil ich es kann. Und wenn ich um Mitternacht herum gehe, habe ich nicht die ganze Nacht hier verbracht. Das zählt dann nicht." Am liebsten hätte sie sich auf die Lippe gebissen. Das musste er nun wirklich nicht wissen.

Aber er lachte. Laut. Sodass sie langsam Angst bekam, Nicolai könnte doch noch aufwachen. Sie wollte weg hier, sie musste weg hier. Weniger wegen Nicolai als wegen Milan. Sie mochte ihn jetzt schon mehr als seinen Bruder. Sie griff nach ihrem Handy und fuhr mit den Fingern über die feinen Risse auf dem Display. Es fühlte sich an wie tiefe Rillen auf kalter Haut. Dann drückte sie auf den Knopf an der Seite und war sich Milans Blick sehr bewusst, als sie erneut Aneta anrief.

Aneta knurrte ins Telefon, Mona gab ihr die Adresse durch und Milan flüsterte: „Warum rufst du dir nicht einfach ein Taxi?"

„Etwa so?", antwortete Mona und deutete auf ihr T-Shirt und die nackten Beine darunter. Er lachte schon wieder, trank den Rest Ramazzotti aus seinem Saftglas und stand dann auf.

„Wir sehen uns wieder, Chewbacca, ganz bestimmt", sagte er.

Sie grinste ihn an. Das musste als Antwort reichen.

Kapitel 2 – Song 2

„KOMM SCHON, DAS IST DAS MINDESTE. Du hast mich neulich Nacht mal wieder gerettet, da kann ich Kiki wohl auch zu Jacob bringen. Wo ist das Problem?"

„Du machst ohnehin zu viel für mich und meine Tochter. Aber apropos Probleme! Du hast ein Problem mit Männern und du hast Bindungsängste!", erwiderte Aneta und zeigte mit dem Zeigefinger direkt auf Monas Brust, dorthin, wo das Herz schlug, das sie gewillt war, niemals zu verschenken.

„Das tut doch gar nichts zur Sache jetzt. Ich fahre Kiki, keine Widerrede."

Mona zog sich das Trikot über den Kopf und schloss dann die Kipplade an dem großen Fenster, das auf den Hof hinunterschaute. Dem Ofenrohr, das direkt daneben geradewegs durch die Scheibe führte, warf sie einen finsteren Blick zu. Im Winter war es hier trotz des Brikettofens viel zu kalt. Im Sommer zu warm. Aber irgendeinen Preis musste man wohl zahlen, wenn man mitten in Hamburg-Altona so günstig in einem relativ großzügigen Loft wohnen konnte. Außerdem liebte Mona diese Wohnung. An jeder Wand hier hatte sie entweder mühsam den alten Putz von den Backsteinen gemeißelt, die Fugen gekittet oder zumindest den Dreck und den Ruß heruntergeschrubbt. Als Aneta und sie hier eingezogen waren, war die Wohnung eine versiffte alte Industriehalle gewesen, von der sie bis heute nicht wussten, was ursprünglich einmal in den langen, auf vier Etagen verteilten Hallen produziert worden war.

Ihren Anteil an den knapp achtzig Quadratmetern hatten sie in zwei Jahren in ein wohnliches, behagliches Nest verwandelt, das Mona auf keinen Fall mehr verlassen wollte. Am liebsten hätte sie es gekauft – was aufgrund ihrer Finanzlage mehr als lächerlich war –, nur um sicherzustellen, dass hier nie jemand anders als Aneta, Kiki oder sie auf der braunen Ledercouch vom Schanzenflohmarkt vor der riesigen Glasfront säße. Mona wollte die Einzige sein, die das Geheimnis des Nachbarn von gegenüber kannte, der jeden Abend um zehn nach zehn an sein Küchenfenster trat, die alte Matrosenmütze von seinem Kopf zog und sie mit ausgestrecktem Zeige- und Mittelfinger an der Stirn grüßte. Denn der Winkel, von dem aus das Fenster ihres eigenen Schlafzimmers hinaus auf die Ecke seines Wohnhauses blickte, war wohl der Einzige, von dem aus man sehen konnte, dass er sich unmittelbar nach seinem Gruß für exakt dreizehn Minuten einen uralten Super-8-Film ansah, auf dem in langsamen, abgehackten Bewegungen ein kleines Mädchen mit einem Regenschirm über den Asphalt tanzte. Irgendwann würde sie ihn fragen, was es damit auf sich hatte. Bislang war er ihr allerdings nie auf der Straße begegnet. Nie im türkischen Lebensmittelladen an der Ecke oder beim Obstfranz hinten an der Kreuzung zum Volkspark.

„Du wolltest doch ins Stadion!" Aneta hatte es noch nicht aufgegeben zu protestieren und so schob Mona die Gedanken an den rätselhaften Alten im Nachbarhaus schnell beiseite. „Das ist ein Riesenumweg. Von Eppendorf dann wieder runter nach Pauli. Am Ende kommst du noch zu spät", Aneta knirschte mit den Zähnen und deswegen wusste Mona, dass sie eigentlich unbedingt wollte, dass sie Kiki fuhr. Aneta war als alleinerziehende Mutter in ständiger Zeitnot. Ein schlechtes Gewissen hatte sie dennoch. Sie war schlicht zu gut für diese Welt. Und genau deswegen tat Mona gern alles, was sie konnte, um Aneta zu helfen. Auch wenn es wirklich verdammt knapp werden würde, Kiki zu ihrem Vater zu fahren und noch rechtzeitig im Stadion anzukommen, um ihr geliebtes AC/DC-Intro nicht zu verpassen.

„Dann sage ich dem Schüler eben ab", versuchte Aneta es erneut.

„Nichts da! Das ist doch der mit der strengen Mutter. Ne, bring du mal deine Klavierkünste an den Mann! Es ist nur Fußball, Ani. Ich fahre sie, fertig, aus, pasta."

„Basta", korrigierte Aneta und schloss den Rucksack zu Kikis neuem Übernachtungskoffer. Ein Monstrum von einem Teil mit intelligenter Innenaufteilung. Stellte man ihn auf, sah er aus wie ein Schrank oder besser noch wie diese Stoffteile, die Monas Vater in den 80er-Jahren zum Aufbewahren von alten Anzügen auf dem Dachboden aufgestellt hatte. Lis, die neue Freundin von Kikis Papa, hatte den mobilen Stoffschrank in der 2016er-Variante gekauft. Man sollte meinen, Aneta hasste die neue Frau ihres ehemaligen Freundes, aber sie war schlichtweg begeistert von ihr. Und deren ständigen, kostspieligen Anschaffungen für ihre fünfjährige Tochter.

„Dann eben basta."

„Ich spreche besser Deutsch als du!", verkündete Aneta mit einem gewissen Stolz, der einen vermuten lassen konnte, sie wäre erst vor zwei Jahren aus Tschechien hierhergekommen, dabei hatte sie ihre gesamte Kindheit in einem bayrischen Grenzkaff verbracht und war damit vermutlich ebenso deutsch wie Mona.

„Dafür sehe ich besser aus als du", erwiderte Mona mit einem Grinsen.

„Denkst du!" Sie kicherte leise.

Unterschiedlicher konnten die beiden nicht sein. Aneta war schlank und groß und ihr Haar war im krassen Gegensatz zu Monas Lockenpracht so hell, dass es im Sonnenlicht rötlich schimmerte. Auch ihre Haut war hell, geradezu blass, Mona dagegen hatte den dunklen Teint ihrer Mutter geerbt.

„Bist du fertig, Kiki? Hast du den Hasen?", fragte Mona die kleine Ausgabe von Aneta, die jetzt in der Tür auftauchte und wie immer darin so winzig aussah. Vier Meter hohe Decken ließen ein Mädchen, das einen knappen Meter fünfzehn groß war, schließlich auch nicht unbedingt riesig erscheinen.

Kiki nickte und grinste Mona an. „Schau mal, wackelt", sagte sie und drückte mit der Zunge gegen einen ihrer Frontzähne.

Mona kommentierte das mit einem überzeugenden „Iiiih!" und tat so, als ekele sie sich, einfach nur, weil Kiki das so gut gefiel.

„Kann ich dein Kissen haben?", bettelte das Mädchen und zog ihre kleinen Lippen zu einem dicken Kussmund zusammen.

„Klar, ich hole es dir." Kiki kam manchmal nachts in Monas Zimmer und kuschelte sich zu ihr ins Bett. Immer dann, wenn das Kind nicht schlafen konnte und bei ihrer Mutter keine Ruhe fand, weil Aneta im Schlaf schlimmer rotierte als eine Volleyballmannschaft während eines dreistündigen Turniers.

Mona ging über die zwei Stufen durch die Küche hoch und öffnete die Tür zu ihrem Zimmer. Dank der dicken Edelstahlrohre an den Decken hatten sich die Kabel für Steckdosen, Telefon und

Lichtschalter gut verstecken lassen, deshalb verunstalteten nicht wie in anderen Lofts aufgesetzte Kabelkanäle die Wand. Der Blick auf die freigelegte Backsteinwand war ungestört und sie liebte es, wie das Sonnenlicht der großen Fensterscheiben mit Schatten und Farben dort ungehindert spielen konnte. An der Wand über ihrem Bett hing ein Bild, das einen gigantischen Bauplan als Bleistiftskizze zeigte und Besucher irrtümlich vermuten ließ, es handele sich dabei um die Zeichnungen dieses Hauses. Auf ihrem breiten Bett, dessen Gestell sie aus Holzresten selbst gebaut hatte, lag ein quietschbuntes Seidenkissen. Danach griff Mona und warf dabei ein paar herumliegende Kleider auf den alten Schaukelstuhl unter der Metalllampe. Dann lief sie wieder nach draußen, wo Kiki bereits ungeduldig wartete.

Sie verabschiedete sich von Aneta mit einem Kuss auf die Stirn und musste warten, bis Aneta sich fünfmal überschwänglich bedankt hatte. Als wäre es eine große Sache, Kiki nach Eppendorf zu fahren. Dabei wusste Mona nur zu gut, dass ihr Leben ohne Kiki und Aneta viel leerer und einsamer gewesen wäre. Ihr Bruder Phillipp wohnte in Kiel, ihre Mutter hatte sich in die Staaten verabschiedet und Monas Vater lebte den Großteil des Jahres künstlerisch zurückgezogen in seinem Haus vor der Stadt und widmete sich leidenschaftlich seinen Romanfiguren.

„Ich nehme den Koffer, Kiki, der ist viel zu schwer für dich", sagte Mona und lächelte die kleine Maus zärtlich an.

„Ich helfe dir, dann ist es für dich auch nicht so schwer." Kiki fasste den Koffer am Griff an der rechten Seite und machte es Mona damit eigentlich noch etwas schwerer, als wenn sie nicht mit angefasst hätte. Mona sagte nichts, dafür liebte sie das Mädchen zu sehr.

Im Auto setzte Mona Kiki auf den Kindersitz, der schon dauerhafter Gast in ihrem alten Golf war, und dann fuhren sie los. Kiki plapperte die ganze Fahrt über davon, was sie mit Lis alles machen wollte, und fragte Mona nach der Bedeutung von Straßenschildern und englischen Liedtexten aus dem Radio. Als sie in Eppendorf ankamen, lag Mona noch gut in der Zeit. Kein Grund also, Alexander anzurufen und ihm Bescheid zu geben. Sie würden sich pünktlich wie alle zwei Wochen zum Heimspiel vor dem Stadion treffen. So wie sie es seit fünf Jahren taten, seit sie sich bei diesem miserablen Job im Lager eines Werbemittelherstellers zum ersten Mal gesehen und gleich super verstanden hatten. Alexander war wie Aneta und Kiki Monas Familie. Ein so fester Bestandteil ihres Lebens, dass sie besser mit einem Bein oder Arm weniger ausgekommen wäre als ohne ihn. Er hatte denselben Humor wie sie, eine Leidenschaft für fettiges Essen, der sie gerne gemeinsam frönten, und kein Glück beim anderen Geschlecht, auch oder vielleicht gerade weil er wegen seiner zugegeben etwas zu ausgeprägten femininen Seite – er weinte bei traurigen Filmen, er war übereitel und manchmal sprach er so affektiert, dass Mona laut lachen musste – oftmals für schwul gehalten wurde.

Etwa eineinhalb Kilometer nach Kikis zweitem Zuhause seit der Trennung ihrer Eltern passierte es dann. Zunächst hielt Mona es noch für den normalen Rückstau einer Ampel. Als sie dann aber das dumpfe Heulen der Sirenen hörte, wurde ihr klar, dass da mehr passiert sein musste.

Eine halbe Stunde später steckte sie noch immer fest. Ein endloses Band von Autos erstreckte sich vor ihr wie bunte Käfer auf kilometerlanger Wanderschaft in den Süden. Entnervt stellte sie irgendwann das Radio leiser. Es drehte sich alles um die Ursache des Staus und mögliche Terrorwarnungen für die Hamburger Innenstadt. Es half ihr schließlich auch nicht zu wissen, warum Stau war. Sie steckte so oder so fest und das Intro konnte sie sich wahrscheinlich abschminken.

Die Klimaanlage hatte offenbar ihren Geist aufgegeben, denn statt kühle Luft zu spenden heizte sie den Innenraum ihres Autos immer weiter auf. Monas schwarze Locken klebten schweißnass an der Stirn und der Stoff ihres Trikots war inzwischen trotz Atmungsaktivität zu einer zweiten Haut geworden. War der Verkehr bisher langsam weitergelaufen wie das behagliche Tropfen eines Wasserhahns, dann hatte nun jemand endgültig den Hahn zugedreht. Mona befand sich mit Hunderten anderer Autofahrer in absolutem Stillstand. Inzwischen reichlich gelangweilt sah sie sich um. Einen Wagen weiter, direkt vor ihr, saßen zwei Mädchen mit blonden Pferdeschwänzen unruhig in ihren Kindersitzen, während die Mutter offenbar versuchte, sie mit stetigem Nachschub an Süßigkeiten und Getränken bei Laune zu halten. Im Auto schräg vor Mona auf der rechten Spur huschten Zeichentrickfilme über die Bildschirme an den Rückenlehnen von Fahrer- und Beifahrersitz. Mona drehte ihren Kopf noch ein Stück weiter und sah neugierig zu dem Audi A3 neben ihr. Kornblumenblau, ein Dreitürer. Nicht die Sportausführung, sondern die Langweilervariante, wie Alexander sagen würde. Der Fahrer war offenbar ausgestiegen. Der Innenraum war leer.

Noch während sie schaute, ob sich der Fahrer oder die Fahrerin vielleicht gerade am Straßenrand oder versteckt hinter der eigenen Beifahrertür erleichterte, klopfte es an ihre Fahrerscheibe und sie fuhr erschrocken hoch. An ihre Scheibe drückte sich ein lächelndes Gesicht, das sie sofort wiedererkannte. Milan. Ausgerechnet. Sie musste grinsen. Sie ließ das Fenster herunter und ein Schwall heißer Luft kam herein.

„Ich bin vom Technischen Hilfswerk", scherzte er. „Kaffee?" Der Bart war deutlich kürzer als vor zwei Wochen, eher ein Dreitagebart, aber die Wimpern hätte sie unter Tausenden wiedererkannt. Seine Stimme auch.

„Kaffee?", fragte Mona amüsiert. „Bei der Hitze?"

Er zuckte mit den Achseln, griff durch das Fenster nach innen und öffnete die Tür. Mona kletterte hinaus und hatte das Gefühl, gegen eine Wand aus Hitze und Staub anzulaufen.

„Hi, Chewbacca", sagte er.

„Hi", antwortete sie. „Ganz schöner Zufall."

„Stimmt", erwiderte er knapp und reichte ihr einen Thermoskannenbecher.

Unschlüssig griff sie danach und nahm der Höflichkeit halber einen Schluck, auch wenn ihr bei der Hitze gar nicht nach etwas Warmem zumute war.

„Bist du gut nach Hause gekommen, neulich Nacht?", wollte Milan wissen.

„Ja, danke. Hast du gut auf der Couch geschlafen?"

„Geht so. Nico wollte wissen, was ich mit dir gemacht habe." Milan verzog das Gesicht übertrieben schuldbewusst.

„Und was hast du ihm gesagt?" Mona ließ die Scheibe wieder nach oben und schloss die Autotür.

„Die Wahrheit. Du hast dich beim ersten Anblick meines Astralkörpers sofort in mich verliebt, hast dir bei einem Fluchtversuch vor deinen eigenen Gefühlen den Zeh gebrochen und bist dann halb nackt in die Dunkelheit der Nacht entschwunden. Ich habe ihm vorgeschlagen, mal bei den Ordensschwestern im Kloster St. Johannis nachzufragen."

„Aha", lachte sie. „Gute Antwort."

Dann ging ihnen der Gesprächsstoff aus. Sie standen voreinander, Mona mit dem Rücken am Wagen, er vor ihr – irgendwie verdammt nah und so real bei Tageslicht.

„Hast du eine Ahnung, wie lange das hier noch dauert?", erkundigte sie sich schließlich, deutete vage auf die Blechkarawane vor ihnen und streckte sich ein wenig. So, als könne sie dann sehen, was sich weiter vorn abspielte.

„Lange, schätze ich. Wir könnten nachsehen."

Bevor sie fragen konnte, wie er sich das vorstellte, hatte er beherzt zum Sprung angesetzt und befand sich innerhalb weniger Sekunden plötzlich in hockender Position mitten auf ihrer Motorhaube.

„Was …?"

„Wie groß bist du?", wollte er wissen.

Nicht groß. „Einen Meter sechzig", log sie, denn in Wahrheit waren es sogar noch zwei Zentimeter weniger.

„Dann solltest du besser auch raufkommen, von da unten siehst du bei deiner Größe doch nicht einmal über den Van vor deinem Golf drüber."

„Gut", antwortete Mona und schaute kurz an sich herab. Das braune Trikot mit den roten und weißen Streifen, die schwarzen Shorts, die weit über dem Knie endeten, und auch ihre Nike-Turnschuhe waren bestens dafür geeignet, es ihm gleichzutun. Also machte sie es ihm nach und während er bereits dabei war, auf das Dach ihres Wagens zu klettern, kraxelte sie hinterher und fühlte sich dabei wie eine Katze, die einen Kaminsims erklomm.

Oben angekommen rappelte sie sich auf und versuchte, über die Wagenkolonne vor ihnen hinweg irgendetwas zu erkennen, aber mehr als das Blitzen einzelner Lichter, die von Feuerwehrfahrzeugen oder Krankenwagen kommen konnten, ließ sich nicht ausmachen. Dann machte sie den Fehler, sich einfach hinzusetzen, ohne zu bedenken, wie sehr sich das Blech unter ihrem Hintern von der Sonne schon aufgeheizt hatte. Einen Moment lang hatte sie das Gefühl, ihre Haut wäre mit dem Stahl des Daches verschmolzen, dann sprang sie auf und schrie kurz.

Milan lachte leise. „Ganz schön heiß heute."

„Ach was, da wäre ich jetzt gar nicht drauf gekommen. Aber jetzt, wo du es sagst", erwiderte sie und rollte mit den Augen.

„Ich meinte eigentlich dich", gluckste er.

„Äh, ja, also", stotterte sie, wütend darauf, dass sich ihre gewohnte Schlagfertigkeit auf einmal nicht mehr einstellen wollte. Alexander hätte seinen Spaß an ihrem Anblick gehabt: verlegen, überrumpelt auf einem Autodach bei dreißig Grad. Der hatte gut lachen, er war sicher längst im Stadion und schlürfte ein kühles Getränk, aß die dritte Bratwurst und fragte sich, wo sie wieder einmal blieb. Für Pünktlichkeit war Mona nicht gerade bekannt, aber diesmal konnte sie nun wirklich nichts dafür. Zumindest nicht direkt.

„Sorry, mir ist nur gerade nichts Dümmeres eingefallen", gab Milan zu und lachte wieder.

„Tja, sieht so aus, als würde es noch dauern", seufzte sie.

„Wohin bist du unterwegs?" Er zog sein T-Shirt aus und bot ihr an, sich mit ihm daraufzusetzen.

Mona versuchte, nicht auf seine Brust zu starren, sondern sah diskret zur Seite. „Ins Stadion." Selbsterklärend zupfte sie an ihrem St.-Pauli-Heimspieltrikot. „Und du?"

„Scheidung."

„Wie bitte?" Überrascht runzelte sie die Stirn und sah ihn fragend an.

Ohne eine Miene zu verziehen, sagte er: „Ans Landgericht zu einer Scheidung."

„Aha. Wie alt bist du?" Mona war um Fassung bemüht.

„Siebenundzwanzig."

„Und da lässt du dich schon scheiden?"

„Ich habe ja nicht gesagt, dass es meine Scheidung ist."

„Stimmt", entgegnete Mona und fragte sich, warum diese Tatsache sie irgendwie zu erleichtern schien. Es war doch piepegal, ob er verheiratet, verlobt oder ihretwegen eben auch geschieden war. Er war nur Nicolais Bruder und sie hatte nicht vor, Nicolai – der ihr seit ihrem Abflug aus seiner Wohnung vor einer knappen Woche drei wütende Nachrichten mit ausfallendem Text geschickt hatte – wiederzusehen. Damit war auch sein Bruder aus dem Rennen. Als ob er jemals drin gewesen wäre.

„Ein guter Freund braucht Beistand und jemanden, der mit ihm feiert", sagte Milan und legte den Kopf in den Nacken.

„Seine Scheidung feiern?"

„Ja, du hast ja keine Ahnung, was das für eine bescheuerte Kuh war."

Jetzt musste Mona lachen. „Nein, habe ich wohl nicht."

Milan ruckte ein wenig und griff dann in seine Hosentasche, um ein Nasenspray hervorzuholen. Er benutzte es drei Mal an jedem Nasenloch und steckte es dann wieder zurück.

„Man kann süchtig werden nach Nasenspray. Wusstest du das? Wenn man es zu lange benutzt, kann sich die Nasenschleimhaut nicht mehr zurückbilden und trocknet aus. Wenn dein Gewebe in der Nase dann abschwillt, fängt deine Nase an zu stinken. Vor allem bei so starken Mitteln wie dem hier geht das ziemlich schnell."

Er sah sie fassungslos an. „Okay", sagte er gedehnt. „Chewbacca, du bist ein komischer Vogel. Erzähl mir doch ein bisschen was von dir."

„Was soll ich dir erzählen? Ich bin nicht sonderlich spannend", erwiderte Mona überrascht.

„Also ich habe gerade nichts Besseres zu tun." Er streckte die Beine und machte es sich bequem.

Sie zuckte mit den Achseln und sagte freiheraus: „Mmh, gut. Ich bin fünfundzwanzig Jahre alt. Meine Mutter ist gebürtige Amerikanerin und hat meinen Vater vor zehn Jahren verlassen. Mein Vater ist Deutscher und schreibt Thriller. Das Vorbild der meisten seiner weiblichen Protagonisten ist meine Mutter, meistens stirbt sie am Ende. Ich habe einen Bruder, Phillipp, der von allen nur Ping genannt wird, weil er Tischtennis in der zweiten Bundesliga spielt. Ich habe Abitur, aber nichts wirklich damit angefangen. Die Kunsthochschule wollte mich nicht, also besteht meine tägliche Hauptkunst darin, morgens Kaffee für die Frühstücksgäste eines Straßencafés zu kochen und zu hoffen, dass sie mich nicht dabei erwischen, wie ich sie heimlich zeichne. Nebenbei arbeite ich noch in einem Buchladen, auch wenn das Wort ‚arbeiten‘ dafür etwas überzogen ist. Wenn ich Geld übrig habe, reise ich gerne. Was selten vorkommt. Ich wohne in einer WG mit meiner besten Freundin und deren Tochter und man sagt mir oft, dass ich zu viel rede. Also bin ich jetzt still und höre dir zu.“

Er legte den Kopf schief und musterte sie mit einem Blick, den sie nicht deuten konnte. Wahrscheinlich war er der Typ Mann mit einem Bankkonto, dessen Dispo noch nie überzogen gewesen war, einer Eigentumswohnung in Ottensen und einer Freundin, die einen Bürojob hatte und nebenher modelte. Sie wartete gespannt darauf, was er zu sagen hatte, als es plötzlich hinter ihnen laut hupte. Sie erschraken beide gleichzeitig so sehr, dass Monas nackte Oberschenkel schon wieder schmerzhaft das heiße Blech berührten. Milan deutete nach vorn auf den Verkehr und tatsächlich hatte sich die Schlange just in diesem Moment wieder in Bewegung gesetzt. Es tat ihr ziemlich leid darum, auch wenn das bedeutete, dass Alexanders großzügiges Geschenk zu ihrem letzten Geburtstag heute nicht verschwendet war und ihre Dauerkarte fürs Millerntor noch zum Einsatz kommen würde.

„Shit“, rief er laut.

„Merde“, stimmte sie zu, fügte erklärend „Leistungskurs Französisch“ hinzu und dann sahen sie sich an und wussten beide, dass sie jetzt eigentlich gar nicht in ihre Autos steigen wollten. Aber mussten, bevor sich der wütende Mob von Autofahrern nicht mehr damit begnügte, sie mit ohrenbetäubendem Gehupe zu beschallen, sondern ihnen Beine machte.

„Wir sehen uns wieder, Chewbacca, ganz bestimmt“, sagte er erneut zum Abschied und summte eine Melodie, die sie zwar kannte, aber nicht zuordnen konnte.

Keiner von beiden ahnte, dass das Leben sich in einem Moment des blanken Wahnsinns einen ganz eigenen Plan zurechtgelegt hatte.

Kapitel 3 – Hells Bells

„HIER BIN ICH, HIER, MONA!" Vor dem Stadion wartete Alexander. Er winkte hektisch mit seiner Karte.

„Bin ja schon da!"

„Schon? Willst du mich verarschen? Wir verpassen noch das Intro!" Wie immer, wenn Alexander aufgeregt war, bekam seine Stimme diesen hellen, hohen Ton, der sich anhörte, als könne er Glas zum Bersten bringen. Der Ton passte nicht zu ihm. Alexander war eine imposante Gestalt mit fitnessstudiogestählten Oberarmen, kurzen stoppeligen Haaren und einem breiten Kinn.

Mona lächelte ihn an. „Ich musste Kiki nach Eppendorf bringen. Sei nicht sauer, ja, du darfst dir heute den Platz aussuchen."

Neben ihren Stammplätzen saß ein ziemlich aufdringlicher lauter Fan – ebenfalls mit Dauerkarte –, der wohl gerne Anheizer eines Fanclubs geworden wäre, aber selbst dafür zu laut und nervig war. Bei jedem Heimspiel stritten Mona und Alexander darum, wer neben ihm sitzen musste. Meistens knobelten sie. Meistens gewann Mona. Heute aber ließ sie ihm gerne den Vortritt. Er hasste es, wenn er auf sie warten musste, und was Fußball betraf, hatte Alexander geradezu autistische Züge. Er brauchte dringend die immer gleiche Routine, weil er die Anspannung sonst kaum ertragen konnte. Hastig zog er sie jetzt hinter sich her zum Aufgang der Tribüne. Mona konnte erst durchatmen, als sie ihre Plätze erreichten und sie sich neben Brüllfritz, wie sie den Kerl neben sich heimlich nannten, auf den roten Plastiksitz fallen ließ.

Pflichtbewusst nahm sie einen hastigen Schluck aus dem Strohhalm des Bechers, den ihr Alexander mit immer noch säuerlicher Miene reichte. „Bäh, das ist doch …"

„Bier, Mona, wir sind im Stadion."

„Du weißt, dass ich Bier hasse!"

„Cola?", grinste er und reichte ihr den anderen Becher.

Mona liebte ihn für dieses immer gleiche Ritual. Beobachtete man Alexander, sollte man nicht für möglich halten, dass er mittlerweile mit seinem Unternehmen, das erfolgreich irgendwelchen Plastikmist aus China einkaufte, um ihn hier weiterzuverscherbeln, ein gemachter Unternehmer war. Hier auf Pauli war er wie ein Kleinkind. Zärtlich tätschelte Mona ihm den Kopf. „Schon gut, Brauner", sagte sie, als wäre er ein Springpferd, das nervös vor dem ersten doppelten Oxer seines Lebens stand und sich aufbäumte vor Nervosität. Sie wusste, dass es Alexander vor jedem Spiel genauso ging. Es schien, als fließe durch seine Adern mehr Adrenalin als bei allen auflaufenden zweiundzwanzig Spielern selbst.

Dann ertönten die ersten Klänge von „Hells Bells" und die Fahnen begannen zu wehen. Mona sprang auf und grölte mit.

Sie lächelte Alexander zu und dachte an Milan.

Nach dem Spiel aßen sie und Alexander die obligatorische Bratwurst mit Brötchen. Mona mit Ketchup, Alexander mit dicken Senf- und Mayostreifen quer über der Wurst.

„Wie läuft's mit dem Zeichnen? Hat dieser Juri oder wie der heißt dir ein paar Sachen abgekauft?", wollte Alexander wissen.

„Nein", Mona verzog den Mund. „Er meinte, er brauche mehr so Actionheldenkram, weniger Kindersachen, und meine Charakterstudien findet er zwar persönlich fantastisch, aber sie sind eben nichts für einen Comicverlag."

„Ich stehe dir als Superheld gerne Modell", witzelte Alexander, zog den Ärmel seines Trikots etwas zurück, hob den Arm in Pose und spannte seine Muskeln an.

„Ja, das glaube ich dir gern", lachte Mona. „Bleib du mal lieber Jungunternehmer, damit ist mehr Geld verdient."

„Jetzt, wo du es sagst … Ich wünschte, ich wäre mit dem Auto da. Ich muss heute noch in die Firma und die U-Bahn ist bestimmt wieder so voll, dass ich ewig warten muss", murrte Alexander.

„Du hast die Zehn-Gramm-Grenze überschritten", sagte Mona halbernst mit erhobenem Zeigefinger.

„Was?"

„Mit mehr als zehn Gramm im Mund ist es unhöflich zu sprechen."

„Ach ja? Und du hast da 'ne Waage eingebaut oder was?" Er kaute und schluckte brav.

„Ne", lachte sie. „Ich bin eine Frau, ich kann das abschätzen."

„Iiih, Kopfkino!" Alexander verzog das Gesicht.

„Woran du immer gleich denkst, du Idiot!", kicherte sie, knüllte ihre Serviette zusammen und warf sie mit Schwung in den Papierkorb hinter Alexander.

„Hier", sie reichte ihm ihren Autoschlüssel. „Nimm meinen Wagen, ich nehme die U-Bahn. Ich wollte sowieso mal rausfahren zu meinem Vater und dann muss ich mich nicht durch den Stadtverkehr kämpfen."

„Echt jetzt?", fragte er.

„Klar, kein Problem. Und ja, ich weiß, ich bin die Beste." Sie zwinkerte ihm fröhlich zu.

„Du bist die Beste!", bestätigte er, schluckte den Rest seiner Wurst mit einem Schluck Bier herunter, nahm die Schlüssel und sagte: „Ist es okay, wenn ich sofort abhaue?"

„Ist okay", bestätigte Mona. „Mr Business! Falls du mal wieder ein paar nette krebserregende Plastikprodukte übrig hast, immer her damit", stichelte sie. Dann band sie sich ihre wilde Lockenmähne zu einem Knoten am Hinterkopf und lächelte Alexander an.

„Du bist schlimm", erwiderte er seufzend.

„Ich weiß und jetzt hau schon ab", sie winkte mit der rechten Hand, Alexander umarmte sie und verschwand dann in der Menge der grölenden St.-Pauli-Fans in Richtung Parkplatz.

Mona wartete noch einen Moment, sie hatte es nicht eilig. Und wenn sie sich nicht sofort gleichzeitig mit der Horde von Menschen in die Bahn begab, umso besser. Sie hasste das Gedränge in den engen Tunnels, es verursachte ihr jedes Mal ein mulmiges Gefühl. Aber wenn es Alexander glücklich machte und er damit rechtzeitig zu seinem Termin kam, dann nahm sie das Opfer heute gerne auf sich.

Lächelnd schlenderte sie aus dem Stadion und ging ohne Eile zum U-Bahn-Eingang, sie musste nicht einmal auf den Weg achten, es war, als trüge die Menge aus Trikots und freudigen Siegesgesichtern sie ganz von allein. Sie dachte an Milan. *Wir sehen uns wieder, Chewbacca.* Sie lächelte. Fast hätte sie ein wenig vor sich hin gesummt, aber die Lautstärke, die sich sofort um sie legte, als sie die Treppen zur Haltestelle hinabstieg, erstickte jegliches Geräusch. Von außen und innen. Mona war kurz davor, wieder nach oben zu gehen und nach Hause zu laufen, dann aber zwang sie sich weiterzugehen. Es wäre albern, den ganzen Weg bis zu ihrer Wohnung zu laufen. Und immer noch eindeutig zu heiß dafür.

Doch kaum hatte sie die Hälfte der Treppe erreicht, bereute sie ihre Entscheidung zutiefst. Es war viel zu voll. Es gab plötzlich kaum einen Weg nach vorn, geschweige denn zurück. Mona versuchte, über die vielen Köpfe vor sich hinweg irgendetwas zu sehen, doch alles, was sie erkannte, war ein Meer von Menschen. Sie seufzte. Ihr Plan war nicht aufgegangen, sie steckte mitten in der Rushhour der heimkehrenden Fans. Sie hielt sich am Geländer fest und hangelte sich voran, darauf konzentriert, nicht die Stufen herunterzufallen oder von dem Druck der Menschen hinter sich hinabgestoßen zu werden.

Erleichtert erreichte sie den Treppenabsatz, sah hoch zu der Tafel, die verkündete, dass die Bahn in zwei Minuten einfahren würde, und drängte sich in Richtung der Plastiktafeln im Wartebereich. Der Bahnsteig füllte sich immer weiter. Menschen schoben und schubsten, grölten und lallten. Mona war froh über ihr festes Schuhwerk und versuchte, die Beine etwas weiter auseinanderzustellen, um den Halt nicht zu verlieren. In der Menge kam sie sich noch kleiner vor, als sie es ohnehin war, und wenngleich sie nicht ängstlich war, so fühlte sie sich doch langsam sehr unwohl. Bedrängt. Vergeblich bemühte sie sich, die Ellbogen auszustrecken. Direkt neben ihr lachte jemand laut. Um sie herum standen mehrere Männer, die trotz der Hitze schwarze Kapuzenpullis trugen und die üblichen Fußballparolen grölten. Der süßliche, unangenehme Geruch von Schweiß lag in der Luft und mischte sich mit dem bekannten, moderigen Gestank der U-Bahn-Station.

Der Kapuzenpullimann neben ihr drängte rücksichtslos die Leute um sich zur Seite. „Jetzt zünden wir ein Seenotsignal für die Looooooser", schrie er. Seine Stimme war belegt, schwer vom Alkohol. Er hob mit beiden Händen etwas in die Höhe. Mona wurde weiter in Richtung des Bahnsteigs gedrängt.

„Lass das, du Penner!", kreischte einer hinter ihr und riss dem Kerl die Hände nach unten.

Mona wurde zur Seite geschubst und konnte sehen, wie eine Wodkaflasche auf den Boden fiel. Auf einmal stand sie direkt neben dem Betrunkenen, der noch immer laut brüllte und hysterisch lachte. „Seenoooot … ihr seid in Seenoooot!" Er konnte sich kaum auf den Beinen halten.

Mona versuchte sich von ihm zu entfernen. Irgendjemand trat ihr auf den Fuß, sie hörte eine gemurmelte Entschuldigung, drückte gegen ihren Vordermann und wurde wieder zurückgestoßen.

„Feeeuuuer", brüllte der Kapuzenmann und erst da sah Mona, was er in seiner rechten Hand hielt. Es war zu spät zu reagieren, sie hatte keinen Platz, um sich zu schützen. Ihr Kopf konnte ihrem Mund nicht mehr rechtzeitig befehlen zu schreien und es hätte ihr auch nicht geholfen. Denn eine Sekunde später brannte die Fackel bereits lichterloh und Rauch umgab die pinkfarbenen Flammen des Bengalofeuers.

Mona zuckte zusammen.

Der Mann beugte sich hinunter, griff mit der freien Hand nach der Wodkaflasche und senkte dabei auch die rechte Hand.

Von einer auf die andere Sekunde ging Monas linke Körperhälfte in Flammen auf. Um sie herum war nur noch reinstes Chaos. Ein Flirren aus unterschiedlichen Farben, Rot und Braun und Schwarz wechselten sich ab und trotzdem war eines dominierend: das leuchtende Glimmen der Fackel. Das Rauschen der Bahn war zu hören, ein Alarmton durch die Anlage des Bahnsteigs, Menschen schrien panisch. Mona aber spürte nichts. Keinen Schmerz und seltsamerweise auch keine Angst. Hinter ihrem Bewusstsein jedoch lauerte die Gewissheit, dass es Sekunden gab, die für den Rest eines Lebens eine tiefe Bedeutung haben konnten. Sekundenbruchteile, die mehr waren als das. Die den Unterschied ausmachten zwischen Leben und Tod.

Sie lag ganz stumm und ihre Augen waren geöffnet, sahen, was geschah, und nahmen es doch nicht bewusst auf. Die Menge um sie herum hatte sich gelichtet. Ein schützender Kreis stand um sie herum. Sie brannte auch nicht mehr. Jemand schüttete aus einer Flasche Wasser auf sie, ein Sanitäter beugte sich über sie, eine Mutter hielt ihrem Kind die Augen zu. Die Bahn rauschte wieder. Eine Sirene heulte. Es beugte sich ein Sanitäter über sie.

Und dann setzten die Schmerzen ein. So, als wäre das Feuer an ihrem Arm gerade erst ausgebrochen und nicht längst in Blasen aufgegangen, so, als hätte jemand eine Fackel erst jetzt an ihre linke Gesichtshälfte gehalten und nicht bereits vor Minuten, die Mona wie Jahre erschienen. Jetzt, da der Schmerz mit Flammenhand ihren Körper packte und sie allem Irdischen entzog, schloss Mona die Augen. Doch da hatte sich das Bild längst genauso in ihren Kopf gebrannt wie das Feuer in ihre Haut.

Kapitel 4 – Lake of Fire

„WIR WECHSELN JETZT DIE VERBÄNDE. Frau Veigl, kommen Sie bitte mal zu mir?"

Der Arzt gab Anweisungen und die Pflegerin auf der Intensivstation für Brandopfer begann mit der täglichen Arbeit. Der Verbandswechsel dauerte bei dieser Patientin bis zu einer Stunde.

„Was machen ihre Werte?", wollte der hochgewachsene Mediziner mit dem schütteren braunen Haar wissen und wandte sich an die zweite Krankenschwester im Raum. Sie hielt ihm ein Blatt vor sein Gesicht, das mit einem Mundschutz versehen war. Ohne das Papier, auf dessen oberen Rand „Mona Hartwig" stand, selbst in die Hand zu nehmen, las er. Dann wandte er sich erklärend an den Studenten neben sich. „Sie ist momentan in einem künstlichen Koma, damit sie die Schmerzen besser ertragen kann. Die Verbrennungen sind unterschiedlich schlimm, am Arm werden wir Eigenhaut transplantieren müssen. Glücklicherweise hat es nur einen relativ kleinen Teil der linken Körperseite so schlimm erwischt. Zunächst aber müssen wir sie stabilisieren und vor allem auch schnell mit der Physiotherapie beginnen, sodass die Gelenke nicht steif werden."

Der Student nickte und sah dann irritiert zur Wand, wo das Radio in zwar gedämpfter, aber doch gut wahrnehmbarer Lautstärke tönte.

---„*Guten Abend, da sind wir wieder. Wie jeden Abend, gleiche Zeit, gleiche Stimme. Heute haben wir eine Sonderausgabe von Midnight-Dating für euch. Ganz ehrlich, ich bin Single, ich hoffe ja immer noch, dass mal jemand für mich dabei ist ... Scherz beiseite, ich verkuppele euch ja gerne. Und warte noch auf die erste Hochzeitseinladung. Schmusesongs kriegt ihr trotzdem nicht von mir. Wer es versucht, ist in der Hotline gesperrt – auf Lebenszeit ...*"---

„Kann mal jemand diesen Kasten ausmachen? Das ist ja nicht zum Aushalten!", plärrte der Oberarzt die Schwester an, als wäre sie höchstpersönlich verantwortlich für das Radioprogramm.

Die Tiraden ihres Vorgesetzten bereits gewohnt, verdrehte sie nur die Augen, wandte sich an den Studenten und sagte: „Wir lassen das Radio für die Patienten im künstlichen Koma mehrmals am Tag laufen, das hilft zum einen, den Tages- und Nachtrhythmus aufrechtzuerhalten, und zum anderen ist es wichtig, dass sie sich an einer Stimme orientieren können." Dann ging sie betont langsam zu dem Gerät und schaltete es ab. „Machen wir nachher wieder an, Karin, ja!", erklärte sie ihrer Kollegin.

Die Stimme bricht ab. Auf einmal. Ganz plötzlich. Jemand hat sie mir gestohlen. Aber ich will nicht, dass die Stimme weg ist. Sie tut gut. Sie ist das Erste, was guttut. Ich sterbe nicht, wenn ich die Stimme höre. Es ist auch egal, was die Stimme sagt. Hauptsache, jemand sagt überhaupt etwas und beweist mir, dass ich nicht tot bin. Und dass das Feuer mich nicht auffrisst. Ich versuche mich zu wehren, irgendwie zu verstehen zu geben, dass ich will, dass der Mann weiterspricht, aber es passiert nichts. Ich kann mich nicht bewegen, ich sehe auch nichts. Ich brauche diese Stimme. Also versuche ich sie mir vorzustellen. Das kleine Rollen im R, das so gar nicht zu Hamburg passen will. Den dunklen Ton. Ich überlege mir fieberhaft, was die Stimme sagen könnte. Was ist passiert? Was erzählt der Mann da und warum erzählt er es mir? Doch ich kann die Vorstellung an die Stimme nicht aufrechterhalten, dazu ist sie zu neu. Und doch ist sie gleichzeitig vertraut genug, um sie zu erkennen, ohne sie zuordnen zu können.

Die Flammen greifen wieder nach mir, jemand zieht mich in die Tiefe und Alexander ruft immer wieder meinen Namen. Nun züngelt das Feuer an den Fingerspitzen meiner linken Hand, eine Schlange, die willens ist, ihr Gift in meinem gesamten Körper zu verteilen. Es wird auf meinen Arm übergreifen, über meine Schultern wandern und schließlich meine linke Wange erreichen. So wie seit einer gefühlten Ewigkeit in dieser Hölle aus Dunkelheit und Nichts. Als ich meinen inneren Widerstand schon aufgeben will, ist sie wieder da. Die Stimme. Sie hüllt mich in Sicherheit und nimmt mir die Angst. Ich bin nicht tot. Noch nicht. Solange die Stimme da ist, lebe ich.

„Mona, ich bin hier. Wir sind beide hier. Kiki und ich."

Vorsichtig setzte sich Aneta auf den Stuhl neben Monas Bett. Sie musste einen Mundschutz tragen, ebenso wie Kiki, die sich zunächst geweigert hatte. Die Schwestern hatten ihnen erklärt, dass Verbrennungsopfer aufgrund der fehlenden oder beschädigten Schutzschicht der Haut besonders anfällig für Infektionen waren. Zumindest hatte Aneta das so verstanden.

„Mama, hört die Mona uns?", wollte Kiki wissen.

„Vielleicht. Wir können es ja mal versuchen."

Kiki nickte und rückte dann vorsichtshalber mit dem Stuhl ein wenig zum Fenster. Weg vom Krankenbett und dem Anblick, der ihr Angst machte. Aneta starrte auf Monas Gesicht. Dabei sah man nicht viel davon. In ihrem Mund steckte ein Schlauch, der sie beatmete, der Rest war zum größten Teil bandagiert.

„Wir sollten ihr etwas erzählen, meinst du nicht?", sagte Aneta zu ihrer Tochter.

„Was denn?", fragte Kiki.

„Von letztem Weihnachten vielleicht?", schlug Aneta vor und wischte sich den Schweiß von der Stirn.

„Es ist aber Sommer, Mama."

„Dann erzählen wir eben vom Wetttauchen im Schwimmbad letztes Jahr."

„Okay, also am liebsten bin ich letztes Jahr mit dir getaucht, Mona, weil du die Luft so lange anhalten kannst wie ein Höhlentaucher. Mindestens über zehn Minuten, glaube ich …" Kiki begann zunächst schüchtern, dann zunehmend sicherer zu plappern.

Aneta sah zum Fenster und schluckte die Tränen herunter.

Ist die Stimme weg, höre ich nur noch dumpfes Murmeln und versinke in einer dicken zähflüssigen Masse. Nur wenn die Stimme da ist, bin ich auch da. An der Oberfläche mit fast all meinen Sinnen. Ich will sie wieder hören, aber wie soll ich das der Stimme klarmachen? Mein Mund gehorcht mir nicht. Ohne die Stimme brennt das Feuer auf meiner gesamten linken Körperhälfte so heiß, so unerträglich heiß. Ich versuche mich zu winden und der Hitze zu entkommen, aber es geht nicht ohne ihn. Es ist mir auch egal, was er sagt, die Worte sind nicht entscheidend ...

--- „Nachts singt die Welt nur für dich. Da sind wir wieder. Heute mit einer Late-Night-Ausgabe für alle Nachtschwärmer da draußen. Eigentlich sind wir hier nicht bei ‚Wünsch dir was‘, aber heute mache ich eine Ausnahme. Ich habe meine Gitarre für euch dabei und singe sozusagen live. Denn Carola hat mich angerufen und mich gebeten, für ihre Freundin im Krankenhaus diesen Song zu spielen. Hier ist für Carola, ihre Freundin und für euch unplugged ‚Lake of Fire‘ von Nirvana in der Coverversion.“ ---

Jetzt singt die Stimme und helle weiche Wolken vertreiben das Feuer. Sie pusten es ganz einfach aus. Wie gut das tut. Warum kann sie nicht einfach immer da sein? Ich kann mich zurücklehnen und mich von ihr einhüllen lassen und die Flammen kommen nicht an mich heran. Die Stimme ist eine Brandschutztür, ein Feuerlöscher, kaltes Wasser auf heißer Haut, ein Vogel, der mich mit seinen langen Schwingen davonträgt. Weit weg übers Meer, dorthin, wo es kein Feuer gibt und keine schweren Lasten, kein Brennen und keinen Schmerz.

Der Krankenpfleger blickte auf und antwortete Heiner freundlich: „Einen Tag noch, vielleicht zwei. Am schlimmsten sind nicht die Verbrennungen im Gesicht, sondern die am Arm. Es ist besser für sie im künstlichen Koma, so kann sie die Schmerzen nicht spüren. Aber denken Sie daran, Herr Hartwig, dass ihre Tochter sie womöglich hören kann.“

„Sie kann mich hören?“ Heiner sah den Pfleger perplex an.

„Ja, gut möglich. Und die meisten Patienten berichten nach dem Erwachen aus der Narkose, dass sie Albträume hatten. Also bitte, vielleicht sollten Sie ihr das hier nicht vorlesen.“ Der Pfleger deutete kritisch auf das Manuskript in Heiners Hand, auf dessen erster Seite in großen, plakativen Buchstaben „In einer dunklen Nacht“ stand.

Heiner protestierte: „Aber das ist mein neuester Roman, meine Tochter ist immer meine Testleserin. Ich meine, sie hat das meiste davon schon gelesen, aber ...“ Er brach ab und starrte auf Mona, auf die Verbände und ihren ungewohnt ruhigen, fast leblos wirkenden Leib in dem Luftbett für Brandopfer.

Der Pfleger nahm ihm das in ein Ringbuch gebundene Manuskript kurzerhand ab, blätterte auf die zweite Seite im Inneren, fand zielstrebig den vorläufigen Klappentext und las: „Ein Serienkiller im Westerwald. Blutspritzer weisen den Weg durch den Wald zur Fundstelle …" Der junge Mann sah hoch und runzelte die Stirn. „Vielleicht nicht ganz das Richtige, wenn Sie mich fragen. Sie sollten dann auch langsam gehen."

„Aber man hat mich ja erst vor einer Viertelstunde reingelassen, wegen des anderen Notfalls."

„Bleiben Sie noch eine halbe Stunde und dann können Sie gerne morgen wiederkommen", erklärte der Pfleger bestimmt, aber noch immer sehr freundlich.

„Jaja, schon gut. Ich habe verstanden", brummte Heiner. „Warum ist eigentlich das Radio an? Um diese Uhrzeit?"

„Tja, also …", der junge Mann zögerte. „Ihre Tochter wird unruhig, sobald wir das Radio abstellen. Es scheint ihr gutzutun. Wir stellen es jeden Tag zur gleichen Zeit an."

„Nun, dann lassen Sie es auch an. Wenn nicht, bezahle ich dafür."

„Sie müssen mich nicht kaufen", lächelte der Pfleger. „Aber wenn Sie was für unsere Kaffeekasse übrig haben, gerne. Allerdings lassen wir das Radio auch so an." Dann zwinkerte er vergnügt und ließ Heiner allein. Der starrte auf das Manuskript und fluchte dann halblaut über die Grausamkeit der Menschheit und auch ein wenig über den Fußball, dem er noch nie etwas hatte abgewinnen können.

Ich kann nun auch spüren, wenn mich jemand berührt. An meinem rechten Arm. Es dauert immer ein wenig, bis ich weiß, welcher Arm es ist. Dabei ist der andere irgendwie gar nicht richtig da. Manchmal bekomme ich Panik, dass er weg sein könnte. Dann versuche ich mir die Stimme vorzustellen, auch wenn ich sie gerade nicht hören kann. Das hilft. Irgendwie weiß ich, dass die Träume, die schlimmen Vorstellungen vom Feuer in allen Varianten nur von den Medikamenten kommen. Es wird vorbeigehen.

Irgendetwas verändert sich, ich kann mich selbst wieder ein bisschen besser spüren. Aber trotzdem, so oft sind da Hölzer, die zu einem Scheiterhaufen bis zum Himmel aufgetürmt sind, und ich davor. Hinter mir ein Mann in einem Fußballtrikot, der mich zwingt, bis zum Ende des Turmes zu klettern. Dort oben stehe ich dann und sehe hinunter und am Fuß des Reisigberges steht dann Alexander mit einem Streichholz in der Hand. Er lacht, entzündet das Streichholz und ich gehe wieder in Flammen auf. Manchmal ist das Feuer auch der Antrieb einer Rakete, die direkt auf mich zufliegt. Ich versuche auszuweichen, ich springe wie ein Hase, aber die Rakete ändert sofort ihren Kurs, sobald ich einen Haken schlage. Und dann kommt die Stimme und schießt die Rakete ganz einfach auf den Mond, reicht mir die Hand und führt mich direkt von dem Scheiterhaufen hinunter auf die Erde. Hinter mir zerfällt der Scheiterhaufen in eine erbärmliche Handvoll Asche. Und ein großer Raubvogel mit gezackten Schwingen und einem gegabelten, schwalbenförmigen Schwanz erhebt sich schreiend in die Höhe und reckt mir freundlich seinen weißen Kopf entgegen. Was eine Stimme so alles kann. Seine Stimme.

Auf einmal weiß ich, zu wem die Stimme gehört. Und was es mit dem Vogel auf sich hat.

Die Stimme ist Milan.

Kapitel 5 – Self Esteem

Milan starrte entgeistert auf das kleine Fläschchen Nasenspray vor sich auf dem Pult und fragte sich insgeheim, warum er so blöd gewesen war, heute tatsächlich zur Arbeit zu erscheinen. Er war im wahrsten Sinne „verrotzt bis oben hinauf", wie seine Großmutter zu sagen pflegte, sein Schädel brummte schon beim Gedanken an die Kopfhörer und in seinen Ohren pfiff und knackste es, als säße ein kleiner Kobold darin und klopfte mit einem Hammer gegen sein Trommelfell. Er war krank, arbeitsunfähig, ein Fall für einen gelben Schein. Aber irgendetwas zwang ihn dennoch, seine Show zu moderieren. Es würde die lahmste, schlechteste Sendung seines Lebens werden, da war er sich sicher. Aber er musste. Wegen des Nasensprays. Noch während er versuchte, sich einen Reim darauf zu machen, warum das so war, hatte er ein fröhliches Gesicht mit dicken Locken vor Augen. Chewbacca, dachte er. Natürlich. Hatte diese Mona ihm nicht gesagt, dass man von zu viel Nasenspray eine stinkende Nase bekam? Seltsam.

Er hatte ein paar Mal – ach was, eigentlich ständig – an sie denken müssen in den letzten Tagen. Er hatte sogar seinen Bruder angerufen und ihn nach ihr gefragt. Nachdem Nicolai nur einsilbige, nichtssagende Antworten gegeben hatte, hatte Milan ihn schließlich direkt nach Monas Handynummer gefragt und war mit dem tutenden Auflegton dafür belohnt worden. Er wusste selbst nicht, was in ihn gefahren war. Sie hatten sich nur zweimal kurz gesehen, außerdem waren die Frauen seines Bruders schon aus reinstem Familienzusammenhalt tabu. Aber, das musste er zugeben, sie ging ihm nicht so einfach aus dem Sinn. Das Mädchen mit dem Kopf voller Haare und dem breiten Lächeln.

Er schniefte geräuschvoll ins Taschentuch, bevor das Leuchtschild vor seiner Kabine auf „live" schaltete, und sagte mit näselnder Stimme die Begrüßung ins Mikrofon.

Zwei Stunden später war er kurz davor, mit dem Kopf auf dem Schreibtisch aufzuschlagen und mitten in der Moderation einzuschlafen.

„Moin, moin!" Richard, sein Programmleiter, kam herein und sagte mit wenig Mitleid, aber dafür einer erheblichen Portion Wut: „Sieh zu, dass du deinen Arsch hier rausbewegst! Du vergraulst uns jeden einzelnen Hörer. Man hat ja das Gefühl, sich beim Aufdrehen des Radios mit der Grippe anzustecken. Geh nach Hause, Milan!"

„Ich kann nicht", widersprach er. „Zwei Stunden noch, ich schaff das, Richard."

„Du musst hier nicht die Welt retten. Außerdem wird man im Sozialstaat Deutschland auch bezahlt, wenn man nicht arbeitet. Ist vielleicht noch nicht bis zu dir durchgedrungen, aber die Personalabteilung sagt, auch du hast eine Krankenversicherung."

„Richard, ich muss, sie muss mich doch hören!"

„Wovon sprichst du, Mann?"

Ja, wovon sprach er eigentlich? Milan hatte keine Ahnung, was er da sagte. Er musste inzwischen schon Fieberträume haben. Aber das Gefühl, die Show auf jeden Fall zu Ende bringen zu müssen, war stärker als alles andere. So, als mache er die Sendung für jemand bestimmten. Für Mona …

„Bring mir Ibuprofen, Paracetamol, Morphium, von mir aus auch Cannabis. Was auch immer du kriegst, ich muss das hier fertig machen."

„Du spinnst. Außerdem glaubst du doch nicht im Ernst, dass ich meine Drogen mit dir teile!", Richard grinste breit. „Mach, was du willst, aber beschwer dich später nicht", dröhnte er dann etwas lauter und schlug die Tür hinter sich zu. Auf Milans PC und dort draußen in den Endgeräten liefen die letzten Takte eines Charthits und so rüstete sich Milan für die nächste Moderation.

Zwei entkräftende Stunden später war er fertig. Das Erste, was er tat, als er den Sender schlurfenden Schrittes verließ, war, sein Handy herauszukramen und doch noch einmal bei seinem Bruder anzurufen.

„Hey, Nico."

„Hey, was gibt es?", antwortete Nicolai, für Milan hörte es sich eindeutig ziemlich verschlafen an. Oder sein Bruder hatte auch die Grippe.

„Du … kannst du mir nicht vielleicht doch die Nummer von dieser Mona geben?"

„Alter, warum sollte ich?" Nicolai stöhnte genervt.

„Weiß auch nicht … weil ich dich drum bitte …"

„Willst du was mit der anfangen, oder was?"

„Nein, ehrlich gesagt mache ich mir Sorgen um sie."

„Warum denn?" Nicolai war ehrlich genervt.

„Sie hat sich bei dir den Zeh angestoßen. Ich wollte mich nur erkundigen …", sagte er nun etwas lahm, kniff die Augen zusammen und schlug sich selbst mit der Faust an die Stirn.

„Du machst dir Sorgen um ihren Zeh? Ganz ehrlich, daran wird sie nicht gestorben sein." Eins zu null für Nicolai, das musste er zugeben.

„Ja, gut. Du könntest mir trotzdem ihre Handynummer geben."

„Alter … du nervst. Die habe ich längst gelöscht." Milan konnte förmlich hören, dass sein Bruder kurz davor war aufzulegen.

„Wo wohnt sie?"

„Keine Ahnung, irgendwo in Altona. Ich war nie bei ihr. Hast du so 'nen Notstand, dass du mir derart auf die Nerven gehen musst?"

„Nein, habe ich nicht", erklärte Milan männlich beleidigt. „Vergiss es einfach! Treffen wir uns am Wochenende auf ein Bier?"

„Von mir aus. Du kannst am Samstag bei mir vorbeikommen, ich schmeiß 'ne kleine Party drüben im Bootshaus.

„Party?"

„Sag mal, bist du heute schwer von Begriff? Mein Geburtstag, Brüderchen."

„Ah, ja, klar. Samstag im Bootshaus. Sorry, ich bin erkältet, nicht ganz auf der Höhe. Bis Samstag dann."

„Bis dann, ciao. Und, Milan …"

„Ja?"

„Gute Besserung! Leg dich schlafen, du kannst es brauchen."

Mit einem etwas mitleidig klingenden Lachen legte Nicolai auf und Milan fühlte sich noch miserabler als zuvor. Er schleppte sich zu seinem Wagen und fuhr im Schneckentempo nach Hause. Alles andere wäre in seinem Zustand auch eine Gefährdung des Straßenverkehrs gewesen. Es gelang ihm aber noch, während der Fahrt auf die Passanten zu achten. Nicht, dass ihm noch zufällig eine kleine Frau mit langen, dichten dunklen Locken über den Weg gelaufen wäre.

***

Als Mona die Augen das erste Mal wieder öffnete, beugte sich ein Pfleger über sie oder ein Arzt. Das wusste sie nicht genau. Sie wollte tief Luft holen und bemerkte dabei, dass irgendetwas störte. In ihrem Hals steckte etwas und das war ein furchtbar einengendes Gefühl. Sie atmete, aber es war, wie gegen starken Wind zu schnaufen, ein Widerstand, den sie nicht beschreiben konnte. Dann wollte sie schlucken, aber das ging nicht. Sie würgte. Keuchte. Wollte schreien, aber das war ebenso unmöglich. Jemand redete beruhigend auf sie ein und machte ihr begreiflich, dass sie beatmet wurde. Sie nahmen ihr den Schlauch heraus und schließlich schlief Mona wieder ein.

***

„Wir sind da, Süße, wir sind da und wir gehen so schnell auch nicht wieder weg."

Mona stöhnte. Ihre Augenlider schienen zu schwer, um sie anzuheben, es kam ihr vor, als hätte man ihr Gewichte daraufgelegt. Oder Steine. Wenn sie es schaffte, die Augen einen Spaltbreit zu öffnen, dauerte es nicht lange und sie fielen ihr wieder zu. Auch die Stimmen im Raum waren ein wenig durcheinander. Sie erkannte Aneta und sie glaubte auch Kiki zu verstehen. Und dann war da eine männliche Stimme.

„Mmmmh", brachte sie hervor. „Mm … mmmm", brummte sie angestrengt. Seit wann war es so furchtbar schwer zu sprechen?

Aneta griff nach ihrer Hand. „Ich bin da. Komm zu uns zurück, Mona."

Wieder versuchte sie, die Augen zu öffnen. Dann sprach jemand mit einer dunklen Stimme und das gab Mona die Kraft, dem Licht entgegenzublinzeln und ungeduldig darauf zu warten, dass sich das Bild schärfte.

Was war eigentlich passiert? Wo war sie? War sie jetzt wirklich wach oder träumte sie noch?

„Wo ist er?", wollte sie fragen, aber ihre Stimme gehorchte ihr noch immer nicht. Sie spürte, wie Panik in ihr aufstieg, alles verkrampfte sich, neben ihr piepste ein Gerät und sie hatte mit einem Mal das Gefühl, keine Luft mehr zu bekommen. Ihr Hals war wie wund gescheuert, alles schmerzte furchtbar.

Anetas langes Haar berührte ihren rechten Arm. Mona zuckte kurz zusammen. Dann bewegte sie vorsichtig die rechte Hand nach oben und tastete unendlich langsam über ihr Gesicht. Über den Verband, der den größten Teil ihres Gesichts bedeckte. Sie strich verständnislos über die raue Außenhaut der Binde und endlich stellte sich ein wenig Erleichterung ein. Ihr Gesicht schien zumindest vollständig zu sein. Nase, Wangen, zwei Augen. Sie ging sogar so weit, ihre Ohren abzutasten. In ihren furchtbaren Träumen während des Komas war sie stets davon überzeugt gewesen, dass ihre gesamte linke Körperhälfte einfach verschwunden war. Wie von ihr gerissen. In ihren Träumen war sie mit nur einem Arm und einem Bein über den Boden gekrochen und hatte gurgelnde Laute von sich gegeben. Was von ihr war noch ganz? Was hatte das Feuer angerichtet? Sie war sich nicht sicher, ob sie ihren Arm bewegen konnte. Alles erschien ihr wund, schwer und fremd. Sie konnte nicht sprechen und hatte großen Durst.

Aneta trat einen Moment vom Bett zurück und hob ihr einen Block vors Gesicht, gab ihr einen Stift in die rechte Hand. Noch bevor Mona um etwas zu trinken bat, wollte sie eine Antwort auf ihre stumme Frage bekommen. Sie hob den Arm ein wenig und kritzelte ungelenk drei Wörter auf den Block: „Wo ist er?"

Aneta nahm ihr den Block aus der Hand, hob ihn hoch, sodass auch Heiner es sehen konnte.

„Ich bin hier", antwortete Monas Vater eifrig und sie sah schemenhaft, wie er auf sie zukam, erkannte ihn aber mehr an der Stimme als an seiner Gestalt.

Sie meinte nicht ihn. Sie meinte doch Milan. So gut es ging, schüttelte sie den Kopf.

„Mona, was ist? Was können wir für dich tun?" Aneta klang besorgt und Mona wunderte sich darüber, wie klar sie das an ihrer Tonlage hören konnte, während das Gesicht ihrer Freundin noch immer verschwommen war. Mona bedeutete ihr, dass sie noch etwas schreiben wollte, nahm den Bleistift unter höchster Kraftaufwendung wieder zur Hand und schrieb unter ihre letzten Zeilen: „Milan."

Sie sah, wie Aneta den Kopf zu Heiner drehte. „Wer ist Milan?"

Er war doch hier ... Ich habe doch gehört, dass er hier war, formte Mona die Worte in ihrem Kopf, nicht in der Lage etwas herauszubringen.

Die Augen wurden nun viel zu schwer, langsam ließ sie zu, dass ihre Lider sich wie von selbst schlossen.

„Ruh dich erst einmal aus", sagte ihr Vater. „Wir sind so glücklich, Mona, dass du ..."

Er schluchzte leise. Mona war froh, die Augen geschlossen zu haben. Sie konnte es nicht ertragen, ihren Vater weinen zu sehen. Sie wollte ihm sagen, dass alles gut war. Sie war ja noch da. Aber sie war zu schwach zum Reden. Für den Moment musste es genügen, sich selbst in Sicherheit zu wissen. Sie war nicht länger in Gefahr.

***

Als sie zwei Tage später morgens erwachte, war alles bereits viel realer. Sie hatte Schmerzen in ihrem Arm, ein heftiges Pochen in den Fingern.

„Hey, alles klar?" Ihr Bruder saß zurückgelehnt auf dem Stuhl neben ihrem Bett und lächelte sie an.

„Ping!" Mona versuchte zu grinsen, aber irgendwie war das nicht so einfach. Ihre Wange spannte dabei und bei jeder Bewegung ihrer Gesichtsmuskeln fühlte es sich an, als risse ihre Haut in Fetzen. Obwohl man sie sicher mit Schmerzmitteln versorgte, dachte sie. Inzwischen erinnerte nur noch ein leichtes Kratzen im Hals an die Beatmung.

„Leibhaftig. Wie fühlst du dich?"

Er zog sich ein wenig nach oben, sodass er nicht mehr auf dem Stuhl lümmelte, sondern halbwegs aufrecht saß. Er schüttelte sein dunkles Haar und streckte seine langen Beine aus. Es sah so aus, als säße er schon so lange auf dem Stuhl, dass seine Gliedmaßen eingeschlafen waren.

„Du bist doch nur wegen der heißen Krankenschwestern in den kurzen Röckchen hier", scherzte Mona mit kratzigem Hals.

Doch Phillipp gab ihr keinen frechen Kommentar zurück, er lächelte nur etwas zaghaft.

„Was ist?", fragte Mona verwirrt.

„Nichts", erwiderte ihr Bruder ein wenig zu schnell. „Das ist nicht witzig, Mona. Du hättest …"

„Bin ich aber nicht. Ich bin ja noch da … in einem Stück." Sie stöhnte ein wenig, als sie versuchte, ihre Position in dem Bett zu verändern. Das Luftbett machte jede Bewegung noch schwerer.

Ping nickte, dann sah er auf ihren Arm.

„Was ist los, Ping?" Verständnislos sah Mona ihn an und als sich der letzte Schleier ihres unruhigen Schlafes lichtete, begriff sie: Es war nicht alles gut und wahrscheinlich war sie eher in Stücke gerissen, als dass sie tatsächlich noch ganz war. Sie musste wissen, wie schlimm es war. Verzweifelt wollte sie den linken Arm nach oben ziehen, aber er gehorchte ihr nicht. Beharrlich riss sie mit dem rechten Arm an ihrem Krankenhaushemd, zog es nach oben und entblößte schließlich einen Teil ihres Oberschenkels. Dort sah glücklicherweise alles so aus wie immer. Aber wenn ihr Bruder sie so anschaute, musste es schlimm sein. Sehr schlimm.

Die Erinnerung an die Ereignisse in der U-Bahn beherrschte auf einmal mit aller Deutlichkeit ihre Gedanken. Das konnte nicht so glimpflich abgegangen sein, wie sie bis eben noch gedacht hatte, das konnte es einfach nicht. Sie starrte auf die Verbände an ihrem Arm und sah dann zu Ping, der die Hände vors Gesicht geschlagen hatte, und dann wieder auf ihren Arm, der sich auf einmal so fremd anfühlte. Dann schrie sie. So laut und durchdringend wie nie zuvor in ihrem Leben.

***

„Und was genau spricht jetzt dagegen, dass wir beiden Hübschen einfach mal miteinander ausgehen?"

„Nichts, eigentlich", Milan wechselte zum vierten Mal das Glas von der linken in die rechte Hand und suchte mit den Augen in dem Gedränge des Bootshauses nach seinem Bruder. Da er außer ihm nur eine Handvoll Leute kannte, blieb ihm im Moment keine Fluchtmöglichkeit. Dabei war die langbeinige Blondine neben ihm alles andere als übel, er hatte nur eben immer noch dunkle Locken im

Kopf. Wie dumm. Milan war zwar nicht wie sein Bruder, der seine zahlreichen Bekanntschaften beileibe nicht alle beim Vor- und Nachnamen kannte, aber er war einem Flirt sonst auch nicht wirklich abgeneigt. Mona wollte nichts von ihm wissen, sie hätte sich seine Nummer schließlich ganz einfach über Nicolai besorgen können. Und er wollte doch auch nichts von ihr – er kannte sie ja gar nicht. Warum verhielt er sich also wie ein Idiot? Er bemühte sich, das Mädchen, das sich vor wenigen Minuten als Fiona vorgestellt hatte, anzulächeln.

„Und uneigentlich?"

Er hasste es, wenn jemand „uneigentlich" sagte, aber dafür konnte Fiona schließlich auch nichts.

„Absolut gar nichts!", sagte er schnell. Sie hatte eine unglaubliche Figur, stellte er fest. Modelmaße beinahe. Üblicherweise hielten sich Frauen wie sie eher an seinen Bruder. Es wunderte ihn, dass sie sich stattdessen so auf ihn stürzte. Nicht, dass er sich selbst als unattraktiv empfunden hätte, aber er war nun einmal nicht so ein Draufgänger wie Nicolai. Und seine Kollegin Daggi predigte ihm stets, dass Frauen auf Arschlöcher standen, die sie dann – meist vergeblich – versuchten, zu Schoßhündchen zu machen, um sie dann im seltenen Erfolgsfall für das nächste dahergelaufene Arschloch wieder zu verlassen.

„Na gut, dann würde ich sagen, wir haben ein Date. Nächsten Samstag, acht Uhr! Kennst du die Rehbar in Ottensen? Da arbeitet eine Freundin von mir." Sie lächelte ihn aufreizend an. Sie hatte wirklich ein außergewöhnlich schönes Gesicht.

„Kenne ich", nickte Milan und dachte dabei nicht an Ottensen, sondern an Altona. Und daran, dass Fiona ganz schön forsch war, was er eigentlich mochte. Es musste nur diese unsinnigen Gedanken an ein Mädchen, mit dem er auf einer Motorhaube gesessen und gelacht hatte, loswerden, dann war Fiona ein Glücksfall. Ganz sicher sogar.

Fiona stolzierte so zu dem breiten Tisch, der als Bar diente, dass er besten Blick auf ihren sehr wohlgeformten Hintern hatte.

Lachend trat jemand hinter ihn und legte ihm die Hand auf die Schulter. „Du stehst wohl im Moment auf abgelegte Ware, was?", gluckste sein Bruder etwas verächtlich.

„Keine Ahnung, was das jetzt wieder soll", sagte Milan.

„Bleib locker!", lachte Nico. „Von mir aus hast du freie Bahn bei ihr!"

Milan schüttelte den Kopf. „Danke, wie freundlich von dir!"

Am Samstag darauf traf er sich mit Fiona und das eigentlich auch nur, weil er keine Nummer von ihr hatte, um absagen zu können. Umso überraschter war er, dass es ganz nett war mit ihr. Auch wenn sie eindeutig mehr Prinzessin Leia war als Chewbacca.

***

Sie hatten ihr ein Beruhigungsmittel geben wollen, aber Mona hatte zu große Angst davor, dass dann die Komaträume wiederkamen und sie verstümmelt über den Boden kriechen würde. Immer die Treppe der U-Bahn vor Augen, die sich mit jeder schleifenden zentimeterkurzen Bewegung weiter entfernte, statt näher zu kommen. Hinter ihr das Feuer, vor ihr die rettende Treppe. Und dann das Schlimmste in ihren Albträumen: der Mann mit der Kapuze, der statt Augen glühend rote Feuerbälle hatte, mit denen er sie hämisch anstarrte. Der ihr den Weg versperrte und mit seinem Fuß auf ihren einzig verbliebenen Arm stieg. Nein, bevor sie wieder Derartiges träumte, würde sie es vorziehen, nie wieder zu schlafen.

Nachdem Ping gegangen war, hatte der Mut sie verlassen. Plötzlich wollte sie gar nicht mehr so genau wissen, was unter ihren Verbänden verborgen lag. Sie hatte die Ärzte gefragt, ob das alles wieder weggehen würde. Ob ihre Narben verschwinden würden und keiner hatte ihr eine eindeutige Antwort gegeben. „Das wird die Zeit zeigen", „Sie müssen abwarten, der Heilungsprozess hat gerade erst begonnen", „Es gibt heutzutage sehr gute kosmetische Möglichkeiten" … Nichts davon war gelogen, aber es entsprach eben auch nicht der Wahrheit. Was sie ihr alle nicht sagten und was sie dennoch in ihren Augen lesen konnte, war: „Nein, du wirst nie mehr so aussehen wie früher, und nein, du wirst auch nicht mehr so sein."

Jeden Tag kamen Aneta, Kiki, Ping, Alexander oder ihr Vater zu Besuch. Sie ließ sie hereinkommen, sie redete mit ihnen, sie gab ihnen das Gefühl, dass es bergauf ging, wenngleich sie selbst das Gefühl hatte, sich in einer schwindelerregenden Abwärtsspirale zu befinden. Und der, den sie am liebsten gesehen hätte, von dem wollte sie nicht, dass er sie sah. Seiner Stimme allerdings blieb sie treu und sobald ihre

Besucher das Zimmer verlassen hatten, stellte Mona das Radio an, in der Hoffnung, dass Milan vielleicht auch eine andere Sendung als die übliche Spätabendshow moderierte.

Kapitel 6 – Numb

„WAS MACHST DU DA, MONA?"

Es verblüffte Mona immer wieder, wie flink Aneta war. Sie konnte sich geschmeidig und pfeilschnell bewegen wie eine Gazelle, um dann hinterrücks aus dem Nichts wie ein Luchs anzugreifen. Ehe sie sichs versah, stand Aneta neben ihrem Bett und blickte über ihre Schulter hinweg auf den Bildschirm ihres Tablets. Es gelang Mona nicht rechtzeitig, das Fenster auf dem Desktop zu schließen oder nach unten zu klicken.

„Wo hast du das Ding her?" Anetas Stimme hallte schrill durch den Raum. Sie hörte sich an, als sähe Mona ein Video von ihr beim In-der-Nase-Bohren an, statt eines Zusammenschnitts von wackelnden Amateurvideos.

„Das Tablet?", fragte Mona verwirrt.

„Ja!", schrie Aneta.

„Na, das hat mir mein Vater vorhin gebracht. Hast du was dagegen?"

„Ja … äh … nein. Ich meine, ich glaube nicht, dass es gut ist, wenn du dir das ansiehst."

„Und warum nicht? Ich wollte einfach mal einen Blick darauf werfen … Das ist ja wohl mein gutes Recht. Das würdest du auch tun, wenn … wenn du …", sie stotterte, dann blickte sie runter auf die gelb gestreifte Bettwäsche, um Aneta nicht in die Augen sehen zu müssen. „Ich will wissen, wer es war."

„Mona, die Polizei wird …"

„Die Polizei macht einen Scheiß!", brüllte Mona und funkelte Aneta wütend an.

Aneta starrte entgeistert zurück, dann schüttelte sie den Kopf und sah ihr fest in die Augen. Mona zuckte mit den Achseln und ließ den Blick dann zum Fenster schweifen.

Es dauerte einen Augenblick, dann hatte Aneta ihre Stimme wiedererlangt und befahl: „Mach das aus, sofort!"

„Ich habe doch nur mal reingeschaut", verteidigte sie sich.

Das war genau genommen gelogen, sie hatte das Tablet seit zwei Stunden und seitdem hatte sie nichts anderes getan, als es sich anzusehen. Wieder und wieder. Es gab ein halbes Dutzend Videos auf Youtube. Doch sie hatte nicht das Gefühl, als wäre sie selbst dabei gewesen. Sondern es war so, als betrachte sie einen perversen Film, der doch Realität war. Die Sequenz, bei der die Kamera auf den Boden zeigte, auf die grauweißen Fliesen, auf einen Teil ihres brennenden Körpers. Die Menschen um sie herum, Hände vor den Gesichtern, Schrecken in den Augen. Sie hatte die Schreie auf dem Video gehört, den Mann gesehen, den es am Bein erwischt hatte, nachdem der Betrunkene die Fackel wahllos in die Menge geworfen hatte und geflohen war. Instinktiv betastete sie mit ihrer rechten Hand die Verbände an ihrem linken Arm.

„Meinst du nicht, Liebes, dass es ein bisschen zu früh ist für so etwas? Du solltest dir das noch nicht ansehen, vielleicht besprichst du das mal mit der Psychologin …"

„Stopp!", Mona hielt ihre freie, gesunde Hand in die Luft und blitzte ihre Freundin wütend an. „Wann und ob ich mit so einer Psychotante spreche, ist meine Sache! Klar? Ich habe das überlebt, okay? Ich bin noch da, ich liege seit Wochen hier und jetzt muss ich es eben nur noch vergessen können."

Mona hörte es sich sagen und fand es selbst mehr als lächerlich. Als ginge es darum zu vergessen, dass sie zum Frühstück zwei Scheiben Toast mit Nutella gegessen hatte statt etwas Gesundes. Als ob man so etwas vergessen könnte wie den Namen des Hotels vom letzten Strandurlaub. Als ob man so etwas je vergessen könnte. Oder verzeihen.

Aneta zog die Augenbrauen weit nach oben und musterte sie kritisch. „Und da hast du dir gedacht, damit du es besser vergisst, schaust du es dir ständig an? Tolle Strategie!"

„Ist ja gut." Mona drückte auf den Schalter an ihrem iPad und legte das Gerät neben sich auf das Tischchen.

„Könntest du jetzt bitte gehen, Ani." Mona fühlte sich erschöpft, leer, müde. So unendlich müde.

Doch Aneta wäre nicht Aneta gewesen, wenn sie auf sie gehört hätte. „Nein, Mona, ich bleibe und nehme dich in den Arm. Bis es ein bisschen weniger wehtut", antwortete sie mit fester Stimme und sah ihr nun wieder direkt in die Augen.

Mona ließ zu, dass sich Aneta neben sie, auf die unversehrte Seite, legte und sie vorsichtig, aber dennoch fest in den Arm nahm.

Erst um acht Uhr abends ging Aneta und ließ Mona allein. Die Stille danach war so unfassbar laut, dass Mona den Knopf neben ihrem Bett drückte und die Schwester bat, das Radio anzustellen. Dann schloss sie die Augen und ließ sich von Milan beruhigen. Milan, der keine Ahnung davon hatte, dass er ihre tägliche Rettung war. Ohne den sie schon zu Asche verbrannt wäre. Bei den Klängen von Linkin Parks „Numb" schlief sie ein.

***

„Bist du so weit?", fragte Aneta.

„Ja, gleich. Ich muss nur schnell noch diese App ..."

Mona drückte wie verrückt auf ihrem Handy herum. Es war ihr wichtig, dass sie die mobile Radioversion von Milans Sender einprogrammierte, bevor sie fuhren. Sie schämte sich ein wenig dafür, dass sie nahezu süchtig nach seiner Stimme war. Er hatte sie durchs Koma begleitet und ihr herausgeholfen und nun musste sie ihn hören, wenn die Schmerzen zu stark wurden, wenn die Erinnerung ihren Körper neu in Brand steckte.

In den letzten Wochen hatte sie mehrere Operationen über sich ergehen lassen müssen. Im Gesicht hatte man ihr zunächst Schweinehaut zur vorübergehenden Wundabdeckung eingesetzt. Später war schließlich eigene Haut, die man ihr vorher vom Oberschenkel entnommen hatte, implantiert worden. Am schlimmsten ging es ihr mit den Verbrennungen am Arm. Dort hatte sich dickes Narbengewebe gebildet und schränkte ihre Beweglichkeit ein.

„Was machst du denn da?" Alexander versuchte, auf ihr Smartphone zu schauen.

„Nichts." Schnell drückte sie den Bildschirm aus und steckte das Handy in die weiten Taschen ihrer Hose.

„Bist du so weit?", wollte Aneta wissen.

„Nein. Muss ich da hin?"

54

„Ja!", aus Alexanders Mund klang das so, als müsse sie sich darauf freuen. Tat sie aber nicht. Die einzige Klinik, in der Mona noch einen Rehaplatz ohne Wartezeit bekommen hatte, lag im tiefsten Bayern, in einem Ort namens Bad Griesbach, von dem sie nie zuvor gehört hatte und den ihr Vater als „Rentnermekka" bezeichnete, wobei er jedes Mal lachte, wenn er davon sprach. Vorfreude löste das bei Mona nicht gerade aus.

Überhaupt gab es wenig, was ihr Freude machte. Kiki versteckte sich hinter Aneta, sobald die beiden sie besuchen kamen. Das entging Mona trotz Anetas stetiger Versuche, Kiki unauffällig aus der Reserve zu locken, nicht. Es war ihr Anblick, der das Kind verschreckte, und Mona konnte es ihr nicht übel nehmen. Weh tat es trotzdem. Seit sie vor ein paar Tagen selbst das erste Mal bewusst in den Spiegel gesehen hatte und sich eine halbe Stunde Zeit gegeben hatte, das Gesicht dort als ihr eigenes anzunehmen – so, wie es ihr die Krankenhauspsychologin empfohlen hatte –, war Mona noch ein Stückchen weiter in sich zusammengesunken, vergrub sich in Gedanken und sprach wenig. Das war nicht mehr sie selbst.

Und sie würde es nie mehr sein. Nicht nur, weil sich eine längliche Narbe, deren Form an den italienischen Stiefel auf der Landkarte erinnerte, über ihre obere linke Wange zog. Vom Rand ihrer Wangenknochen bis hinauf zum Haaransatz. Die Narbe war schmal, sie zog sich an ihrer breitesten Stelle gerade mal drei Zentimeter weit in Monas Gesicht hinein, aber die Haut dort wirkte wie ein Fremdkörper. An manchen Tagen wollte sie ihr gesamtes Gesicht bedecken, weil es ihr vorkam, als bewege sich die Narbe über ihre linke Wange hinweg über die Nasenflügel bis zur rechten Gesichtshälfte. An anderen Tagen dagegen hielt sie die Ränder der ehemaligen Wunde, die ihre Haut so scharfkantig in Vergangenheit und Gegenwart teilten, für schmaler, als sie waren, und erschrak dann bei jedem noch so flüchtigen Blick in eine spiegelnde Oberfläche.

Sie war nicht nur wegen dieser Narbe nicht mehr sie selbst, sie war es nicht nur wegen der Dinge, die neu oder anders an ihr waren, sondern hauptsächlich wegen dem, was ihr fehlte. Lebensfreude. Unbeschwertheit. Stattdessen waren da Angst, Leid und Unruhe. Nachts konnte sie kaum schlafen, außer sie ließ das Radio so lange an

– inzwischen hörte sie über Kopfhörer, weil Milans Stimme ihr dann noch näher war –, bis sie endlich in einen leichten und immer wieder unterbrochenen Schlaf fiel. Die kleinsten Dinge riefen in ihr Erinnerungen wach, die sie panisch werden ließen. Mona hatte Angst davor, die Welt da draußen wieder zu betreten. Es erschien ihr, als gehöre sie sowieso nicht mehr dazu.

„Komm schon, Mona, wir müssen!" Ihr Vater drängte zum Aufbruch und Mona löste sich aus ihrer Starre. Hinter Heiner, der ihre Tasche trug, und vor Alexander, Aneta und Kiki ging sie den Gang entlang, raus aus dem Krankenhaus, in dem sie vier lange Wochen verbracht hatte. Im Aufzug mied sie den Blick in die Spiegel, die ihr von drei Seiten her ein Bild aufdrängen wollten. Im Foyer des Krankenhauses, mit Blick hinaus auf den Park und das normale Leben mit all seinen Gefahren und Schrecken, begann Mona zu zittern. Sie sah hinunter zu Anis Tochter und sagte mit fast flehendem Ton: „Magst du mir die Hand geben, Kiki?"

Kiki schüttelte leicht, aber doch entschieden den Kopf.

„Hey, Kiki, ich bin es nur …", sagte sie leise. Sie versuchte, den linken Arm zu strecken, doch der Verband behinderte sie. Aber das Kind drückte sein Gesicht ohnehin fest in Anetas karierte Bluse. Mit Kiki hätte sie, ohne Angst zu haben, rausgehen können auf die Straße.

Mona holte tief Luft und fand dann Anetas Hand an ihrer Seite. Sie presste ihre Finger fest in die Handflächen der Freundin und trat aus der automatischen Schiebetür heraus.

Alexander stand ein wenig bedröppelt daneben. Mona wusste, dass er sich schuldig fühlte. Und sie hätte ihm gerne gesagt, dass das Unsinn war, aber sie brachte es nicht über die Lippen. Denn irgendwie warf sie es ihm im Stillen vor, dass er ihr Angebot angenommen hatte und sie deshalb mit der U-Bahn gefahren war. Dass das unfair war, musste ihr keiner sagen, deshalb sprach sie es auch nicht aus. Abstellen konnte sie den Gedanken dennoch nicht. Vielleicht war es auch einfach noch zu früh dafür.

„Da unten steht mein Wagen. Wir müssen nicht weit gehen", sagte ihr Vater mit einem skeptischen Blick auf Monas zusammengepresste Lippen, die vor Anstrengung weiß schimmerten.

Mona sah hektisch nach links und nach rechts. *Hier gibt es kein Feuer, keine Pyrotechnik,* versuchte sie sich selbst zu beruhigen. Ihr Herz aber schlug so heftig, dass das Blut in ihren Ohren rauschte. Ihr Blutdruck schien ihr die Handgelenke zu sprengen und sie schwitzte, als wäre sie einen Marathon gelaufen. Ihr gesamter Körper war zum Zerreißen gespannt.

Gerade als sie sich auf die Treppe konzentrieren wollte, die vom Krankenhausgelände nach unten zu den Parkplätzen führte, sah sie es.

Etwas Pinkfarbenes sauste durch die Luft und es schien direkt auf sie zuzukommen. Sie duckte sich. Auf einmal war es Mona, als lasteten all die Menschen dort unten am Bahnsteig wieder auf ihr und das Feuer raste auf sie zu. Sie wollte die Arme heben. Sie schrie und schrie und schrie. Das pinkfarbene Leuchtfeuer zischte nun direkt vor ihren Füßen, erst da begriff sie, dass sie auf dem Boden lag. Hastig sprang sie auf und machte einen Satz zur Seite. Ohne zu merken, dass sie noch immer schrie.

„Mona!"

Es schrie wieder. Diesmal war sie es nicht selbst. Jetzt schrie ein Kind. Mona drehte den Kopf in alle Richtungen, bis ihr Blick an Kiki hängen blieb. Das Mädchen hatte den Mund aufgerissen und kreischte laut. Da wurde Mona etwas ruhiger. Das war Kiki, nicht das Kind aus der U-Bahn. Sie war in Sicherheit. *Ich bin nicht am Bahnsteig, ich bin nicht am Bahnsteig*, sagte sie sich immer wieder.

Alexander fasste Monas Arm, doch sie schlug ihn brüsk beiseite. „Lass!", keuchte sie.

Dann sah sie neben sich auf den Boden und dort lag ein pinkfarbener kleiner Gummiball. Keine Pyrotechnik. Und doch war es so real gewesen, als würde sie alles erneut erleben müssen. Sie konnte sogar den Rauch auf der Zunge spüren.

„Bring mich weg", sagte sie zu ihrem Vater und rannte los. Die Treppe hinunter, wild nach links und rechts Ausschau nach seinem Wagen haltend.

Aneta rannte ihr hinterher, die inzwischen heulende Kiki im Schlepptau.

„Lass mich, Ani! Lass mich! Ich will allein sein. Ich rufe dich an."

Aneta ließ die Arme wieder sinken, sie verstand, dass Mona nicht von ihr in den Arm genommen werden wollte, und trat einen Schritt zurück.

Alexander versuchte, sie an der Schulter zu berühren, und ließ es dann im letzten Moment doch bleiben. Er sagte: „Wir kommen dich besuchen, okay? Im Rentnermekka. Wir treiben den Altersdurchschnitt gehörig nach unten, Aneta, Kiki und ich."

Aneta nickte und fügte hinzu: „Mona, du ... Ich hab dich lieb, okay? Wir passen auf deinen Sessel auf und ich verspreche dir, kein einziges Mal Knoblauchsuppe und gefüllte Knödel zu machen, solange du nicht da bist, in Ordnung?" Sie lächelte zwar, aber ihre blassblauen Augen sahen traurig aus dabei.

Mona nickte nur schwerfällig. Essen war etwas Abwegiges. Sie hatte keine Lust zu essen. Dabei war Ani die beste Köchin, die man sich vorstellen konnte. Mona hatte ihr immer gerne dabei zugesehen, wie sie ihr orangeblondes Haar unter einer weißen Haube versteckte, „damit kein Haar in die Suppe" kommt, eine Schürze über ihre üppige Oberweite spannte, aus vollem, breitem Mund lachte und dann stundenlang in dampfenden Töpfen Köstlichkeiten aus ihrer tschechischen Heimat zubereitete.

Heiner hielt ihr die Tür auf und Mona stieg in den Wagen. Sie schaffte es noch, Kiki eine Kusshand zuzuwerfen, und dann ließ sie sich mit geschlossenen Augen gegen die Rückenlehne fallen. Ihr linker Arm steckte bis über den Ellbogen in einem hautfarbenen Kompressionsstrumpf, der verhindern sollte, dass ihre Narben verhärteten oder wucherten. Vergeblich versuchte sie, eine bequeme Position für den Arm zu finden. Am liebsten hätte sie die Augen nie mehr geöffnet. Die Welt war so unberechenbar geworden.

Kaum hatte ihr Vater den Motor gestartet, aktivierte Mona die Radioapp auf ihrem Handy und steckte sich die Stöpsel in die Ohren. Wenn sie Milans Stimme hörte, dann verstummten die Schreie. Auch ihre eigenen. Selbst wenn er nicht auf Sendung war, hatte sie das Gefühl, über das Radio mit ihm verbunden zu sein.

Bei Hannover schlief sie ein und als sie schließlich nach über acht Stunden Fahrt in Niederbayern ankamen, war es ihr, als wäre sie endgültig nicht mehr sie selbst. Sie stiegen aus und kurz vor dem breiten Eingangstor der Klinik blieb Mona plötzlich stehen. Sie wollte ihrem Vater das Gepäck aus der Hand nehmen und sich schnell verabschieden.

Doch Heiner weigerte sich, die Tasche herauszugeben. „Mona, ich bleibe ein paar Tage, habe mich in der Seniorenhochburg nebenan eingemietet. Ich lass dich jetzt nicht allein."

„Ich will aber allein sein, Papa. Du kannst doch nicht schreiben, wenn so viele Menschen um dich herum sind. Fahr nach Hause!"

Er antwortete nicht, griff in eine Stofftasche, die er über die Schulter gehängt hatte, und sagte stattdessen: „Mama hat ein Paket geschickt."

Mona rollte mit den Augen und war kurz davor, sehr untypisch für sie das Päckchen mit den vielen Aufklebern und dem „Customs declaration"-Vermerk einfach auf den Boden zu werfen. „Ich will es nicht."

„Mona, bitte, sie meint es gut." Es war Mona ein Rätsel, wieso ihr Vater ihre Mutter nach wie vor verteidigte. Er hatte vor ihr nie ein schlechtes Wort über sie verloren. Seine Wut ließ er einzig und allein an seinen Romanfiguren aus. Mona dagegen war ständig sauer auf ihre Mutter und sie hasste diese Sendungen aus den USA. Oft war der zu zahlende Zollbeitrag höher als der Wert des Inhalts.

„Mach es auf, bitte."

Meistens sandte ihre Mutter ihr unbrauchbaren Nippes, T-Shirts von Abercrombie & Fitch in den falschen Größen oder kleine Steckalben mit Fotos von ihr und ihrem zweiten Ehemann. Nichts davon bewahrte Mona lange auf. „Hast du es schon aufgemacht?", wollte sie wissen, als sie sah, dass sich ein feiner Riss über den Versandaufkleber zog.

„Nein", sagte ihr Vater zu schnell.

Mona runzelte die Stirn und riss das Paket dann doch auf. Sie hatte Mühe, es mit der unverletzten rechten Hand aufzubekommen, aber ihr Vater machte keine Anstalten, ihr zu helfen. Sie war ihm dankbar dafür.

„Oh", sagte sie, als sie sah, was sich darin befand. Es waren ein paar rote Chucks. Genau jene, die sie als Kind so geliebt hatte. Ihre Eltern hatten sie ihr jahrelang immer wieder in der nächsten Größe kaufen müssen. Irgendwann, sie wusste nicht mehr wann, hatte sie damit aufgehört, sie zu tragen.

„Du bist immer mein Kind", sagte ihr Vater und kämpfte mit den Tränen. „Ich bin so froh, dass du … dass du das geschafft hast, Mönchen."

Sie liebte es, wenn er Mönchen zu ihr sagte. Mönchen schmeckte nach Wassereis mit Himbeergeschmack aus Plastikröhrchen, es hatte den Klang von springenden Füßen über Hüpfgummiseile und roch nach Bratapfel überm Holzofen im Dezember. Bei Mönchen hatte sie ihrem Vater nie etwas abschlagen können und ihm alles verziehen. „Und deine Mutter ist es auch, deshalb hat sie dir die hier geschickt", behauptete Heiner weiter.

Sie drehte die Schuhe und stellte fest, dass es die richtige Größe war. Mona war klein, aber sie hatte gemessen an ihrer Körpergröße geradezu riesige „Latschen", wie ihr Vater zu sagen pflegte. Sie trug Größe 40 und bei manchen, schmal geschnittenen Schuhen benötigte sie sogar eine Größe mehr. Die Chucks würden perfekt passen.

,Papa, die sind von dir. Ich bin doch nicht blöd', war sie versucht zu sagen, doch sie schluckte es ihm zuliebe hinunter, nickte nur kurz und flüsterte: „Danke."

Sie musste daran denken, wie sie im Krankenhaus zu Linkin Park eingeschlafen war, und wusste auf einmal, dass es wichtig war, dass sie weiterging. Und wenn es nur für ihren Vater war. Und Aneta. Und Kiki. Was kümmerte es sie, dass ihre Mutter sich nicht mehr wirklich für sie interessierte, wenn sie ihrem Vater so wichtig war, dass er sogar Geschenke seiner verhassten Exfrau vortäuschte. Sie musste es versuchen.

***

Mona schlurfte lustlos den Gang entlang, zu dem Zimmer ihres Arztes, in dem sie in den letzten zwei Wochen seit ihrer Ankunft schon mehrfach gesessen hatte. Sie klopfte kurz und öffnete dann die Tür, ohne auf Antwort zu warten. Sie sah ihn auch nicht direkt an, es reichte, dass er ihr von seinem Schreibtisch aus bereits fragende Blicke zuwarf. Grußlos setzte sie sich.

„Wie haben Sie geschlafen, Frau Hartwig?"

„Schlecht", antwortete Mona und sah an dem Arzt mit dem länglichen Gesicht, der hohen Stirn und dem grauen Spitzbart vorbei aus dem Fenster hinaus. Dorthin, wo die Sonne schien und dennoch nichts auf sie wartete.

„Das ist der Wachhundkomplex", erklärte der Mediziner.

„Wie bitte?" Was sollte sie haben? Von einem Wachhundkomplex hatte sie noch nie etwas gehört.

„Ihr innerer Wachhund. Ihr Körper ist aufgrund des Erlebten in dauerhafter Alarmstellung. Sie kommen gar nicht zur Ruhe. Sie schwitzen häufig, Ihr Puls und Blutdruck sind hoch und Sie scannen Ihre Umgebung ununterbrochen auf potenzielle Gefahren. Wir müssen endlich daran arbeiten, Frau Hartwig. Sie sollten nun wirklich beginnen, die Therapiesitzungen zu besuchen."

Bislang hatte Mona sich geweigert. Was sollte sie dort? Sie hatte keine psychische Störung, sie wusste nur nicht mehr, wer sie war. Und wer sollte ihr helfen können, wenn sie sich selbst nicht helfen konnte?

„Ist es manchmal so, dass Sie nicht mehr wissen, was Sie in den letzten Minuten getan haben?", bohrte der Doktor weiter.

Sie wusste immer, wann sie das Radio an- und abgeschaltet hatte. Sie wusste, was Milan sagte, welche Songs er spielte. Aber es stimmte, manchmal vergaß sie, wie sie vom Speisesaal zurück in ihr Zimmer gekommen war oder was genau der Wundarzt ihr erzählt hatte. Sie hatte dem keine besondere Bedeutung zugemessen, schließlich waren die Tage hier so monoton.

Sie verneinte.

„Gibt es etwas, was Sie besonders gerne tun oder gut können? Fallschirmspringen, tanzen, von mir aus auch stricken oder häkeln?", fragte der Arzt und sah sie besorgt an.

„Das haben Sie mich jetzt schon ein paar Mal gefragt", brummte Mona.

„Aber Sie haben mir noch immer keine Antwort darauf gegeben!"

„Ich zeichne", sagte sie schließlich. Sie war es leid, dieses Gespräch wieder und wieder zu führen.

„Dann fangen Sie doch wieder damit an! Tun Sie etwas, was Ihnen früher gutgetan hat."

Mona zuckte mit den Achseln. Der Arzt stellte sein Wasserglas geräuschvoll auf dem Tisch ab und Mona schoss ruckartig in die Höhe, sah sich hektisch um. Manche Geräusche waren so schwer zu ertragen, manche brachten sie wieder direkt vor den U-Bahn-Zugang, mitten hinein, zurück in die Hölle. Sie bemerkte, wie die Augenbrauen des Arztes kurz zuckten, und ärgerte sich. Weniger über ihn als über sich selbst. Wieso hatte sie sich so wenig unter Kontrolle? Sie rutschte ein wenig mit dem Hintern nach unten und drückte ihren Rücken wieder gegen die Stuhllehne.

„War's das?", fragte sie.

Der Arzt nickte.

Kapitel 7 – Sound of Silence

MILAN REGELTE DIE LAUTSTÄRKE NEU UND ÄRGERTE SICH ÜBER DEN LETZTEN ANRUFER. Dass die Leute aber auch nicht kapieren wollten, dass sie das laufende Radio leiser oder am besten ausstellen mussten, wenn sie durchgekommen waren und live auf Sendung waren! Die Folge, eine Rückkoppelung mit Störgeräuschen, war nun auch keine technische Neuheit.

Er hatte nur noch eine halbe Stunde bis zum Feierabend. Fiona wollte heute mit ihm zu ihren Eltern fahren. Milan fand das verfrüht, sie kannten sich erst wenige Wochen und er hatte keine Lust, sich von ihrem Anhang als Schwiegersohn in spe begutachten zu lassen. Aber Fiona hatte nicht lockergelassen und wenn er etwas an ihr schon sehr gut kannte, dann ihren starken Willen. Er seufzte. Es lief zwar ganz gut, sie konnten miteinander lachen und sie war eine wirklich wunderschöne Frau. Aber … Da war immer ein Aber. Eines, das Milan einfach nicht zum Schweigen bringen konnte. Fiona konnte wahrscheinlich gar nichts dazu, aber … Ja, genau, aber …

„Einer geht noch", murmelte er vor sich hin und warf einen Blick auf die Anruferhotline.

„Rockradio Hamburg – du bist auf Sendung! Was darf ich für dich spielen?", sagte er wenig motiviert beim Gedanken an das weitere Abendprogramm mit seiner neuen Freundin.

„Hallo."

Mehr hatte die Anruferin noch nicht gesagt, da bekam er bereits eine Gänsehaut, die ihn schaudern ließ. An einem einzigen Wort hatte er sie erkannt. Er kannte die Stimme. Für eine Frau ein wenig tiefer als gewöhnlich und dennoch sanft wie Seide. Vielleicht lag es an seinem Beruf, vielleicht aber auch daran, dass er die Locken nicht vergessen konnte und an den Plakaten zur Vorankündigung des neuen Star-Wars-Films nicht vorbeikam, ohne an sie zu denken.

„Hallo, Mona", antwortete er.

Da sagte die Frau nichts mehr.

„Wie geht es dir?"

Dass sie auf Sendung war, stimmte genau genommen nicht, sie zeichneten die Anrufe auf und spielten sie dann direkt nach dem letzten Musikwunsch ein. Milan mochte die Wunschsendung nicht besonders, die meisten Menschen waren nicht sehr einfallsreich, es wurden häufig die ohnehin rauf und runter laufenden Songs gewünscht.

Sie zögerte und sagte dann: „Ganz gut, glaube ich."

„Glaubst du?", fragte er vorsichtig. „Warum meldest du dich?" Er hätte sich selbst ohrfeigen können für diese dumme Frage. Es musste sich für sie so anhören, als wäre es ihm lästig, dass sie anrief. Dabei war das Gegenteil der Fall.

Er startete schnell nebenbei den nächsten Song, damit er weiter mit ihr sprechen konnte. Er entschied sich für „Sound of Silence" und landete damit, ohne es wissen zu können, einen gedanklichen Volltreffer, denn Mona sagte: „Ich weiß nicht. Auf einmal war die Stille zu laut." Sie hörte sich irgendwie traurig an.

„Geht es dir wirklich gut?", fragte er vorsichtig.

„Ja, ja. Sicher."

„Warum rufst du an?" Schon wieder! Er schlug sich mit der flachen Hand auf die Stirn. „Es ist schön, dass du anrufst", ergänzte er schnell.

„Ich höre mir immer deine Sendung an", sie klang wirklich ein wenig so, als sei ihre Zunge zu schwer für die Worte darauf.

Er hatte sich zunächst einfach gefreut, aber nun steckte ihm die Freude im Halse fest. Etwas stimmte nicht. „Aber du wolltest doch nichts mit mir zu tun haben …"

„Wie kommst du darauf?", fragte sie, offenbar ehrlich überrascht.

„Das hat Nicolai gesagt", erwiderte er ebenso überrumpelt.

„Nicolai? Mit dem habe ich schon ewig nicht mehr gesprochen."

Milan wollte sie gerade fragen, wann denn genau das letzte Mal, als sie sich lautstark räusperte und schwerfällig kaum hörbar flüsterte: „Aber das ist jetzt sowieso egal. Könntest du ‚Creep' für mich spielen? Von Radiohead?"

„Sicher, aber …" Verwundert schaute er auf den Bildschirm, wollte es gar nicht glauben, aber sie hatte tatsächlich aufgelegt. Und er war ein verdammter Idiot, weil er sich die Nummer nicht notiert hatte, er hatte noch nicht einmal darauf geachtet. Nein, korrigierte er sich, er war ein Idiot, dass ihn dieses seltsame Telefonat so aufbrachte. Nun hatte sie eben angerufen. So what? Es war ein mehr als seltsames Gespräch gewesen und Mona war sicher noch durchgeknallter, als er gedacht hatte. Er sollte sich ihre Locken endlich aus dem Gedächtnis kämmen!

Milan unterbrach den Song, verabschiedete sich von den Hörern, kündigte das Folgeprogramm an und versuchte, sich auf den Abend mit Fiona zu freuen. Aber es gelang ihm nicht. Stattdessen spielte er – zur Überraschung von Sven, dem Moderator des Abendprogramms, der soeben die Kabine betrat – „Creep" von Radiohead und nahm sich vor, das nun jeden Abend zu tun, so lange, bis sie wieder anrief.

„Ich kann heute nicht", schrieb er Fiona, während der Song noch lief. „Muss eine Sendung vorbereiten. Fahr bitte ohne mich. xxx, Milan.

„Nicht dein Ernst!", kam es kurz darauf zurück.

Milan schaltete das Handy aus, steckte es in die Gesäßtasche seiner Jeans und drückte sich an Sven vorbei in den Flur. Er sah nach rechts, zum Treppenhaus, dann nach links, dorthin, wo hinter der letzten Glaswand Heiko saß, der EDV-Experte des Senders. Er entschied sich für links.

***

Mona hätte sich am liebsten die Zunge abgebissen, als sie aufwachte. Wegen des schalen Geschmacks einer dummen Tat auf den Lippen, der Gewissheit, tatsächlich beim Sender angerufen und sich bei Milan blamiert zu haben.

Sie hatte sich gestern Abend so einsam gefühlt in der Klinik, so viele Kilometer von zu Hause entfernt. Ihr Vater war zurück in Hamburg. Und es kam ihr vor, als würden alle außer ihr den beginnenden Sommer genießen. Die Natur strahlte mit der Sonne um die Wette und die Menschen zog es wie Zugvögel nach draußen, an die See, in den Urlaub. Nur sie gehörte gerade nicht zum Schwarm der Reisenden, sie war an Ort und Stelle festgekettet. Flugunfähig. Und einsam eben. Aneta konnte sich das Zugticket nicht leisten und behauptete daher, sie wäre auf der Arbeit unabkömmlich. Und Alexander wollte sie nicht

65

sehen. Noch nicht. Nicht, weil sie ihn wirklich nicht sehen wollte, sondern weil sie Angst hatte, ihm Vorwürfe zu machen, die völlig ungerechtfertigt waren.

Mona streckte sich im Bett, sah hinüber zu dem Schreibtisch, auf dem ein Zeichenblock lag, den Dr. Wandergast gestern Abend noch hatte bringen lassen, und obendrauf die Flasche Schnaps, die sie gestern in dem kleinen Touristenladen im Ort gekauft hatte. Was hatte sie sich nur dabei gedacht? Die Einsamkeit ließ sich nicht durch Alkohol betäuben, der Schmerz nicht hinunterspülen und die Angst nicht mildern. Doch nachdem sie den letzten Tag von unzähligen Erinnerungen verfolgt worden war, die – wie sie nun wusste – Flashbacks genannt wurden, hatte sie keinen anderen Ausweg mehr gesehen, als zu trinken. Aber dann war ihr Milan nicht aus dem Kopf gegangen. So war sie stattdessen in seiner Hotline gelandet und würde nun nie wieder Rockradio hören. Sie hatte sich schließlich bis auf die Knochen blamiert. So ging es nicht weiter mit ihr. Ihre Kehle war wie zugeschnürt vom eigenen Selbstmitleid. Sie stank sich selbst gewaltig.

Entschieden stand sie auf, nahm die volle, bislang unangerührte Schnapsflasche vom Tisch, lief ins Bad, schraubte den Verschluss ab und steckte die Flasche, den Hals voraus, in das Waschbecken. Sie musste an das Wort „Spirituosen" denken und fragte sich, von wem sie das zuletzt gehört hatte.

Dann setzte sie sich an den Schreibtisch, blätterte die erste Seite des Blockes auf, nahm den Bleistift, der danebenlag, und überlegte, was sie zeichnen könnte.

Da fiel ihr Blick auf das kleine Krokodil aus Biobaumwolle, das Alexander ihr geschickt hatte. Er tat so etwas manchmal, es war ein Running Gag zwischen ihnen. Mona zog ihn wegen seiner Importfirma und der Billigartikel, die er verkaufte, auf und er kaufte ihr im Gegenzug als Entschuldigung teure handgearbeitete Sachen, Bioprodukte, vegane Kosmetik oder eben Stofftiere aus Biobaumwolle.

Mona sah das Kuscheltier an und begann zu zeichnen. Krokodile waren Kikis Lieblingstiere.

Selbst überrascht sah sie einige Minuten später auf die fertige Zeichnung und musste ein wenig lachen. Das Tier sah so aus, als wäre es nicht sonderlich mutig. Eher ängstlich blickte es in seine noch weiße Umgebung und da hatte Mona eine Idee. Sie skizzierte einen Flusslauf, Mangroven und üppige Vegetation dazu und schließlich eine Ente mit dunklem Kopf, die sich vor Lachen den Bauch hielt. Sie radierte nach und nach Linien wieder weg, verbesserte sie, änderte die Mundpartie der Entendame, machte die Mangroven noch etwas dichter, den Fluss einen Hauch bedrohlicher und schrieb schließlich in die Sprechblase über der Ente: „Ein Krokodil, das wasserscheu ist! Das habe ich ja noch nie gehört." Dann machte sie sich daran, eine Schildkröte zu zeichnen, die auf einem schwimmenden Ast saß und sagte: „Weißt du, manchmal muss man eben ins kalte Wasser springen und einfach losschwimmen."

„Und warum?", antwortete das Krokodil an Monas Stelle. „Warum denn?"

„Weil man sonst nicht überlebt!", antwortete die Ente auf der nächsten Seite.

Mona zeichnete auf weiteren Seiten das Krokodil und die Ente bei ihren Versuchen, einander beim Überleben zu helfen. Nach einer Weile sah sie zufrieden auf die Serie von Bildern und konnte sich in dem Krokodil so gut wiedererkennen, dass sie Seite für Seite zurückging und ihm in jedem Bild eine kleine Bisswunde ins Gesicht zeichnete. Jetzt erschien es ihr perfekt.

Nachdenklich starrte sie das Krokodil an. Sie selbst hatte auch überlebt und nun war es Zeit, endlich mit dem Schwimmen anzufangen. Und zwar, ohne sich Mut anzutrinken. Wenn ihr Krokodil das konnte, vielleicht konnte sie es dann auch. Aber sie brauchte keine Ente. Und keinen Milan mit seiner Stimme. Sie würde das allein schaffen. Wie sie zuvor auch allein zurechtgekommen war. Sie musste nur ganz einfach wieder herausfinden, wie das ging mit dem Schwimmen und wie man lachen konnte, ohne dass einem dabei immer zum Weinen zumute war.

Von diesem Tag an, den Mona ausschließlich mit Zeichnen verbrachte, ging sie zur Brandnarbentherapie, sie besuchte die Hypnosesitzungen und die anstrengende Krankengymnastik. Sie nahm alle Angebote zu Ergo- und Sporttherapie wahr, machte medizinische Bäder und ließ sich von einem Schmerzcoach beraten. Die Ärzte waren von ihren Fortschritten begeistert, Dr. Wandergast nannte sie beim Vornamen und Mona spielte mit, weil sie hoffte, dass es ihr helfen würde, sich wirklich gut zu fühlen, wenn sie nur lange genug vorgab, dass es ihr gut ging. Doch in all dieser Zeit erlernte sie das Wichtigste nicht wieder: fröhlich zu sein.

Wenn sie nachts im Bett lag, an die Decke starrte und in sich hineinhorchte, erkannte sie sich selbst nicht mehr. Wo war all ihre Lebensfreude hin, wo war die spontane, witzige, abenteuerlustige Mona? Vielleicht noch immer im Stadion oder an der U-Bahn-Haltestelle. Oder vielleicht hatte sie sich ganz einfach in Schall und Rauch aufgelöst.

Nach über acht Wochen in der Reha, die den langen Wochen im Krankenhaus gefolgt waren, fühlte Mona sich noch immer nicht an Land gespült, sondern hatte das Gefühl, in einem Meer aus Flammen zu ertrinken. Sie widerstand der Versuchung, Milans Stimme zu hören, und entzog sich damit selbst den einzigen Wundbalsam, der ihr je wirklich geholfen hatte.

***

Milan hatte die Nummer nicht herausgefunden, von der aus Mona ihn angerufen hatte, also konnte er Mona nicht kontaktieren. Er wusste nicht, warum ihm das überhaupt so wichtig war, doch je mehr er die Gedanken an sie verdrängen wollte, desto wuchtiger trafen sie ihn in völlig unerwarteten Momenten.

Er dachte beim Zähneputzen an ihr Lachen. Beim Joggen im Stadtpark und an der Außenalster hielt er Ausschau nach kleinen Frauen mit langen Locken. Wenn er samstags am Kiosk nach Zeitschriften stöberte, musste er daran denken, wie sie seinen Beruf hatte erraten wollen, und dann wünschte er sich, sich umzudrehen und sie hinter sich stehen zu sehen. Er malte sich aus, was er dann tun würde. Sie auf eine heiße Schokolade einladen und über ihren Milchschaumbart lachen, ihr sofort ihre Handynummer entlocken, herausfinden, ob es ihr wieder gut genug ging, um überhaupt alles herauszufinden, was sie beschäftigte und berührte.

Und irgendwann in seinen Tagträumen kam dann die Erkenntnis, dass er sich selbst belog wie nie zuvor in seinem Leben. Milan hatte in seinem Leben drei längere Beziehungen gehabt, eine kurze Affäre, zwei One-Night-Stands, für die er eigentlich nicht der Typ war, und nun war da Fiona und er mochte sie viel weniger, als es für eine glückliche Beziehung vonnöten gewesen wäre. Aber er war eben auch nur ein Mann. Und sie war schön und sie interessierte sich für ihn, sie schmeichelte ihm. Er mochte an ihr, dass sie keine von den Frauen war, die einen Mann an ihrer Seite brauchten, um etwas darzustellen. Sie hatte Wirtschaftsingenieurwesen studiert und behauptete sich nun selbstbewusst in einer Männerdomäne, als technische Einkäuferin am Hamburger Hafen. Sie war – so würde sein Bruder es ausdrücken – ein Hauptgewinn. Was noch wichtiger war: Sie war da. Er hatte ihre Telefonnummer. Und beides konnte er von Mona nicht behaupten. Außerdem, kein Mensch würde sich für Chewbacca entscheiden, wenn er Prinzessin Leia haben konnte, nicht wahr?

Kapitel 8 – Creep

„GLAUBST DU, ES GEHT?"

„Ja, sicher." Mona beruhigte Aneta und zupfte an der grünen Strickweste der Freundin. „Sieht hübsch aus. Neu?"

„Lenk nicht ab! Was macht der Arm?"

„Er ist noch dran."

„Das sehe ich. Hast du deine Salbe aufgetragen?"

Mona verdrehte die Augen. Aneta erinnerte sie täglich an das Einmassieren der Salbe, an die Übungen, die dafür sorgen sollten, dass die verletzten Körperteile beweglich blieben. Dabei wusste Mona selbst sehr gut, wie wichtig all diese lästigen Nachbehandlungsmaßnahmen waren.

„Was machen die Flashbacks?", bohrte Aneta weiter.

Mona hasste es, wenn Aneta damit anfing. Sie lehnte sich mit dem rechten Ellbogen auf den Stuhl vor sich, kippte ihn hin und her und sah zur Fensterfront hinaus auf das mittägliche Hamburg. Bei Schietwetter. Sie liebte es, zurück zu sein. Wieder zu Hause.

„Fast keine mehr", murmelte sie.

„Ich verstehe dich nicht. Wärst du so freundlich, deutlich mit mir zu sprechen?", sagte Aneta streng.

„Fast nicht mehr", sagte sie etwas lauter.

„Du lügst! Wie oft am Tag passiert es?"

„Einmal, zweimal …"

„Wie oft wirklich?"

„Manchmal dreimal", erwiderte Mona mit gereiztem Unterton. Sie wusste, dass es Traumaopfer gab, die sehr viel häufiger damit zu kämpfen hatten als sie, aber sie wusste auch, dass jederzeit ein Geräusch, ein Geruch, ein Lichtreflex, ein winziges, für andere alltägliches Ereignis sie aus der Bahn werfen und direkt zurück an den Bahnhof katapultieren konnte. Dorthin, wo dann fremde Körper an sie drängten und ihr die Luft zum Atmen nahmen.

„Bist du dir sicher, dass du arbeiten gehen kannst? Es ist dir doch in den letzten Tagen schon so schwergefallen. All die Eindrücke …", Ani ließ nicht locker.

„Was denkst du denn, wie lange wir die Miete noch zahlen können, wenn ich es nicht mache?", blaffte Mona Aneta an, die nun ihrerseits beschämt auf den Boden sah. Es tat Mona sofort leid, aber sie konnte so schlecht aus ihrer Haut. Sie lachte laut. Aus der Haut fahren. Als ob das möglich wäre! Man konnte sich die Finger verbrennen und auch das Gesicht, man konnte Glück haben und statt des ganzen Haarschopfes nur einige Strähnen verlieren, aber man steckte dennoch immer in seiner ganz eigenen Haut aus Vergangenheit und Unabänderlichkeit fest.

Ani rieb Daumen und Zeigefinger an ihrer Weste, hob dann langsam den Kopf und sah Mona aus tränennassen Augen an. „Wie kann ich dir helfen, Liebes?"

Mona zuckte mit den Achseln und mied Anetas Blick. „Soll ich Kiki mitnehmen? Ich muss noch Wasser kaufen gehen und vielleicht will sie ja zu einer Freundin oder so."

„Nein, danke … wir gehen dann ein Eis essen."

„Sie will nicht, oder? Sie hat immer noch Angst vor mir."

„Unsinn, Mona! Hat sie nicht. Wir gehen Eis essen."

„Schon gut." Kikis Ablehnung schmerzte Mona mehr als alles andere. Und es war das Einzige, worauf sie nicht mit Wut reagieren konnte. Sie war so oft wütend wie nie zuvor in ihrem Leben. Auf den Kerl mit der Pyrotechnik. Auf ihren Kopf, der ihr so viele Streiche spielte. Manchmal war sie auch wütend auf Alexander. Weil er den Lauf des Schicksals verändert hatte. Dann fühlte sie sich schlecht, denn natürlich wünschte sie sich nicht wirklich, dass er an ihrer Stelle gewesen wäre, dort in der U-Bahn. Niemandem wünschte sie das. Sich selbst nur eben auch nicht. Daran änderten auch die unzähligen Zeichnungen nichts, die sie unablässig entwarf, wieder verwarf und zerknüllte, nur um sie erneut aufs Papier zu bringen.

Es musste andere Wege geben, sich abzulenken. Sie musste arbeiten. Sie murmelte einen Abschiedsgruß und ging hinaus ins Treppenhaus.

Es regnete noch immer Bindfäden, als sie aus dem Haus trat, aber die Sonne schickte ihre Boten bereits vorsichtig durch die Wolken und kündigte einen der vielen für Hamburg typischen schnellen Wetterwechsel an. Instinktiv sah sie hoch zum Fenster des alten Mannes mit dem Super-8-Film. Sie nickte nach oben, als würde sie sich selbst damit Mut machen können, hob die Hand, um Erdal zu grüßen, der gerade seine Straßenauslage vor dem Regen rettete, und schritt zügig voran. Früher war sie nie gelaufen oder mit dem Auto zum Café gefahren, wegen der paar Kilometer, die so einfach mit der S-Bahn zurückzulegen waren. Aber Menschenansammlungen führten inzwischen dazu, dass sie heftig zu schwitzen begann und ihr Puls so ruckartig in die Höhe schnalzte wie der gefederte Kopf einer Hau-den-Lukas-Kirmesattraktion bei einem sehr kraftvollen Hammerschlag. Allein der Gedanke daran, einen U-Bahnhof zu betreten, löste in ihr heftige Übelkeit aus, die so real war, dass sie sich bereits zweimal auf offener Straße hatte übergeben müssen.

Sie ging mit eiligen Schritten, den Regenschirm umklammernd und scheinbar uninteressiert an ihrer Umgebung und dabei doch in dauerhafter Alarmhaltung. Als sie ankam, klebten ihr die Haare vom Schweiß an der Stirn und am Rücken ihres T-Shirts hatte sich ein faustgroßer Fleck gebildet. Sie zupfte daran und wedelte sich etwas Luft zu. Sie sehnte sich danach, sich die Haare zurückzubinden, und brachte es doch nicht über sich. Wieder einmal war sie unglaublich froh und dankbar für ihre dichten Locken, mit denen sie ihr Gesicht vor neugierigen Blicken schützen konnte. Hätte sie in der U-Bahn ihre Haare offen getragen, so wäre es nicht bei den paar verbrannten Strähnen geblieben, die bei ihrer Haarpracht nicht auffielen.

Das Anton's war ein beliebtes Straßencafé, und seit dem Eintrag in einem hippen Reiseführer für Backpacker und den folgenden Berichten in zahlreichen Blogs war der Laden geradezu überlaufen mit jungen Pärchen, Frauen in den aktuell angesagtesten Klamotten und Menschen aller Altersklassen, die bereit waren, für eine Kugel veganes Kokoseis zwei Euro fünfzig zu bezahlen.

Monas Chefin Katrin war dabei, die Tische abzuwischen und die hellgrauen Sitzkissen wieder auf den Polyrattansesseln zu verteilen. Die Sonne schien sich tatsächlich durchzusetzen und Mona versuchte ruhig zu atmen bei dem Gedanken an eine Schicht draußen statt wie erhofft im sicheren Inneren. Sie strich sich mit geübten Fingern die Haare über die linke Wange.

„Mona, endlich!" Katrin lächelte, aber Mona konnte sehen, wie sie mit den Augen unruhig hin und her wanderte und dabei bewusst den direkten Blick auf ihre Narbe vermied. Das reichte, um sie wieder wütend zu machen. Sie arbeitete bereits seit zwei Wochen wieder in dem Café und immer noch streiften Katrins Blicke auffällig oft ihre linke Gesichtshälfte. Mona wusste, dass sie viel Glück gehabt hatte. Sie wusste, dass ihr Gesicht außergewöhnlich gut heilte und sie nicht – wie viele andere Brandopfer – unter Wundheilungsstörungen litt. Aber das bedeutete natürlich nicht, dass ihr Gesicht aussah wie früher. Die Blicke waren gerechtfertigt, sie *war* entstellt.

„Ich gehe mal rein, eine Schürze holen", sagte sie knapp und ließ Katrin mit ihren mitleidigen Blicken einfach stehen.

Sie grüßte kurz Robin, den Studenten hinter der Bar, und schnappte sich eine der roten Schürzen mit dem inzwischen über die Grenzen von Hamburg hinaus bekannten Logo. Warum hatte sie nicht irgendeinen Job in einer Fabrik, dort, wo sie mit niemandem sprechen musste oder am besten überhaupt niemanden sehen musste? Sie seufzte, es war ihre Entscheidung, auf eigenen Beinen zu stehen. Ihr Vater hätte ihr nur zu gern die Miete gezahlt, aber Mona war schon immer stolz gewesen. Eine der wenigen Eigenschaften, die sich durch den „Vorfall", wie Heiner stets zu sagen pflegte, verstärkt hatte.

Noch während sie mit zusammengebissenen Zähnen angestrengt die Bänder hinter ihrem Rücken zusammenband, stellte sie fest, dass Katrin offenbar Rockradio eingestellt hatte. Ein Moderator, der nicht Milan war, verlas die Nachrichten.

„Alles in Ordnung?"

Mona zuckte erschrocken zusammen, als Katrin hinter sie trat. „Ja. Sag mal, kannst du einen anderen Sender einstellen?", antwortete sie.

„Klar", sagte Katrin sofort. „Die nerven sowieso. Jeden Tag dreimal derselbe uralte Song, der noch nicht einmal gut ist. Radiohead, wer hört denn heute noch Radiohead!", schimpfte sie.

Mona hatte das Gefühl, das Herz bliebe ihr stehen. „Wirklich?", hauchte sie.

„Ja! Tatsächlich, keine Ahnung, vielleicht hat da einer eine Wette verloren!"

Monas Arme wurden so schwer, dass sie die Schleife unmöglich zu Ende binden konnte. Warum hatte sie nur nicht einfach weiter zugehört? Warum war sie so feige gewesen? Sie hätte wieder anrufen können, aber jetzt waren bereits zwei Wochen vergangen, seit sie mit ihm gesprochen hatte. Konnte es sein, dass er Radiohead nur für sie spielte?

„Wir lassen es doch an, ich mag Radiohead", erklärte sie an Katrin gewandt, die sie daraufhin verwundert ansah, dann mit den Achseln zuckte und den Sender weiterlaufen ließ. Katrin fragte nicht weiter, sondern teilte ihr stattdessen die Tische zu, für die sie heute zuständig sein würde.

Mona schaffte es durch die erste Stunde ohne besondere Vorkommnisse. Es war nicht viel los, der Regen hatte viele Touristen ins Innere vertrieben und es trauten erst wenige dem Sonnenschein. Mona servierte Torten und Gebäck, mühte sich zu lächeln und versuchte zu vergessen, dass ihr Gesicht nicht mehr ihr Gesicht war. Sie war nun dankbar für all die mühseligen Übungen in der Reha, in denen sie alltägliche Dinge bis zur Ermüdung wiederholt hatte. Schuhe binden, Stifte greifen, Teller tragen. Dennoch, ihr Arm juckte und die Haut spannte.

Um 15 Uhr – zur besten Kaffeezeit – waren noch immer mehr als die Hälfte aller Tische leer und Mona war schon beinahe euphorisch, dass sie diesen Tag meistern würde, ohne sich in der Vergangenheit zu verlieren, als es geschah. Sie wunderte sich gerade über das Paar, das an einem von Katrins Tischen Platz nahm. Den Mann sah sie nur von hinten, aber das dunkle Haar und der Undercut kamen ihr irgendwie vertraut vor. Sie wollte gerade genauer hinschauen, da sah sie aus dem Augenwinkel, wie der kleine Junge mit der Baseballkappe und dem auffälligen grellgelben T-Shirt am Tisch direkt neben der Tür sein Glas umstieß und erschrocken aufschrie.

Das reichte. Es war mehr als genug. Mona hörte das Tosen der U-Bahn wieder. Das Brüllen, die Panik aus menschlichen Kehlen. Sie roch den schwefeligen Gestank des bengalischen Feuers und versuchte zu fliehen. Es krachte und schepperte, es knallte. Die Umgebung verschwamm zu einer einzigen Gefahr. Das Gewicht gegen ihren Körper war wieder da – von allen Seiten. Und der Junge, der aus der heranfahrenden Bahn trat, hatte gerade seine Fantadose vor Schreck auf den Boden fallen lassen. Das alles sah Mona nicht zum ersten Mal, sie sah es jeden Tag. Immer wieder. Nicht dreimal, nicht viermal, ein Dutzend Mal. Sie sah es, wenn sie die Augen geöffnet hatte, und sie sah es auch, wenn sie sie geschlossen hielt. Die Lider waren kein Schutz vor der Realität ihrer Albträume.

„Mona?"

Die roten Streifen an der Betondecke wurden wieder zu grauen Sitzkissen und der Junge mit dem verschütteten Getränk wurde von seiner Mutter tröstend mit Taschentüchern versorgt, die er sorgfältig auf seine nasse Hose legte.

„Mona, bist du das?" Da war sie wieder. Die Stimme. Seine Stimme.

Mona drehte sich um und da stand er. Nach all diesen Wochen, in denen seine Stimme sie verfolgt hatte, in denen sie seine Stimme vermisst hatte und sich gezwungen hatte, sich nicht an jemanden zu klammern, den sie nicht einmal besonders gut kannte, war er auf einmal da. Er stand vor ihr und dem Scherbenhaufen von Katrins neuem elegantem Kaffeegeschirr, der so sinnbildlich für Monas Leben stand. Sie hätte sich am liebsten in seine Arme gestürzt, so sehr wurde ihr klar, dass es nicht nur der Klang seiner Worte war, sondern er selbst, der sie herausgerissen hatte aus ihrem Flashback. Was war das nur an ihm, das sie rettete? Immer wieder.

Doch bevor sie einen Schritt auf ihn zugehen oder etwas sagen konnte, schlug ihr die Realität mit brutaler Härte ins Gesicht. Eine einzige schnelle Bewegung, ein hastiges Blinzeln verriet ihn. Milan hatte es gesehen und er konnte nicht verbergen, was er sah und was das mit ihm machte. Da war sich Mona sicher. Sie war das, was dieses verdammte Lied, das sie sich von ihm gewünscht hatte, beschrieb. Ein Freak. Mehr noch, sie war verunstaltet. Ein physischer und psychischer Krüppel. Sie hörte Radiohead im Geiste singen „I want a perfect body, I want a perfect soul" und wusste doch genau, dass das nicht mehr möglich war. Also stand sie, unfähig, ein Wort zu sagen, vor Milan, hängte sich die Haare wie einen Vorhang vors Gesicht und beugte sich dann nach unten, um die Scherben aufzuheben.

Er kniete sich vor sie, griff ihr vorsichtig ins Haar und strich zärtlich ein paar dicke Strähnen hinter ihr Ohr.

Mona biss sich zitternd auf die Lippe. „Bitte nicht", brachte sie hervor.

„Was ist passiert, Mona?"

„Siehst du das nicht?"

„Wie …?" Milan brach ab, offenbar bemerkte er selbst, dass es das Schlechteste war, was er fragen konnte. „Warum hast du nicht mehr angerufen?", korrigierte er sich schnell.

Sie schielte vorsichtig ein wenig nach oben und sah ihm nun direkt in die Augen. Wieder fiel ihr auf, wie ähnlich sie den ihren waren. Er hatte nach wie vor ein perfektes Gesicht. Sein Bart war kürzer als beim letzten Mal und wirkte gepflegter. Nun stellte sie fest, dass die Stoppeln ab der Mitte seiner Wangen heller wurden als darunter. Ein Fuchsbraun, das sich mit dem dunkleren Ton abwechselte. Seine Haare dagegen waren länger, eine der dichten Wellen ragte keck über seine Stirn hinweg. Er trug ein olivgrünes Shirt mit V-Ausschnitt, der eine muskulöse Brust versprach und sein markantes Schlüsselbein betonte. Irgendetwas daran störte Mona.

„Ich war nicht ganz ich selbst."

„Sonst rufst du doch auch an, wenn du nicht ganz du selbst bist", erwiderte er und tat so, als hätte er nicht verstanden.

„Was machst du hier?", fragte Mona.

„Fiona wollte Kaffeetrinken gehen und das hier ist wohl der neueste Trendladen in Hamburg."

Fiona. Wer ist Fiona?

„Milan, kommst du?" Es klang etwas affektiert und in Monas Ohren unsympathisch. Hinter Milan traten zwei lange schlanke Beine in einem Bleistiftrock. Zumindest war es das, was Mona von ihrer Position aus sehen konnte.

„Wer ist denn das?", platzte sie heraus und irgendwoher aus ihrem alten, fast vergessenen Innern kam ein geradezu schelmisches Grinsen. Es verfehlte seine Wirkung nicht.

Milan hob – nur für sie sichtbar – die linke Augenbraue und zog einen Mundwinkel schräg nach oben.

„Ich bin Fiona. Milans Freundin", hörte es Mona von oberhalb der langen Beine sprechen.

„Lass mich dir helfen", sagte er und griff nach den Scherben am Boden, wobei er ihre linke Hand berührte. Das war zu viel, das wollte Mona nicht. Nicht ihre linke Hand. Die die falsche Farbe hatte und die sich für sie selbst trotz all der Therapiesitzungen zur Verbesserung des eigenen Körpergefühls so fremd anfühlte. Sie zuckte zusammen und zog ihre Hand schnell zurück. Jetzt wusste sie, was sie an dem T-Shirt gestört hatte. Es wirkte so, als habe es sich Milan nicht selbst gekauft, er wirkte verkleidet. *Fiona*. Er hatte eine Freundin und … sie sah aus wie ein verdammtes Topmodel. Mona ragte den Kopf nach oben und kam sich so hässlich und dämlich vor wie nie zuvor in ihrem Leben. Fionas attraktive Erscheinung riss ihr ohnehin nur einstelliges Selbstwertgefühl bis tief in die roten Zahlen.

„Kennt ihr euch?", sagte das blonde Gift im selben Moment, in dem Milan ihr von Fiona unbemerkt eine kleine Karte in die Schürze steckte.

„Gut, dass wir uns heute gesehen haben. Da kann ich aufhören, ‚Creep' zu spielen, ich werde sonst noch gefeuert."

Es war nett gemeint, es war sogar ein wenig geflirtet, doch Mona hörte nur das, was ihr verkümmertes Selbstbewusstsein ihr zuflüsterte, und erwiderte grob: „Du hast den Freak ja jetzt vor dir."

„Mona … bitte …", er presste die Lippen fest zusammen und strich sich mit der Hand durchs Haar. „Ruf mich an, ja? Ich würde mich freuen."

Blondie hinter ihm wurde nervös, stellte Mona fest. Sie trippelte auf der Stelle und sah Mona mit verbissenem Blick an. Mona richtete sich auf, nahm das Tablett, auf dem sie die Scherben gesammelt hatte, hoch. Dafür hatte sie einen sehr ungünstigen Zeitpunkt gewählt, denn Milan stand zum exakt gleichen Zeitpunkt auf, sodass sie beide schmerzhaft mit der Stirn aneinanderstießen und Mona das Tablett ein zweites Mal aus den Händen rutschte.

„Soll ich dir mal wieder einen Eisbeutel holen?", fragte er und rieb sich mit verzerrtem Gesicht den Nasenrücken.

„Nicht nötig. Es tut nicht weh. Ich muss jetzt weiterarbeiten!" Erneut sammelte sie die Scherben auf, schob sich die Haare vors Gesicht und rappelte sich hoch.

„Bringen Sie mir bitte einen Latte macchiato light?", befahl Fiona.

Ohne eine Antwort ging Mona durch die Flügeltüren ins Innere des Cafés, riss sich die Schürze herunter und rief Robin zu: „Ich muss gehen."

Sie ging nicht, sie rannte beinahe und wünschte sich, Scheuklappen zu haben. Pferde, die in Städten Menschen in Kutschen herumkarren mussten und dabei nur nach vorn, nie zur Seite oder zurück sehen konnten, hatten Mona immer furchtbar leidgetan. Sie hatte es stets als Tierquälerei empfunden. Nun aber sah sie es als eine Art Segen und wünschte sich nichts mehr, als einfach nur nach vorn sehen zu können statt ständig zurück.

„Warte! Mona, warte doch!" Milans Stimme erklang hinter ihr. Turnschuhe machten tappende Geräusche auf dem Kopfsteinpflaster.

Mona schloss kurz die Augen und verlangsamte automatisch ihren Stechschritt. Sie wartete, bis er auf ihrer Höhe war. „Milan."

„Mona."

Da musste sie lachen. Zum ersten Mal, ohne weinen zu wollen.

„Können wir miteinander reden?", wollte er wissen.

„Deshalb bist du mir doch nachgelaufen, oder?", fragte sie.

„Ja. Aber wenn du nicht willst …"

„Können wir reden, ohne … ohne über mich zu reden?"

„Klar. Worüber willst du sprechen?"

„Was ist mit der Blonden?"

„Oh, über die will ich eigentlich nicht reden."

„Gut …"

„Sag jetzt bitte nicht uneigentlich", meinte er.

„Wieso nicht?" Mona schüttelte ungläubig den Kopf und linste ein wenig zur Seite. Es war unwirklich, dass er da ging. Der Mann, zu dem die Stimme gehörte, die sie viel besser kannte als den Rest von ihm. „Ich sage nie ‚uneigentlich', es ist ein sehr seltsames Wort."

„Ja!", stimmte er zu. „Ein absolutes No-go-Wort."

„Richtig. Und No-Go ist auch ein No-go-Wort."

„Mmmh. So wie nichtsdestotrotz."

„Warum? Daran kann ich nichts Schlimmes finden", erklärte Mona. Sie liefen langsam nebeneinander weiter und diesmal war es ausnahmsweise Monas rechte Körperseite, die sich anders anfühlte. Weil er dort so dicht neben ihr ging.

„Das Wort gibt es ganz einfach nicht! Das ist eine Missbildung aus nichtsdestoweniger und trotzdem."

„Aha!", antwortete sie. „Ich finde asap viel schlimmer. Und Hashtag und allen voran: Chillen."

„Okay", Milan lachte ein wenig heiser. „Du hast ein Problem mit Anglizismen."

„Nein, habe ich nicht!", widersprach sie und musste ein wenig grinsen.

„Doch hast du! All deine No-go-Wörter sind englische Wörter!"

„Jetzt, wo du es sagst", erwiderte sie und dachte mit Widerwillen an ihre Mutter.

„Was machen wir jetzt?", fragte er und blieb plötzlich stehen.

„Ich gehe nach Hause", sagte sie und bemerkte zu spät, dass das wie eine glatte Zurückweisung klang.

Unbeeindruckt erklärte Milan: „Dann komme ich mit."

„Was ist mit Blondie?"

„No-go-Topic, du erinnerst dich?"

Sie nickte. Schnell zog sie eine Strähne ihres Haares wieder über die linke Wange.

„Du musst das nicht tun."

„Was?"

„Das mit deinen Haaren. Ich habe es längst gesehen und ich finde dein Gesicht zu schön, um es mit deinen – zugegebenermaßen auch schönen – Locken zu bedecken."

„Das ist mein No-go-Topic", flüsterte sie und sah zur Seite.

„Ist okay, ich wollte dir auch nur sagen, dass ich dein Gesicht schön finde. So, wie es jetzt ist."

„Lüg mich nicht an", blaffte sie.

Wenn ihr Ton ihn erschreckte, so ließ er es sich nicht anmerken. „Ich lüge nie", erklärte er bestimmt. So überzeugend, dass Mona ihm gerne geglaubt hätte.

Eine Weile gingen sie schweigend weiter, bis er sagte: „Ich muss heute Abend auf eine 70er-Party in Blankenese."

„Ungewöhnliche Kombi – Blankenese und Siebziger! Ich dachte, du bist beim Radio?"

„Ja, aber die Mutter meines Chefs wird sechzig und will sich gerne noch mal an ihre wilde Jugend erinnern. Ich schmuggele dich rein, wenn du magst."

Mona holte tief Luft und sagte dann entschuldigend: „Menschenansammlungen sind gerade nicht das, was ich gut vertrage."

„Ich bin doch da."

„Ja", antwortete sie. Er war da. Und solange er an ihrer Seite ging, gab es nichts, gar nichts, was ihr Angst machte, ein Flashback auslöste oder bedrohlich wirkte. Wie schaffte er das nur?

„Hier wohne ich", sagte Mona und deutete auf den alten Industriebau vor ihnen. Erdal vom türkischen Laden streckte seinen überaus neugierigen Kopf hinter einer Wassermelone hervor und grinste sie an. Mona rollte mit den Augen.

„Also? Ich hole dich ab, ja? Um sieben. Jetzt weiß ich wenigstens, wo du wohnst."

„Ist gut", stimmte sie zu.

„Und das nächste Mal, wenn ich dir meine Karte gebe, dann wirfst du sie nicht einfach weg."

„Habe ich nicht!", protestierte Mona.

„Du hast die Schürze ausgezogen, ohne die Karte herauszunehmen", konterte er.

„Es ist meine Schürze, ich kann mir die Karte jederzeit holen", erklärte Mona ebenso schlagfertig.

„Und wenn sie bis dahin weg ist, weil meine Karten sehr begehrt sind und …?"

Sie ließ ihn nicht ausreden, sondern sagte: „Milan Drombusch. 0178 8546697."

„Ich kann das nicht nachprüfen, ich weiß sie nicht auswendig", erwiderte er lachend.

„Bis heute Abend."

„Bis dann."

Er drehte sich um und winkte ihr zu.

Als Mona die Treppe nach oben ging, war es ihr, als wirke seine Anwesenheit noch nach. Sie sah sich zwar um und sie zuckte auch kurz zusammen, als sie aus dem Briefkasten im Treppenhaus eine Rolle mit rotem Papier hervorlugen sah, aber sie brach nicht in Panik aus. Sie blieb ruhig. Etwas in ihrem Inneren hatte begonnen zu heilen. Langsam. Zart und sehr verletzlich war eine große Wunde dabei, sich zu schließen. Denn manchmal brauchte es dazu nur den richtigen Menschen. Zur richtigen Zeit.

Kapitel 9 – Clean

MILAN GING LANGSAM UND NACHDENKLICH DIE STRAßE HINAUF UND SETZTE SICH WENIG SPÄTER IN DIE U-BAHN ZUM SENDER. Das Klingeln seines Handys ignorierte er. Er würde später mit Fiona reden. Morgen. Sie würde ihm eine Szene machen und er schwor, dass es die letzte Szene zwischen ihnen gewesen sein würde. Das war ein beruhigender Gedanke in seinem ansonsten aufgewühlten Inneren. Er hatte Mona gefunden. Das war die gute Nachricht. Aber der Ausdruck in ihrem Gesicht ließ ihn nicht los. Ließ ihn keine Ruhe finden. Nicht die Narben, die störten ihn nicht. Er hatte keinen Ekel gespürt, keine Abneigung, nicht einmal Zögern. Aber Sorge. In ihren Augen lag mehr denn je der Wunsch zu fliehen, davonzulaufen, und er hatte sehen können, wie verfolgt sie sich fühlte. Sie musste ihm nicht sagen, dass es ihr nicht gut ging. Das konnte er deutlich spüren. Alles, was er jetzt wollte, war, für sie da zu sein und ihr zu helfen. Irgendwie wusste er, dass er das konnte.

Sein Handy klingelte erneut, diesmal war es sein Bruder. Auf den hatte er ebenso wenig Lust wie auf Fiona.

Im Sender sammelte er sein Equipment zusammen, fuhr in seine kleine Wohnung im Osten von Barmbek, wo er sich schnell umzog und dann das Auto nahm, um Mona abzuholen. Es war viertel vor sieben, als er bereits vor Monas Haus stand und sich unsicher war, ob er klingeln oder warten sollte.

***

„Ist er das?", fragte Aneta und tippte mit dem Zeigefinger an die Scheibe, die den Blick hinunter in den Hof freigab. „Ja, das ist er", erklärte Mona, die sich neben sie stellte.

„Meinst du, ich sollte wirklich …?"

„Warum denn nicht? Wenn du ihn magst."

Mögen. Mona hatte sich bisher nicht gefragt, was das war zwischen ihr und Milan. Aber mögen war definitiv nicht das richtige Wort.

„Kann ich das anlassen?" Mona trug ein nachtblaues bodenlanges Kleid in A-Linie mit langen Ärmeln und schwarze Sandalen mit Blumen an den Riemchen. Ein Karnevalsrelikt, das sie herausgekramt hatte. Sie hatte den Kompressionsstrumpf abgenommen. Sie würde ihn in der Nacht wieder tragen. Die Ärzte hatten ihr Okay gegeben, ihn stundenweise abzunehmen.

„Natürlich kannst du das!", bestätigte Aneta.

„Ich muss noch kurz ins Bad!"

Im Bad saß Kiki auf dem gepolsterten Toilettenaufsatz mit den roten Fröschen, ein Bilderbuch in den Händen. Sie sah kurz erschrocken auf, als Mona hereinkam.

„Kiki, ich will nur ganz kurz an den Spiegel."

„Machst du das Rote weg?", sagte Kiki und sah sie jetzt unverhohlen neugierig an.

„Was meinst du?", irritiert drehte sich Mona vom Spiegel weg.

„Das Rote. Man kann doch Schminke drübermachen. Macht Mama auch, wenn sie einen Pickel hat, dann muss man es nicht sehen."

Mona schluckte schwer. „Ich kann es nicht wegmachen, Kiki, das … gehört jetzt zu mir."

„Warum?", beharrte die Kleine.

Mona dachte kurz nach, dann meinte sie: „Du hast doch sicher ein Muttermal?"

„Einen Mamapunkt?"

„Ja, genau", lächelte Mona. „Den kannst du doch auch nicht wegmachen."

„Stimmt", nickte Kiki und vertiefte sich wieder in ihr Bilderbuch, als wäre nichts gewesen.

Mona schloss leise die Badezimmertür hinter sich und war kurz davor, sich das mit Milan noch einmal anders zu überlegen. Dann aber dachte sie an das wasserscheue Krokodil und beschloss, doch schwimmen zu gehen.

***

„Hi."

„Hi", erwiderte sie.

„Wollen wir?" Milan wusste nicht so recht, ob er ihr zur Begrüßung ein Küsschen auf die Wange geben sollte oder ob sie das eher nicht wollte. Wegen der Wange und weil sie sich ja eigentlich gar nicht richtig kannten. Also ließ er es sein.

Sie musste lächeln, als sie den kornblumenblauen Audi wiedersah, der im Halteverbot stand.

Er ging ihr voraus, öffnete die Tür und sagte: „Oder möchtest du lieber auf dem Dach mitfahren?"

„Danke, heute nicht", sagte sie gespielt ernst und stieg ein.

Auf der Rücksitzbank stapelte sich allerlei technisches Gerät. Mona sah sich ein wenig um und blickte dann auf ihre Hände. Es war seltsam, mit Milan im Auto zu sitzen. Er war ihr dabei so nah und sie fühlte sich ein wenig schutzlos. Sie zupfte am Ärmel ihres bodenlangen Kleides, der ihr nur knapp bis zum Handgelenk reichte, vergeblich versuchend, ihn weiter hinunterzuziehen, um ihre Narben besser zu bedecken. Sie verfluchte sich selbst dafür, nicht einfach den Kompressionsstrumpf angelassen zu haben.

„Das hat mit Nicos T-Shirt auch schon nicht funktioniert", gab er gelassen zu verstehen. Er startete den Motor, fuhr los und warf ihr dabei einen ernsten Blick von der Seite zu. „Du musst bei mir nichts verstecken."

„Das sagst du so einfach", erwiderte sie leise.

„Pass auf, ich zeig dir was. Das ist viel, viel schlimmer."

„Schlimmer als eine hässliche Brandnarbe?"

„Welten schlimmer", nickte er. Dann setzte er den Blinker und hielt wieder an, schnallte sich ab. Er trug zu Monas Freude nicht mehr den olivgrünen V-Ausschnitt, sondern ein einfaches weißes Shirt. Das zog er sich jetzt mit einem Ruck über den Kopf, ohne die Arme herauszuziehen, legte sich ein wenig im Sitz zurück und zwang Mona damit, auf seine athletische Brust zu sehen. Wie alles an Milan war auch sein Oberkörper lang, ein wenig schlaksig und dabei sehr sexy. Es war ihr etwas unangenehm und vor allem wusste sie nicht, was daran hässlich sein sollte. Doch dann zeigte er auf seinen Bauchnabel. Einen kurzen Augenblick lang musste sie schwer schlucken beim Anblick der feinen dunklen Haare, die von seinem Nabel an herunterreichten und am Bund seiner Jeans verschwanden, dann aber wusste sie auf einmal, was er meinte. Und sie musste lauthals lachen: Auf Höhe seiner Hüften befand sich eine Tätowierung. Eine verdammt schlechte Tätowierung eines großen Vogels mit roten Schwanzfedern.

„Das ist ein Milan", erklärte Milan. „Mein Namensgeber. Ich dachte, es wäre cool."

„Es ist furchtbar", Mona lachte noch immer. „Entschuldige … das hätte ich nicht sagen sollen."

„Doch. Es ist schrecklich", stimmte Milan in ihr Lachen ein. „Gruselig gemacht. Bei einem wahnsinnig schlechten Vertreter seines Fachs auf einer schmuddeligen Erotikmesse, auf die ich mich mit sechzehn mit meinen Kumpels geschlichen habe."

„Oh, mein Gott! Es sieht aus, als …"

„… als hätte ich es im Knast machen lassen, nicht wahr?"

„Ja, genau", kicherte sie. „Was haben deine Eltern dazu gesagt?"

„Mein Vater hat einen schwarzen Panther auf seinem Oberschenkel, er kennt sich also aus mit Jugendsünden und meine Mutter … weiß es bis heute nicht."

„Wie geht das? Ich meine, wie konntest du ihr das verheimlichen?"

„Nicht ganz leicht, aber bis jetzt ist es mir gelungen." Er zuckte mit den Schultern, dann zog er den Kopf ein und streifte das Shirt wieder über seinen Brustkorb. Der Vogel mit den schiefen Augen und der falschen 3-D-Optik verschwand wieder hinter weißem Stoff und sofort war Mona auch nicht mehr zum Lachen zumute. Denn Milan legte seine Hand vorsichtig auf ihren Unterarm.

„Ich habe mich dafür entschieden, mir diesen schiefen Vogel stechen zu lassen, du hast dich nicht dazu entschieden, Narben zu haben. Wir müssen beide damit leben. Niemand von uns ist perfekt und doch solltest du wissen, dass ich dich perfekt finde. Von der allerersten Sekunde an. Daran hat sich auch nichts geändert, Chewbacca."

Er sah sie an und sie fragte sich, ob er versuchen würde, sie zu küssen. Sie wünschte es sich und sie fürchtete sich, ohne sagen zu können, warum. Seit dem „Vorfall" fiel es ihr schwer, andere Menschen körperlich an sich heranzulassen. Nur nach der Umarmung von Kikis kleinen Armen sehnte sie sich oft, doch die hatte Angst vor ihr. Kiki kroch nicht mehr wie früher nachts zu ihr unter die Decke und irgendwie fühlte sich Monas Bett immer kalt an ohne Kikis kleinen warmen Körper, der sich an sie kuschelte. Milan aber unternahm gar keinen Versuch, sie zu berühren, sondern schnallte sich wieder an und fuhr los. Mona war zutiefst verunsichert. Aber sie wagte nicht, noch einmal an ihrem Ärmel zu zupfen. Wer wusste schon, wo er sonst noch Tätowierungen hatte.

„Wir müssen noch schnell wohin", erklärte er. „Wir brauchen ein Kostüm. Es ist eine 70er-Jahre-Party."

„Nein, aber …"

„Zwei Straßen weiter ist ein kleiner Secondhandladen, da kleiden wir uns jetzt ein."

„Kann ich das nicht einfach anlassen?", fragte Mona. Die Vorstellung, in irgendein kurzärmeliges Flower-Power-Kleid zu schlüpfen, gefiel ihr gar nicht.

„Nur, wenn wir nichts finden, das dir gefällt", meinte er und lächelte sie an.

Wenig später deutete er mit dem Kopf nach draußen. „Da ist es." Sie hielten vor dem Haus. Schon wieder im Halteverbot, was Milan nicht zu beeindrucken schien.

Der Laden lag in einem Keller. Bereits als Mona das beim Aussteigen bemerkte, begann ihr Puls unkontrolliert in die Höhe zu schnellen. „Ich kann da nicht rein."

Milan fragte nicht, warum, er nickte nur einfach. Und so kam es, dass mit diesem einzigen Nicken und ihrer stummen Antwort darauf ihre Angst verschwand. Sie fühlte sich plötzlich imstande, mit ihm eine Treppe hinunterzugehen. Dort wartete kein Schrecken, dort war ein Laden. Und Milan war bei ihr. Seine Stimme und viel mehr.

„Ich komme mit", verkündete sie. „Kannst du bitte einfach die ganze Zeit reden, wenn wir da runtergehen?"

„Wenn du möchtest."

Er ging ihr nicht voraus, sondern trat neben ihr die schmalen Stufen hinunter in den dunklen Vorraum des Secondhandladens und erzählte ihr dabei, weshalb er der Ansicht war, dass es nach Nirvana keine wirklich guten Grungebands mehr gegeben hatte und dass er als

Teenager gedachte hatte, dass es in dem Song „Smells Like Teen Spirit" um Alkohol gegangen wäre.

„Wegen der Spirituosen?", wollte Mona wissen und war im selben Moment unversehens und heil am Boden der Treppe angekommen.

„Ja", erwiderte er und sah ihr wieder fest in die Augen.

„Es ist ein Deo", sagte sie dann.

„Hä?"

„Teen Spirit ist ein Deo. Eine Freundin von Kurt Cobain hat ‚Kurt smells like teen spirit' mit Spraydose an die Wand geschrieben und er fand es cool, angeblich ohne zu wissen, was es bedeutet."

„Wirklich?"

„Tu nicht so, als wüsstest du das nicht selbst!" Mona verzog den Mund und schob sich dabei wieder die Haare vor die Wange.

„Stimmt, wusste ich, aber es ist trotzdem schön, wenn du es erzählst", erklärte er. „Komm, lass uns ein wenig stöbern. Ich brauche ein Brusthaartoupet."

„Ja, sicher, das hat dir noch gefehlt. Passt bestimmt gut zu dem Vogel."

Hinter ihnen krachte eine Tür und mit einem Mal war es mit Monas Gelassenheit vorbei. Sie duckte sich, riss die Arme über den Kopf und begann zu schwitzen.

„Hey, es ist alles gut. Das war die Tür, hinter uns. Der Wind. Alles gut." Milan sprach ruhig auf sie ein und es wirkte. Dennoch fühlte sich Mona nicht mehr sicher. Sie sah sich hektisch um und der Raum war plötzlich viel zu klein. Gleich zu Beginn befand sich ein Ständer mit pinkfarbenen und hellrosa Kleidern. Farben, die Erinnerungen hervorriefen, die kurz davor waren, auch die Geräusche, Gerüche und den Druck auf ihren Körper wieder lebendig zu machen.

„Willst du wieder nach oben gehen?"

„Nein. Ist okay. Rede einfach weiter." Sie kniff die Augen fest zusammen und konzentrierte sich auf Milan.

„Also gut, was haben wir denn da", Milan hielt ein weißes Spitzenkleid nach oben. Es war gehäkelt und hatte lange Schmetterlingsärmel. „Das ist perfekt, oder?"

„Okay, nehme ich", sagte Mona.

„Willst du es nicht anprobieren?"

„Doch, ja."

Zögerlich nahm sie ihm das Kleid ab und ging unter den wachsamen Blicken einer stark geschminkten Verkäuferin mittleren Alters zu der einfachen Umkleidekabine mit den grauen Vorhängen. Drinnen setzte sie sich auf den Plastikhocker und schnaufte durch. Langsam schälte sie sich aus dem blauen Kleid und ohne einen Blick in den Spiegel schlüpfte sie in das Häkelkleid.

Es passte ihr gut. Die Ärmel waren so lang, dass sie sogar ihre Hände noch darin vergraben konnte, und die Spitze reichte ihr bis zu den Knöcheln, sodass auch die Beine versteckt waren und die Stellen, an denen ihr Eigenhaut entnommen worden war und wo deshalb ebenfalls eine Narbe zu sehen war.

„Schau mal, der noch, oder?" Milan schob unter dem Vorhang einen Blumenhaarreif zu ihr durch, dessen Verpackung Mona sagte, dass er aus Alexanders Plastikmüllverarbeitungsfirma stammte. Das allein war Grund genug, ihn eigentlich nicht zu tragen, aber sie musste zugeben, dass sich der Haarreif gut zum Kleid machte, und so beschloss sie, alles gleich anzulassen.

Milan hatte sich unterdessen ebenfalls umgezogen und sah nun aus wie eine Kopie von Schlagerbarde Dieter Thomas Kuhn, nur dass sein Brusthaartoupet noch etwas ausufernder war.

„Du siehst …", Mona brach ab und musste laut kichern.

„Also du siehst fantastisch aus, Chewbacca."

„Du auch", erklärte sie. „Auf deine … ganz eigene Art."

Er nahm ihre Hand und das sorgte dafür, dass sie ohne Zwischenfall bezahlen, an dem Ständer mit den pinkfarbenen Hässlichkeiten vorbei und die Treppe hinaufgehen konnte.

„Jetzt müssen wir uns aber ganz schön beeilen", sagte Milan im Wagen mit einem Blick auf die Uhr. „Ich geb Gas."

Und das tat er. Mona lernte in den folgenden zehn Minuten, dass Milan nicht nur gerne im Halteverbot parkte, sondern auch gerne zu schnell fuhr. Dort, wo die Isfeldstraße in die Schenefelder Landstraße überging, passierte es dann. Er erzählte ihr gerade von seinem Chef Richard und dessen strikter Anweisung, nach seiner Scheidung auf keinen Fall mehr „November Rain" zu spielen, das Lieblingslied seiner Exfrau, als es unmissverständlich rot aufleuchtete. Ein Blitz, der nur eines bedeuten konnte.

„Scheiße!", fluchte Milan. „Scheiße! Wie schnell war ich?"

„Zu schnell. Mindestens dreißig Stundenkilometer zu schnell. Ich glaube, du kannst dich langsam von deinem Führerschein verabschieden."

Milan trat auf die Bremse, als brächte das jetzt noch etwas, und sah entgeistert zu ihr.

„Außer du …", sagte Mona langsam und gedehnt. „Außer du drehst um", sie überlegte kurz, nickte dann so, wie er es immer tat, und rief dann etwas lauter und aufgeregter: „Dreh um, jetzt, hier. Da … die Parkbucht. Ja … und jetzt fahr zurück."

„Wohin denn?"

„Na, zu dem Blitzer!"

„Und dann …?"

„Lass mich machen!"

„Was?"

„Vertrau mir einfach!"

„Gut."

Er hatte den Wagen gewendet und fuhr nun zurück.

„Ein bisschen schneller!", feuerte Mona ihn an.

„Die ganze Zeit wolltest du, dass ich …"

„Mach einfach!", rief sie. „So, und jetzt brems! Halt an!"

Er ging in die Eisen, brachte den Wagen zum Stehen und fast zeitgleich riss Mona die Tür auf und sprang nach draußen. Entgeistert sah Milan ihr nach, kurbelte das Fenster herunter und wollte ihr etwas zurufen. Als er aber sah, was sie tat, blieben ihm die Worte im Hals stecken.

Diese kleine Person im weißen Häkelkleid mit Blumen auf dem Kopf ging tatsächlich direkt auf das Blitzgerät am Straßenrand zu, beugte sich herunter und zerrte an etwas. Es dauerte einen Augenblick, da begriff er, dass sie offenbar das Kabel löste. Dann richtete sie sich wieder auf und … er konnte es nicht glauben. Sie hatte tatsächlich den mobilen Blitzer in der rechten Hand, stolperte fast über den Saum des zu langen Kleides, klopfte dann hektisch an der Heckscheibe, bis Milan das Schloss entriegelte, und warf den Blitzer einfach in den Kofferraum. Sekunden später saß sie schwer atmend mit rotem Gesicht und einem breiten Grinsen wieder neben ihm.

„Das wollte ich schon immer mal ausprobieren. Schau mich nicht so an! Fahr lieber und jetzt bitte richtig schnell. Die können nicht weit sein."

Er fuhr los und bog, sobald es ging, in eine Seitengasse ein, wo er das Tempo schließlich endlich auf ein normales Maß reduzierte. „Du spinnst, Chewbacca! Du spinnst ja total."

Mona grinste vor sich hin. „Das hätte auch schiefgehen können."

„Ist es aber nicht. Mit dir kann man ja Pferde stehlen", meinte er bewundernd.

„Pferde vielleicht nicht, aber Blitzer", lachte sie. „Wir sollten das Ding so schnell wie möglich entsorgen", sagte sie schließlich, als die Vernunft wieder ein wenig Oberhand gewann.

„Machen wir."

Er fuhr weiter, bis sie über Seitengassen und kleinere, ruhige Straßen am Elbufer ankamen. Dann stiegen sie beide aus, Milan holte den Blitzer aus dem Kofferraum und wollte ihn gerade mit Schwung in den Fluss befördern, als Mona ihn am Arm festhielt. „Warte, da ist doch bestimmt ein Film, also ein Chip oder so, drin."

„Ja, richtig. Komm, den machen wir raus. Wäre doch schön, wenn wir ein Foto als Andenken hätten, und außerdem, wer weiß, ob das Ding nicht mal wieder auftaucht. Aber ich habe keine Ahnung ..."

Doch da hatte Mona ihm den Blitzer bereits aus der Hand genommen, machte sich am Gehäuse zu schaffen und beförderte schließlich eine Speicherkarte heraus, die sie ihm kurzerhand in die Hosentasche steckte.

„Mein Vater hatte so ein Ding mal zu Hause. In einem seiner Romane wurde der Mörder geblitzt und er recherchiert immer besonders genau. Ich habe zugesehen, wie er den Kasten auseinandergenommen hat."

Sie gab ihm das Gerät wieder zurück. Milan holte Schwung und warf das Teil direkt in den Fluss, wo es ziemlich schnell blubbernd unter der Wasseroberfläche verschwand und auf den Grund sackte. Dann drehte er sich zu ihr um und legte seine Hände ganz vorsichtig und zärtlich um ihre Hüften, hob sie dabei ein wenig zu sich hoch, senkte seinen Kopf und sah ihr – nur etwa zwei Zentimeter von ihrem Gesicht entfernt – tief in die Augen. So als wolle er sie fragen, ob es in Ordnung war, was er vorhatte. Er neigte das Kinn ein wenig zur Seite, nickte kaum merklich und dann ließ er sie wieder herabsinken, strich ihr mit der rechten Hand die Haare aus dem Gesicht und berührte langsam mit seinen Lippen die ihren. Zunächst reagierte sie gar nicht. Sie stand nur da und ließ zu, dass die Berührung seines Mundes jeden einzelnen Nerv ihres Körpers antworten ließ. Dann erwiderte sie seinen Kuss.

Sie küssten sich lange, so intensiv, dass Mona vergaß, warum es Angst gab und Panik. Denn für diesen Moment bestand sie nicht mehr aus Furcht, ihre innere Alarmanlage war ausgeschaltet und der Wachhund saß ruhig und gelassen zu ihren Füßen. Sie fühlte sich ganz mit Milan. Jeder Teil ihres Körpers gehörte zu ihr, auch die ungeliebten, sie war nicht länger ein mühsam zusammengeflickter Haufen aus zerbrochenen Teilen, sie war vollkommen und explodierte nur noch von innen heraus.

Das Gefühl hielt auch dann noch an, als sie sich voneinander lösten und ein wenig schüchtern wieder in die Augen sahen.

„Lass uns fahren", schlug sie vor. Sie hatte Angst, den Moment zu verderben, indem sie sich zu lange schweigend gegenüberstanden. Sie waren sich noch so fremd, auch wenn es sich immer mehr so anfühlte, als hätte einer nur auf den anderen gewartet.

Milan verstand sie falsch, er lächelte etwas schief und sagte: „Du flüchtest also schon wieder."

Sie wollte widersprechen, als sie plötzlich Sirenen hinter sich hörten. Während Milan nur zusammenzuckte, brach bei Mona sofort kalter Schweiß aus. Die Sirene vermischte sich mit dem Rauschen des imaginär näher kommenden Zuges und sie konnte die aufkommende Panik nun nicht mehr unterdrücken. Milan sprach nicht, ihr fehlte seine Stimme, um sie zu beruhigen. Er nahm sie am Arm und das war das absolut Falsche. Er zerrte sie zum Auto, machte die Tür auf und bedeutete ihr sich zu setzen. Das gelang ihr noch, gerade so, bevor die

Erinnerungen wie Wellen über ihr zusammenschlugen und sie in Flammen begruben. Im Wagen schrie sie kurz laut auf und begann auf ihren Arm einzuschlagen. Alles war zu heiß, zu hell, zu rot.

Milan trat aufs Gas und der Wagen zuckte los. Das gab Mona den Rest. Sie wurde nur leicht in den Sitz gedrückt, aber für sie fühlte es sich an, als stünde sie wieder auf dem Bahnsteig und würde herumgeschubst und gedrängt.

Milan lenkte seinen Audi auf die Straße zurück und bog schließlich in eine Wohngegend ein. Mona nahm in ihrem albtraumhaften Schleier aus erzwungenen Erinnerungen gar nicht wahr, dass er offenbar genau wusste, was er tat. Sie hörte, wie er sprach, und begriff dabei erst Sekunden später, dass er nicht sie meinte, sondern am Handy zu jemandem sagte: „Richard, mach mal dein Garagentor auf. Frag nicht, mach einfach! Wozu hast du so eine verdammte Steuerung? Ich schwöre dir, ich spiele ‚November Rain' rauf und runter ab morgen, wenn du nicht gleich dieses Tor aufmachst."

Sie waren in der Nähe des Leuchtturms und fuhren parallel zum Strandweg durch die Villensiedlung. Milan steuerte den Wagen zwischen einem Flachdachbungalow und einer restaurierten Jugendstilvilla hindurch, an einem gigantischen aufgeblasenen Swimmingpool vorbei in eine breite Garage, deren Tor sich gerade die letzten Zentimeter weit öffnete.

Plötzlich war es dunkel und Mona schrie erneut auf. Da schalteten sich jedoch die Lichter der sehr weitläufigen Garage ein. Sie sah Reifen, die ordentlich an den Wänden befestigt waren, ein Fahrrad in der Ecke und neben Milans kornblumenblauem Wagen einen silbernen Porsche 911. Und sie hörte nun, wie Milan leise und beruhigend auf sie einredete. Die Sirenen verstummten, vielleicht waren sie auch schon länger nicht mehr zu hören gewesen. Mona konnte Realität und Vergangenheit nicht so einfach voneinander unterscheiden, wenn sich ihr die Bilder aus der U-Bahn aufdrängten. Aber der Druck ließ nach und die Klimaanlage ließ sie nun spüren, wie nass ihre Stirn vom Schwitzen war.

„Es tut mir leid, ich wollte dich nicht erschrecken", erklärte Milan und sah sie entschuldigend an.

„Nein, mir tut es leid", hauchte Mona. „Ich bin einfach ... total kaputt ... und ..."

„Bist du nicht. Komm, lass uns rausgehen! Das ist die Garage meines Chefs. Hier finden uns die Bullen nicht." Er nickte ihr aufmunternd zu.

Mona gewöhnte sich langsam an dieses Nicken. Sie hatte einmal gehört, dass die Isländer sechzehn verschiedene Wortstämme für Schnee hatten – dass das die Inuit seien, war ein weitverbreitetes Märchen –, und genauso war es mit Milan. Er hatte mindestens sechzehn verschiedene Arten zu nicken. Es gab das herausfordernde Nicken ihres ersten Zusammentreffens, das anerkennende Nicken, wenn ihm etwas gefiel – so wie sie glaubte, es nach ihrem Kuss beobachtet zu haben –, das beruhigende Nicken, das sie soeben kennengelernt hatte, und so viele andere Arten von Nicken mehr, die sie gerade dabei war zu entdecken, zu katalogisieren und zu lieben.

„Wir lassen die Party sausen und ich lade dich auf eine heiße Schokolade ein", sagte er, löste für sie ihren Gurt und stieg dann aus. Sie folgte ihm, aus der Tür hinaus in das Licht der langsam untergehenden Abendsonne hinein.

„Woher weißt du, dass ich das mag?"

„Keine Ahnung, das hatte ich mir vorgestellt seit ..."

„Seit wann?"

„Ach, vergiss es", murmelte er leicht beschämt. „Komm mit ..."

Er streckte ihr seine Hand entgegen und sie nahm sie. „Können wir uns nicht einfach beim Leuchtturm in den Sand setzen? Ich mag gerade nicht so gerne unter Leute. Aber wenn du lieber auf die Party willst ..."

„Nein, will ich nicht", sagte er und führte sie über die Straße an den Betonpollern vorbei auf den gepflasterten Weg, der direkt zu Blankeneses Leuchtturm führte. Sie ließen die Sonnenschirme, Stühle und Liegen rechts von sich unbeachtet und setzten sich weit vorn am Elbufer direkt in den Sand.

„Was ist passiert?", fragte er nach einer Weile. „Erzähl es mir."

„Ich weiß nicht ... ich ..."

„Vielleicht tut es gut. Und wenn nicht, hörst du einfach auf und ich frage auch nicht weiter, in Ordnung?"

„Okay."

Mona holte tief Luft und begann dann zu sprechen: „Nachdem wir beide zusammen im Stau gestanden haben, war ich im Stadion. Mit meinem Freund. Also meinem besten Freund, Alexander. Er hat eine Firma, die so einen Mist verkauft wie das Teil, das ich auf meinem Kopf trage, und er musste noch einmal dringend ins Büro." Sie stockte, dann zuckte sie kurz mit dem Kopf, als gäbe sie sich selbst einen Schubs, drängte sich weiterzusprechen. „Da habe ich ihm angeboten, mein Auto zu nehmen, und bin selbst mit der U-Bahn gefahren. Dort war ein riesiges Gedränge, die Leute wollten nach dem Spiel nach Hause und ich stand mittendrin, als so ein betrunkener Idiot ein bengalisches Feuer gezündet hat und ich mir dabei die Verbrennungen zugezogen habe. Seitdem sehe ich so aus ...", sie deutete auf ihr Gesicht und ihren linken Arm. „Und seitdem habe ich einen an der Klatsche ..."

„Du hast einen an der Klatsche, allerdings!", sagte er und Mona, die die ganze Zeit auf den Sand gestarrt hatte und mit den Fingern Muster gemalt hatte, sah überrascht zu ihm auf.

„Du klaust Blitzer, am helllichten Tag, in 70er-Jahre-Verkleidung."

Sie musste ein wenig lächeln. „Nein, ich habe wirklich einen ordentlichen Schaden. Ich meine das schon ernst. Früher war ich ... impulsiv, spontan ... Jetzt, jetzt kann ich noch nicht einmal aus dem Haus gehen, ohne an jeder Ecke Dinge zu sehen, die längst vergangen sind."

„Du hast ein Trauma, es ist ganz normal, dass du so reagierst."

„Nein, ist es nicht. Eine posttraumatische Belastungsstörung ist heilbar, ich war in Therapie, aber es ist nicht besser geworden. Es ist nur gut, wenn ..." Sie stockte. Konnte sie ihm das sagen? Nein, beschloss sie, das zu gestehen, würde bedeuten, ihm ungefragt Verantwortung zu übertragen, ihn in etwas hineinzuziehen, womit er womöglich nichts zu tun haben wollte. Ja, er hatte gesehen, wie sie einen Flashback erlebt hatte, aber er hatte keine Ahnung, wie kaputt sie wirklich war. Wie ihre Laune jederzeit schwanken konnte, wie sie wütend und ungerecht werden konnte. Niemand wollte neben jemandem schlafen, der mehrmals nachts schreiend aufwachte und sich so heftig auf den Arm schlug, dass dieser sich minutenlang kaum bewegen ließ. Sie war nicht in der Lage, ein normales Leben zu führen, sie wusste nicht, wie es mit ihr weitergehen sollte, und es wäre mehr als ungerecht gewesen, ihm das zuzumuten.

Milan fragte nicht nach, er hielt sich an sein Wort. Vorsichtig sagte er dann nur: „Hast du körperliche Schmerzen?“

„Es spannt oft und es juckt und die Haut an dem Arm sieht so aus, als hätte man ihr die Luft herausgelassen. Es erinnert mich immer an vakuumiertes Fleisch … Sie müssen … also die Ärzte wollen mir Fett darunterspritzen, damit es besser wird.“

Er nickte nur.

„Ich wäre gerne wieder wie früher“, sagte sie abschließend.

„Du meinst, du würdest gerne wieder mal bei diesem, mal bei jenem Typen aufwachen? Ohne feste Bindung, ohne Verantwortung, frei wie ein Vogel?“ Milan merkte selbst, dass es etwas zu bitter klang, aber er konnte es nicht ändern. Er hatte sich so gefreut, sie wiedergefunden zu haben, dass er nicht mehr daran gedacht hatte, wie Mona sich selbst beschrieben hatte.

Und wenn ich um Mitternacht herum gehe, habe ich nicht die ganze Nacht hier verbracht. Das zählt dann nicht.

Albern, dass er nach einem einzigen Kuss das Gefühl hatte, ihr das Versprechen abnehmen zu müssen, dass sie vor ihm niemals fliehen würde.

„Nein, so meine ich das nicht. Ich wäre nur gerne einfach wieder ein bisschen mutiger.“

„Ich finde, du bist verdammt mutig. Ich sage es ungern noch einmal, aber du hast gerade eine Straftat begangen und einen Blitzkasten in die Elbe befördert und dabei noch Bildrechte verletzt.“

„Also genau genommen warst du das!“, gab sie zurück und konnte sich ein Grinsen nicht verkneifen. „Was ich meine, ist, bevor mir das passiert ist, war ich ein risikofreudiger Mensch, jemand, der unheimlich gerne verrückte Dinge getan hat. Jetzt traue ich mich nicht über die Straße, wenn ein Wagen zu laut über den Asphalt rattert.“

„Ich kann dir helfen.“

„Warum du?"

„Warum nicht ich?"

„Du hast doch Blondie."

„Ich will Blondie aber nicht", sagte er trotzig. Es erinnerte Mona an Ping als Kind, wenn er sich geweigert hatte, Gemüse zu essen.

Dann klingelte Milans Handy.

„Was macht deine Karre in meiner Garage?", schrie jemand so laut ins Telefon, dass Mona es klar und deutlich hören konnte, obwohl Milan das Handy an sein Ohr presste.

„Ich musste ihn abstellen, war ein Notfall."

„Wann kommst du auf die Party? Wir brauchen den Verstärker!"

„Richard, weißt du, es gibt da ein kleines Problem …"

Mona schüttelte den Kopf und flüsterte: „Wir können gehen. Lass uns auf die Party gehen!"

„Gut, Richard, ich bin in zehn Minuten da", bestätigte Milan, nachdem er Mona skeptisch gemustert hatte.

***

„Milan, was ist das?"

Er prustete los. „Das hier ist eine 70er-Jahre-Party ohne Verkleidung."

„Wir sehen aus wie Außerirdische!"

Ungläubig sah Mona sich in dem Garten um. Die größtenteils etwas älteren Damen und Herren trugen alle helle Kostüme, Kleider oder Anzüge. Keiner von ihnen hatte eine Blumenkette auf dem Kopf, keiner außer Milan ein Brusthaartoupet. Keine einzige Schlaghose, keine bunten Muster, keine Brillen mit gefärbten, runden Gläsern. Nichts. Das hier war offenbar eine 70er-Party mit Stil und Mona konnte nicht aufhören zu grinsen, wenn sie Milan unter all diesen seriösen Herrschaften betrachtete. Es juckte sie in den Fingern, ihn zu zeichnen, aber sie wollte nicht noch weitere Aufmerksamkeit erregen.

„Ist das schlimm für dich, wollen wir gehen?"

„Nein", erklärte Mona zu ihrer eigenen Überraschung. Sie hatte ein wenig Angst gehabt vor der Feier. Aber die war nun verflogen. Zum ersten Mal seit Wochen störte es sie nicht, dass die Leute sie anstarrten. Denn diesmal lag es am Kostüm und nicht an ihrer Narbe.

Es war, als gäbe ihr diese so unpassende Verkleidung eine Art maßgeschneiderten Schutzmantel.

Milan stellte ihr Richard vor, der seine Exfrau im Schlepptau hatte, eine hübsche, ruhige Brünette, die so gar nicht zu dem völlig überdrehten Programmleiter passen wollte, der zudem noch zehn Zentimeter kleiner und gute dreißig Kilo schwerer war als seine Ex. Und er machte sie mit ein paar seiner Freunde vom Radio bekannt. Einem gewissen Heiko, der sich als IT-Experten vorstellte und beschämt eine Entschuldigung murmelte, die Mona nicht verstand und Milan ihr partout nicht erläutern wollte, und seiner Kollegin Daggi, die Monas Zeichnung von Milan gesehen hatte und nun ebenfalls auf einer kleinen Karikatur bestand. „Ich weiß, dass ich eine Hakennase habe und zu kleine Brüste, du darfst also gerne all meine Nachteile in den Vordergrund stellen", bekannte sie großmütig.

Und ehe sie sichs versah, saß Mona auf einem Stuhl, umringt von elegant gekleideten und größtenteils auch gut betuchten Menschen, und zeichnete. Sie fühlte sich so wohl wie seit einer Ewigkeit nicht mehr.

Gegen zehn Uhr gab es einen kleinen Tumult, als Richards Exfrau deutlich angetrunken eine Rede auf ihre Exschwiegermutter, das Geburtstagskind, hielt, die nicht unbedingt sehr vorteilhaft ausfiel. Und als es elf Uhr war, tat Mona ihre Hand vom Zeichnen so weh, dass sie sich mit einem Glas Wasser hinter den weißen Holzpavillon verzog und durchschnaufte.

„Hier hast du dich versteckt", sagte Milan hinter ihr leise.

„Ich habe ein wenig Ruhe gebraucht", erklärte Mona. „Aber du darfst bleiben."

„Wie lange?", wollte er wissen und setzte sich neben sie auf die Metallbank.

„Solange du willst", antwortete sie und lehnte ihren Kopf an seine Schulter.

Als sie nach Hause fuhren, sang Jesper Munk im Radio „Clean" und beschrieb mit seinen Worten genau das, was Mona fühlte. Eine Mischung aus Dankbarkeit, Hoffnung, inständiger Bitte und einer Angst, die größer war als die der Vergangenheit. Nämlich, einen

Strohhalm zu verlieren, den man für einen rettenden Ast gehalten hatte.

Kapitel 10 – Losing my religion

„GUTE NACHT, CHEWBACCA.“

„Es war ein sehr schöner Abend. Vielen Dank!“

„Wann sehen wir uns wieder?“

Sie lächelte. „Wann immer du willst.“

„Morgen. Früh? Ich hole dich um zehn Uhr ab?“

„Ja, gerne.“

Er hob sie hoch und setzte sie kurzerhand auf die Motorhaube, dann beugte er sich über sie und küsste sie. Anders als beim ersten Mal. Weniger zaghaft. Viel leidenschaftlicher noch und wilder. Fordernder und mit einem Versprechen nach mehr.

„Schlaf schön, wunderschöne Mona.“

„Schlaf gut. Und danke.“ Sie löste langsam ihre Hand aus seiner und ging auf die Haustür zu.

Er verbeugte sich leicht vor ihr, sprang dann albern in die Höhe, zog dabei sein rechtes Bein an und stieß noch in der Luft damit an seine linke Wade.

Mona drehte sich noch einmal um und rief: „Ich wusste, in dir steckt doch ein kleiner Schauspieler, das war fernsehreif.“

„Hast du mir bei unserem ersten Treffen nicht unterstellt, in Pornos mitzuspielen?“

„Stimmt“, rief sie über ihre Schulter hinweg. „Nach dem Kuss bin ich mir auch nicht mehr so sicher, ob da nicht doch was dran ist …“

„Moment mal“, gluckste er. „Was soll das heißen?“

„Verrate ich dir morgen, beim Frühstück“, erklärte sie fröhlich.

Das Herz sprang ihm beinahe aus der Brust vor Freude darüber, sie so verändert, so glücklich zu sehen.

Zurück im Auto wollte er gerade sein Handy anschließen und irgendeinen seiner Lieblingssongs richtig laut aufdrehen, als es klingelte. Verwirrt sah er auf die Nummer. Das war der Festnetzanschluss seiner Eltern.

„Milan? Hier ist Mama!“

Sie klang aufgeregt. Ein wenig außer Atem und dabei doch so, als würde sie nicht wollen, dass ihr jemand zuhörte.

„Was ist los, Mama? Ist was passiert?"

„Ja … du musst kommen. Sofort."

„Was ist los?"

Seine Mutter war eine kleine Dramaqueen, es war für Milan nichts Neues, dass sie manchmal etwas übertrieb. Dass sie ihn allerdings mitten in der Nacht anrief, bereitete ihm doch Sorgen.

„Das kann ich jetzt am Telefon nicht erklären! Komm bitte einfach so schnell wie möglich her, aber rase nicht, ja."

„Ist irgendjemand tot, verletzt oder im Gefängnis?", fragte Milan.

„Nein, natürlich nicht", entgegnete sie und erst da bemerkte er, dass sie sich genauso anhörte wie damals, als er mit Nicolai in einer Scheune gezündelt hatte und dabei um ein Haar den Bauernhof ihrer Nachbarn abgefackelt hätte. Sie war stinksauer. Auf ihn. Und er musste, konnte nur an Mona denken.

„Dann kann es nicht so schlimm sein, Mama. Ich komme morgen."

Auf einmal wollte er einfach aus dem Wagen steigen, zu Mona gehen und sehen, ob es ihr immer noch gut ging. Ihr sagen … ja, was eigentlich? Dass er sich verliebt hatte? Wie nie zuvor.

„Es ist auf jeden Fall nicht sonderlich witzig", blaffte seine Mutter ungewohnt barsch. Er stellte sich vor, wie sie sich mit dem tragbaren Telefon in die Speisekammer verdrückt hatte, um ungestört mit ihm zu telefonieren. Im Hintergrund brummte es. Vielleicht stand sie auch in der Waschküche und fuhr sich mit den Händen durch ihr schulterlanges braunes Haar.

„Fiona meinte …"

Da horchte Milan auf. „Moment mal, hast du gerade Fiona gesagt?", rief er.

„Ja", antwortete seine Mutter knapp.

„Was ist bitte mit Fiona?" Es nervte ihn unendlich, dass irgendein Drama dieser Welt den Namen Fiona trug.

„Sie ist hier."

„Was macht Fiona bei euch?"

„Das Telefon ist nicht der richtige Ort, Milan. Komm her und stell dich deiner Verantwortung!"

„Was für einer verdammten Verantwortung? Ich habe keine Scheune angezündet."

„Hör auf zu fluchen, wenn du mit mir sprichst, und komm endlich her!"

Fassungslos sah Milan auf das Handy in seiner Hand. Seine Mutter hatte einfach aufgelegt. Das erste Mal in seinem Leben hatte seine verständnisvolle Mutter einfach aufgelegt, während sie mit ihm telefonierte. Was auch immer mit Fiona los war, es war wirklich nicht witzig.

Er startete den Motor und sah noch einmal hoch zu der großen Fensterfront des Lofts, in dem Mona wohnte. Ein ungutes Gefühl belagerte seine Magengegend und weigerte sich wieder Platz zu machen für das blubbernde Wohlbehagen, das er noch vor zwei Minuten verspürt hatte.

***

Sein Vater öffnete ihm die Tür und klopfte ihm mit ernstem Blick auf die Schulter. Er sagte nicht „Hallo Langer", wie er es sonst machte, und er verzog seinen Mund auch nicht zu diesem typischen, immer ein wenig schnippisch aussehenden Lächeln, das eigentlich sehr herzlich war, wie Milan wusste. Nicolai schien nicht hier zu sein, aber dem Krisenrat war offenbar Isabella hinzugerufen worden. Milans jüngere Schwester hatte ihren grünen Toyota wie immer eilig quer vor dem Haus geparkt und ihre Anwesenheit damit unmissverständlich klargemacht. Dass Isabella auch gekommen war, war das Einzige, was ihn ein wenig beruhigte. Was auch immer hier vorging, sie würde auf seiner Seite sein.

„Bells, schön, dich zu sehen", sagte er. Sie trug ihre langen hellbraunen Haare noch zu einem Knoten im Nacken zusammengesteckt und an der weißen Hose und dem einfachen Baumwolloberteil erkannte er, dass sie wohl direkt von der Arbeit hierhergekommen war.

„Hey", grüßte sie ihn und sprang von der Kommode herunter, ihm direkt in die Arme. Neben ihm war sie winzig. Fast so klein wie Mona, nur ein wenig runder um die Hüften und mit deutlicher üppigerer

Oberweite ausgestattet. Isabella hatte ein volles, freundliches Gesicht mit wachen Augen und einer hübschen kleinen Stupsnase.

„Warum sitzt du hier draußen im Flur?", wollte er wissen und sah sie stirnrunzelnd an.

„Weil ich das da drinnen nicht aushalte! Oh, Mann, Milan, scheiße … die ist so daneben. Entschuldige …"

„Wer ist daneben?", fragte er, aber diese Frage war eigentlich unnötig. Es gab nur einen Weg, das endlich hinter sich zu bringen. Wutentbrannt und zunehmend entrüstet darüber, dass Fiona es wagte, hier mitten in der Nacht seine Familie zu belästigen, stampfte er in Richtung Küche, an Isabella und seinem Vater vorbei.

Doch kaum hatte er das Zimmer betreten, stockte er. Fiona, die seine Familie bisher nur von einem einzigen, eher flüchtigen Treffen kannte, lag heulend in den Armen seiner Mutter. Beide saßen am Küchentisch und Milans Mutter hatte ihren Stuhl direkt neben Fiona geschoben und ihren Arm um sie gelegt. Das war für Milan noch seltsamer als die Tatsache, dass Fiona überhaupt hier war. Er hat plötzlich das Gefühl, das gerade etwas völlig Einschneidendes in seinem Leben passierte, ohne dass er eine Ahnung hatte, warum.

„Milan!", schluchzte Fiona mit rotgeränderten Augen.

Irgendetwas daran störte Milan. Es war nicht ganz echt, nicht richtig. Falsch.

Seine Mutter hob ihren Arm und stand auf. „So habe ich dich nicht erzogen, mein Junge. So nicht." Ihre Unterlippe zitterte, sie presste die Zähne so fest aufeinander, dass ihre Wangen noch dünner wirkten als sonst. Milans Mutter war mit Mitte fünfzig immer noch eine klassisch schöne Frau, doch wenn sie sich sorgte, wirkte sie urplötzlich um Jahre gealtert.

„Was ist denn los? Was wollt ihr denn von mir?", polterte Milan. Fionas Anblick weckte nicht das geringste Mitleid in ihm. Seine Mutter dagegen verunsicherte ihn. Er hasste es, sie zu enttäuschen. In dieser Hinsicht war er noch immer ihr kleiner Junge.

„Du kannst das Mädchen doch nicht so im Stich lassen!", rief sie entrüstet.

Einen kurzen Moment lang hatte er ein schlechtes Gewissen. Er war wirklich nicht sehr nett zu Fiona gewesen in den letzten Tagen. Es war nicht ganz fair und er wusste, er hätte ihr sagen müssen, dass es mit ihnen beiden überhaupt keinen Sinn hatte. Dass sein Herz nie bei ihr angekommen war. Weil es längst jemand anderem gehörte.

Etwas zerknirscht sagte er: „Ich lasse niemanden im Stich, Mama. Ich hätte es ihr eher sagen sollen, es …"

„Was hättest du mir eher sagen sollen?", kreischte Fiona schrill. Ihre Stimme klang so unangenehm, er verglich sie, ohne es zu wollen, mit dem sanften Klang von Monas Worten in seiner Erinnerung und dabei konnte sie nur verlieren.

„Dass das mit uns nicht funktioniert, Fi."

Sie hasste es, Fi genannt zu werden. Eine kleine fiese Sekunde lang genoss Milan das Zucken in ihrem Gesicht, das sie verriet, wenn sie sich ärgerte.

„Das geht so nicht, Milan", erklärte sie dann und hob langsam und theatralisch den Kopf, stand auf und stellte sich vor ihn. „Ich weiß, dass du schon mit der nächsten um die Häuser ziehst, aber das geht so nicht."

Es war nur eine feine Nuance, kaum wahrnehmbar, aber Milan hatte gute Ohren und ein feines Gespür für Stimmungen und deshalb bemerkte er genau das, was sie so mühsam versuchte zu unterdrücken. Triumph. Sie hatte ein Ass im Ärmel und am liebsten hätte er auf der Stelle kehrtgemacht und wäre einfach gegangen. Wenn da nicht der unmissverständliche Blick seiner Mutter gewesen wäre.

„Ich weiß nicht, was das hier soll, mitten in der Nacht … bei meiner Familie. Ganz ehrlich: Wenn du was mit mir zu klären hast, dann mach das gefälligst mit mir direkt und ziehe hier nicht unnötig meine Leute in deinen Mist rein!"

„Mein Mist ist jetzt auch *dein* Mist, Milan."

„Was soll das? Wir sind erst ein paar Wochen zusammen, ich bin dir nichts schuldig. Lass uns morgen in Ruhe reden und dann …" Er unterbrach sich selbst.

„Du bist mir die nächsten achtzehn Jahre etwas schuldig, mein Lieber", sagte sie. Fast erwartete er, dass sie grinste, denn aus ihrer

Stimme tropfte nun unverhohlene Genugtuung, aber ihr Gesicht hatte sie noch weitgehend unter Kontrolle.

„Milan, rede nicht so mit ihr. Das ist nicht gut …" Seine Mutter ging wieder auf Fiona zu und fassungslos sah Milan zu, wie sie im Begriff war, Fiona erneut in den Arm zu nehmen.

„… für das Baby", ergänzte Fiona und legte ihre rechte Hand auf ihren flachen Bauch.

Alles, was Milan denken konnte, in diesem so denkwürdigen Augenblick, war nur, dass Mona das absolute Gegenteil von Fiona war. Klein, schwarz, frech, anders. Fiona war groß, blond, herablassend und auf einmal kam sie ihm so verachtenswert gewöhnlich vor.

„Du bist schwanger?", fragte er und fand seine eigenen Worte dabei so lächerlich. So leer. So unpassend. Das konnte doch nur ein dummer Scherz sein.

Er kam sich vor, als hätte er Mona gerade vor dem Ertrinken gerettet, um sie nun wieder ins Wasser zu stoßen. Dabei war es doch er selbst, der gerade sang- und klanglos unterging. Hätte Fiona seinen Kopf in ein Becken mit Eiswasser gesteckt, so wäre der Effekt der absolut gleiche gewesen. Er konnte nicht glauben, was da gerade geschah.

„Von wem?", zischte er unüberlegt und böse.

Da holte seine Mutter aus und verpasste ihm die erste schallende Ohrfeige seines Lebens.

Fiona dagegen hatte sich wieder gefangen, ließ sich scheinbar kraftlos auf den Stuhl sinken und weinte. Er wusste nicht mehr, ob es echt war oder nicht. Er wusste gar nichts mehr.

Er wollte Kinder. Sicher. Irgendwann. Mit der Richtigen. Mit Mona, flüsterte ihm sein frisch verliebtes Herz zu. Aber nicht jetzt. Nicht mit Fiona. Auf keinen Fall mit Fiona.

Er sah zu seiner Mutter, die sich die Hände vor die Augen geschlagen hatte, sah seinen Vater, der neben seiner Schwester stand und ihm mitleidsvolle Blicke zuwarf, und sah Fiona, die noch immer weinte. Da schossen ihm drei Gedanken durch den Kopf. Der erste war: So habe ich mir das nicht vorgestellt. Der zweite: Wie konnte das passieren? Und der dritte, der wichtigste: Es ist deine Pflicht, dich zu freuen.

Zögerlich ging er auf Fiona zu, berührte sie an der Schulter und erklärte: „Es … tut mir leid."

Das war zwar nicht ehrlich, aber wenigstens anständig. „Aber, Fi, sag mal, wie konnte … also wir haben doch immer verhütet."

„Eine hundertprozentige Garantie gibt es nie!", zischte sie und stieß ihn weg. „Du freust dich nicht einmal ein bisschen."

Nein, das stimmte wohl. Er freute sich nicht und wie sollte er auch? Sie waren erst wenige Wochen zusammen. Es hatte sich nie richtig angefühlt und jetzt, da er die Richtige gefunden hatte, war Fiona schwanger? Welcher halbwegs normale Mensch hätte sich da gefreut? Auch wenn es ihm insgeheim ein wenig leidtat, für das Kind. Es erschien ihm so absolut unwirklich, dass da wirklich ein Kind in Fionas Bauch wachsen sollte. Vaterstolz wollte sich nicht einstellen.

„Das ist wohl auch alles ein bisschen zu überraschend und unerwartet, um sich zu freuen. Lasst Milan doch erst einmal durchschnaufen", sprang Isabella für ihn in die Bresche. Er warf ihr einen dankbaren Blick zu.

„Ich glaube, ich muss mich hinlegen", stöhnte Fiona und Milans Mutter eilte sofort an ihre Seite. „Geht es dir nicht gut?"

„Mir ist ein wenig übel", gestand Fiona. Sie sah kein bisschen blass aus.

„Wie weit bist du eigentlich? Und warst du überhaupt schon beim Arzt? Wie lange seid ihr zusammen?", mischte sich Isabella ein.

„Es ist auch für mich schwer, ob du es glaubst oder nicht. Und dass ihr mir alle irgendwelche Vorwürfe macht, macht es nicht besser. Silke, kann ich vielleicht heute hier schlafen? Ich glaube nicht, dass ich noch nach Hause fahren kann, und Milan … ich denke, er sollte auch eine Nacht darüber schlafen. Lass uns morgen reden, Darling, okay?"

Silke? Darling? Milan glaubte, nicht richtig zu hören. Er schnaubte und fing sich dafür schon wieder einen bösen Blick seiner Mutter ein.

Isabella hatte die Arme vor der Brust verschränkt und funkelte eher Fiona an als ihn. Sein Vater sagte nichts, er beobachtete nur die Szene vor sich und Milan war sich sicher, dass er sich ähnlich fühlte wie er selbst. Hilfe suchend sah er sich um und beschloss dann, dass es das Beste war zu gehen.

„Natürlich kannst du das! Ich richte dir das Bett in Milans altem Kinderzimmer", sprach seine Mutter beruhigend auf Fiona ein.

Das gefiel ihm überhaupt nicht. Fiona erschien ihm nur noch wie ein unwillkommener Eindringling. Er wollte aus völlig infantilem Gehabe heraus nicht, dass sie im Heiligtum seiner Kindheit schlief. Nicht weil er sich schämte, nein, weil er fand, dass sie da nichts zu suchen hatte. Er verhielt sich wie ein Arschloch, er musste sich zusammenreißen. Schließlich hatte sie diese Schwangerschaft ja auch nicht gewollt. Es war passiert und nun … Nun musste er irgendwie damit zurechtkommen.

„Willst du, dass ich bleibe?", presste er mühsam an Fiona gewandt hervor.

„Nein. Geh nur, krieg einen freien Kopf. Wir reden morgen", erklärte sie auf einmal zahm wie ein Lamm.

„Gut. Dann bis morgen. Ich fahre jetzt."

Er überwand sich und gab ihr einen Kuss auf die Stirn. „Wir … wir kriegen das schon irgendwie hin!"

Fiona strahlte ihn an und es kostete ihn alle Kraft, das Lächeln halbwegs zu erwidern.

„Du kannst doch jetzt nicht einfach gehen, Milan!", schimpfte seine Mutter und knallte die beiden leeren Teetassen zur Bestätigung in das asphaltgraue Spülbecken.

Milan sah zu der weißen Wand hinter ihr, an der auf einem Regal zahlreiche Kinderfotos von ihm und seinen Geschwistern standen. Dann holte er tief Luft und nahm Fiona in den Arm.

„Ist gut", sagte sie. „Du musst das auch erst einmal verdauen."

Er war kurz davor, ihr wirklich dankbar zu sein und sich wie der letzte Idiot vorzukommen, als ihm wieder einfiel, dass sie hier einfach hereingeplatzt war und es schließlich genug andere, bessere Gelegenheiten gegeben hätte, ihm mitzuteilen, dass er Vater wurde. Doch bevor er etwas sagen konnte, wurde Fiona von seiner Mutter bereits aus dem Zimmer geführt. So vorsichtig, als wäre sie kurz vorm

Platzen der Fruchtblase und nicht am Anfang einer Schwangerschaft, für die es noch überhaupt gar keinen sichtbaren Beweis gab.

Milan verabschiedete sich von Isabella, die ihm etwas zuflüsterte, das er sofort wieder vergaß. Ließ sich von seinem Vater ein paar aufmunternde Worte sagen und verließ dann das Haus mehr als bedröppelt. Es war sicher falsch, jetzt zu gehen, aber es war bestimmt auch nicht richtig zu bleiben. Dazu war seine Laune zu explosiv, seine Gefühle zu durcheinandergewirbelt und der Gedanke an Mona so schmerzhaft, dass er kurz davor war, irgendetwas in Stücke zu reißen. Bevor er sich also an der geschmackvollen, liebevollen Einrichtung seines Elternhauses verging, flüchtete er lieber zurück in die Stadt.

Wenig später fuhr er an Containerstapeln vorbei, die aus der Luft aussehen mussten wie Legoklötze. Hamburg war hier begrenzt durch das Grau des Asphalts und unzählige Betonbrüstungen, überspannt von Fußgängerbrücken mit Stahlgeländern und Leuchtschildern, auf denen Pfeile der Orientierung dienen sollten und dabei nur verwirrten. So stellte er sich heute das Leben vor, als er Hamburg von der A7 her begrüßte: Pfeiler mit Richtungsangaben, die einen zwangen, ihnen zu folgen. Wer von der Fahrbahn abkam, verlor.

Dann fuhr er in den Tunnel ein und die blau gestrichenen Säulen zu Beginn des neuen Elbtunnels ließen einen zunächst gar nicht vermuten, dass man nun mehrere Meter unter dem Wasser fuhr. Ohne die Möglichkeit zu wenden. Er stellte sich vor, Mona säße neben ihm und hätte Angst. Er würde ihr sagen: „Der Tunnel ist nur ungefähr drei Kilometer lang. Keine Angst, wir sind gleich durch. Es kann dir nichts passieren."

Er rauschte lautlos vorbei an den seitlichen Bodenmarkierungen und war nun begrenzt durch gefliesten Beton links und rechts von ihm und Wasser über ihm. Ein komisches Gefühl, über das er sich jetzt zum ersten Mal Gedanken machte, als er an Mona dachte. Er überlegte, was er ihr noch sagen würde. „Wusstest du, dass Mike Krüger an den ersten Tunnelröhren mitgebaut hat?" Ob sie Mike Krüger überhaupt kannte? „Die Hamburger nennen zu langsame Autofahrer im Tunnel Kachelzähler. Der Elbtunnel ist übrigens die längste Straße unter Wasser." Oder „Bist du schon einmal durch den alten Elbtunnel bei den Landungsbrücken gelaufen? Wenn du magst ... ich denke, du magst eher nicht."

Er gab es auf, er brauchte und durfte nicht länger an sie denken. Das war vorbei, bevor es begonnen hatte. Es gab nun andere Pflichten in seinem Leben und während er weiter schweigend durch die künstliche Nacht der Röhren fuhr, war es ihm, als hätte man ihm selbst das Tageslicht entzogen und ihn gezwungen, für immer mit der bloßen Imitation dessen auskommen zu müssen.

Es war alles nur ein Traum gewesen. Nur ein Traum.

Kapitel 11 – Go your own way

IRGENDETWAS STIMMTE NICHT. Er war da und war es doch nicht.

Mona sah Milan an, er rührte in seiner Tasse und versuchte zu lächeln. Mehr als ein Versuch war es nicht. Er sah zu traurig aus, um zu lachen. Mona konnte sich keinen Reim darauf machen. Sie selbst hatte die ganze Nacht nicht geschlafen. Aus Angst, in Albträumen zu versinken, wenn sie einfach dieses Glücksgefühl ein wenig festhalten wollte, es nicht verlieren wollte an Scheiterhaufen und Asche und Rauch. Noch nie hatte es so lange gedauert, bis es endlich zehn Uhr morgens war. Er hatte pünktlich an ihrer Tür geklingelt und er sah so aus, als habe er auch nicht geschlafen. Oder schlimme Träume gehabt.

„Was ist los?", sagte sie schließlich. Sie waren in einem kleinen Frühstückscafé, in dem man im Hinterraum auch seine Wäsche waschen konnte. Sie saßen auf Barhockern an einem kleinen, hohen Mahagonitisch mit verkratzter Tischplatte. Mona hatte sich eine heiße Schokolade bestellt und aß ein Croissant dazu, das sie in den Milchschaum tunkte. Immer wieder warf sie ihm kurze Blicke zu, mit halb gesenktem Kopf, aber er beachtete sie gar nicht. Er hatte sich einen Kaffee bestellt und in dem rührte er jetzt unablässig. Sie hatten kaum etwas gesprochen bisher. Mona schob die Haare vor ihr Gesicht und wartete auf eine Antwort seinerseits. Draußen regnete es leicht. Sie beobachtete die Tropfen am Fenster und war schon kurz davor, ihre Frage zu wiederholen. Hatte er sie überhaupt gehört?

Da antwortete er endlich. „Nichts", sagte er knapp, sah ihr kurz in die Augen, wandte seinen Blick viel zu schnell ab und begann, Zucker in seinen Kaffee zu rühren. Den dritten Löffel.

„Bereust du das gestern?", fragte sie, sah zur Bar, wieder zurück zu ihm, nervös wieder zur Seite. Es lag an ihr, natürlich lag es an ihr. Manchmal, bei Tageslicht, erschrak sie, wenn ihr Blick zufällig den großen Spiegel im Gang streifte, an dem Kiki so gern ihre Fingerabdrücke hinterließ. Bei Tageslicht waren ihre Narben so erschreckend rot. So hügelig und hässlich. Wie kleine Gebirge erhoben sie sich auf ihrer Haut. Bestimmt sah er das auch. Er musste es sehen und jetzt fühlte er sich von ihr abgestoßen. Wie hatte sie nur glauben können, dass es ihm wirklich nichts ausmachte? Mona starrte an die himbeerrote Wand hinter Milan und fühlte sich, als hätte man ihr das Licht ausgeknipst. *Hello Darkness, my old friend.*

„Ist gut", sagte Mona schließlich leise. Es war mehr ein heiseres Flüstern. Sie holte tief Luft, kniff die Augen kurz fest zusammen und fügte dann hinzu: „Ich verstehe schon." Ihr gesamtes Gesicht brannte, rastlos rieb sie die Hände an ihrem Oberschenkel. Sie wartete noch kurz ab, dann griff sie nach ihrer Tasche und wollte einen Geldschein auf den Tisch legen und flüchten. Das hatte sie sich doch selbst so gut erklärt, wie das ging, oder? Man haute einfach ab, wenn es einem zu viel wurde. Zu nah. Zu eng. Oder zu fern. In diesem Fall zum ersten Mal zu fern. Gestern noch hatte sie geglaubt, dass ihr mit Milan nie die Worte ausgehen würden. Oder dass man vielleicht gar keine brauchte, um sich endlich jemandem nahe zu fühlen. Nun war sie völlig ernüchtert. Und das Schlimme war, er merkte offenbar noch nicht einmal, wie enttäuscht sie war.

Sie war schon aufgestanden, mit puddingweichen Beinen und einer verräterisch zuckenden Unterlippe. Da hielt Milan ihren Arm fest. „Du verstehst gar nichts." Endlich sah er sie an. Auch wenn es ihr eher so vorkam, als sähe er *durch* sie hindurch.

„Doch, mehr, als du denkst." Sie zog hastig den Ärmel ihres Oberteils nach unten. Er griff danach und zog ihn wieder nach oben.

„Glaub das nicht, bitte! Ich …"

„Was? Was ist auf einmal anders als gestern?"

Warum sagte er es ihr nicht einfach? Dass sie bei Tageslicht betrachtet nicht vorzeigbar genug war? Sie hatte das Gefühl, sich setzen zu müssen. Stattdessen hielt sie sich an der Tischplatte fest. Eine kurze schmerzhafte Wahrheit wäre besser gewesen als dieses Zögern. Mona krallte ihre Hand so fest in das dunkle Holz, dass ihr die Finger wehtaten.

„Wieso bist du überhaupt gekommen, wenn du eigentlich keinen Bock auf mich hast?", sagte sie leise.

„So ist es nicht", er legte den Kopf in den Nacken und seufzte. Mona hätte am liebsten das Gleiche getan. Sie beobachtete, wie er sich mit der Hand über den Bart fuhr. Er nickte nicht und er lächelte nicht. Und in diesem Moment kam Mona sich vor, als hätte die Welt sie verschluckt und einen kläglichen, traurigen Rest von ihr ausgekotzt. Warum nur hatte sie so viel auf den gestrigen Abend gegeben, so unglaublich viel erwartet?

Noch ein Seufzer und dann erklärte er: „Ich mag dich, Mona."

„Warum hört sich das so an, als wolltest du mir das Gegenteil sagen?", gab Mona zurück, hielt ihre Tasche in der Hand, unschlüssig, ob sie nicht einfach gehen sollte. Das Schlucken fiel ihr schwer, ein fester Kloß von Traurigkeit steckte ihr im Hals.

„Können wir einfach gute Freunde sein?"

Da war er, dieser Satz, den Mona selbst so oft gesagt hatte, nachdem sie sich nachts irgendwo aus einer Wohnung geschlichen hatte. Sie, die zu viel Angst vor Nähe hatte. Und jetzt? Jetzt wollte sie nichts so sehr wie seine Nähe und er sagte ihr diesen einen Satz. Das Leben war wohl irgendwie gerecht. Auf lange Sicht gesehen zumindest. „Sicher", erklärte sie, warf die Tasche über die Schulter, den Zehn-Euro-Schein auf den Tisch und ging.

Milan ließ sich gegen die Wand fallen und schloss die Augen. Er musste daran denken, wie er als Kind so gerne das Spiel des Lebens mit seinen Geschwistern gespielt hatte. Und nun kam es ihm so vor, als hätte man ihm einfach ungefragt eine falsche rosa Spielfigur und ein Kind ins blaue Auto gesetzt und er könnte nicht wieder zurück zur Startlinie und sich die Richtige aussuchen. Darum lief er Mona auch nicht nach, sondern blieb so lange sitzen, bis sein Kaffee kalt geworden war. Er hoffte, dass es ihm mit seinen Gefühlen für Mona auch bald so gehen würde. Es musste ganz einfach.

***

„Bist du traurig, Mona?" Kiki stand mit einer Tüte alter Brötchen und Zwiebackresten neben ihr. Auf Höhe ihrer kleinen Schultern perlten ein paar restliche Regentropfen von dem hellblauen Stoff ihrer Jacke ab.

„Ja, bin ich", gab Mona zurück und kämpfte gegen die Tränen an. Sie wollte nicht heulen. Schon gar nicht vor Kiki, die ohnehin noch immer Angst vor ihr hatte.

„Warum?"

„Lass Mona in Ruhe, Kiki", bat Aneta. Sie knotete ihr Haar zu einem unordentlichen Zopf und musterte Mona aufmerksam. „Gehst du mit uns Enten füttern und Herz ausschütten?"

„Herzen kann man nicht ausschütten, da ist schließlich kein Kaba drin!", kommentierte Kiki altklug, sodass Mona dann doch ein wenig lächeln musste.

„Ja, mach ich", erklärte sie.

Auf dem Weg zum Volkspark schien auf einmal wieder die Sonne, was gar nicht zu Monas Gefühlschaos passen wollte.

„Ist es nicht so gut gelaufen mit … Wie heißt er gleich?"

„Milan", knurrte Mona.

„Kiki, spring mal los, da vorn. Aber nicht zu nah ran, ja?"

„Jahaaa!", antwortete Kiki und rannte mit fliegenden Zöpfen zum Rand des Ententeichs, wo sie sofort sorgfältig das Brot in schnabelgerechte gleich große Brocken zerteilte.

Mona und Aneta setzten sich auf eine Bank.

„Er findet mich hässlich mit den Narben."

Aneta war sofort auf den Beinen. „Hat er das gesagt?"

„Nein, setz dich wieder. Hat er nicht. Aber ich hab's gemerkt."

„Dann ist er ein Arschloch!", schrie sie laut.

„Setz dich, Ani!" Sie zog sie am Arm wieder neben sich. „Er ist kein Arschloch. Er hat ja auch eine Freundin. Blondie."

„Heißt sie so?", kicherte Aneta.

„Nein, natürlich nicht. Aber sie sieht so aus."

„Ach, Mönchen. Was kann ich tun?"

„Erzähl mir was, zur Aufheiterung."

„Eine Geschichte?"

„Eins von deinen Märchen vielleicht", bat Mona.

„Die sind meistens nicht sehr erheiternd. Neulich habe ich Kiki eins erzählt und sie hat danach geheult. Ich bin eine grauenvolle Mutter."

„Du bist die beste Mutter, die ich kenne", widersprach Mona.

„Im Umkreis von drei Metern um dich herum oder was?"

„Nein, überhaupt. Wirklich. Du machst das toll. Ich weiß, es ist sauschwer, vor allem seit Jacob und du euch getrennt habt."

„Ja, ist es. Aber ich hab ja dich und Kiki. Das ist mehr, als viele andere Menschen haben. Und jetzt erzähl ich dir das Märchen, das ich Kiki erzählt habe."

Mona nickte, sah in die Ferne, wo Kiki sich abmühte, allen Enten gleichzeitig gerecht zu werden, und lauschte Anetas Stimme.

„Als Tschechien vom Prinzen Křesomysl regiert wurde, gab es in der Stadt Neumětely einen Bauern mit Namen Horymír. Horymír ritt einen Schimmel namens Šemík, der mit ungewöhnlicher Intelligenz gesegnet war. Der herrschende Prinz war versessen darauf, Schätze aufzuspüren, die sich der Sage nach unter der Erde befanden. Deshalb brachte er die Menschen dazu, ihre Felder nicht mehr zu bestellen und stattdessen in den Minen zu arbeiten, um dort nach Kostbarkeiten zu graben. Der Bauer mit dem Schimmel war sehr unglücklich über die Herrschaft des Prinzen und er warnte ihn vor einer drohenden Hungersnot, wenn die Bauern nicht bald wieder anfingen, Landwirtschaft zu betreiben. Doch sein Protest wurde nicht gehört und die anderen Bauern brannten Horymírs Hof nieder, klagten ihn des Verrates an und verurteilten ihn zum Tode. Als letzten Wunsch bat er darum, auf seinem treuen Pferd Šemík über den Schlosshof zu reiten, was man ihm auch zugestand. Sie hatten nicht damit gerechnet, dass das Pferd – auf einen geflüsterten Befehl seines Herrn hin – über die Schlossmauern sprang und die Klippen hinabrutschte. So flohen Šemík und Horymír auf die andere Seite der Moldau. Doch der Sprung war zu viel für das Pferd, im Sterben bat er seinen Herrn, ihm ein Grab zu errichten, was Horymír auch tat. Das Grab konnte bis heute nicht ausfindig gemacht werden, aber man erzählt sich, dass Šemík in dem Felsen des Vyšehrad schläft und darauf wartet, herauszukommen, wann immer seine Hilfe gebraucht werden sollte."

„Das ist eine sehr schöne Geschichte", sagte Mona, als Aneta schließlich verstummte. „Und so ziemlich das Traurigste, was ich in letzter Zeit gehört habe."

„Ach, es ist nur eine weitere Geschichte von einem weißen Pferd und einem Prinzen. Die Prinzen kommen nicht und nicht einmal die Pferde, wenn man nach ihnen ruft."

„Pffft", prustete Mona. „Ich kann verstehen, dass Kiki heult, wenn du ihr so überaus optimistische Geschichten erzählst."

„Das Leben ist ja auch nicht unbedingt ein Optimist", philosophierte Aneta und fügte dann mit einem schnellen Blick auf Mona hinzu: „Wir haben ein Problem. Mit der Miete."

„Der Kloßkopf will sie erhöhen?"

Anetas und Monas Vermieter war ein ziemlich gieriger Idiot, der nun – nachdem das Loft einigermaßen renoviert war – nur noch das Geld im Sinn hatte, das er mit seiner ehemaligen Bruchbude verdienen konnte. Aneta behauptete, er sähe aus wie ein Freier am Straßenstrich von Cheb. Mit seinem dicken Kopf und dem wulstigen Hals, den er erstickungsgefährdend in viel zu enge Hemdkragen presste.

„Ja und er darf es auch. Wir haben es ja schwarz auf weiß im Vertrag stehen. Und es ist jetzt eineinhalb Jahre her. Die Ermäßigung galt nur für diese Zeit, weil wir so viel Arbeit reingesteckt haben."

„Dann muss ich eben mehr Geld verdienen", seufzte Mona. Eine Joggerin in pinkfarbener Radlerhose eilte an ihnen vorbei. Mona spürte, wie es in ihren Ohren zu rauschen begann. Sie schloss die Augen und stellte sich Milans Stimme vor. Es half. Er konnte ihr noch immer helfen. Selbst aus der Entfernung. Eine Entfernung, an die sie sich nun gewöhnen musste.

„Wie soll das gehen, Mona? Du bist im Moment noch nicht in der Verfassung dazu. Ich weiß doch, wie du aussiehst, wenn du nach Hause kommst. Wie schwer es für dich ist. Unter Menschen und …"

„Dann verkaufe ich das Auto und …"

„Du bekommst doch nichts mehr für die Karre und was willst du dann machen? U-Bahn fahren?"

Mona wurde blass.

„Entschuldige, das war unfair", beeilte sich Aneta zu sagen. „Aber meinst du nicht, du könntest deinen Vater …?"

„Auf keinen Fall! Ich rede mit Juri vom Comicverlag. Vielleicht kauft er mir ein paar Zeichnungen ab."

„Hoffentlich. Ich habe zwei neue Klavierschüler, das bringt uns hoffentlich auch etwas weiter. Und vielleicht kann Jacob etwas mehr für Kiki zahlen."

„Wir kriegen das schon hin", erklärte Mona. Sie bezweifelte, dass Jacob freiwillig mehr Unterhalt zahlen würde, aber sie war Aneta dennoch dankbar für den Versuch, sie zu beruhigen.

„Ja, wir haben es bisher immer geschafft, oder?"

Mona nickte. „Richtig." Sie drückte Anetas Hand zweimal fest und sah dann schweigend zu Kiki, die mit piepsiger Stimme auf die Entenschar einredete.

„Hast du Alexander mal wieder gesehen?", wollte Aneta vorsichtig wissen.

„Er ruft mich ständig an, aber ich … Nein, bisher nicht."

„Triff dich mal wieder mit ihm. Er kann nichts dafür, Mona."

„Ich weiß", Mona sah zur Seite, sie schämte sich dafür. „Es fühlt sich so an, als wäre ich im Krieg gewesen und er hätte mich im Schützengraben alleingelassen."

„Du warst nicht im Krieg", widersprach Aneta.

„Krieg ist etwas ganz Stilles in unserem Innern. Er bricht jeden Tag aus. Und immer wieder aufs Neue", erklärte Mona.

Aneta legte ihren Arm um sie und drückte sie fest. „Der kriegt dich nicht, der Krieg. Ich pass doch auf dich auf."

***

„Da liegt ein Geschenk", rief Kiki eine Woche später aufgeregt, als sie vom Einkaufen nach Hause kamen.

Tatsächlich lag vor Monas und Anetas hoher Wohnungstür mit den vielen kleinen Glasscheiben ein Paket mit einer roten Schleife. Es war länglich und etwa fünf Zentimeter dick. An der Schleife hing eine Karte. Mona bückte sich, hob das Geschenk auf und drehte die auf der Rückseite weiße Karte herum. Auf der Vorderseite befand sich die Grafik eines zotteligen Monsters und in der Sprechblase stand „uuuuhhhrrrraarrrrg".

„Das ist von Milan", kommentierte sie und versuchte gleichgültig zu klingen.

„Wieso schickt das Arschloch dir was?", ereiferte sich Aneta.

„Sagt man nicht, Mama. Ist ein böses Wort", erklärte Kiki.

„Manchmal darf man das sagen, Kiki, zu bösen Leuten."

„Aber böse Leute schicken keine Geschenke", argumentierte die Kleine.

„Doch, manchmal machen das gerade böse Leute."

Mona warf Aneta einen warnenden Blick zu und ging mit dem kleinen Päckchen nach drinnen.

„Mach es auf!", begeisterte sich Kiki.

„Ist gut, ich mach ja." Sie riss die Schleife herunter und das hellblaue Papier darunter ebenfalls und starrte dann erstaunt auf eine handelsübliche TV-Fernbedienung.

„Was ist das?", fragte Kiki.

„Eine Fernbedienung", antworteten Mona und Aneta gleichzeitig überrascht.

„Und wo ist der Fernseher dazu?", erkundigte sich Kiki und rannte in den Flur zurück, um zu überprüfen, ob sie nicht im Gang noch ein viel größeres Paket übersehen hatte.

„Ich glaube nicht, dass es einen Fernseher dazu gibt", rief ihr Mona nach. Dann klappte sie einer plötzlichen Eingebung folgend das Batteriefach auf und zog einen kleinen weißen Zettel heraus. *Wenn du das Gefühl hast, die Vergangenheit holt dich mit ihren Bildern ein, dann drücke einfach auf den großen roten Knopf und schalte den Bildschirm aus. Milan.* " Sie musste lächeln.

„Du solltest ihn anrufen", meinte Aneta, die ihr über die Schulter gesehen und mitgelesen hatte. „Ich finde das zauberhaft."

„Gerade war er noch ein Arschloch."

„Kiki hat recht, Arschlöcher schicken keine Geschenke", sagte sie und zuckte mit den Achseln. „Nicht solche", korrigierte sie sich.

„Meinst du? Aber er war so komisch im Café … Und ich habe ihn auch seitdem nicht mehr gesehen." *Nur vermisst*, dachte sie. *Sehr vermisst.*

„Ruf ihn an."

„Meinst du wirklich?"

„Meine ich, geh schon", Aneta drückte ihre Handflächen gegen Monas Rücken und schob sie auf direktem Weg in ihr Zimmer. Dort stand Mona nun. Unschlüssig mit dem Handy in der Hand. Sie sah über die Straße hinweg, hinüber zu dem Haus des alten Mannes und war überrascht, ihn um diese Uhrzeit am Fenster stehen zu sehen. Dann fasste sie sich ein Herz und wählte Milans Nummer. Es klingelte ein paarmal, schließlich meldete er sich mit „Drombusch". Mona fiel ein, dass er ihre Nummer ja gar nicht hatte.

„Mona hier."

„Hallo, Mona." Da war es wieder, dieses Gefühl, einen Gummiball verschluckt zu haben, der eifrig hüpfte, wenn sie seine Stimme hörte.

„Danke für das Geschenk", sagte sie eine Spur zu leise.

„Es ist vermutlich total albern, aber ich dachte …"

„Nein, es ist nicht albern. Es ist eine gute Idee. Ich werde es ausprobieren." Sie bemühte sich, lauter zu sprechen, er sollte nicht glauben, dass sie es nicht ernst meinte.

„Ja, mach das. Und hör mal … es tut mir leid, dass ich so komisch war."

„Ist schon gut."

„Bist du mir noch böse?"

„Nein", log sie.

Er war eine Weile still und sagte dann: „Wie wäre es, wenn wir nächste Woche mal zusammen essen gehen? Ich sollte dir ein paar Dinge erklären."

Mona wusste nicht, ob sie das wollte. Eigentlich wollte sie ihm sagen, dass sie genug Freunde hatte und dass er für sie so viel mehr war. Lebensretter, Glücklichmacher, Stimmwunder, Zum-Lachen-Bringer, Wohlfühlmensch, Lieblingsmensch … Aber sie sagte stattdessen: „Gern. Woran hattest du gedacht?"

Es war vermutlich keine besonders gute Idee. Was, wenn er wieder so seltsam war wie im Café? Aber der Gummiball hüpfte immer noch und irgendwie war das ein schönes, aufregendes Gefühl. Sie hatte in den letzten Tagen überdeutlich gespürt, wie sehr er ihr fehlte, obwohl sie sich erst so kurz kannten, und dass es ihr nicht mehr reichte, seine Stimme für ein paar Minuten am Tag im Radio zu hören. Es war nicht viel zwischen ihnen passiert, vielleicht sollte es so sein. Vielleicht sollten sie ganz einfach gute Freunde werden. Außerdem war sie schließlich nicht nachtragend, so redete sie sich selbst zu. Und sie hoffte, dass es vielleicht doch eine Erklärung gab, die nichts mit Blondie zu tun hatte.

Kapitel 12 – Don't look back in Anger

„HEY", GRÜSSTE ER UND SCHLENDERTE AUF SIE ZU. Er sah etwas müde aus und sofort bemerkte sie wieder diese Zurückhaltung, die so neu war wie das fehlende Lächeln, das sein Gesicht erwachsener wirken ließ. Er war nicht derselbe wie an dem Tag, als sie den Blitzer in die Elbe befördert hatten. Vielleicht, so dachte sie, kannte sie ihn aber einfach noch nicht gut genug.

Sie hatten eigentlich essen gehen wollen, aber da Mona erst zu einer späteren Uhrzeit konnte, hatte Milan ihr angeboten, sie zu begleiten. Ohne zu wissen, wohin.

„Komische Location", stellte er fest und deutete auf die Sporthalle vor ihnen.

„Hi, schön, dass du gekommen bist. Ja, ich weiß. Aber ich wollte schon ewig mal zuschauen und wenn er schon mal in Hamburg ist …"

„Wer?", fragte Milan perplex.

Mona sah an ihm hoch und hob unschlüssig die Hand leicht in seine Richtung. Milan steckte als Antwort darauf seine Hände in die Hosentaschen.

Mona ging einen Schritt voran, von ihm weg. „Komm mit rein, dann erkläre ich es dir." Sie ging ihm voraus in die Halle hinein, sah sich vorsichtig um, holte dann tief Luft und ging wachsam langsam weiter in Richtung der Zuschauerreihen. Sie winkte in Richtung der Sportlergruppe inmitten der Halle, führte Milan dann zur Tribüne und sagte: „Der da vorn, mit den dunklen Haaren, der mit dem roten Tischtennisschläger zu uns winkt, das ist mein Bruder."

„Ping?", fragte Milan.

„Genau!"

„Und wir schauen uns jetzt ein Tischtennisspiel an?", fragte er zweifelnd.

„Mehrere. Es ist ein furchtbarer Nerdsport, aber die haben immer unheimlich guten selbst gebackenen Kuchen hier. Besser als in jedem Café. Und ich habe es ihm versprochen."

Sie setzten sich auf die roten Plastikstühle. Es waren noch nicht viele Zuschauer da. Hier und da standen Trainingstaschen herum, ein paar ältere Damen aßen Torte mit Plastikgabeln von Papptellern und unterhielten sich lautstark über das Wetter.

„Kein Problem, wenn es dir Spaß macht." Überzeugend hörte sich das nicht an, fand Mona. Überhaupt, wo war denn sein Lächeln?

Warum traf er sich mit ihr, wenn er offenbar nicht wirklich Freude daran hatte? Sie hatte so viel darüber nachgedacht, jedes seiner und ihrer Worte von rechts auf links gedreht und kam dabei doch immer auf die gleiche Lösung: Er musste sich von ihr abgestoßen fühlen. Aber warum war er dann hier? Einfach nur, weil er mit ihr befreundet sein wollte? Aus Mitleid?

„Ich möchte dein Mitleid nicht", erklärte sie mit fester Stimme, während sie sich neben ihn setzte. Es war Zeit, es auszusprechen.

„Was?", er schniefte und sah sie mit offenem Mund an.

„Ich möchte dein Mitleid nicht", sie betonte jedes Wort so überdeutlich, als spräche sie in ein Spracherkennungsprogramm.

„Welches Mitleid?" Er runzelte die Stirn und schüttelte leicht den Kopf.

„Das", sie nahm ihren linken Arm hoch, zog absichtlich den Ärmel nach oben und machte dann mit der Hand eine kreisende Bewegung um sich selbst.

„Das …", er äffte ihre Bewegung nach, „… ist kein Mitleid. Ich mag dich."

„Ich meine …", fing Mona an und brach wieder ab.

Milan fuhr sich mit der Hand durch die Haare und seufzte kurz. Mona konnte seinem Blick nicht ausweichen, auch wenn sie es eigentlich wollte.

Da griff Milan nach einer Packung Tischtennisbälle, die aus der abgestellten Trainingstasche neben ihm auf dem Sitz herausspitzte, nahm einen der Bälle heraus und warf ihn ihr an den Kopf.

„Hey! Was soll das?" Zuerst erschrak sie ein wenig, dann musste sie lachen.

„Ich …", er warf den nächsten Ball, „… mag …", der folgende traf nach ihrem Kopf noch die Edelstahlstange des Geländers und machte ein klingendes Geräusch „... dich". Wieder ein Volltreffer an ihre Stirn. „Ich hab mal gehört, dass man jemandem mit Tischtennisbällen ziemlich gut Vernunft in den Kopf ballern kann."

Hinter ihnen räusperte sich jemand und lachte dann. „Vergiss es, wenn das funktionieren würde, läge mir die Welt zu Füßen! Ich bin Ping, meine Freunde nennen mich Phillipp."

Milan sah zur Seite und blickte in Monas Grinsen auf einem männlichen Gesicht, umringt von dichtem dunklem Haar. Der namentlichen Klarstellung hätte es gar nicht bedurft.

„Hallo! Milan. Du bist also der Tischtennisnerd – ich zitiere", Milan reichte ihm die Hand. Mona fiel auf, wie riesig seine Hände im Gegensatz zu Phillipps relativ zarten Händen aussahen.

„Richtig. Und du bist ihr Radiomoderator", erklärte Monas Bruder freundlich.

Mona sah ihn mit aufgerissenen Augen an und raunte ein beinahe lautloses „Psssst".

„Richtig", bestätigte Milan und lächelte zum ersten Mal.

„Also dann schaut mal gut zu und lernt was von meiner flinken Rückhand! Ich bin gleich dran."

„Viel Erfolg!", sagte Milan.

„Rock it", Mona und warf ihrem Bruder eine Kusshand zu. Der Geräuschpegel um sie herum nahm nun langsam zu, es quetschten sich weitere Zuschauer an ihnen vorbei und nahmen auf der Tribüne Platz. Eigentlich war Mona die Nähe zu viel. Es störte sie, dass andere Menschen gegen ihre Beine stießen, aber es machte ihr keine Angst. Weil Milan da war. Er sah aufs Spielfeld, ihrem Bruder nach, und da folgte Mona einem inneren Impuls, legte ihre Hand vorsichtig an seine Wange, spürte das Kitzeln seiner Bartstoppeln unter ihren Fingerspitzen und drehte ihn ein wenig zu sich. „Ich mag dich auch", sagte sie mit leicht zitteriger Stimme.

Sie bereute sofort, es gesagt zu haben. Seine Reaktion sprach Bände. Er fuhr sich mit der Zunge über die Lippen, sah ein wenig zur Seite. *Kann man einen Tinnitus bekommen, weil einem das Blut zu laut in den Ohren rauscht?*, fragte sich Mona.

Milan holte tief Luft und wand seinen Kopf ein wenig, sodass Mona ihre Hand ruckartig zurückzog.

„Mona, ich muss dir etwas sagen." Er sah sie aus seinen großen braunen Augen an und blickte dann hastig zur Seite. „Ich werde Vater."

„Was?"

„Ich werde Vater. Blon… Fiona ist schwanger. Das war nicht geplant und …"

Und was?, schoss es Mona durch den Kopf. Diese Ankündigung brauchte kein *und* mehr. Sie war ganz allein für sich schrecklich genug. Die Erkenntnis, dass es sehr wohl eine Erklärung gab, die ganz schön viel mit Fiona zu tun hatte, war mehr, als sie ertragen konnte. Gut, dass sie bereits saß. Gut, dass der Ort, an dem sie sich befanden, sie zwang, irgendwie ruhig zu bleiben.

„Oh …" Es fühlte sich an, als steckten in ihrem Hals die Tischtennisbälle, die Milan ihr eben noch an den Kopf geworfen hatte.

Milan sah noch immer zur Seite. Starr schaute Mona auf seine Hände, die er in seinem Schoß knetete. Es war so ruhig zwischen ihnen, dass selbst die Geräusche im Hintergrund, das Pfeifen der Zuschauer, das stete Ploppen der Bälle auf den Platten die Stille nicht ausfüllen konnten.

In Monas Kopf herrschte absoluter Ausnahmezustand. Sie musste etwas sagen, sie musste diesen Schock irgendwie überwinden und ins Hier und Jetzt zurückkehren. „Ja, dann herzlichen Glückwunsch." Es kostete sie alle Kraft, das zu sagen und dabei die Muskeln in ihrem Gesicht unter Kontrolle zu behalten. Wie schwer es doch war, normal auszusehen, wenn man sich darauf konzentrieren musste.

Er verzichtete darauf, Danke zu sagen. Und offenbar konnte er sie immer noch nicht ansehen. Mona hob die Hand, sie war kurz davor, ihn wieder zu berühren. Aber sie wollte sich nicht erneut verbrennen. Nicht wieder abgeschüttelt werden. Es war nicht viel passiert zwischen ihnen, sie durfte ihn gar nicht so nahe an sich heranlassen. Sie konnten wunderbare Freunde werden. Oder etwa nicht? Sie lächelte steif, zeigte auf das Spielfeld und meinte: „Ping ist dran."

„Mona …" Erst jetzt drehte sich Milan um. Seine Augen waren dunkel, sein Gesicht ernst und starr.

„Mach dir keine Gedanken. Wir können doch Freunde sein. Oder?" Ihre eigene Stimme kam Mona fremd vor. Was wohl daran liegen musste, dass die Worte nicht die waren, die sie eigentlich hatte sagen wollen, sondern die, die man in so einer Situation gezwungen war zu sagen.

„Sicher", antwortete er schnell und sie fand, er hörte sich erleichtert an. Sie hatte alles völlig falsch interpretiert. Da war nichts von seiner Seite. Er empfand gar nicht so für sie wie sie für ihn. Da konnte er das verdammte Mitleid noch so oft leugnen und ihr ein weiteres Dutzend Tischtennisbälle an den Kopf werfen.

Nach dem Turnier lud Phillipp sie beide in eine kleine Kneipe neben der Sporthalle ein. Sie saßen auf Barstühlen, die sich eigenmächtig bei der kleinsten Bewegung drehten, so ausgeleiert waren sie bereits, und diskutierten über Sportarten. Milan erzählte Ping davon, dass er mit seiner Schwester Boxen ging und hin und wieder zum Kitesurfen an die Ostsee fuhr. Ping begeisterte sich über seine Wahlheimat Kiel, redete von seinem Job als Polizist und erzählte lachend Anekdoten von Zeltwochenenden mit Mona.

„Wir machen das ein paarmal im Jahr. Mona liebt das, weißt du … Es kann ihr immer nicht nahe genug am Meer sein, am liebsten würde sie von dem Gefühl eiskalten Meerwassers an ihren Füßen aufwachen. Wir hatten einmal so schlimmen Sturm, dass wir uns regelrecht an dem Zelt festklammern mussten. Ich wollte, dass wir uns weiter in die Dünen zurückziehen, aber Mona, dem Dickkopf hier …", Ping tippte ihr grinsend an die Stirn, „… konnte es ja nicht wild genug sein. Es hat uns fast das ganze Zelt zerfetzt, aber sie wollte unbedingt bleiben und den Sturm genießen."

Milan lächelte Mona an. Sie sah zur Seite und war froh, als ihr Bruder das Thema wechselte und es wieder ums Surfen, um Winde und Gezeiten ging. Die beiden Männer versuchten immer wieder, Mona ins Gespräch einzubeziehen, aber sie saß die meiste Zeit still daneben und konnte all die Dinge, die sie noch nicht über Milan gewusst hatte und die er nun freimütig ihrem Bruder erzählte, gar nicht richtig aufnehmen, so sehr war sie noch damit beschäftigt die allerwichtigste Information des Tages zu schlucken und zu verdauen. Er wurde Vater. Sie konnten nur Freunde sein. Nicht mehr.

Als Ping sich auf die Toilette verabschiedete und sie allein ließ, wechselte Milan auf den Stuhl neben ihr. „Er ist nett, dein Bruder."

„Ja, ist er", erwiderte sie.

„Wir könnten mal zusammen zelten gehen, am Meer."

„Ach ja?", fragte sie und sah ihn zornig an.

„Warum nicht?", meinte Milan und fügte hinzu. „Alle zusammen."

„Du meinst also mit Kind und Kegel", zischte Mona.

„Ich …"

„Lass gut sein, ich kann nicht mehr zelten gehen. Hast du vergessen, dass mich die kleinsten Geräusche wieder dorthin zurückversetzen, wo ich nie mehr sein will? Ich kann mich nicht mehr an ein Lagerfeuer setzen und so tun, als genieße ich das Knistern, und ich kann auch nicht in einem Zelt liegen und den Sturm um mich herum brausen hören. Ich habe Angst, Milan."

„Ich wäre ja dabei …", sagte er leise.

Mona antwortete nicht, sie wusste, dass das den entscheidenden Unterschied machen würde. Mit Milan war alles möglich, aber es ging nicht. Es ging eben einfach nicht.

Ping kam zurück, legte seine Arme um Monas Schultern und erklärte: „Ich müsste dann los, ich muss morgen wieder arbeiten. Bleibt ihr noch?"

„Nein", sagte Mona schnell. „Wir gehen auch."

Mona dachte, dass es besser wäre, ihn nicht wiederzusehen. Es stand ihr nicht zu, sich viel mehr zu wünschen als nur seine Freundschaft. Und wozu auch? Lange hatte sie es noch mit keinem ausgehalten, warum also eine werdende Familie zerstören, wenn sie doch nach ein paar Nächten flüchten würde? Sie wusste, dass sie sich selbst belog. Es wurde langsam zu ihrem neuen Hobby, aber manchmal brachte Lügen einfach mehr Seelenheil als die bittere Wahrheit. Und so bemühte sie sich nach Kräften, diese kleine Stimme in ihrem Innern zum Schweigen zu bringen, die ihr einflüsterte, dass es mit Milan anders wäre. Dass er derjenige sein könnte, der ihr all das gab, was die anderen ihr nicht hatten geben können.

***

Fiona gab sich Mühe. Er nicht. Sie war so freundlich und umgänglich wie nie zuvor und Milan war ekelig zu ihr wie nie zuvor. Und er hasste sich selbst dafür. Aber sosehr er sich auch bemühte, er konnte sich nicht darüber freuen, dass er der Vater ihres Kindes sein würde. Er hoffte inständig, dass sich das besserte, wenn man etwas sah. Mehr als auf diesem Ultraschallfoto, das sie ihm gezeigt hatte. Milan telefonierte beinahe täglich mit Stefan, seinem Freund aus München, der bereits Vater einer Tochter war und der ihn darin bestätigte, dass das Gefühl sicher kommen würde, wenn er erst einmal selbst bei einem Ultraschall dabei gewesen wäre, wenn sich Fionas Bauch nach vorn wölben würde. Stefan und seine Frau Emma waren überglücklich mit ihrem Kind und ihrer Entscheidung. Aber sie hatten ja auch ein Kind gewollt. Aber Milan hatte das Gefühl, dass das mit ihm und Fiona etwas anderes war. Stefan und Emma liebten sich. Er liebte Fiona nicht. Und nun hatte er Angst, dass er auch ihr gemeinsames Kind nicht lieben konnte.

„Hast du die Wohnung jetzt schon gekündigt?", wollte Fiona wissen und legte ihm zärtlich die Hand um die Hüfte. Es war Sonntagmorgen und sie waren in ihrer Wohnung.

„Nein, mache ich noch", knurrte Milan mürrisch.

„Willst du doch noch nicht zu mir ziehen? Wenn du noch etwas Zeit brauchst …"

„Nein, ist schon okay. Ich will ja dabei sein, wenn du … also wenn das Kind in dir wächst und du solltest auch nicht allein sein in deinem Zustand."

Fiona strahlte ihn glücklich an und er spürte, wie ihm schlecht wurde, da er ihr das gerne nicht nur gesagt hätte, weil sie es erwartete, sondern weil er es auch wirklich so empfand. Sie ging in die Küche, um sich ihren Tee zu holen, Milan ließ sich auf einen Stuhl fallen und sah ihr nach. Die Schwangerschaft machte sie noch hübscher, sie war anschmiegsamer, und anders als in den ersten Wochen ihrer Beziehung versuchte sie ihn nicht ständig zu Dingen zu drängen, auf die er keine Lust hatte. Sie war ohne zu murren zu ihren Eltern gefahren und hatte ihnen allein von der Schwangerschaft erzählt, während Milan mit seiner Schwester beim Boxtraining Frustabbau betrieb. Sie motzte nicht, wenn er länger arbeiten musste, und fragte nicht nach, wen er anrief, wenn er es zum dritten Mal vergeblich bei Mona versuchte. Sie redete auch nicht ständig von dem Baby, sondern ließ ihm Zeit und Raum, sich an den Gedanken zu gewöhnen. Sie machte alles richtig. Und dennoch fühlte es sich für ihn falsch an.

„Lass uns ein paar Tage wegfahren", schlug er ihr vor, als sie sich mit der Tasse in beiden Händen neben ihn setzte. „Nur wir beide. In irgendein Wellnesshotel oder so. Damit du dich ein wenig ausruhen kannst. Wir waren noch nie zusammen irgendwo."

Er kannte sie ja noch gar nicht richtig. Die Liebe würde kommen, wenn sie erst einmal Zeit dazu hätten, sich gut genug kennenzulernen.

„Das ist so eine liebe Idee, gerne! Wir müssen unsere Zeit als Paar ja noch ausgiebig genießen, bevor wir dann Eltern sind", sie zwinkerte ihm zu, stellte die Tasse ab und schlang ihre Arme um ihn.

Paar. Eltern. Milan war schon wieder übel. Aber er spielte mit und versuchte zu lächeln. Vielleicht wurde das Lächeln ja echt, wenn man es nur lange genug vortäuschte.

Fiona drückte ihre Brüste herausfordernd an ihn und küsste ihn am Hals.

„Fi…"

„Du musst dir keine Sorgen machen, es schadet dem Baby nicht", hauchte sie ihm ins Ohr, dann stand sie auf, setzte sich auf seinen Schoß, presste ihr Becken an ihn und fuhr mit ihren Händen langsam unter seinem Shirt seinen Rücken nach oben. Als er nicht reagierte, flüsterte sie: „Schließ die Augen und genieß einfach." Sie rutschte ein wenig zurück, in Richtung seiner Knie und öffnete geschickt seine Hose, ließ ihre Hand hineingleiten und begann ihn mit sanftem Druck zu massieren.

Er tat, wie sie ihm sagte, und schloss die Augen. Alles, was er dann aber sah, waren Monas Locken, ihre vollen Lippen und der abenteuerliche Glanz in ihren Augen, darüber ihre geschwungenen schwarzen Brauen … Er riss die Augen auf und sah direkt in Fionas fragendes Gesicht. Er hatte ein furchtbar schlechtes Gewissen, doch bevor er etwas sagen konnte, murmelte sie: „Warte, ich weiß, was dir gefallen wird." Dann kniete sie sich vor ihn und drückte ihn vorsichtig nach hinten.

Warum musste das alles nur so verdammt schwierig sein? Hier war eine wunderhübsche Frau, die sich so wahnsinnig bemühte, alles richtig zu machen. Die intelligent war, liebevoll sein konnte, wie sich in den letzten Wochen gezeigt hatte, und die sein Kind unter dem Herzen trug. Warum bekam er die Frau mit den Narben im Gesicht und auf der Seele, mit dem Trauma, mit all den Problemen und einem leicht chaotischen Lebensstil nicht aus dem Kopf? Ihm war klar, er musste sich einfach mehr anstrengen, und vielleicht war es nicht gut, Mona aus seinem Leben streichen zu wollen, vielleicht sollte er sich gerade deshalb mit ihr treffen, um zu sehen, was er an Fiona hatte. Um zu begreifen, dass Mona eine tolle Freundin sein konnte, aber Fiona dazu bestimmt war, die Frau an seiner Seite zu sein.

***

Mona warf einen Blick auf den Tisch im Freien, an dem die kleine, kurzhaarige Frau mit dem Baby saß. Sie war allein mit dem Kind und mühte sich ziemlich ab, sich mit dem Mädchen auf dem Schoß zu bücken, um den heruntergefallenen Latz aufzuheben. Wie versteinert stand Mona da und sah einfach nur zu, wie der Vater fehlte, um der Frau dabei zu helfen, das Kind ruhig zu halten und ihm gleichzeitig Brei aus einem Gläschen zu füttern. Und dann versuchte sie, sich vorzustellen, dass das Fiona war und jeden Moment Milan hinter sie treten würde, um ihr zur Hand zu gehen. Sie krallte sich die Finger in die Handflächen und schaute doch weiter zu.

„Schläfst du noch oder bedienst du schon?" Katrin stupste sie unsanft mit dem Ellbogen an. Und Mona reagierte sofort. Über. Ohne einen einzigen Gedanken, den ihr Alarmsystem gar nicht zuließ, holte sie mit dem rechten Arm aus und schlug so heftig gegen Katrins linke Seite, dass diese überrascht taumelte, sich schnell mit der Hand an der Theke festkrallte und laut aufschrie.

„Spinnst du? Was sollte das denn?"

Mona starrte Katrin an und sah dann langsam hinab auf ihren Arm, sie konnte selbst nicht glauben, was sie gerade getan hatte. Völlig frei von Selbstbestimmung hatte sie genau das gemacht, was der Teil ihres Gehirns ihr vorgegeben hatte, den sie nicht unter Kontrolle hatte. Reflex. Instinkt. Was war nur los mit ihr? Kein Wunder, dass Kiki

Angst vor ihr hatte. Kein Wunder, dass ihr irgendwie alles zu entgleiten schien.

„Entschuldige … das wollte ich nicht, aber du hast mich mit dem Ellbogen …"

Katrin ließ sie nicht ausreden, sondern schimpfte, während sie ihre schmerzende Seite leicht nach vorn gebeugt hielt: „Und sind wir im Kindergarten, oder was? Willst du dich mit mir prügeln?"

„Nein, natürlich nicht …"

„Also, dann geh jetzt raus und bediene die Gäste, dafür wirst du hier schließlich bezahlt. Herrgott …"

Ihre Worte machten Monas schlechtes Gewissen schlagartig zunichte. Sie kniff die Augen fest zusammen, erinnerte sich daran, dass man ihr in der Reha beigebracht hatte, sich auf etwas anderes zu konzentrieren. Manche Menschen, die Ähnliches erlebt hatten wie sie, rechneten laut schwierige Aufgaben, um sich zu beruhigen, andere wiederholten immer wieder bestimmte Mantras und Beschwörungsformeln. Mona hatte sich angewöhnt, sich Milans Stimme ins Ohr zu rufen, und wenn ihr das nicht gelang, dann versuchte sie im Geiste, ein Lied zu singen, einen Text abzuspielen und sich nur auf die Worte zu konzentrieren. Den Rest der verdammten Welt gar nicht zuzulassen.

Sie kam sich vor wie eine Marionette, von Katrin fremdgesteuert, als sie nach draußen trat und sich selbst zuhörte, wie sie die Gäste freundlich nach ihren Wünschen fragte. Immer wieder wanderte ihr Blick zu der jungen Mutter und ihre Gedanken damit automatisch auch zu Milan. Was er jetzt wohl tat? Streichelte er Blondies Bauch und freute sich auf sein Kind? Würde es seine gelben Sprenkel in den Augen bekommen? Würde er glücklich werden und konnte sie es irgendwann auch wieder einmal sein?

Als sie schließlich zum fünften Mal an der jungen Mutter vorbeiging, die ihr ein müdes Lächeln schenkte, vermischte sich für Mona die Realität mit ihrer Vorstellung. Auf einmal hatte die Mutter blondes Haar und sah exakt aus wie Fiona. Das Kind lachte mit Milans Augen und Mona konnte nicht anders. Diesmal war sie von einer Wut gesteuert, die so neu war wie ihre stetig schwankenden Launen selbst. Sie stapfte direkt auf die Mutter zu, stellte sich an den Tisch, beugte sich herunter und stemmte die Ellbogen fest auf die Glasplatte, sah der Frau, die instinktiv ein wenig zurückwich und ihr Baby fest in den Arm nahm, stürmisch in die Augen und war kurz davor, irgendetwas laut zu brüllen, als das Kind einen hochroten Kopf bekam und schrie, als hätte Mona es höchstpersönlich am Bodykragen gepackt. Das brachte Mona zurück in die Wirklichkeit. „Kann … ich Ihnen noch etwas bringen?", presste sie mühsam hervor und zwang sich, ruhig zu bleiben.

„Äh, nein … die Rechnung bitte", erklärte die überraschte Frau.

Mona nickte, erleichtert, noch einmal die Kurve gekriegt zu haben, und ging die Rechnung holen. Zwei Stunden später war sie heilfroh, ihre Schicht ohne weitere Zwischenfälle hinter sich gebracht zu haben und Katrins strafenden Blicken zu entgehen. Als sie jedoch nach Hause ging, konnte sie keine Erleichterung spüren, die Anspannung fiel nicht von ihr ab, die Stadt, der Lärm, all die vielen Menschen und Gesichter, Gerüche und Geräusche waren zu viel. Sie musste hier raus. Sie musste Luft holen und sie brauchte Ruhe. Also beschloss sie spontan, zu ihrem Vater zu fahren.

***

Mona hatte die Beine angezogen, sodass ihr ganzer Körper auf den Lieblingslesesessel ihres Vaters passte. Er war alt und abgewetzt, an einer Stelle schaute sogar das Holzkonstrukt unter dem Webstoff hervor, aber der Sessel war immer noch das gemütlichste, bequemste Möbelstück, das sie kannte. Sie sah hinaus auf die Lichtung vor dem Waldrand jenseits des Wintergartenglases. Von hier aus konnte man fast jeden Morgen die Rehe beobachten. Manchmal kamen sie bis auf wenige Meter ans Haus heran. Mona hatte als Kind Stunden damit zugebracht, sich flach auf den Boden zu legen und auf die Rehe zu warten.

Sie ließ ihren Blick durch den weiten Raum mit der Glasfront und der hohen Decke mit den Holzbalken schweifen. Ihr Vater befand sich in einer aktiven Schreibphase, das war bereits beim Betreten des Hauses unschwer zu erkennen gewesen. Er hatte überall Klebezettel mit unleserlichen Kommentaren zu Romanfiguren und zum Plot hängen. Manchmal standen ganze Sätze darauf. Der Fußboden um den roten Sessel herum und auf dem kleinen Sekretär neben dem drei

Meter hohen Bücherregal war übersät mit Papier. Alles, was hier unten lag, taugte Heiner Hartwigs Meinung nach nichts. Er schrieb zwar immer an seinem topaktuellen Notebook, aber alles, woran er zweifelte, wurde ausgedruckt und zehnfach überprüft.

Mona saß eine ganze Weile so da und hing untätig den Gedanken in ihrem durchaus tätigen Hirn nach, während sie darauf wartete, dass ihr Vater nach Hause kam. Vermutlich war er auf Recherchefahrt, dann konnte es sein, dass er mit den unmöglichsten Utensilien nach Hause kam – im letzten Jahr waren es Pfeilgiftfrösche gewesen, die er kurzzeitig einquartiert hatte, um realistischer beschreiben zu können, wie sie sich im Terrarium verhielten. Irgendwann zog Mona die Fernbedienung, die ihr Milan geschenkt hatte, aus der Tasche, drehte sie und wendete sie. Sie trug das Teil ständig mit sich herum und manchmal, wenn sie das Gefühl hatte, dass die Erinnerungen an die U-Bahn sie zu überrollen drohten, dann drückte sie auf den roten Knopf und es half. Nicht immer, aber oft. Mona stellte sich vor, sie könnte mit all den anderen Knöpfen auch etwas anfangen, mit dem kleinen Einser vielleicht ihren beruflichen Erfolg anknipsen. Mit der Zwei das Café und Katrin symbolisch in die Luft jagen, mit der Drei Kiki wieder auf normal polen, mit der Vier die Kaffeemaschine vom Bett aus anschalten, mit der Fünf Fiona und ihr Kind auf den Mond schießen, mit der Sechs Milan …

„Mona, bist du das?" Ihr Vater hatte die Angewohnheit, laut mit den Schlüsseln zu rascheln, wenn er das Haus betrat, sodass Mona nicht erschrak, sondern ruhig sitzen blieb.

„Ja, wer sonst?", brüllte sie in den Flur hinaus.

„Das SEK, der BND, vielleicht sogar die CIA", konterte ihr Vater.

„Du schreibst zu viele Krimis!", erwiderte Mona und steckte die Fernbedienung schnell wieder zurück in ihre Tasche.

Als Heiner Hartwig das Wohnzimmer betrat, ging er als Erstes an die große Glasvitrine, öffnete ein verschlossenes Fach darin mit dem Schlüssel am übervollen Bund in seiner Hand und seufzte.

„Du musst das nicht mehr abschließen. Ping und ich sind erwachsen", grinste Mona. Sie musste daran denken, wie ihr Bruder und sie sich heimlich aus den Alkoholflaschen bedient hatten.

„Und? Heißt das, dass ich deswegen meinen Single Malt mit euch teilen muss oder was?"

„Du trinkst zu viel", neckte Mona ihn.

„Nein, zu wenig, mein Täter ist Alkoholiker, ich sollte noch viel mehr trinken, um das Buch besser zu machen." Er sah sie an, runzelte seine ansonsten noch immer glatte Glatzenstirn und sagte: „Bevor du hier verblödest, ziehst du dir deine Gummistiefel an und gehst mit mir angeln. Bestes Wetter heute."

„Ist dein Mörder auch Angler?"

„Nein, aber er legt seine Opfer immer in Ufernähe ab."

„Muss ich jetzt Angst haben?", lachte Mona.

„Erzähl nicht so einen Unsinn, du hast hier jetzt genug rumgelungert. Wir fahren an meine Lieblingsstelle, komm schon, für ein, zwei Stündchen."

„Länger habe ich sowieso keine Zeit", sagte Mona, ohne nachzudenken.

Die Runzeln auf Heiners Stirn vertieften sich und er sah sie mit diesem Blick ihrer Kindheit an, bei dem er die Augen von unten nach oben rollte und dann kurz blinzelte. „Was hast du denn vor?"

Als sie nicht antwortete, murmelte er nur: „Dachte ich es mir doch."

Vom Sessel aufzustehen war ein Kraftakt der Schweinehundüberwindung, doch wenig später stand Mona in den alten Gartengummistiefeln ihrer Mutter vor dem noch älteren, verdreckten Jeep ihres Vaters, den er als Recherchefahrzeug nutzte, und wartete darauf, dass er seine Anglerausrüstung endlich eingeladen hatte.

Seit sie denken konnte, hatte ihr Vater sie und Ping regelmäßig zum Angeln mitgenommen und ihnen dabei mehr über das Leben beigebracht, als man aus Schulbüchern lernen konnte. Mona konnte Rad fahren, weil ihr Vater es ihr mühevoll beigebracht hatte. Sie wusste, wie man einen Reifen wechselte, weil das irgendwann ihre Aufgabe wurde. Heiner hatte nur noch einmal sicherheitshalber die Schrauben nachgezogen. Weil ihr Vater ihr eingebläut hatte, Geben sei seliger denn Nehmen, veranstaltete sie mit Pings Hilfe jedes Weihnachts- und Osterfest ein Wohltätigkeitsessen für Obdachlose. Ihr

Vater hatte ihr häufiger die Windeln gewechselt als ihre Mutter und er hatte sich nicht dafür geschämt, seiner Tochter beim Ballett die Spitzenröckchen und Schühchen anzuziehen. Heiner Hartwig war ein sanfter Löwe im Gewand eines äußerlich gewöhnlichen Spießbürgers. Er hatte Mona und Ping durch die Höhen und Tiefen ihres Lebens gebrüllt mit seiner Liebe und er hatte so laut gebrüllt, dass die Abwesenheit ihrer Mutter manchmal gar nicht aufgefallen war. Genau das war es, was Mona immer wieder hierherzog, immer wenn sie wieder einmal einen Leerlaufpunkt in ihrem Leben erreicht hatte. Heiner hatte sie bisher immer herausgezogen, auch wenn es ihn zutiefst wurmte, dass sie nichts aus ihren vielen Talenten machte, sondern ihren Lebensunterhalt noch immer mit Kellnern und dem Absitzen der Zeit im Buchladen verdiente.

Mona trug ein paar alte Schlaghosenjeans, auf Knielänge gekürzt, und ein T-Shirt, das sie sonst nur zum Schlafen trug. Somit war es ihr egal, ob sie dreckig wurde oder nicht. Sie fuhren nicht weit, nur etwa fünf Kilometer. Dann waren sie an einem Ausläufer der Elbe angelangt. Sie war froh, dass sie schwiegen und ihr Vater nicht in seine Anglerleidenschaft verfiel und ihr von Forellen, Hechten und Aalen vorschwärmte. Er hatte zwei Faltstühle dabei und sie ließ sich wie ein nasser Sack hineinplumpsen. Wider ihr Erwarten packte Heiner seine Angelausrüstung nicht aus, sondern ließ sich neben ihr in seinen Stuhl fallen. Nun saß sie in der Falle. Sie war einem geplanten Aushorchkommando auf den Leim gegangen. Kein Entkommen, keine Anglerstille, sondern Heiners Blick, der ihr verriet, dass sie ihm ihr Herz ausschütten sollte.

„Was?", fragte sie.

„Sag du es mir und sag nicht ‚nichts'! Warum bist du hier und was liegt dir so schwer im Magen?"

„Ich bin in einen Typen verliebt, der ein Kind mit einer anderen bekommt."

„Seltsamer Satz, würde mein Lektor mir rausstreichen", erklärte er ungerührt.

„Wie sollte der Satz denn sonst lauten?" Mona verdrehte die Augen und verpasste dem dicken Ast vor ihren Füßen einen gezielten Tritt.

„Du musst einen Fragesatz daraus machen, damit er Sinn ergibt. Also in etwa so: Ich bin in einen Typen verliebt, aber liebt er mich auch? Oder noch besser: Ich bin in einen Typen verliebt und ich bin so zauberhaft, dass es unmöglich ist, dass er nicht das Gleiche für mich empfindet."

„Milan würde dir jetzt Tischtennisbälle an den Kopf werfen, Papa!"

„Milan also."

„Ja."

„Ein Greifvogel. Aha. Vielsagend. Und eine andere ist von ihm schwanger?"

„Ja, und deswegen geht es nicht. Davon abgesehen, dass er mich sowieso nicht will und … Papa, er ist der Einzige, bei dem ich mich sicher fühle. Er hat etwas an sich … Wenn er bei mir ist, dann habe ich keine Panikattacken."

Er sah sie ernst an und sie sah Sorge um sie, die er verbergen wollte. Sie waren beide sehr gute Gesichtsleser.

„Ich bin das allererste Mal wirklich verliebt und will nicht fliehen und davonrennen, weil ich zu viel Angst davor habe, verletzt zu werden, und dann zahlt sich das noch nicht mal aus. Das ist doch unfair, oder?"

Ihr Vater lehnte sich zurück, krempelte seine karierten Ärmel nach oben und griff nach der Dose Bier in seiner Kühltasche, steckte sie in die Halterung an der Armlehne des Klappstuhls und warf eine Dose Red Bull in Monas Richtung. Sie fiel ihr klatschend in den Schoß. Mona musste bei dem Geräusch an den Blitzer in der Elbe denken und bekam ein schlechtes Gewissen. Umweltbewusst war das nicht gerade gewesen. Und ihr Vater schimpfte stets auf die Umweltsünder, die wahllos ihren Müll am Ufer herumliegen ließen.

„Und auf was trinken wir jetzt? Darauf, wie scheiße alles ist?", riss er sie aus ihren Gedanken. Er nickte, öffnete zischend seine Dose und hielt sie ihr zum Anstoßen hin. Sie öffnete die ihre und die ersten Spritzer ergossen sich sprudelnd auf ihren Oberschenkel. Sie lachten und er sagte: „Auf dich, Kind! Auf dich und das Leben!"

Dann lehnten sie sich beide in ihre Stühle und blickten schweigend auf den Fluss und einen Schoof Enten, der scheinbar mühelos gegen die Strömung anschwamm. Eine Ente, drei Küken.

„Was, wenn ich nie wieder für jemanden so empfinden kann?"

„Keiner von uns weiß, wohin uns das Leben führt und wann und mit welchen Menschen es uns noch überrascht."

„Und was, wenn es nie aufhört, dass ich das Gefühl habe, jeden Tag wieder in diesem verdammten U-Bahnhof zu sein? Was, wenn die Narben nie blasser werden, wenn …", Mona seufzte laut.

„Alles im Leben ändert sich. Fast alles. Kannst du dich an die Windpocken erinnern, die du mit sieben hattest?", fragte Heiner.

„Ja, es hat gejuckt wie Hölle und ich hatte dieses weiße Puder überall. Aber ich verstehe nicht, worauf du hinauswillst."

„Du warst überzeugt davon, dass es niemals aufhört. Wir konnten dir nicht glaubhaft versichern, dass es vorbeigeht und deine Haut ein paar Tage später ganz normal aussehen wird. So ist es jetzt auch, deine Seele ist verletzt, kleine rote Punkte jucken dich, aber sie werden verschwinden. Vielleicht bleiben ein paar Narben, aber irgendwann sind die juckenden Punkte nur noch eine Erinnerung. Es kommt auf dich an, was du daraus machst. Aber manchmal muss man einfach die Augen schließen und durch und wenn der dunkle Tunnel überwunden ist, kannst du ins Licht schauen und entscheiden, in welche Richtung dein Leben weitergeht. Ich kann dir nur sagen, dass ich und Ping immer an deiner Seite sein werden. Auch wenn wir dir hier nicht mit Puder weiterhelfen können, so können wir dir die Hände festhalten und dich daran hindern, zu kratzen."

„Darf ich dich mal ganz fest umarmen?", fragte Mona gerührt.

„Nein, du hast klebriges Red-Bull-Gelump an deinem Bein", knirschte Heiner und fügte dann schief grinsend hinzu: „Natürlich, komm her."

Sie stand auf und drückte ihre Arme fest um ihren Vater.

„Weißt du, es ist wichtig, nicht immer mit Groll in die Vergangenheit zu blicken. Weil man sich damit immer auch den Blick auf die Gegenwart und die Zukunft verdirbt. Es ist wie mit den Augen.

Du weißt, dass es nicht gut ist, im Dunkeln zu lesen. Wenn du es trotzdem machst, siehst du irgendwann schlecht."

„Dann setze ich eben eine Brille auf", brummte Mona.

„Du solltest dir klarmachen, was du aus dieser Sache lernen kannst, was du an Wert aus dieser schlimmen Erfahrung ziehen kannst, und dann machst du was draus! Stell dir vor, deine Mutter hätte sich nicht von mir getrennt! Es gäbe keine einzige Frauenleiche in meinen Romanen."

Da musste Mona lachen. „Das wäre ein Desaster – für die gesamte Leserschaft blutrünstiger Thriller!", sagte Mona, dann wurde sie etwas nachdenklicher und meinte: „Weißt du, manchmal denke ich, das Leben hat mich Milan gerade im rechten Augenblick vor die Füße gespült, damit er mich retten kann. Aber niemand, Papa, niemand hat mir gesagt, dass man auch noch ertrinken kann, wenn einen längst jemand aus dem Wasser gezogen hat."

Kapitel 13 – One

VON ALL IHREN GELEGENHEITSJOBS WAR MONA DIE ARBEIT IN
GIOVANNIS BUCHLADEN DIE ANGENEHMSTE. Sie liebte das kleine, viel
zu enge Geschäft mit den uralten Eichenregalen, in denen sich die
Bücher bis an die Decke stapelten, was unter anderem daran lag, dass
kaum aktuelle Ware geführt wurde und zudem auch von den alten
Sachen selten etwas verkauft wurde.

Sie konnte sich hier gut verkriechen, in Büchern schmökern,
Giovannis hervorragenden pechschwarzen Espresso trinken und
nebenbei in Ruhe zeichnen. Und das Radio laufen lassen. Leise, aber
laut genug, um aufzuschrecken, wenn sie Milans Stimme hörte. Der
Umsatz war Giovanni herzlich egal – Alexander behauptete, es könne
sich nur um irgendein ausgefeiltes Geldwäschemodel handeln, denn
ein Buchladen falle weniger auf als eine Pizzeria – und so konnte
Mona den wenigen Touristen, die sich hierher verirrten, die
unmöglichsten Bücher empfehlen. So hatte sie im letzten August drei
Ausgaben eines Bildbands über männliche Geschlechtsteile verkauft:
eines an eine Gruppe kichernder Ruhrpottmädels, eines an eine ältere
Dame mit skandinavischem Akzent und ein weiteres an eine Japanerin,
die ihr mit Blick in das Buch völlig ernst in tadellosem Deutsch erklärt
hatte, dass Priester in ihrem Heimatort tatsächlich riesige
Phallussymbole als Fruchtbarkeitsausdruck durch die Straßen trugen.
Nach solchen Witzen war Mona heute nicht, allerdings war der
Buchladen auch oder vielleicht gerade an schlechten Tagen ein
wunderbarer Zufluchtsort. Manchmal glaubte Mona, dass dieser
versteckte schmale Streifen Haus mit dem gebogenen, einfach
verglasten Schaufenster, das hinaus auf eine Seitengasse des
Schanzenviertels zeigte, der ruhigste Ort in ganz Hamburg war.

Wie fast immer hatte Giovanni auch heute seinen Laden, keine fünf
Minuten nachdem sie gekommen war, verlassen. Mona hatte einen
einzigen Kunden gehabt bisher und saß nun an dem breiten alten Pult
mit den Holzwurmlöchern, das als Theke diente und auf dem sich alte
Atlanten stapelten, und zeichnete an der Krokodilgeschichte. Es war

inzwischen nicht mehr nur eine Geschichte, sondern hatte den Umfang eines Kinderbuchs. Mona war recht zufrieden mit ihrer Arbeit und zuversichtlich, bis zu Kikis Geburtstag damit fertig zu sein. Vielleicht würde das Mädchen dann wieder ein wenig mehr Zutrauen zu ihr fassen. Sie war nicht mehr ganz so schreckhaft Mona gegenüber, aber sie legte noch immer eine Skepsis an den Tag, die Mona zutiefst schmerzte. Während Mona gerade dabei war, die Szene zu verbessern, in der das wasserscheue Krokodil endlich mit seinen neu gewonnen Freunden ins Wasser sprang und wild herumplanschte, ertönte das surrende Klingeln der Ladentür und ein rotblonder Schopf lugte herein.

„Hej, bist du allein hier?", rief Aneta.

„Ja, ich bin immer allein hier", antwortete Mona. „Was machst du denn hier?"

„Ich war in der Gegend."

„Du lügst." Sie legte den Bleistift und das Blatt zur Seite und musterte ihre Freundin.

Aneta knickte schnell ein und gab zu: „Okay, ich war nicht in der Gegend. Ich wollte zu dir. Ich muss dir was erzählen."

Aneta machte sich nicht die Mühe, einen Stuhl zu suchen, sondern setzte sich gleich auf die unterste Stufe der Stehleiter vor dem Regal mit den Sachbüchern.

„Gestern hatte ich doch dieses Date ... mit dem Vater von Johann."

„Deinem Meisterschüler?"

„Ja, genau. Wir waren drüben in Marios Bar und da schüttet der sich zu, sage ich dir. Einen Kurzen nach dem anderen. Ich saß nur da und habe ihn angestarrt und er meinte: ‚Du bist doch Osteuropäerin, ich dachte bei euch macht man das so.'"

„Du bist hoffentlich aufgestanden und gegangen", kommentierte Mona, während sie versuchte, einen Rabattaufkleber mit dem Aufdruck „5 DM" von einem Atlas abzukratzen, in dem Deutschland noch zweigeteilt war.

„Nein, er hat das echt nett gemeint. Irgendwie ... Na ja, auf jeden Fall wollte er mich heimbringen, das hat er aber nicht mehr geschafft, also habe ich ihn heimgebracht. Ich habe ihn fast getragen, so fertig war der, und weißt du, was er gesagt hat, als wir vor seiner Tür standen?"

Mona zuckte mit den Achseln.

Aneta plapperte weiter: „Er hat gesagt: Willst du noch mit mir raufkommen? Wenn du ihn hochkriegst, gehört er dir."

Jetzt sah sie auf zu Aneta, zeigte mit dem linken Ringfinger, an dem noch die Reste des roten Klebers hafteten, in die Luft und meinte: „Das hat er nicht gesagt!"

„Doch!", bestätigte Aneta breit grinsend.

„Und was hast du geantwortet?"

„Ich habe mich höflich bedankt und ihm gesagt, dass ich bei so geringen Erfolgsaussichten dann doch lieber verzichte."

Mona prustete. „Ich hab noch einen von den Penisbildbänden, wenn du ihm fürs nächste Date was Besonderes schenken willst."

„Gute Idee, vielleicht komme ich darauf zurück", lachte Aneta und sah sich dann im Laden um, als erwarte sie noch jemanden.

„Warum bist du wirklich hier?", fragte Mona skeptisch.

„Ich mag es nicht, dass du hier so allein bist. Ich habe Angst um dich", erklärte sie leise.

„Was soll mir denn hier passieren? Hier kommt so gut wie nie jemand rein."

„Und … draußen wartet noch jemand auf dich." Aneta biss sich auf die Unterlippe.

„Wer?", fragte Mona scharf.

„Er sagt, du gehst nicht an dein Handy …"

„Ani!", Monas Stimme klang nach Großbuchstaben, lauter als sonst und mit drohendem Unterton.

„Und er meinte, er hätte ein paar Mal bei dir geklingelt …"

„Ani … er … wir …"

„Ja, du Stottergans, er steht da draußen und er will mit dir sprechen."

„Aber Ani, er wird Vater!"

„Du bist schwanger?", kreischte Aneta hysterisch und sprang von der Leiter auf.

„Nein, nicht ich, du dumme Kuh. Seine Freundin."

„Oh." Mona konnte förmlich sehen, was Aneta dachte. Sie dachte an sich selbst und daran, wie sie nun allein dasaß mit ihrem Kind. Wie schwierig es war und nervenzehrend, alleinerziehend zu sein. Wie oft sie damit haderte und wie sehr sie sich manchmal wünschte, sie und Jacob hätten es doch irgendwie gepackt. Für Kiki.

„Dann sollte er wohl doch besser draußen bleiben!", verkündete sie laut. Fast sah es so aus, als würde sie als Nächstes wütend auf dem Boden aufstampfen.

„Zu spät", murmelte Mona und deutete verhalten zur Tür. Dort stand Milan und sah in dem zu niedrigen Rahmen des Altbaus noch größer aus als sonst. Seine Haare waren wieder ein Stück länger als beim letzten Mal. Er trug ein dunkelblaues Shirt und Jeans, in deren Taschen er seine Hände vergraben hatte.

„Kann ich reinkommen?"

„Wenn du schon einmal hier bist", antwortete Mona scheinbar gleichgültig. Eilig griff sie nach hinten und drehte das Radio leiser.

„Hier vergräbst du dich also", stellte Milan fest.

„Ich geh dann mal und du …", sagte Aneta mit strafendem Blick zu Milan, „… solltest auch nicht so lange bleiben. Giovanni mag es nicht, wenn Mona sich in seinem Laden zu lange privat unterhält."

Das war eine glatte Lüge, die ihr Milan auch keine Sekunde lang abnahm, aber trotzdem antwortete er höflich: „Keine Sorge, ich will ja nicht, dass sie Ärger bekommt."

Als Aneta trampelnd aus der Tür verschwunden war, setzte sich Milan an ihrer Stelle auf die Holzleiter. „Vielleicht solltest du dich deinen Ängsten ein wenig stellen und mal wieder ins Stadion gehen, statt dich zu verstecken. Muss ja nicht gleich ein Fußballspiel sein. Aber wie wäre es mit einem Konzert? Du stehst doch auf härtere Sachen, wenn ich deine Vorliebe für einen bestimmten Radiosender richtig interpretiere", wollte er wissen.

„Du tauchst einfach mal wieder aus dem Nichts auf und haust mir das direkt vors Gesicht?", blaffte Mona.

„Ja. Freunde machen das so."

„Aha."

„Kann ich dir helfen?"

„Wobei?"

„DM-Rabattaufkleber runterkratzen, Bücher sortieren?"

„Eigentlich macht keine der Arbeiten hier wirklich Sinn. Aber wenn du willst … Ich wollte schon lange einmal alle Bücher, die es auch wert sind, gelesen zu werden, nach vorn räumen, dann gibt es da so einen alten verstaubten Sessel im Hinterzimmer, den man hierherstellen könnte."

„Gut. Dann lass uns anfangen."

„Warum bist du hier?", fragte sie. „Langweilst du dich zu Hause?"

„Ich wollte dich sehen", antwortete er schlicht, ohne sie anzusehen, und ging dann eigenmächtig auf die niedrige Tür mit dem uralten Eisenbeschlag zu, die zum Hinterzimmer führte. Er steuerte auf den Sessel zu, hob ihn an und trug ihn in Richtung des Ladenraums.

„Der passt da nicht durch, sonst hätte ich das selbst schon gemacht."

„Wir müssen ihn drehen", meinte Milan.

„Das wird nichts. Er passt nicht durch", gab Mona zurück, stand aber dennoch widerwillig auf.

„Pass auf, du ziehst vorn, ich drücke von hinten, dann könnte es gehen. Das sind nur ein paar Millimeter. Warte, ich hänge zuerst die Tür aus!"

Nachdem das erledigt war, fasste Mona den dunkelgrauen Sessel am Holzgestell, während Milan die Rückenlehne anhob und sich dagegenstemmte. Er drückte, ruckte und warf sich schließlich mit voller Wucht dagegen. Es knarzte und krachte gewaltig und dann gab der Sessel nach und polterte nach vorn in den Verkaufsraum. Allerdings nicht ohne den Türrahmen, der gleich mit herausgerissen worden war.

„Scheiße", fluchte Milan. „Mona, shit, Mona, bist du okay?"

„Mmmpf", machte es von unterhalb des Sessels, unterhalb des Türrahmens und all des jahrzehntealten Staubs, der durch den Aufprall aufgewirbelt worden war.

„Wo bist du?"

„Ich liege unter dem Sessel", kicherte sie.

Sie hörte ihn erleichtert aufatmen.

„Wärst du so nett, mich zu befreien?", fragte Mona amüsiert.

In Sekundenbruchteilen war Milan an ihrer Seite. „Hast du dir wehgetan?"

„Nein, mein T-Shirt klemmt nur, ich komm da nicht raus. Du musst den Sessel anheben."

„Ich fürchte, das hilft nicht, dein Oberteil steckt zwischen Stoff und Holzgestell. Das muss raus. Habt ihr hier eine Schere?"

„Ja, aber …"

„Nichts aber, oder willst du so liegen bleiben?"

„Natürlich nicht."

Es war seltsam, sie war zwar gefesselt und durch das feststeckende T-Shirt beinahe bewegungsunfähig, aber sie spürte überhaupt keine Angst, sie schwitzte nicht, es kam keine Panik auf und die Bilder blieben fein säuberlich unter Verschluss. Alles nur, weil er da war.

„Die Schere liegt in der kleinen Schublade unter dem Pult. Nein, weiter unten", dirigierte sie ihn.

„Ah, da", Milan beugte sich nach unten, sodass es so aussah, als würden seine Haare gleich seine Nasenspitze berühren, und zog die Schere heraus.

Dann kam er zurück und kniete sich neben sie. Mona konnte sein Parfum riechen und witzelte: „Das ist aber nicht Teen Spirit."

„Nein, das ist etwas Männlicheres", gab er zurück. Er betrachtete sie mit einem amüsierten Grinsen und meinte dann: „Ich befürchte, ich muss es hier an der Seite komplett aufschneiden, wenn wir dich da wieder rausbekommen wollen."

„Du darfst nicht schauen", erklärte sie ernst.

„Und wie soll ich das machen? Wenn ich nichts sehe, kann ich auch nicht schneiden. Oder glaubst du, ich riskiere, dass ich dir den Bauch aufschlitze, nur weil du dich genierst?"

„Also gut, dann mach schon", seufzte Mona und biss die Zähne zusammen.

Er war sehr vorsichtig und zog den Stoff ihres Tops mit dem Finger ein wenig zu sich, setzte die Schere an und schnitt langsam an der Naht nach oben zur Schulter, bis Mona spürte, dass sie nicht länger festhing, und sie sich unter dem Sessel hervorziehen konnte.

Sie rappelte sich auf und stand vor ihm, schob sich verlegen die Haare vors Gesicht, als ob das auch ihre linke Körperhälfte bedecken würde. Ausgerechnet die linke. Von der er nun alles sehen konnte. Von ihrer festen Brust in dem einfachen grauen BH bis hinunter zu den Narben an ihrer Seite, die kleinen spitzen Knochen ihrer Hüfte, die aus der nach unten gerutschten Leggins herausragten.

Es kam ihr wie eine kleine Ewigkeit vor, dass sie so voreinanderstanden und sich ansahen. Er griff wie automatisch mit dem Zeigefinger nach ihrer Hand und berührte zärtlich ihre Handinnenfläche. Die Nervenzellen in ihren Fingerspitzen liefen Amok, weil sie nicht wussten, was sie ihrem Hirn zuerst melden sollten. Eine kleine Berührung wie diese vom richtigen Menschen konnte mehr sein, erregender und so viel bedeutender als Sex mit dem falschen Menschen. Das war keine neue Erkenntnis, das hatte Mona schon zuvor gewusst. Aber das hier ging über ihr Wissen hinaus. Sie wollte mehr davon, viel mehr, und doch war ihr bewusst, dass sie es wollte, weil sie wusste, dass es verboten war. Seine Fingerspitzen dagegen hatten das offenbar noch nicht begriffen, sie tanzten mit und in ihrer Hand, alle Sensoren ausgefahren und empfangsbereit. Es war ein so intimer, intensiver Moment, dass Mona beinahe erschrak, als Milan seine Stimme wiederfand, seine Hand hektisch wegzog und heiser sagte: „Ich bin gleich wieder da."

Dann eilte er aus dem Laden, ließ sie einfach stehen, mit ihrer halb nackten Brust und dem so heftig darin klopfenden Herzen. Mona rieb sich mit dem Handrücken über ihr glühend heißes Gesicht und beschloss dann, so schnell wie möglich irgendetwas zu tun, etwas, um die Gefühlsexplosion auf ihrer Hand nicht mehr spüren zu müssen. Also begann sie, an dem Sessel zu zerren, und schaffte es schließlich, ihn vollständig in den Ladenraum zu ziehen, ihn aufzustellen. Dann machte sie sich auf die Suche nach Putzmitteln und wider Erwarten fand sie sogar einen kleinen Handbesen und eine halb verrostete Metallschaufel. Sie richtete den herausgefallenen Türrahmen auf, der aussah, als hätten auch ihm die Holzwürmer bereits vor seinem Sturz ordentlich zugesetzt, und begann den Staub und die Putzreste aufzukehren.

„Hier bin ich wieder und ich schaue auch nicht …"

Mona drehte sich um und musste laut lachen. Da stand Milan wieder und hielt ein schwarzes Shirt mit dem Aufdruck „Don't grow up, it's a trap" direkt vor seine Augen. Unter der Schrift befand sich eine weiße Abbildung von Tinkerbell aus Peter Pan, rundherum prangten goldene Sternchen.

„Wo hast du das denn her?", kicherte sie.

„Wir sind hier in der Schanze, du glaubst doch nicht, dass ich dir hier was von Zara besorge?"

„Nein, das passt schon. Vielen Dank." Sie ging auf ihn zu, griff nach dem T-Shirt und zog es sich über.

„Hier. Ich hab uns noch was zu essen mitgebracht." Er streckte ihr eine kleine Tüte hin, in der ein mit Falafelbällchen und Gemüse gefüllter Wrap steckte.

„Danke!"

Sie setzten sich direkt auf die unterste Ebene des größten Regals im Raum und verdrückten schweigend ihr Mittagessen, tranken zischende Cola aus Blechdosen und lächelten sich dabei immer wieder zu.

„Willst du für immer Radiomoderator sein?", fragte Mona.

„Wieso, hast du was dagegen?" Die Frage erinnerte Milan an Fiona und ihre dezenten Hinweise, dass das ja nicht die Erfüllung seines Lebens sein könnte und er Perspektiven bräuchte. Er verzog unwillkürlich das Gesicht.

„Gar nicht. Ich finde es toll. Ich höre deine Stimme gern", antwortete Mona. Das war zwar das Understatement des Jahres, aber zumindest auch nicht gelogen.

„Im Moment macht es mir noch Spaß. Das sollte doch das Wichtigste sein, oder? Das einem das, was man tut, Spaß macht. Und du? Was wärst du gerne?"

„Ich würde gerne davon leben zu zeichnen, aber das ist utopisch."

„Ein guter Freund von mir hat mir mal gesagt, dass du drei Fragen im Leben mit Ja beantworten können musst: Bist du glücklich, wo du bist? Bist du glücklich darüber, mit wem du dein Leben verbringst, und bist du glücklich mit dem, was du tust?"

„Und kannst du all diese Fragen mit Ja beantworten?", wollte Mona leise wissen.

„Zwei davon", gab Milan zurück und Mona traute sich nicht zu fragen, welche. Sie hatte zu große Angst vor seiner Antwort.

Milan schleckte sich den letzten Rest Joghurtsoße von den Lippen, stand auf und ging hinüber zu dem Pult auf der Suche nach einem Mülleimer. „Sind das deine Zeichnungen?", fragte er mit Blick auf den Papierberg neben der Kasse.

„Ja", antwortete Mona mit vollen Backen. „Das ist so eine Krokodilgeschichte. Für Kiki."

„Und das hier?", wollte Milan wissen und holte die größeren Blätter unter den kindlichen Zeichnungen hervor. „Wer ist das alles?" Behutsam und eifrig darauf bedacht, nichts zu beschmutzen, blätterte er durch die A3-großen Papiere, die allesamt Zeichnungen verschiedener Menschen waren.

„Alexander nennt sie meine Charakterstudien. Ich habe damit vor ein paar Jahren angefangen. Immer wenn mir ein Mensch besonders aufgefallen ist, habe ich angefangen, ihn aus dem Gedächtnis heraus zu zeichnen und das festzuhalten, was ihn ausmacht. Daher Charakterstudien."

Mona trat einen Schritt nach vorn und nahm ihm die Blätter aus der Hand. „Das hier zum Beispiel ist der Brüllfritz." Sie zeigte auf das Porträt eines mittelgroßen, etwa vierzigjährigen Mannes mit aufgerissenem Mund, eine Fahne in der linken Hand, in der rechten eine Faschingströte. Die in den Spitzen heller werdenden Haare hatte er nach oben gegelt, er trug eine dunkle Jacke und einen St.-Pauli-Schal. Jede einzelne Linie der Haut war gut erkennbar, sodass es Milan beinahe so vorkam, als stünde der Mann neben ihm, statt ihn nur von einem Blatt aus anzusehen. Die Augen waren lebendig, die Bartstoppeln, der Ansatz eines Doppelkinns, selbst die etwas unreine Haut auf den Wangen, alles war unheimlich detailverliebt und präzise gezeichnet. Er war beeindruckt.

Sie lächelte leicht, als sie bemerkte, wie fasziniert er von ihrer Arbeit war. Sie war selbst stolz auf die Charakterstudien, sie gehörten zu ihren besten Arbeiten und doch war damit kein einziger Euro ihrer Miete gezahlt worden. Ihr Geld verdiente sie noch immer mit Dingen, die ihr absolut keinen Spaß machten. Nämlich zum größten Teil damit, im Café Gäste zu bedienen und nach Katrins Pfeife zu tanzen.

„Und das hier, das ist mein mysteriöser Nachbar. Jeden Abend um kurz nach zehn setzt er sich eine alte Mütze auf den Kopf, grüßt aus seinem Fenster heraus und sieht sich dann immer den gleichen Film an, in dem ein kleines Mädchen mit einem Regenschirm über die Straße tanzt."

„Hast du ihn mal gefragt, warum?"

„Nein, habe ich nicht, weil ich es so unheimlich romantisch finde und irgendwie braucht nicht jede romantische Geschichte eine Aufklärung oder Erklärung. Findest du nicht auch?"

„Ja, schon. Aber du bist neugierig darauf, was dahintersteckt, oder?"

„Stimmt. Aber ich sehe ihn nie außerhalb seiner Wohnung und außerdem ist die ganze Sache doch auch sehr privat. Ich will auch nicht auf der Straße darauf angesprochen werden, was mit meinem Gesicht passiert ist."

„Du solltest dich selbst mal zeichnen, damit du siehst, wie hübsch du bist."

„Unsinn. Ich kann mich nicht selbst zeichnen. Ich meide ja jeden Spiegel." Es war Mona so herausgerutscht und sie ärgerte sich: Sie wollte Milans Mitleid doch gar nicht und was tat sie?

Er räusperte sich und sagte: „Es tut mir leid wegen vorhin, ich wollte dich nicht mit dem Sessel umhauen. Aber ich finde, du hast super reagiert. Ich hatte Angst, du könntest Panik bekommen."

„Das ist nur … Ach, vielleicht bekomme ich es einfach langsam besser in den Griff", murmelte Mona. Er schien keine Ahnung zu haben, dass das alles nur an ihm lag! Dass er der Anker war, an dem sie sich immer wieder festhielt …

„Du machst das super. Wenn ich daran denke, dass ich bis heute Probleme damit habe, an fließenden Gewässern vorbeizufahren."

„Wieso?"

„Na ja, ich bin mal mit meiner Mutter im Main gelandet."

„Was?"

„Ja, bis ich zehn Jahre alt war, haben wir in der Nähe von Frankfurt gewohnt. Und wir waren an einem nebligen Morgen unterwegs zu meiner Tante. Meine Mutter muss kurz eingeschlafen sein, so genau wissen wir das bis heute nicht, auf jeden Fall sind wir an einer ungünstigen Stelle von der Straße abgekommen und im Main gelandet. Zum Glück gab es damals noch Autos mit mechanischem Schiebedach. Das hat meine Mutter geistesgegenwärtig aufgekurbelt und uns beide gerettet. Ich bekomme Schweißausbrüche, wenn ich Straßen entlangfahren muss, an denen es direkt einen Abhang hinunter auf einen Fluss zugeht."

„Oh, dann bin ich ja nicht die Einzige mit Ticks."

„Nein, das bist du nicht", stimmte er zu. „Was hast du denn vor mit deinen Zeichnungen?"

„Nichts. Was soll ich schon damit vorhaben? Der Comicverlag, für den ich ab und zu zeichne, will sie nicht, weil sie ihm zu ernst sind und …"

Milan hatte ihr die Papiere wieder aus der Hand genommen und blätterte weiter. „Moment mal, bin das etwa ich?"

„Ja", gab Mona kleinlaut zu. „Ich habe auch welche von Aneta und Kiki gemacht", fügte sie fast entschuldigend hinzu, so, als würde sie ihn damit auch nur zu einem weiteren Freund degradieren.

„Das ist … der Wahnsinn!"

„Ich schenke es dir, wenn du möchtest."

„Ja … nein … ich weiß nicht", sagte er da plötzlich. „Weißt du, ich sollte auch langsam los. Es war schön, mit dir … also schön mit meiner neuen besten Freundin Zeit zu verbringen."

Mona nickte schwerfällig und fragte sich, ob es normal war, dass sie beide sich ständig gegenseitig versichern mussten, dass sie Freunde waren.

„Kann ich dir noch helfen, mit dem Türrahmen?", erkundigte er sich.

„Nein, da ist, glaube ich, nichts mehr zu machen. Aber mein Chef merkt es vermutlich nicht einmal. Mach dir keine Gedanken."

„Gut, dann gehe ich jetzt."

„Ja. Okay", erwiderte Mona.

„Ja, dann gehe ich jetzt", wiederholte Milan. „Also, bis bald, Chewbacca."

„Bis bald."

Sie winkte ihm ungelenk nach.

146

Als Milan gegangen war, begann sie, die Bücher umzusortieren. Sie machte einen Stapel mit all jenen Liebesromanen, die tragisch ausgingen, und einen anderen, deutlich größeren für die mit Happy End. Dann saß sie eine Weile davor und überlegte. Schließlich hatte sie sich entschieden. Die Liebesromane mit Happy End packte sie in Kisten und verstaute sie im Hinterraum, wo zuvor der Sessel gestanden hatte. Die mit tragischem Ende, die Anna Kareninas, die Vom Winde Verwehten, all die anderen großen Lieben ohne Zukunft dagegen nahm sie, befreite sie von Staub und drapierte sie liebevoll auf einem Tisch neben dem Sessel. Das Leben war eben kein Liebesroman und schon gar keiner mit Happy End. Zumindest sah es für Mona nicht danach aus.

***

Wenn Milan joggen ging, hatte er eigentlich bisher immer die Außenalster bevorzugt oder den Park in der Nähe seiner Wohnung in Barmbek. Erst seit Neuestem, seit er dort einen Blitzer versenkt hatte, lief er manchmal am Elbufer in Blankenese entlang und zählte die Jogger mit teuren Fitnessarmbändern, die – sobald sie außer Sichtweite von anderen waren – sich erschöpft auf eine Bank fallen ließen und sich von ihren Gadgets zeigen ließen, wie viele Kalorien sie bereits verbrannt hatten.

Er nahm sein Handy und schrieb Mona eine Nachricht: *Bin joggen, zähle Fitnessarmbänder, bei Kilometer zwei bereits dreizehn Jogger MIT gesichtet, nur vier ohne, mich mitgezählt.*

Er dehnte sich und musste nicht lange auf ihre Nachricht warten: *Seit wann joggst du?*, kam es von Monas Handy.

Es beruhigt.

Wieso musst du beruhigt werden?

Er tippte: *Die Vorstellung, Vater zu werden, macht mir Angst.* Dann löschte er es wieder und tippte stattdessen: *Damit es Sinn macht, dass ich mir auch ein Fitnessarmband kaufe.*

Ich wette, Blondie hat schon eins.

Milan grinste, legte das andere Bein auf die Parkbank, dehnte es und zählte das vierzehnte Fitnessarmband. *Zwei. Outfitabhängig. Ein beiges, ein schwarzes.*

Mona schickte ein Männchen, das sich die Hände vors Gesicht hielt, und schrieb dazu: *Hat sie auch zwei Paar Beine? Ein gebräuntes für die grelleren Farben der Jogginghose und ein helleres für die gedeckten Farben?*

Milan antwortete: *Du hast einen Schaltkreiskollaps, Chewy.*
Du verträgst die Wahrheit nicht ...

Dem konnte er nichts entgegensetzen, deshalb antwortete er besser nicht.

Es war seit ein paar Wochen zur Gewohnheit geworden, dass sie sich mehrmals am Tag schrieben und manchmal auch telefonierten. Mona kommentierte seine Sprüche im Radio, schrieb ihm Musikwünsche, die er ihr hin und wieder erfüllte, fragte nach seinem Tag, nach dem Boxtraining, nach seinem aktuellen Nasensprayverbrauch, aber niemals nach Fiona oder dem Baby. Das war zu ihrem gemeinsamen No-go-Topic geworden, ohne dass sie es vereinbart hatten. Und jetzt hatte Mona es gebrochen.

Milan seufzte schwermütig. Er hatte das Wellnesswochenende mit Fiona überlebt. Jede andere Bezeichnung wäre zu euphorisch gewesen. Er hatte es überlebt, ihr dabei zuzusehen, wie sie im Essen stocherte, weil sie Angst hatte, zu viel zuzunehmen. Sie aß exakt den laut Ratgeber empfohlenen einen Apfel und eine Vollkornscheibe mit Käse mehr – abgestimmt auf die Schwangerschaftswoche, in der sie jetzt war, und hielt ihm Vorträge über gesunde Ernährung. Er war ja froh darüber, dass sie verantwortungsvoll mit sich und dem Kind umging, aber wenn er an ihrer Stelle gewesen wäre, hätte er die Gelegenheit genutzt, um sich ordentlich an allen möglichen Dingen satt zu essen. Wenn nicht während der Schwangerschaft, wann dann? Er hatte endlose Spaziergänge mit ihr überlebt und sehnsuchtsvoll den Männern zugesehen, die in Gruppen zum Canyoning loszogen oder Klettertouren unternahmen. Es fiel ihm schwer, die Hände von seinem Handy zu lassen und Mona nicht die ein oder andere Anekdote zu schreiben, und auch wenn ihre Freundschaft rein platonisch war, so hielt er sie dennoch weitgehend vor Fiona geheim. Und das wiederum machte ihm so ein schlechtes Gewissen, dass er freiwillig auf alle Aktivitäten verzichtete und das Schwangerschaftsweichspülprogramm mitmachte.

Er wollte das Handy gerade wieder in die Tasche stecken und weiterlaufen, als eine weitere Nachricht von Mona ankam. Es war ein Bild von Meister Yoda aus Star Wars und darunter stand: *Tu es oder tu es nicht. Es gibt kein Versuchen.*

Er versuchte sich an drei Antworten.

Ich will nicht, aber ich muss.

Könnten WIR es nicht einfach versuchen. Oder tun.

Es ist keine Frage des Wollens.

Die erste war zu mitleidheischend, die zweite zu zweideutig, die dritte zu wahr. Also antwortete er wieder nicht. Stattdessen sprintete er los, viel zu schnell, ohne einen weiteren Blick auf Fitnessarmbänder oder andere Gesichter. Er rannte und rannte, er wollte vor sich selbst davonrennen und vor dem Schnippchen, das ihm das Leben geschlagen hatte. Aber am Ende war Rennen ja auch nur dann sinnvoll, wenn man ein Ziel hatte.

Als er bei seiner Wohnung ankam, war er völlig fertig, durchgeschwitzt, das untrügliche Ziehen im Muskel, das Vorbote einer Oberschenkelzerrung war. Er trat sich die Schuhe im Flur eilig von den Füßen, schaltete das Handy auf lautlos, als er Fionas Ballerinas fein säuberlich nebeneinander abgestellt auf der Fußmatte vorfand, und ging keuchend durch die Diele ins Wohnzimmer.

Auf seiner schwarzen Ledercouch saß Fiona mit ihrer Lesebrille, die Beine angezogen, einen Ordner darübergelegt, und blickte erfreut auf, als sie ihn sah. „Hey, na, hast du dich schön verausgabt?"

„Ja ... ich spring gleich in die Dusche", antwortete er.

„Warte mal, ich muss dir was sagen."

„Ja?"

„Ich hab ihn vorhin gespürt."

Unwillig blieb Milan stehen. „Aber das ist doch nichts Neues. Du bist doch schon in der ...?"

„In der 16. Woche, Milan."

„Ja, du spürst es doch schon ein paar Tage."

„Ihn. Milan. Ihn. Nicht es." Sie lächelte und hatte Tränen in den Augen.

Er trat überrascht näher. „Es wird ein Junge?"

„Ja", sagte sie strahlend, nahm die Brille ab, den Ordner von den Füßen und legte ihre Hände auf ihren Bauch. „Das freut dich, oder?" Die letzten Worte klangen für Fionas Verhältnisse außergewöhnlich vorsichtig. Fast ängstlich.

Da wurde Milan bewusst, wie schlimm es für sie sein musste, zu spüren, dass er nicht ganz bei der Sache war – um es vorsichtig auszudrücken. Wie gemein er war, ohne es sein zu wollen. Seine Mutter hatte recht. Er hatte Fiona im Stich gelassen. Er ließ sie noch immer emotional im Stich. Er würde damit aufhören. Das da drinnen war sein Kind. Sein Kind.

Langsam setzte er sich neben sie. „Fi, du weißt schon, dass es mir völlig egal ist, ob wir ein Mädchen bekommen oder einen Jungen. Wichtig ist doch …", er räusperte sich. „Wichtig ist doch, dass wir es bekommen."

In diesem Moment fühlte es sich zum ersten Mal richtig an. Richtig und ehrlich. Wenn es dazu führte, dass er endlich etwas spürte, dann würde er sich fortan liebend gerne jeden Tag bis zum Muskelfaserriss verausgaben. Er wischte sich die schwitzige Hand an seinem blauen Lauf-Shirt ab, fuhr mit seinen Fingern unter Fionas Bluse und tastete behutsam über ihren festen kleinen Bauch. Er hatte ihren Bauch nie zuvor berührt, immer hatte ihn etwas davon abgehalten. Nun aber, da er es endlich wagte, sprang ein Funke über. Er konnte nicht beschreiben, was genau da geschah. Aber es war ihm, als würde das Baby Kontakt zu ihm aufnehmen, als würde es mit einem Mal real. Kein Ärgernis mehr, keine bloße Bürde, die ihn an Fiona band, sondern tatsächlich etwas, das Freude in ihm freisetzte.

„Weißt du, dass du gerade zum ersten Mal von ‚wir' gesprochen hast, in Zusammenhang mit dem Baby?", fragte Fiona gerührt.

„Ja", gab er zu. „Es wird alles gut werden, Fi, wir kriegen das hin."

Noch während er die Worte sagte, wusste er gar nicht, für wen sie bestimmt waren. Für Fiona oder für ihn selbst. Aber zumindest hatte er endlich den Hauch eines Gefühls. Für das Kind. Für seinen Jungen.

Er hielt die Hand noch eine Weile an ihren Bauch, schloss die Augen und sagte im Stillen: ‚Hallo, Kleiner, ich bin's. Dein Papa. Ich bin vielleicht ein Arsch, weil ich mich nicht über dich freuen wollte, aber ich verspreche dir, dass du davon nie etwas merken wirst. Ich werde dich nicht enttäuschen.'

Tu es oder tu es nicht. Es gibt kein Versuchen.

Kapitel 14 – Heaven nor Hell

Wie durch ein Wunder hatte sich der Sommer verlängert, er streckte seine Fühler schon fast in den Herbst hinein und Mona genoss es wie nie, dass sie Zeit im Wasser und unter Wasser verbringen konnte. Dort, wo es so ruhig war, dass nicht einmal die inneren Geräusche eine Chance hatten aufzubegehren.

So oft sie konnte, setzte sie sich auf das alte Herrenrad, das sie ihrem Vater gemopst hatte und dessen Reifen die Puste schneller ausging als ihr selbst, und fuhr einhändig, die Stöpsel in die Ohren gesteckt und mit Milans Stimme verbunden, hinunter ans Falkensteiner Ufer. Dorthin, wo ein Blitzer sich auf den Weg in die ewigen Jagdgründe sündiger Autofahrer gemacht hatte. Sobald sie das Fahrrad abgestellt hatte, schälte sie sich aus ihren verschwitzten Klamotten, unter denen sich ein schwarzer Einteiler verbarg.

Dann verbrachte sie, unterbrochen von Pausen, in denen sie ihre Haut frisch mit Panthenolsalbe mit hohem UV-Schutz eincremte, ein bis zwei Stunden im Wasser und unter Wasser. Danach ging es ihr immer besser.

Das Wasser war um diese Zeit des Jahres nun schon deutlicher kühler als im Juli und August. Doch Mona machten die niedrigeren Wassertemperaturen auch heute nichts aus, sie tauchte ab und genoss die Stille. Sie schwamm an den wenigen Beinen und Armen vorbei, die sich im Fluss streckten und wie kopflose Frösche mit zu blasser Haut strampelten. Als sie wieder auftauchte, erschrak sie nicht sofort, weil sie gar nicht unmittelbar erkennen konnte, wer vor ihr im Wasser schwebte und sich wie ein Pfeiler vor ihr aufbaute. Dann blinzelte sie und erkannte Alexanders gestählten Körper, der bis zum Bauch im kalten Nass stand.

„Hier bist du also untergetaucht!"

„Abgetaucht, nicht untergetaucht", antwortete sie. „Warum werde ich in letzter Zeit ständig von irgendjemandem irgendwo überrumpelt, wenn ich einfach nur meine Ruhe haben will?", fügte sie fauchend hinzu.

„Komm raus, Wasserdrache!", lachte Alexander. „Du lässt mir ja keine Chance, du gehst mir ständig aus dem Weg. Und ich will mit dir reden."

Mona stellte die Füße auf dem sandigen Boden ab und folgte ihrem besten Freund ans Ufer. Er hatte ja recht, sie ging ihm bewusst aus dem Weg und inzwischen kam sie sich auch reichlich albern vor deswegen.

Sie setzten sich nebeneinander in die Sonne, die jetzt, wo ihr kalt war, spürbar ihre hochsommerliche Kraft eingebüßt hatte. Mona schlang sich ein Handtuch um die Schultern und sah Alexander erwartungsvoll an.

„Ich kann nichts dafür, Mona, und glaub mir, es tut mir jeden einzelnen Tag leid, dass du mit der U-Bahn gefahren bist und nicht ich."

„Das tut mir nicht leid, Alexander. Es ist nur … Ich komme so schwer damit klar und manchmal ist es leichter, zornig auf jemanden zu sein, als zu akzeptieren, dass manche Dinge einfach ohne Grund geschehen. Falscher Zeitpunkt, falscher Ort."

Er nickte ihr zu.

„Weißt du, was das Schlimmste ist?", fragte sie, drückte das Handtuch enger um ihre Schultern und grub ihre Zehen in den Sand.

„Nein", gab er zu. „Hast du Albträume?"

„Das Schlimmste ist, dass ich eigentlich gar nicht da runtergehen wollte. Dann aber dachte ich, ich mache mich lächerlich. Sich nicht zu trauen, in die U-Bahn zu gehen … Warum machen wir Menschen manchmal nicht einfach das, was der Instinkt uns sagt? Warum vermeiden wir lieber, uns lächerlich zu machen, als etwas eigentlich ganz und gar nicht Lächerliches zu tun: Uns selbst zu vertrauen?"

Alexander sah sie nachdenklich an und fuhr sich mit den Fingern durch sein stoppeliges Haar. „Ich verstehe gut, was du meinst. Mona, du brauchst wieder eine Aufgabe, du musst wieder ein wenig raus, unter Leute. Du verkriechst dich zu viel."

„Du hast gut reden."

„Na, ich würde vor allem gern wieder mehr mit dir reden!"

„Mmmpf", machte Mona. „Ich eigentlich auch. Aber ich hab mich so albern benommen, dass ich gar nicht mehr weiß, wie ich das wiedergutmachen soll."

„Du musst ja gar nichts wiedergutmachen", beschwichtigte Alexander und meinte dann scheinbar zusammenhanglos: „Ich habe was für dich." Er griff mit der Hand in eine Aktentasche, die er neben sich abgestellt hatte, und zog einen Umschlag heraus.

„Was ist das?"

„Mach es auf!", forderte er Mona auf.

Sie nahm das weiße Kuvert, öffnete es ratschend mit ihrem Zeigefinger und zog drei Seiten bedrucktes Papier heraus. Alexander neben ihr war fast so aufgeregt wie beim Fußball. Er zappelte und fuchtelte und ruckste nervös.

Mona las, legte nach einer Weile die Seiten weg und schüttelte den Kopf. „Das kann ich nicht annehmen, Alex, das geht nicht."

„Doch."

„Nein."

„Ich brauche dich aber!", protestierte er und setzte seinen Hundeblick auf.

„Du machst das aus Mitleid", gab Mona mit zusammengekniffenen Lippen zu verstehen.

„Warum glaubst du eigentlich, dass alle Menschen dir, seitdem du diese Verbrennungsnarben hast, nur mit Mitleid begegnen?"

„Weil es so ist", sagte Mona störrisch und dachte an Milan.

„Ich habe überhaupt kein Mitleid mit dir, im Gegenteil, ich finde, du bemitleidest dich ganz schön viel selbst. Und ich brauche dringend jemanden, der mir diese Zeichnungen macht. Aber wenn du nicht willst, beauftrage ich eben eine Agentur …"

„Nein!", rief Mona. „Warte! Was genau muss ich machen?"

Alexander versuchte vergeblich, ein Grinsen zu unterdrücken. „Du musst zweimal die Woche zu mir ins Büro kommen, dich ausführlich mit mir unterhalten, Biotee aus nachhaltigem Anbau trinken und mir deine Entwürfe zeigen."

„Du hast tatsächlich vor, eine Ökolinie einzuführen, und ich soll die Werbung zeichnen?" Mona lächelte skeptisch.

„Nicht nur. Du sollst auch die Verpackung entwerfen."

„Aber ist das nicht ein wenig oldschool, händische Zeichnungen?"

„Nö, das ist genau so, wie wir es haben wollen. Oldschool, natürlich, nicht am Computer."

„Okay", sagte sie gedehnt.

„Heißt das, du machst es?", drängte Alexander.

„Und wie ich das mache! Danke!"

„Kein Danke! Das ist kein Gefallen, das ist ein Jobangebot." Er versuchte ernst auszusehen, dann aber lachte er doch laut auf und nahm sie in den Arm.

„Geht auch Kaffee? Biokaffee?", murmelte Mona in seine Schulter.

„Alles, was du willst. Hauptsache, du sprichst wieder mit mir."

„Und es ist wirklich, wirklich, wirklich nicht aus Mitleid?", hakte sie nach.

„Sehe ich aus wie ein besonders mitleidiger Typ?"

„Ehrlich gesagt schon", kicherte sie, löste sich aus seiner Umarmung, griff nach einem Bleistift und unterschrieb den Vertrag. Am liebsten hätte sie sofort ein Foto davon gemacht und es Milan geschickt. Aber sie tat es nicht. Weil sie zur falschen Zeit am falschen Ort gewesen war und deswegen nun die Falsche war für Milan.

***

Die Tage, die dem letzten Aufbäumen des Sommers folgten, hingen in den Seilen und wollten sich nicht fortbewegen. Langsam und träge rieselte der Sand durch das Stundenglas, beinahe schon paradox nach oben. Die Wolken bedeckten die Sonne fast durchgehend und so war an Abtauchen in der Elbe nicht zu denken, obwohl Mona sie so gerne gehört hätte, die Stille unter Wasser. Sie fuhr zweimal die Woche zu Alexander, trank Kaffee, unterhielt sich mit ihm und saß dann zu Hause, kaute auf einem ihrer neuen Zeichenstifte herum und brachte nichts aufs Papier, absolut nichts. Es mangelte ihr nicht an Ideen, aber die Ideen wollten ihren Platz auf den Blättern einfach nicht einnehmen. Immer wenn sie vor dem blanken Zeichenblocks saß, spürte Mona nur Sehnsucht und Angst. Sehnsucht nach Milan. Angst zu versagen. Je länger sie auf das Weiß starrte und sich ärgerte, desto mehr kam es ihr vor, als würde im nächsten Moment ein gesichtsloser Mann mit einem

Leuchtfeuer auf sie zuspringen. Dann musste sie aufstehen und ans Fenster gehen, es öffnen und feuchte Herbstluft einatmen, um sich zu beruhigen.

Dabei war es jetzt noch wichtiger als zuvor, dass sie Alexanders großzügigen Auftrag gut erfüllte, denn ihren Job im Café war Mona los. Es hatte einen weiteren „unangenehmen Zwischenfall" gegeben, wie Katrin es bezeichnete. Mona hatte eine Kundin angeschrien, die sich etwas unsanft im Innern des Cafés an ihr vorbeigedrängt hatte, um auf die Toilette gehen zu können. Sie hatte Mona, die gerade dabei war, Seifenspender aufzufüllen, ihre spitzen Ellbogen in die Seite gerammt, sie bei den Schultern gefasst und weggeschoben. Mona war völlig ausgerastet, hatte um sich getreten und geschlagen und die Frau dabei im Gesicht getroffen. Der Flashback war einer der schlimmsten gewesen, die sie je gehabt hatte. Auf dem engen Raum der Toilette, mit dem modrigen Geruch in der Nase, der sich nicht vermeiden ließ, wenn es kein Fenster gab, sondern nur eine schlechte Belüftung, der Schubser der Frau … All das war zu viel gewesen, sie war zurück in der U-Bahn und Milans Stimme zu weit weg, um sie retten zu können. Damit war sie nun für Katrin „untragbar" geworden und von ihrem Buchladenjob konnte sich noch nicht einmal die Hälfte des Monats etwas zu essen kaufen. Und ausgerechnet zum ungünstigsten Zeitpunkt, nämlich jetzt, hatte sie eine Zeichenblockade.

Mona war am Verzweifeln. Aneta schlich seit Tagen wie eine Katze auf der Lauer um sie herum und traute sich nicht, etwas zu sagen. Kiki hielt einen generellen Sicherheitsabstand von zwei Metern und ihr Vater war auf Lesereise in Süddeutschland und meldete sich hin und wieder per Sprachnachricht mit mehr oder weniger gelungenen Interpretationen der lokalen Dialekte. Am besten gefielen ihm Aussprüche wie „Das hat a Gschmäckle" oder Worte wie „Käpsele" und „Grumbire". Er lachte dann laut ins Telefon und brachte Mona damit meistens wenigstens kurz zum Schmunzeln. Ansonsten gab es nicht viel zu lachen, denn sie hatte Milan seit Wochen nicht gesehen, es hatte nur kurze Telefonate gegeben und Nachrichten, die auch weniger wurden. Ihre sogenannte Freundschaft war kurz davor, im Elbsand zu verlaufen. Mona seufzte. Wenn sie ihn nur wenigstens im

Radio hätte hören können, aber seit ein paar Tagen sprach eine fremde Stimme seine Sendungen.

Mona schloss das Fenster wieder und dachte: *Was, wenn er gar nicht mehr dort arbeitet?* Als ihr das als eine ernsthafte Möglichkeit erschien und sich schon stechend schmerzhaft in ihrem Kopf festsetzte, hielt sie es nicht mehr aus. Sie griff nach ihrem Handy, das sie achtlos aufs Bett hinter sich geworfen hatte, und wählte Milans Nummer.

Es klingelte zweimal, dreimal, viermal, dann nahm er ab.

„Hey, Mona", grüßte er freundlich.

Es wäre ihr lieber gewesen, er hätte Chewbacca gesagt.

„Hi."

„Wie geht es dir?", erkundigte er sich etwas steif.

„Nicht gut", antwortete sie ehrlich.

„Was kann ich tun?", kam es prompt zurück.

Viel, so viel, dachte Mona. Stattdessen sagte sie: „Ach nichts ... Ich habe nur eine Zeichenblockade und bin so gut wie arbeitslos und ein wenig verzweifelt."

„Soll ich zu dir kommen?", schlug er vor.

„Was? Ach nein, nein ... das geht doch sicher nicht."

„Doch, ich habe heute noch Urlaub und ... und ich habe nichts Besseres vor."

„Wenn du möchtest ..."

„Klar möchte ich. Ich bin in einer Stunde bei dir."

„Gut, bis gleich."

Mona legte auf, ihre Beine fühlten sich seltsam weich an, ihre Hände warm, ihr Kopf glühend heiß. Dann sah sie sich langsam um und da wurde ihr das Chaos in ihrem Zimmer bewusst. Hastig, so, als stünde Milan bereits vor der Tür, raffte sie Kleidungsstücke zusammen, sammelte die Blätter am Boden ein, verrückte den Nachttisch, sodass man die Staubflusen dahinter nicht mehr sehen konnte, machte ihr Bett und warf dabei einen Blick in den Spiegel. Sie sah grauenvoll aus. Die Haare standen in alle Richtungen, ihr Gesicht war matt und glanzlos, die Augen schwermütig, sie trug eine alte Schlabberhose und ein weißes Sweatshirt, keinen BH und zwei unterschiedliche Socken. Also zog sie sich schnell aus und warf die Klamotten in das unterste Fach ihres Kleiderschrankes. Noch grübelnd stand sie nackt vor dem Kleiderschrank, als es klopfte und Aneta ihren Kopf zur Tür hereinsteckte.

„Was tust du da? Du machst einen Lärm!"

„Milan kommt", erklärte Mona unüberlegt.

„Was will der denn hier?", wollte Aneta wissen.

„Wir sind Freunde!", kommentierte Mona, den Blick weiterhin in ihren Kleiderschrank gerichtet.

„Aha! Ich kenne da so eine Redewendung: Für Freunde putzt man nicht. Sich heraus auch nicht."

Mona zog die Augenbrauen nach oben und drehte sich leicht zu Aneta um. „Das ist keine Redewendung, das hast du dir gerade ausgedacht."

„Na und? Stimmt doch trotzdem! Ist seine Freundin noch schwanger?"

„Ich gehe davon aus, so ein Kind braucht ja schließlich seine Zeit."

„Was will er dann hier?"

„Hab ich dir doch gerade gesagt, wir sind Freunde."

„Ich bin nicht überzeugt!", erklärte Aneta und stemmte die Hände in die Hüften. Nicht bereit, sich einen Millimeter weiterzubewegen.

„Worauf wartest du?", seufzte Mona.

„Darauf, dass du dir nichts Unanständiges anziehst und seine kleine Familie mit deinen weiblichen Reizen in Gefahr bringst."

Mona prustete laut. „Spinnst du! Ich habe keine weiblichen Reize und ich habe schon gar nichts Unanständiges zum Anziehen."

Aneta antwortete streng: „Was das Erste betrifft, das sieht er sicherlich anders, und was das Zweite betrifft, liegt das auch im Auge des Betrachters."

„Aha, und was empfiehlst du mir jetzt? Rollkragenpullover, Keuschheitsgürtel, Unterhosen in Zeltgröße und Gummistiefel oder was?"

„Zum Beispiel!"

„Du nervst", stöhnte Mona, griff nach einer Jeans und einem beigen Pullover mit angenähtem Hemdkragen und warf eine alte Socke nach Aneta, die daraufhin lachend verschwand.

Noch während Mona versuchte, auch die Küche in einen Zustand zu versetzen, den man mit gutem Gewissen als ordentlich bezeichnen konnte, klingelte es an der Tür. Sie sprintete aus ihrem Zimmer, sprang im Wohnzimmer über den Treppenabsatz der beiden Stufen und hechtete gerade noch rechtzeitig vor Aneta an die Tür.

„Was?", sagte diese mit unschuldigem Blick und hob die Hände. Mona verdrehte die Augen, holte tief Luft, strich die Haare vorsichtig über die Wange und drückte den schweren, alten Türgriff fest nach unten.

Da stand er. Und haute sie sprichwörtlich um. Sie hatte in den letzten Wochen vergessen, wie schön er war. Wie absolut schön er war. Nicht nur hübsch. Nicht nach klassischen Gesichtspunkten. Aber seine leuchtenden Augen, das Raue seiner Bartstoppeln, die Nase mit dem kleinen Höcker darauf, die zu langen dunkelbraunen Haare, all das machte ihn so männlich und so anziehend, dass Mona einen Moment lang versucht war, die Türe wieder vor ihm zuzuschlagen. Einfach nur, weil sie es nicht aushielt, dass sie nur Freunde waren.

„Hi."

„Hi."

„Hast du dir die Nase gebrochen?", wollte er wissen.

Mona runzelte die Stirn. „Wie bitte?"

„Ob du dir die Nase gebrochen hast? Du hast ein Pflaster im Gesicht, falls dir das entgangen ist."

Mist, sie hatte doch tatsächlich das Mitesserentfernungspflaster auf ihrer Nase vergessen. „Kleinen Moment."

Sie drehte sich ein wenig zur Seite und rupfte sich mit einer schnellen Bewegung, einer sehr peinlich berührten Bewegung, das Pflaster von der Nase, was ziemlich wehtat, weil es für eine Dauer von zehn Minuten dort verharren sollte und nicht für eine knappe Stunde. Sie beschloss, einfach nichts weiter dazu zu sagen.

Milan schien ihre plötzliche Schüchternheit gar nicht aufzufallen, er spazierte einfach herein, sah sich neugierig um, nickte sein Milan-Nicken und sagte: „Hier wohnst du also."

„Ja, hier wohne ich also", wiederholte Mona und ging ihm nach. Er ging an der breiten Ledercouch vorbei, Mona hob die senfgelbe Decke auf und legte sie zu den Kissen auf die Sitzfläche. Dann trat er direkt an das riesige Wohnzimmerfenster mit den einzelnen kleinen Scheiben darin und dem runden Bogen drei Meter über dem Parkettboden und sah hinaus.

„Wo ist er?"

„Wer?", fragte Mona verständnislos.

„Der mysteriöse Nachbar", erklärte Milan und drehte sich zu ihr.

„Den sieht man nur von meinem Zimmer aus."

„Ach so … Na, dann zeig mir mal deine Zeichnungen!"

„Die habe ich auch in meinem Zimmer, also ich meine …"

Mona hörte, wie das Türschloss hinter ihr klappernd und viel lauter als üblich ins Schloss fiel. Aneta hatte sich aus dem Staub gemacht, nicht ohne ihren Standpunkt „Finger weg von Männern mit schwangeren Freundinnen!" nochmals eindrücklich klarzumachen.

„Wo ist dein Zimmer?", fragte er.

„Hier", deutete sie vage vor sich an der Küche vorbei und ging ihm schließlich voraus.

Als er eintrat, kam Mona sich auf einmal noch viel kleiner vor als jemals zuvor. Und ihr Zimmer, das ihr sonst so groß erschien, ebenfalls.

„Schön hier", sagte er. Mona ging nervös einen Schritt zur Seite und stieß dabei gegen die Stehlampe. Schnell griff sie mit der rechten Hand danach und fing sie ab, bevor sie zu Boden krachen konnte. Was war nur mit ihr los? Kein Kerl hatte sie bisher so nervös gemacht wie Milan. Sie hatte aber auch noch keinen hier reingelassen.

„Also zeig mal her, was hast du bisher gezeichnet?"

Da kam die Frustration wieder zurück und überdeckte mit einem Mal Monas Nervosität. „Da", sagte sie missmutig und deutete auf den Stapel weißer Blätter auf der breiten Fensterbank, die sie als Schreibtisch benutzte.

„Da ist ja gar nichts drauf!", rief Milan erstaunt, drehte sich zu ihr und verkniff sich das Lachen beim Anblick ihres schmollenden, wütenden Gesichts.

„Eben!"

„Aha."

„Nichts aha. Das ist eine Katastrophe. Ich bin bei Katrin rausgeflogen, das hier sichert uns die Miete."

„Das weiße Blatt?"

„Ja. Also nein. Es müsste eben was drauf sein."

„Mmh", Milan kratzte sich am Kinn. „Was machen wir denn jetzt?"

„Keine Ahnung, wenn ich das wüsste, hätte ich dich nicht angerufen."

Sie bereute es sowieso, ihn hier in ihr heiliges Zuhause gelassen zu haben, nun würde sie das Bild von ihm in ihrem Zimmer nie wieder loswerden, so viel war klar.

„Damit zeichnest du?", wollte er wissen und hielt einen Stift nach oben, nahm einen anderen und steckte ihn hinters Ohr.

„Das nennt man gemeinhin einen Bleistift, ja!", sagte Mona gereizt. Die ganze Situation überforderte sie. Ihre Blockade, Milan hier …

„Dann weiß ich, was wir machen. Wir fahren zu IKEA."

„Was?"

„Ja, wir müssen dringend zu IKEA!"

„Ich brauche aber nichts von IKEA, außerdem habe ich gar kein Geld."

„Brauchst du auch nicht. Komm!"

Er nahm sie am Arm und zog sie hinter sich her zur Tür hinaus, in die Küche, die Stufen hinunter ins Wohnzimmer, in den Flur und das Treppenhaus hinab. Mona hatte gerade noch Zeit, im Vorbeigehen nach ihrem Schlüssel zu greifen. So aufgeregt eilig hatte es Milan auf einmal.

„Ich verstehe immer noch nicht …", keuchte Mona.

Da drehte sich Milan zu ihr um, sein Gesicht viel zu nah an ihrem, und sagte: „Der Bleistift war zu lang, deswegen kannst du nichts zeichnen. Du brauchst kleine Bleistifte, wie die, mit denen du mich in Nicolais Wohnung gezeichnet hast."

In Nicolais Wohnung. Als sie noch ein anderer Mensch gewesen war und er auch. Als sie beide noch völlig unbefangen gewesen waren und nicht einer von ihnen traumabelastet und der andere werdender Vater.

„Die besten gibt es bei IKEA. Ich lade dich auch auf eine Riesenportion Köttbullar ein", erklärte er.

„Gut, okay", Mona musste lächeln.

Milans Auto stand wie immer im Halteverbot, Erdal hatte bereits einen seiner selbst gefertigten Strafzettel an die Scheibe geklebt, auf dem stand: „Ich bin zwar Türke, habe aber keinen Döner vor den Augen: Hier ist Halteverbot. Wenn du sofort in meinem Laden, vor dem du so dämlich parkst, für mindestens 25 Euro einkaufst, habe ich doch Döner vor den Augen. Wenn nicht, rufe ich Abschleppdienst (kostet 300 Euro). Überlege gut (aber nicht zu lang) – Erdal (Besitzer von Istanbulaldi).

Milan grinste. „Meint der das ernst?"

„Absolut, er hat ein Umsatzplus von siebzig Prozent gemacht, seit er diese Zettel verteilt."

„Na, dann kaufe ich wohl besser etwas", erwiderte Milan schulterzuckend. Mona lehnte sich an seinen Wagen, warf schnell einen Blick hinein – vielleicht hatte er ja sogar schon einen Kindersitz gekauft, hatte er nicht – und wartete. Fünf Minuten später kam er zurück, beladen mit Gewürzmischungen, einer Tüte Äpfel, türkischem Gebäck und einer Flasche Raki.

„Jetzt können wir", Milan schloss den Wagen auf, warf seine Zwangseinkäufe auf die Rückbank und wartete darauf, dass auch Mona einstieg.

„Bergstraße", sagte sie knapp. „Da ist der nächste IKEA."

Milan parkte nicht im Parkhaus, sondern im Freien. Dort holte er aus dem Kofferraum eine große Budni-Papiertüte, die er gut gelaunt in der Luft schwang.

„Was hast du damit vor?"

„Bleistifte!", sagte er, klopfte ihr frech mit der flachen Hand auf die Stirn und sprintete dann zum Eingang des Möbelhauses.

„Warte", rief Mona und rannte ihm hinterher. Sie holte ihn ein, riss ihm die Tüte aus der Hand und stülpte sie sich über den Kopf. „Wow, das geht gut so. Die Welt ist auf einmal richtig friedlich."

„Dafür brauchst du keine Tüten."

„Was dann? Scheuklappen? Eine Brille mit dicken Gläsern, sodass ich nur noch verschwommen sehe?" Sie klang bitter, das hörte sie selbst.

Sanft nahm er ihr die Tüte vom Kopf. „Ich glaube nicht, dass du all das brauchst."

„Weißt du", meinte Mona leise und schüttelte ihr Haar, „ich brauche dich." Dann schloss sie unwillkürlich die Augen, sie wollte seine Reaktion darauf gar nicht sehen.

„Du hast mich doch", meinte er. „Ich bin dein Freund."

„Du bist nicht nur mein Freund", flüsterte sie, kaum hörbar. Direkt vor dem Drehkreuz unter den roten Buchstaben des Eingangs blieb sie stehen. „Milan, du hast mich gerettet."

„Das ist noch nicht raus. Wir haben noch keine Bleistifte", entgegnete er.

„Nein, du hast mich wirklich gerettet. Im Koma nach … nach dem Vorfall habe ich deine Stimme gehört. Aus dem Radio. Das wurde mir aber erst später klar und immer wenn ich deine Stimme gehört habe, war alles gut. Ich höre mir noch immer alle deine Sendungen an. Jeden Tag. Und überlebe. Das habe ich dir zu verdanken."

So, jetzt war es raus. Sie schob sich die Haare vors Gesicht und sah an ihm vorbei.

Milan stand da, die ohnehin langen Arme hingen noch länger und viel schlaffer als sonst an ihm herunter. „Warum hast du mir das nicht gesagt?"

„Ich sage es dir doch jetzt!"

„Ja", erwiderte er abwesend. „Lass uns reingehen."

Ich dummes Huhn!, dachte Mona. Was hatte sie sich auch erwartet? Was sollte es ändern, ihm das zu sagen? Die halbe Wahrheit über ihre Gefühle.

„Hast du die Fernbedienung noch?", fragte er schließlich, als sie beide nebeneinander, mit so viel Abstand wie möglich, durch die Drehtür gingen. Mona hatte diese Art von Türen schon gehasst, als sie noch keine Probleme mit Enge, Bedrängung und der Nähe von anderen Menschen gehabt hatte. Man hatte darin immer das Gefühl, jemand trete einem von hinten in die Hacken. Auch wenn es nur die Tür war, die einen verfolgte. Mona musste tief durchatmen, um die Kontrolle nicht zu verlieren.

„Ja, ich habe sie noch", keuchte sie.

„Alles in Ordnung?", fragte er und drehte sich zu ihr.

„Ja, alles gut."

Sie hatten die Tür hinter sich gelassen und gingen auf die Rolltreppe zu. Die gesperrt war. Ein breites rot-weißes Band war davorgespannt, hinter der Treppe saßen Kinder wie hypnotisiert vor einem in der Wand versenkten Fernseher, auf dem sich gerade Biene Maja mit Willi stritt.

„Und jetzt? Wir müssen doch in die Möbelausstellung."

„Dann nehmen wir eben die Treppe", erwiderte Milan ungerührt.

„Wie oft warst du schon zum Bleistiftesammeln bei IKEA? Hier gibt es nur einen Aufzug und die Rolltreppe."

„Dann nehmen wir eben den Aufzug."

„Ich kann nicht Aufzug fahren, Milan." Sie sah ihn an, die Augen weit aufgerissen.

„Doch. Denn wir brauchen Bleistifte", erklärte er bekräftigend.

„Ich glaube nicht, dass die Bleistifte wirklich helfen …", protestierte Mona und sah skeptisch zu dem grauen Kasten, in dem der Aufzug gerade seine Türen öffnete.

„Sieh mich an", sagte er. „Ich bin da."

„Gut." Sie folgte ihm in den Aufzug und klammerte sich drinnen an der Haltestange fest.

„Sieh mich einfach die ganze Zeit an! Es kann dir nichts passieren."

Sie sah ihn an, sah direkt in die hellen Punkte seiner dunkelbraunen Augen. Nichts konnte sie ablenken von diesen Augen. Nichts konnte ihr Angst machen, solange sie in sein Gesicht sah und seine Stimme hörte.

Der Moment war beinahe schneller vorbei, als ihr lieb war, der Aufzug ruckte kurz und dann öffneten sich die Türen. Ohne einen weiteren Blick ging Milan hinaus und Mona seufzte. Ihr war, als wäre ihr gerade etwas genommen worden, als hätte sie etwas verloren. Just in dem Augenblick, in dem der Augenkontakt zwischen ihnen abgebrochen war.

Auf einmal war Milan wieder ihr fröhlicher Begleiter. Ihr *Freund*. Fast so, als hätte sie auf ihrer Fernbedienung versehentlich einen Knopf gedrückt und den streng platonischen Kanal erwischt.

Beim ersten Plastikstand mit den Notizblöcken und Maßbändern fragte Milan die Dame in Gelb-Blau hinter dem Informationsstand höflich: „Entschuldigen Sie, darf ich mir auch mehr als einen Bleistift nehmen?"

Die junge Frau sah ihn fassungslos an und sagte dann sehr betont: „Nein! Was meinen Sie, wenn das jeder täte?"

Milan zog den Nacken ein, sah über seine Schulter zu Mona hinweg und verzog das Gesicht zu einer Grimasse. Dann nahm er einen Bleistift heraus, zeigte ihn zur Bestätigung der IKEA-Mitarbeiterin und zog Mona mit sich weiter. „Mühsam ernährt sich das Eichhörnchen", erklärte er. Als sie den nächsten Stand erreichten, musste Mona Schmiere stehen, sie stellte sich scheinbar interessiert an ein Billy-Regal und studierte die Maße, gab Milan dann ein Okay per Handzeichen, woraufhin er den gesamten Inhalt an Minibleistiften aus der Plastiktube herausnahm und in der Budni-Tüte verschwinden ließ. So arbeiteten sie sich von Stand zu Stand und wurden dabei immer alberner. Milan steckte sich zwei Bleistifte hinters Ohr und in der Küchenabteilung zwirbelte sich Mona mithilfe eines Stiftes eine Strähne auf dem Hinterkopf fest, während sie die Glasscheibe eines Backofens als Spiegel benutzte.

„Meinst du, man kommt hinter schwedische Gardinen, wenn man … wie viele sind es?", fragte Milan.

„Na ja, vielleicht achtzig, neunzig oder auch ein paar über hundert?"

„… wenn man einhundert IKEA-Bleistifte klaut?"

„Das ist kein Diebstahl!", ereiferte sich Mona. „Die liegen hier, um mitgenommen zu werden!"

„Na, dass du ein komisches Verhältnis zum Eigentum anderer hast, habe ich schon gemerkt."

„Was soll das denn wieder heißen?", wollte Mona wissen. Sie ging durch den Gang zwischen zwei Kassen, an denen man die gekauften Artikel selbst scannen konnte, und warf einem jungen männlichen Mitarbeiter einen freundlichen Blick zu. Sie sah gerade nach, ob am Hotdogstand viel los war, als Milan abrupt stehen blieb.

Ein älterer Mann ging auf ihn zu. „Warten Sie mal", sagte der Herr im Anzug und hielt Milan einen Ausweis vor die Nase. „Was haben Sie da in der Tüte?"

Milan machte keine Anstalten, die Tüte anzuheben oder deren Inhalt preiszugeben. „Keine Ware!", erklärte er schnell.

„Das möchte ich doch gerne selbst einmal sehen!", erklärte der Mann.

Milan hob widerwillig die Budni-Tüte und öffnete sie leicht. „Wir haben nur einen Bleistift mitgenommen."

„Einen?", sagte der Mann verblüfft.

„Na ja, es sind ein paar mehr geworden", erklärte Milan gelassen.

„Kommen Sie mit!", erklärte der Detektiv.

Mona warf Milan einen Blick zu, der so viel heißen sollte wie „Wir könnten flüchten", aber da hatte der Herr Milan bereits wenig diskret am Arm gefasst. Hinter dem Hotdogstand lösten sich zwei weitere Männer in Zivil aus ihrer Starre und so gab Mona ihren stillen Widerstand auf und folgte Milan und dem IKEA-Sherlock in Richtung der Warenausgabe. Dort führte der Mann sie in ein kleines schmuckloses Büro mit einem einfachen weißen Schreibtisch und einem Regal mit ordentlich beschrifteten Leitzordnern dahinter.

Er bedeutete Milan und Mona wortlos, sich zu setzen, schloss die Tür, griff dann nach der Tüte und leerte sie auf dem Tisch aus. Dann begann er – ohne einen von ihnen beiden anzusehen – die Stifte ordentlich nebeneinanderzulegen und zählte sie.

Laut sagte er schließlich: „Einhundertneunundzwanzig."

Dann fing er von vorn an und zählte erneut. Er kam auf das gleiche Ergebnis und sagte wieder laut: „Einhundertneunundzwanzig."

Mona musste sich mit größter Mühe das Lachen verkneifen, Milan biss sich fest auf die Unterlippe. Sie warfen sich Blicke zu und äfften lautlos das Zählen nach. Zogen Grimassen und hatten bald ganz rote, erhitzte Köpfe.

Als der Mann ein drittes Mal ansetzte, die Bleistifte zu zählen, unterbrach ihn Milan und sagte mit ebenso ernster Stimmlage: „Einhunderachtundzwanzig und ein halber." Dabei zeigte er auf einen Bleistift in der Mitte der langen Reihe, der deutlich kleiner war als die anderen.

Der Herr im Anzug runzelte die Stirn, strich sich über die speckig glänzende Stirn und sagte dann. „Das macht einhundertneunundzwanzig Euro."

„Was?", schrie Mona.

„Ein Euro je Bleistift. Wir sind hier nicht die Wohlfahrt, junge Dame."

Mona zog den Kopf ein. Milan aber zerrte an dem Geldbeutel in der Gesäßtasche seiner Jeans, zog ein paar Geldscheine und Münzen heraus und reichte sie dem Herrn vor ihnen.

„Einhundertachtundzwanzig Euro und fünfzig Cent", erklärte er.

Der IKEA-Mitarbeiter nickte, nahm das Geld entgegen und ging dann wortlos aus dem Zimmer.

Mona starrte Milan an. „Scheiße", sagte sie.

„Scheiße", antwortete er und grinste.

Sie rafften die Bleistifte zusammen und stopften sie zurück in die Tüte. Eilig gingen sie aus dem Raum, Mona hinter Milan, und draußen auf das Drehkreuz zu. Milan stellte sich wie selbstverständlich hinter sie und legte seinen Arm leicht auf ihre Schulter.

„Jetzt kann ich dich nicht mehr auf Köttbullar einladen, ich habe keine Kohle mehr!"

Mona zuckte mit den Achseln. „Ich schulde dir 128,50 Euro!"

„Nein. Das war meine Schuld."

„Doch", erklärte Mona und überlegte, ob sie besser ihren Vater oder ihren Bruder anpumpen sollte.

„Ich habe eine Idee, komm mit! Wir gehen hoch, aufs Parkdeck." Er zog sie hinter sich her zum Parkplatz. Sie stiegen ein und er fuhr statt in Richtung Ausfahrt direkt auf das große IKEA-Parkhaus zu. So lange nach oben, bis sie nach mehreren engen Kurven und Fahrten an endlosen Autos vorbei das Dach des Gebäudes und damit das oberste Parkdeck erreicht hatten. Es war ein wenig dämmrig geworden, der Tag neigte sich dem Ende zu. Nur noch wenige Fahrzeuge parkten hier oben. Milan stellte den Wagen wahllos quer zwischen zwei Autos ab, nahm die Flasche Raki, die er bei Erdal gekauft hatte, die Äpfel und das türkische Gebäck und sagte: „Komm!"

Zögernd stieg Mona aus. Hier oben hatte man einen fantastischen Blick über die Stadt. Sie konnte die Silhouette der Elbphilharmonie erkennen, noch fahl einzelne Lichter an der Glasfassade. Sie ging ein paar Schritte weiter und ließ den Blick schweifen. Sah hinüber zu den Hafendocks, zu Windrädern und Kirchenspitzen und dann in Milans lächelndes Gesicht.

„Schön, oder?"

„Wunderschön."

Er kramte aus dem Kofferraum eine Decke, breitete sie auf der Motorhaube aus, legte Gebäck und Äpfel darauf und öffnete die Flasche Raki.

„Auf den Schreck", sagte er und hielt ihr die Flasche hin.

Mona nahm sie und sagte: „Auf gestohlene Bleistifte, auf IKEA, auf uns und auf …"

„… auf die Freundschaft", ergänzte Milan. Sah er traurig aus dabei oder bildete sie sich das ein?

„Auf die Freundschaft", stimmte sie zu und versuchte, glücklicher auszusehen als er. Sie nahm einen festen Schluck und reichte ihm die Flasche zurück.

„Ein bisschen wie bei unserem ersten Treffen", murmelte er.

„Da hatten wir Gläser!", lachte Mona, hüpfte dann auf die Motorhaube und griff nach dem Gebäck.

„Stimmt", sagte Milan. Er setzte sich neben sie. „Du könntest mich mit einer Zeichnung abbezahlen. Zeichne uns beide. Jetzt hier in diesem Moment."

„Mit Rakiflasche oder ohne?"

„Mit, es soll authentisch sein", erwiderte er.

„Ich kann nicht."

„Warum nicht?"

„Ich kann mich nicht selbst zeichnen." Das stimmte nicht ganz, musste als Antwort aber genügen.

„Dann solltest du damit anfangen."

„Das geht nicht."

„Erkläre mir, warum!"

„Ich sehe nicht in den Spiegel, Milan, schon vergessen? Nicht, wenn es nicht sein muss."

„Ich helfe dir. Du fängst an und ich verbessere dich."

„Na gut. Aber nur, weil ich dir eins zwei acht Komma fünfzig Euro schulde."

Milan kramte aus seiner Tasche ein weißes Blatt. Auf der Vorderseite war es eine Rechnung für neue Winterreifen, aus seiner Hosentasche zog er einen weiteren kleinen Bleistift und reichte ihr beides. Mona drehte sich um, benutzte die Windschutzscheibe als Ablage und begann zu zeichnen. Sie fing mit Milan an, das fiel ihr nicht schwer. Sein Bild war festgebrannt in ihrem Kopf. Man würde sie nachts wecken können und sie wäre im Halbschlaf in der Lage ihn zu zeichnen. Jede Linie seines Gesichts, den Verlauf seiner Augenbrauen, die Form seiner Ohren.

Als sie fertig war, nickte er. Aufmunternd. Und sagte: „Jetzt du."

Sie fing an. Zaghaft. Unsicher. „Dein Gesicht ist schmaler, hier", er zeigte aufs Papier. „Hier hast du so eine kleine Linie, die geht von deinen Mundwinkeln nach unten in Richtung Kinn. Da wirst du mal Falten haben, wenn du alt bist."

„Na, danke", Mona verzog das Gesicht.

„Und hier unten links, das darfst du auf keinen Fall vergessen, hier unten links hast du ein winzig kleines Grübchen, wenn du lachst. Nur an dieser Seite."

„Die Narbe, ich muss die Narbe noch zeichnen", sie setzte den Stift an, drückte fest auf.

Da nahm ihr Milan den Stift aus der Hand. „Das mache ich." Fast schon liebevoll fuhr er mit dem Bleistift übers Papier. Ganz sanft und vorsichtig erfasste er die Konturen ihrer Narbe, so, als hätte er sie Quadratzentimeter für Quadratzentimeter ausgemessen. Seine Hand ruhte nur auf dem Papier, aber Mona war es, als würde er nicht mit dem Bleistift das Blatt streicheln, sondern mit der Hand ihre Wange. So, wie er ihre Narbe gezeichnet hatte, war sie fast unauffällig, sie fügte sich nicht störend in die Zeichnung ein, sie war zum ersten Mal ein Teil von Mona. Vielleicht gerade weil sie sie nie zuvor auf Papier gebannt gesehen hatte. Milan reichte ihr den Bleistift und lehnte sich ein wenig zurück.

Mona zeichnete still weiter. Er erklärte ihr, wie hoch sie ihre Stirn zeichnen musste, deutete immer wieder aufs Blatt und korrigierte sie, bis er schließlich zufrieden war und nickte. „So ist es gut. Das bist du. Du und ich."

Sie ließ den Bleistift sinken und sagte: „Wenn du irgendwo hingehen könntest, wohin du wolltest, wo wäre das?"

„Also jetzt bin ich ausnahmsweise mal genau am richtigen Ort", antwortete er.

„Gut, das ist gut", murmelte sie. Dann sah sie auf und meinte: „Aber hier kannst du nicht bleiben."

„Nein. Kann ich nicht", erwiderte er und sah ihr fest in die Augen. Sie waren nur wenige Millimeter voneinander entfernt. Es wäre so leicht gewesen, ihm einfach mit den Fingern durch die Haare zu fahren. So wenig Luft zwischen ihren beiden Lippen. Und doch eine ganze Welt.

Er wich wenige Zentimeter zurück, langsam, kaum wahrnehmbar, und doch merkte sie es sofort.

Dann sah er hinaus auf die Stadt, dorthin, wo sich das Dunkel der Nacht mit dem künstlichen Licht in den Häusern mischte und Hamburg nicht mehr von anderen Städten zu unterscheiden war. „Und sonst wäre ich einfach gerne da, wo man genau das tun kann, worauf man Lust hat", fügte er hinzu.

Sie wusste, wovon er sprach – wie genau sie es wusste! –, und doch fragte sie: „Und wo ist das?"

„Verrate ich dir, wenn ich es gefunden habe. Bis jetzt habe ich keine Ahnung."

„Ich würde sofort mitkommen", erklärte sie leise.

„Es wäre auch schöner, nicht allein zu gehen."

Sie antwortete nicht. Sie legte nur langsam ihre Hand auf seinen Arm. Sie wollte gar nichts damit bezwecken, es fühlte sich nur einfach richtig an. Und gut. Doch er zuckte zurück, als hätte er sich verbrannt.

„Wir sollten fahren. Ich muss zurück."

Seine Stimme stach ihr so schmerzhaft ins Herz, als hätte man es mit Eiswürfeln gekühlt, um es danach mit heißem Wasser zu verbrühen. Am liebsten hätte sie sich mit Raki betrunken und sich dann in seinen

Arm gekuschelt und geweint. Warum war das Leben so eine fiese Hexe?

Schweigend stiegen sie in den Wagen, verstauten die Sachen auf der Rückbank und fuhren die Betonserpentinen des Parkhauses nach unten.

Die Fahrt bis zu ihrer Wohnung war nicht lang. Er hielt an, zögerlich stieg sie aus.

„Bis bald …" Es klang mehr nach einer Frage als nach einem Abschiedsgruß.

Er nickte und versuchte dann ein Lächeln. „Bis bald. Vergiss deine Bleistifte nicht."

Sie griff nach der Tüte und stieg aus, wollte sich schon zum Haus aufmachen, als er das Fenster noch einmal herunterließ und ihr nachrief: „Mona!"

„Ja?", sie drehte sich zu ihm.

„Eigentlich will ich nur dich."

Mona schloss die Augen, holte tief Luft und sagte dann: „Was hilft mir das, wenn du uneigentlich nicht ausstehen kannst?"

***

Milan hatte es nicht sagen wollen und doch hatte ihm nichts mehr auf der Zunge gebrannt als dieser eine Satz. Jetzt war es raus. Für nichts und wieder nichts. Es änderte ja nichts. Sie hatten kein Wort über das Baby verloren und doch war es da. In ihren Köpfen und inzwischen auch in Milans Herz. Wenn er morgens neben Fiona erwachte, begrüßte er zuerst seinen Jungen, wünschte ihm einen schönen Tag und seiner Mutter erklärte er, gut auf ihn aufzupassen. Das waren Momente, in denen sich Milan glaubhaft selbst versicherte, dass alles gut werden würde. Seine eigene Mutter war unglaublich erleichtert, sie rief jeden zweiten Tag an, fragte nach, erkundigte sich auch vorsichtig nach seinen Gefühlen. Nicolai riss den ein oder anderen dummen Spruch, aber machte sich seit Bekanntwerden von Fionas Schwangerschaft ziemlich rar. Er und sein Bruder hatten seit Wochen kein Bier mehr miteinander getrunken, Milan vermisste es aber auch nicht sonderlich.

Als er jedoch an diesem Morgen nach dem Nachmittag mit Mona erwachte, wurde er daran erinnert, wie er sich stets am Neujahresmorgen fühlte. An jenen Tagen, die sich ungewollt noch nicht dem Anfang zugebogen hatten, den sie darstellen sollten. Stattdessen hingen sie noch fest und wollten sich schwerfällig und verkatert lösen und konnten es doch nicht. Es waren Tage, die dem Vergangenen nachtrauerten und sich noch nicht auf das Neue einlassen konnten, weil es zu unbekannt vor ihnen lag.

Er quälte sich aus dem Bett und stellte sich nur mit seinen Boxershorts bekleidet vor den Herd. Es gab nur noch wenige freie Plätze in der Küche. Auf dem kleinen Esstisch standen braune Kartons, am Boden stapelten sich IKEA-Boxen mit Geschirr, Kochbüchern und Kleinkram, den er dringend noch aussortieren musste.

„Bells, hast du Zeit?" Er drückte auf den Lautsprecher, legte das Handy vor sich ab, sodass er gleichzeitig mit seiner Schwester sprechen und die Eier in der alten Pfanne, einem der wenigen Utensilien, die Fiona noch nicht entweder entsorgt oder eingepackt hatte, wenden konnte.

„Wieso? Willst du mal wieder mit mir um die Häuser ziehen, nur um in der ersten Kneipe mit dem Kopf auf dem Tresen aufzuschlagen und wirres Zeug zu reden, weil du dir deine Freundin schöngesoffen hast?"

Milan brummte.

„Du brauchst nicht solche Geräusche zu machen, ich weiß, dass es dir peinlich ist. Zu Recht."

„Ich muss mir Fiona nicht schönsaufen, Bells. Sie ist schön."

„Ja, schön berechnend, schön eiskalt, schön unnahbar, schön falsch für dich."

„Ich habe verstanden, dass du sie nicht magst. Aber …"

„Ja, aber sie kriegt ein Kind von dir, bla, bla, bla …"

Er hörte, wie etwas im Hintergrund krachte, und vermutete, dass seine Schwester gerade wutentbrannt einen ihrer Küchenschränke zugeworfen hatte. Sie waren sich ähnlich in solchen Dingen.

„Das ist doch kein Blabla, du bist die Einzige, die meint, ich solle mich meiner Verantwortung nicht stellen."

„Ich hab dir ja nicht gesagt, dass du dich nicht um das Kind kümmern sollst. Aber ganz ehrlich, muss du die Alte denn dazunehmen?"

„Ich will sie ja auch dazuhaben. Sie ist die Mutter."

„Hörst du dir ab und zu selbst zu? Mein Lieber, du bist schon 'ne ganze Weile mein Bruder und ich habe dich noch nie so schlecht gelaunt erlebt, wie seit du mit Blondie zusammen bist. Ich will dich mal wieder lachen sehen, Milan, richtig. Und ich glaube, du bist auf dem Holzweg."

„Eigentlich habe ich dich nicht angerufen, um schon wieder mit dir darüber zu streiten. Ich wollte dich fragen, ob du mit mir zum Training gehst."

„Du weißt doch, dass du bei mir immer das ganze Paket bekommst", erklärte sie wenig beeindruckt.

„Ich bin unbekannt verzogen", scherzte er.

„Ziehst du jetzt wirklich zu ihr?"

„Das war ein Wortspiel, Bells."

„Ich weiß. Ziehst du zu ihr?"

„Ja, sie kann ja das Kind nicht allein dort großziehen. Sie in Ottensen und ich in Barmbek."

„Du liebst Barmbek."

„Ich liebe mein Kind."

„Und deine Frau?"

„Sie ist ja nicht meine Frau."

„Das ist wahrscheinlich auch nur eine Frage der Zeit."

Er antwortete ihr nicht, sondern rührte so fest mit dem Metallwender in der Pfanne, dass sich ein Stück der Beschichtung löste und schwarze Chemieklumpen seine Eier zierten. Wütend schob er die Pfanne beiseite.

„Es macht mir Angst, dass du nicht antwortest", bemerkte Isabella durch den Lautsprecher.

„Ich muss jetzt aufhören. Meine Eier sind verbrannt."

„Wäre besser gewesen, das wäre schon früher passiert", grummelte Isabella und musste dann doch lachen. Etwas ernster fügte sie noch hinzu: „Sag mal, Milan, eine Frage noch: Wer ist Mona?"

Kapitel 15 – November Rain

ES WAR SELTSAM, ABER SEIT SIE DIE BLEISTIFTE HATTE, KONNTE SIE WIRKLICH ZEICHNEN. Vielleicht lag es auch an der Rechnung für Autoreifen, auf deren Rückseite sich Milan und sie befanden. Sie hatte das Blatt in Milans Auto gelassen, aber die Erinnerung daran reichte ihr, um für kurze Momente wieder zu wissen, wer sie war. Oder wer sie gerne sein würde.

Mona stürzte sich in die Arbeit, um nicht an Milan zu denken. Und es gelang ihr. Sie kam gut voran. Die meiste Zeit des Tages saß sie am Fenster ihres Zimmers und zeichnete. Alexanders neues Hauptprodukt, für dessen Werbung sie Entwürfe liefern sollte, war ein biologischer Energiedrink. Und die Szene auf dem Parkhausdeck war zu Monas Inspiration geworden. Sie veränderte ihre und Milans Züge, zeichnete sie mal von vorn, mal von hinten, sie zeichnete die Motorhaube dazu und die Aussicht auf Hamburgs neues Wahrzeichen Elphi.

Draußen war es windig geworden. Der späte Sommer hatte sich in einen frühen Herbst verwandelt. Einen grauen, wolkenverhangenen Herbst, der nichts Goldenes mehr an sich hatte. Dennoch genoss es Mona, wenn es draußen so sehr stürmte, dass die Bäume drohten, vorzeitig kahl zu werden, und Blätter vom Wind hochgewirbelt wurden an ihr Fenster, wo sie für Sekunden bunter Schönheit kleben blieben und ihr ein Lächeln entlockten. Aneta war in ihre alljährliche herbstliche Kochmanie verfallen und zauberte draußen in der Küche vor Monas Zimmer die schmackhaftesten Gerichte. An den Nachmittagen klangen die meist holprigen Klaviertöne von Anetas Schülern hinauf zu den hohen Decken des Lofts und hüllten Mona in eine Atmosphäre, in der sie besser arbeiten konnte denn je.

Dafür hatte sie aufgehört, während ihrer Arbeit im Buchladen zu zeichnen. Stattdessen las sie. All jene Romane, die für die unglücklich verliebten Protagonisten auch ein unglückliches Ende vorsahen. Mona tröstete sich damit, dass sie nicht allein war und ein weitverbreitetes Schicksal teilte.

Dann kam der Tag, an dem ihre Entwürfe so gut waren, dass sie sie auch Alexanders kritischen Augen vorlegen konnte.

Es war ein besonders stürmischer Tag. Die Elbe hatte Hochwasser, der Fischmarkt an den Landungsbrücken war bereits den zweiten Sonntag gesperrt und man fürchtete Überschwemmungen. Aber es störte Mona überhaupt nicht, wenn da draußen Sturmwarnungen ausgegeben wurden, denn dann waren weniger Menschen unterwegs, die Stadt gehörte nicht mehr nur den Touristen.

An Fahrradfahren war allerdings nicht zu denken, also setzte sich Mona in ihr Auto und fuhr in den Norden Hamburgs, wo Alexanders Firma ihren Sitz hatte. Ihre Zeichnungen hatte sie vorsichtig in eine braune Ledermappe gesteckt und zusätzlich eine Plastiktüte darumgewickelt, um sie auf den wenigen Metern vom Parkplatz zum Bürogebäude sicher zu transportieren. Hatte Alexander vor einem Jahr noch in einem Provisorium aus alten Schulcontainern gehaust und seine Mitarbeiter auf engstem Raum zwischen Aktendeckeln, Produktmustern und allerlei technischem Kram zusammengepfercht, so stand jetzt seit Kurzem der fertige Glaskomplex vor der riesigen Lagerhalle, die Alexanders Chinaprodukte beherbergte.

Als Mona eintrat, war der Empfangsbereich mit dem langen weißen Tisch, der sie immer an die Ausstattung einer Nachrichtensendung erinnerte, überraschenderweise leer. Auch an den durch Milchglaselemente abgetrennten Schreibtischarbeitsplätzen saß niemand.

„Hallo, jemand da?", rief sie, während sie in Richtung der mittig im Großraumbüro angeordneten Besprechungstafel ging. Ihre Stimme klang hohl und viel zu laut in dem spärlich möblierten großen Raum.

„Ja. Nicht erschrecken bitte", rief eine männliche Stimme und wenig später erschien ein blonder Lockenkopf hinter einer der Milchglasscheiben.

Mona schätzte den Mann, der sie jetzt mit breitem Grinsen freundlich anlächelte, auf Anfang dreißig, auch wenn seine Frisur und die blauen Kulleraugen ihn jünger wirken ließen. Er trat nun vollständig hervor. Er war mittelgroß, trug ein helles Kurzarmshirt, aus dem muskulös wirkende Arme hervorschauten, um seinen Hals baumelte eine digitale Spiegelreflexkamera und er war barfuß.

„Wer sind Sie denn?", rief Mona überrascht. Den Mann hatte sie nie zuvor gesehen, und dass er sich hier so selbstverständlich bewegte – noch dazu ohne Schuhe, bei Regen und Sturm –, irritierte sie.

„Du, bitte. Ich bin Ole."

„Hallo, Ole, ich bin Mona."

„Freut mich", er grinste noch immer, irgendwie war das ansteckend. Mona musste auch lächeln. Er gab ihr die Hand und drückte kräftig zu.

„Wartest du auch auf Alexander?", fragte sie und beobachtete, wie er sich schwungvoll mitten auf einen der gläsernen Schreibtische setzte und dabei seine nackten Zehen nach oben streckte.

„Ja", antwortete er. „Wir haben für heute einiges geplant, Fotosession für die Ökolinie und dann noch ein kreatives Meeting mit so einer Zeichenschrulle. Bist du eines der Models?"

„Nein", Mona zog die Stirn in Falten. „Um ehrlich zu sein, bin ich die Zeichenschrulle."

„Oh shit", Ole verzog den Mund noch ein wenig breiter und zuckte kurz. Dann lächelte er wieder und meinte: „War nicht so gemeint. Ich habe es nur etwas mehr mit der moderneren Technik." Er zeigte auf die Kamera, griff mit der rechten Hand nach der Schutzkappe und richtete die Linse direkt auf Mona.

Sie hob abwehrend die Hände und sagte: „Ich fühle mich bedroht. Bitte lass das!"

Sofort senkte er den Apparat, sprang vom Tisch herunter und stellte sich vor sie. „Na, dann du zuerst. Richte die Waffe auf mich!", scherzte er, reichte ihr die Kamera und trat einen Schritt zurück.

Zögerlich nahm sie ihm den Fotoapparat ab, überrascht über das Gewicht. Ole zeigte ihr, wie sie mit dem Zoom umzugehen hatte, und dann fing sie an zu knipsen. Es machte erstaunlich viel Spaß, mit dem Objektiv zu spielen.

Sie fotografierte Oles nackte Zehen und fragte: „Warum hast du keine Socken an?"

„Das hört sich jetzt total verrückt an, aber wenn ich barfuß bin, kann ich die Vibrations besser spüren. Der Raum wird reeller und ich kann mich voll auf mein Zielobjekt konzentrieren." Er nahm ihr die Kamera aus der Hand, drehte sich einmal im Kreis und knipste dann eine ganze Serie von ihrem Gesicht.

Mona vergaß, ihre Haare vor ihr Gesicht zu streichen, es war ihr gar nicht mehr so unangenehm, jetzt, da sie wusste, wie es sich hinter der Kamera anfühlte. „Ich glaube, es geht bei dir mehr um die Bodenhaftung", neckte sie ihn.

Er lachte, hörte aber nicht auf, sie durch die Linse zu beobachten. Das Objektiv verlängerte sich und Mona konnte förmlich spüren, wie er jeden Zentimeter ihrer Haut betrachten konnte, obwohl er mehrere Meter entfernt stand.

„Du hast ein wahnsinnig interessantes Gesicht", erklärte er, nahm schließlich den Fotoapparat wieder herunter, sah sie ernst an und trat näher.

„Ja, sehr interessant", zischte Mona, deren Laune gerade wieder gefährlich schwankte. Sie fühlte sich auf einmal nackt. Nackter, als man es barfuß sein konnte. Schnell nahm sie ein paar Strähnen hinter dem Ohr hervor und platzierte sie über ihrer linken Wange.

Sie war erleichtert, genau in diesem Moment Geräusche wahrzunehmen. Alexanders Stimme, die außer beim Fußball absolut nichts Piepsiges an sich hatte, dröhnte laut aus Richtung der Verbindungstür zwischen Lager und Büro und dahinter war Gelächter und das Klacken von Absätzen auf dem hellen Steinboden zu hören.

„Du bist ja schon da!", begrüßte sie Alexander sofort, nachdem er hereingekommen war, umarmte sie überschwänglich und drückte ihr einen Kuss auf die Stirn.

„Chinesische Delegation", erklärte er und zeigte auf das halbe Dutzend lächelnder Asiaten hinter ihm. „Rundgang durch die Firma."

Er erklärte den Gästen in fehlerfreiem Englisch, dass Mona eine begnadete Zeichnerin und als Grafikerin für ihn tätig sei, und stellte dann auch Ole vor. Der, wie Mona nun erfuhr, mit vollem Namen Ole von Tamme hieß, aus Ostfriesland stammte und als freier Fotograf in der Werbebranche arbeitete.

Ole ließ Mona dabei nicht aus den Augen, auch nicht, als sie bereits längst in ein Gespräch mit Mouse, wie sich die chinesische Einkäuferin nannte, vertieft war.

Es wurden Getränke gebracht, Häppchen gereicht und bald war die gesamte Gruppe einschließlich Alexanders Büroangestellten, Mona und Ole am Besprechungstisch versammelt. Nach dem Essen zeigte Mona auf Alexanders Wunsch zögerlich und zu Anfang etwas schüchtern ihre Entwürfe.

„Das ist irre, Mona. Fantastisch, viel besser, als ich es mir vorgestellt hatte!"

Die Chinesen beugten sich über ihre Zeichnungen und ließen ehrfürchtig ihr Lob hören. „Amazing!" „Fantastic." Auch Alexanders Angestellten zeigten sich beeindruckt. Einzig Ole äußerte sich nicht, warf ihr aber einen Respekt zollenden Blick zu und lächelte sie an.

Doch irgendetwas fehlte Mona. Sie konnte es zunächst gar nicht benennen. Es wurde ihr erst später klar, dass alles Lob zwar schön und bestätigend war, dass aber nichts ein anerkennendes Nicken von Milan ersetzen konnte.

Der Nachmittag verging unglaublich schnell und Mona fühlte sich wohl. Sie war auf einmal wieder ein Teil einer Gruppe, sie hatte eine Aufgabe und noch dazu genau jene, die ihr Freude bereitete. Es wurde viel diskutiert, Vorschläge gemacht, über Produkte diskutiert und wenngleich nicht alles ihren Themenbereich betraf, so fühlte sich Mona niemals ausgeschlossen. Dafür sorgten sowohl Alexander als auch Ole, der sie immer wieder nach ihrer Meinung fragte.

Als es bereits längst dunkel geworden war und der Sturm sich ein wenig beruhigt hatte, sodass auch das Heulen der Windböen in den Ästen vor dem Gebäude endlich verstummt war, ging Mona auf die Toilette. Sie sah unbedacht in den Spiegel und erschrak auf einmal so sehr, dass sie torkelte und sich mit der Hand am Waschbecken abstützen musste, um nicht völlig das Gleichgewicht zu verlieren. Am heutigen Nachmittag hatte sie vergessen, dass sie Narben in ihrem Gesicht hatte. Sie hatte ganz einfach nicht mehr an die andersfarbigen Striemen gedacht, an die Stellen, wo ihre Haut dicker war als im Rest ihres Gesichts. Millimeterkleine Erhebungen, die ihr plötzlich wieder wie riesige Krater erschienen. Sie hatte so unbedarft in den Spiegel gesehen, dass ihr Kopf ihr hatte vorgaukeln wollen, dass sie noch ihr altes Gesicht hatte. Den ganzen Nachmittag über hatte sie ihr Gesicht vor fremden Menschen entblößt und sich nicht die Mühe gemacht, etwas zu verstecken. Und jetzt schämte sie sich. Wie hatte sie nur eine Sekunde lang vergessen können, wie sie wirklich aussah? Was mussten die da draußen von ihr denken? Sie sah nicht hübsch aus, sie hatte auch kein interessantes Gesicht. Sie war entstellt! Sie beugte sich tief über das Waschbecken, drehte den Wasserhahn auf, krempelte die Ärmel ihrer blauen Hemdbluse hoch und ließ sich das kalte Wasser über die Handgelenke laufen.

„Alles in Ordnung?", von draußen klopfte es. Mona sah auf. Auf einmal blendete sie das allgegenwärtige Weiß des Neubaus, das Glänzen der Fliesen und die blank polierten Spiegel. Alles war zu grell. Sie schloss die Augen.

Wieder rief eine Männerstimme: „Alles okay?"

Es war nicht Alexander, es war Ole.

„Ja, ich komme gleich", antwortete sie mit erstickter Stimme und war erleichtert zu hören, dass er sich von der Tür entfernte.

Sie ließ sich neben einem meterhohen Kaktus in weißem Übertopf auf die Erde sinken und zog ihr Handy aus der Hosentasche. Ohne weiter zu überlegen, wählte sie Milans Nummer.

Es klingelte ein paarmal und kurz bevor sie bereits wieder auflegen wollte, nahm er ab.

„Hey!"

„Hey!", antwortete er. „Was ist los, Chewbacca?"

Allein dieses eine Wort machte sie so viel ruhiger. Sie schnaufte tief durch und sagte dann: „Kannst du einfach ein bisschen mit mir reden? Ich habe gerade in den Spiegel geschaut und …"

„Und?", fragte er vorsichtig.

„Ich war irgendwie nicht ich selbst, mit meinen Narben."

„Das kenne ich", sagte er. „Manchmal denke ich: Wie kann ich nur so verdammt gut aussehend sein!" Er lachte und sie lachte mit.

„Ja, das ist durchaus ein herausragendes Problem."

„Schon! Das solltest du ganz gut kennen."

„Haha", antwortete sie bitter,

„Im Ernst!", bekräftigte er.

„Du hast doch Miss Perfect an deiner Seite!", entfuhr es Mona. Hastig biss sie sich auf die Lippe.

„Mona …"

„Vergiss es! – Erzähl mir was! Etwas, was keiner von dir weiß!"

„Mmmh", machte er. „Ein richtiges Geheimnis?"

„Nur ein richtiges zählt", bestätigte sie.

„Gut. Also, bevor ich zum Radio gegangen bin, habe ich ein Volontariat bei einer Tageszeitung gemacht. Ich habe jeden Tag acht Stunden dort geschuftet, für nichts. Kein Gehalt. Irgendwie musste ich mich aber finanzieren. Ich wollte in der Stadt wohnen und meine Eltern meinten, dann müsste ich mich auch selbst über die Runden bringen. Also habe ich einen, sagen wir, etwas ungewöhnlichen Job angenommen."

„Du warst doch Pornostar?", grinste Mona.

„Nein. Aber fast. Ich …"

„Sag schon!"

„Ich habe bei so einer Sexthotline gearbeitet. Du weißt schon, so eine 0800 666 666-Nummer."

Mona lachte laut auf. „Du hast für frustrierte Hausmütterchen gestöhnt … Ich glaub es nicht!"

„Na ja, so ähnlich … Die meisten wollten sich einfach nur unterhalten."

„Ja, ist klar! Wahnsinn, das hätte ich nicht von dir gedacht", kicherte Mona. „Kannst du mir eine Kostprobe geben?"

„Wo bist du denn?", antwortete er.

„Spielt das eine Rolle?"

„Ja! Am Ende bist du auf einer Junggesellinnenparty und stellst mich auf Lautsprecher."

„Eigentlich sitze ich auf dem Boden in einer Toilette in Alexanders Büro", gab sie kleinlaut zu verstehen.

„Allein?"

„Ja. Wenn der Kaktus neben mir nicht zählt."

Gedankenverloren streckte sie ihre Hand zu der Pflanze aus. Mit Zeigefinger, Mittelfinger und Daumen gleichzeitig griff sie beherzt nach einem der runden Blätter. Sofort bohrten sich die Stacheln tief in ihre Haut. Was ausgesehen hatte wie kleine feine Härchen, waren in Wahrheit rasiermesserscharfe Spitzen. „Aahhhh, uuuuh!" Mit schmerzverzerrtem Gesicht sprang Mona auf und stürzte – das Handy zwischen Schulter und Ohr geklemmt – zum Waschbecken.

„Was ist passiert?", hörte sie Milan sagen. „Sollte nicht ich für dich stöhnen und nicht umgekehrt?"

„Der Kaktus war echt", keuchte sie.

„Und du hast ihn angefasst?", fragte er unnötigerweise.

„Genau genommen steckt die Hälfte von dem verfluchten Teil jetzt in meiner Hand."

„Soll ich kommen und sie dir einzeln rausziehen?"

„Nein, danke. Ich komme schon zurecht."

„Geht es dir denn jetzt etwas besser?", fragte Milan. Sie wussten beide, dass er nicht den Kaktus meinte.

„Ja."

Die Tür öffnete sich und Ole streckte zum zweiten Mal an diesem Tag seinen Blondschopf um die Ecke.

„Dich habe ich nicht gemeint!", sagte Mona an ihn gewandt.

„Was jetzt?", klang es durch den Hörer.

„Da ist gerade jemand", antwortete Mona.

„Wer? Ein Mann? Bei dir auf dem Klo?"

Es klang seltsam, wie er das sagte. Mona dachte an Fiona und verkniff sich, irgendetwas zu sagen, was sie später bereuen würde. Also rief sie stattdessen: „Ja, ein Mann. Auf dem Klo. Aber er ist harmlos. Mach's gut und danke." Dann legte sie auf.

„Harmlos, also? Das hat auch noch nie jemand über mich gesagt", erklärte Ole. Er kam herein, sah auf Monas Hand und meinte: „Was hast du denn gemacht? Da steckt ja ein halber Kaktus drin!"

„Ja!", brummte sie. „Und wehe, du sagst jetzt, ich hätte interessante Hände!"

Da lachte er, griff nach ihrer Hand und zog sanft und vorsichtig Stachel für Stachel heraus.

„Danke!", lächelte Mona, als er fertig war.

„Ich finde, ich habe eine Belohnung verdient!", meinte er selbstbewusst.

„Ach ja?"

„Ich habe Karten für das After Summer Festival nächste Woche Samstag und ich dachte, du gehst da vielleicht mit mir hin? Es geht schon mittags los, wir könnten vorher essen gehen …"

Mona wollte sagen: „Ich gehe nicht mehr auf Festivals", stattdessen aber hatte sie für einen Moment lang Milan und Fiona im Kopf, die stöhnend in seinem Bett lagen, und da merkte sie, wie sie völlig unbewusst nickte.

„Ich freue mich", zwinkerte Ole. „Kennst du dich auf St. Pauli aus?"

Mona musste schwer schlucken. Sie wollte ihm nicht sagen, dass sie gerne mit ihm essen ging. Überall. Aber vielleicht nicht unbedingt auf St. Pauli. „Nein", log sie. „Aber kennst du vielleicht den Italiener in der Sternstraße in der Schanze?"

„Ja! Der ist auch super. Sagen wir am Samstag, um zwölf dort?"

„Ja, ist gut", erklärte sie und war froh, dass er nicht vorgeschlagen hatte, sie abzuholen. Irgendwie war das Halteverbot vor ihrer Wohnung ganz exklusiv für Milan reserviert. Dennoch war es Zeit, endlich mal wieder mit jemandem auszugehen. Sie fand Ole nett und anders als bei Milan fühlte es sich mit ihm so an, als könne sie sehr wohl vor Mitternacht verschwinden. Ohne mit der Wimper zu zucken. Dieses Gefühl war so vertraut, dass Mona sich wieder ein wenig wie sie selbst fühlte. Egal, was der Spiegel ihr sagte.

∗∗∗

Aneta hatte darauf bestanden, sie ein wenig in Schale zu schmeißen. Mona hielt das für völlig unsinnig, man ging nicht im Oktober im Minikleid auf ein Festival. Mona hatte ihr angesehen, wie froh sie war, dass sie ausging – und zwar nicht mit Milan. Also trug sie ihrer besten Freundin zuliebe ein verdammt kurzes Kleid und hatte sich fürs Festival Jeans und Gummistiefel in einen Rucksack gestopft.

Um ins Restaurant zu gelangen, musste man ein paar Stufen hinabgehen, vorbei an Blumenkübeln mit Buchsbäumchen, deren Töpfe bereits zum Überlaufen mit Regenwasser gefüllt waren. Es herrschte noch immer Schietwetter, wenngleich es seit dem Morgen nur noch tröpfelte. Mona hielt sich das Regencape über den Kopf und verfluchte sich dafür, die Fernbedienung nicht zur Hand zu haben. Es wäre hilfreich gewesen, den roten Knopf ein paarmal zu drücken, während sie die Stufen hinabstieg. Sie hatte eigentlich gehofft, dass

Ole draußen auf sie warten würde, aber bei dem Wetter war es ihm nicht zu verdenken, dass er entweder bereits nach drinnen gegangen war oder sie nun eben drinnen auf ihn warten würde.

Mona biss die Zähne aufeinander und ging die Treppen hinunter auf den schweren roten Vorhang zu, hinein ins Restaurant. Das Rot fand sich auch an den Wänden und in den Tischdecken wieder, die Möbel waren dunkel gebeizt, auf den Tischen standen polierte Weingläser. Hinter einem entdeckte sie Ole. Er hatte den Kopf auf die Hände gestützt und sah nicht auf, als sie auf ihn zuging.

„Hallo", grüßte sie etwas unsicher.

Da hob er langsam den Kopf. Er wirkte blass. Farblos. Mona fragte sich, ob es am Licht lag oder ob es ihm nicht gut ging.

„Hallo, Mona. Schön, dass du da bist!", antwortete er und lächelte.

Er stand nicht auf, also zog sich Mona den Stuhl an seiner Seite zurecht und setzte sich.

Ole holte tief Luft und griff dann mit zitterigen Händen nach seinem Wasserglas. Da sah Mona die feinen Schweißperlen auf seiner Stirn.

„Was ist los? Geht es dir nicht gut!"

„Ähm, doch, doch, ist sicher gleich besser …"

Suchend sah Ole sich im Raum um, fixierte dann mit den Augen den kleinen Wegweiser zu den Toiletten und rannte ohne ein weiteres Wort los.

Mona überlegte, ob sie ihm nachgehen sollte, entschied dann aber, noch etwas zu warten.

Nach etwa fünfzehn Minuten, in denen sie sich ebenfalls ein Wasser bestellt hatte und ein paar weitere Gäste die Tische neben ihnen besetzt hatten, kam er zurück. Fast noch blasser als zuvor, gebückt, die Hände an den Bauch gepresst.

Mona stand auf und ging ihm entgegen. „Dir geht es doch nicht gut!"

„Nein", gab er da seufzend zurück. „Ehrlich gesagt, fühle ich mich ziemlich beschissen. Im wahrsten Sinne des Wortes."

„Was machst du dann hier?"

„Ich wollte unser Date nicht absagen …"

„Aber das macht doch keinen Sinn so, Ole!"

„Kannst du meinen Namen noch mal sagen? Dann geht es mir gleich besser."

Mona lächelte ihn mitleidig an. „Ole, Ole, Ole. Ich glaube nicht, dass dich das heilen wird. Du gehörst nach Hause, in dein Bett!"

„Kommst du mit?", versuchte er zu scherzen, bevor ihn der nächste Magenkrampf zwang, sich zu setzen.

„Ich rufe dir jetzt ein Taxi und dann fährst du nach Hause und wir treffen uns ein anderes Mal, okay?"

„Okay", gab er kleinlaut zurück. „Es tut mir so leid."

„Muss es nicht", antwortete Mona, zückte ihr Handy und wählte die Nummer des Taxirufs.

Er entschuldigte sich noch mehrere Male bei ihr, versuchte dabei krampfhaft, nicht so auszusehen, wie es ihm ging, und Mona führte ihn schließlich unter weiteren halbherzigen Protesten nach draußen.

„Dann nimm wenigstens die Karten! Geh mit einer Freundin hin. Es wäre schade …" Er blies die Backen auf und hielt sich die Hand vor den Mund. Dann zog er mit der freien Hand die Karten aus der Tasche und streckte sie Mona mit letzter Kraft hin.

„Aber …", sie wollte protestieren, doch er winkte ab. Dann hielt das Taxi, Mona öffnete die Tür und half ihm hinein. Ole nannte seine Adresse und Mona verabschiedete sich: „Gute Besserung und mach dir keinen Kopf. Wir holen das nach, ja?"

„Versprochen?", brachte er noch mühsam heraus.

„Versprochen", erklärte Mona und schloss die Tür.

Da stand sie nun. Im Minikleid. Mit zwei Festivalkarten. Sollte sie Aneta anrufen? Auf die Schnelle würden sie keinen Babysitter für Kiki bekommen. Ihr Vater war zwar inzwischen von seiner Lesereise zurück, aber musikalisch stand er nun einmal eher auf Schlagerhymnen. Also rief sie Alexander an, der nicht ans Telefon ging. Und kurz bevor sie sich schon eingestehen wollte, dass es besser wäre, wenn sie nicht auf das Festival ginge, wenn sie sich nicht der lauernden Gefahr von schmerzhaften Flashbacks aussetzen müsste, wählten ihre Finger von allein, praktisch gänzlich ohne ihr Zutun Milans Nummer.

***

„Hey", sagte Milan gute vierzig Minuten später vor dem Eingang zum Festivalgelände.

„Hey!" Sie lupfte die Kapuze ihres Regencapes ein klein wenig, um ihn anzusehen. Im Restaurant hatte sie sich umgezogen und fühlte sich nun viel wohler und passender gekleidet als in dem ollen Minikleid.

„Coole Gummistiefel", erklärte er grinsend und deutete auf ihre schwarzen Boots mit den weißen Totenköpfen darauf.

„Danke. Schön, dass du mitkommst. Ich hoffe, das ist okay …"

„Klar. Ich wollte schon immer mal bei strömendem Regen auf ein Open-Air-Konzert."

„Bei gutem Wetter kann das ja jeder", sagte Mona fröhlich. Für den Moment tat es einfach unendlich gut, ihn zu sehen. Mit ihm konnte sie das. Sie konnte wieder auf Festivals gehen wie früher, sie konnte sich unter Menschen mischen, ohne ständig Angst dabei zu haben.

Sie wäre auch mit Ole hergekommen, aber mit Milan fühlte es sich besser an. Sicherer, vertrauter.

Nachdem sie die Eingangskontrollen passiert hatten und sich gegenseitig ihre Festivalbändchen angelegt hatten, gingen sie zu einem der Essstände und setzten sich auf eine Bank unter einem Pavillon. Sie waren die Einzigen dort.

„Was war da los, auf dem Klo? Wer war da bei dir?"

Mona antwortete nicht direkt. Sie hatte ihm nicht gesagt, dass die Karten von Ole waren, sondern behauptet, Aneta hätte auf den letzten Drücker abgesagt. „Meinst du, ich sollte mir die Narbe lasern lassen?", fragte sie stattdessen.

„Was?"

„Lasern. Man kann Brandnarben lasern lassen und sie dadurch weniger sichtbar machen."

„Ich finde nicht, dass du das machen solltest. Ich finde dich gut so."

„Was, wenn andere die Narbe aber nicht gut finden?"

„Der Mann auf dem Klo, oder was?", erklärte Milan etwas gereizt.

„Nein! Allgemein. Wenn mich …"

„Mona, das Einzige, was zählt, ist doch, wie du dich fühlst. Vielleicht hört sich das doof an, aber mir würde etwas fehlen, wenn dein Gesicht nicht so wäre, wie es ist."

„Du kennst mich aber doch auch ohne die Narben!", erwiderte sie.

„Schon. Aber ich … Egal", er zuckte mit den Achseln.

Mona verzog den Mund ein wenig und nickte leicht. „Lass uns gehen, die erste Band fängt schon an."

Sie gingen auf die Hauptbühne des Geländes zu, auf der sich eine noch relativ unbekannte Band an ein paar Coversongs versuchte und ihre Sache recht gut machte. Vor allem die junge Sängerin wusste mit ihrer Stimme zu begeistern. Zu Anfang beobachtete Mona noch sehr aufmerksam und angespannt die Menschen um sich herum. Aber Milan hatte ihnen beiden einen guten Platz am Rande der Menge gesucht und hielt wie selbstverständlich ihre Hand. Von Song zu Song wurde Mona gelöster.

Milan sang lauthals jedes Lied mit und sie stimmte ein. Sie lachten sich an dabei und als die Band dann auch noch „Creep" spielte, war Mona nicht mehr zu halten. Es schien ihr, als platze sie aus allen Nähten vor Glück. Der Regen war wieder stärker geworden. Sie war tropfnass und ihr Haar klebte an ihr wie eine zweite Haut. Aber sie fühlte sich glücklich. Gelöst. Sie war eine Stunde lang genau dort, wo sie sein wollte, tat, was sie wollte, und war mit dem richtigen Menschen dort. Ein Ausnahmezustand, den sie zu gerne festgehalten hätte. Konserviert für die Ewigkeit.

Milan sah sie an und musste lachen. Das Wasser tropfte ihr in die Stirn und ihre Augenbrauen hielten es auch nicht mehr davon ab, über ihre Nase zu rinnen.

„Was?", fragte sie mit einem Blick in sein Gesicht, das ebenso regenüberströmt war wie ihres.

„Gut siehst du aus", meinte er. Es klang ernst.

„Wie willst du das beurteilen? Ich bin zu achtzig Prozent unter Wasser", gab Mona zurück und schüttelte sich wie ein nasser Hund.

„Das, was ich sehe, reicht mir, um es beurteilen zu können. Ist dir kalt?"

„Ein wenig", gab sie zu.

Da schlüpfte Milan mit einem Arm aus seinem übergroßen Cape und bot ihr die Hälfte an. So standen und tanzten sie auf der Stelle. Jeder einen Arm in die Jacke gesteckt, aneinandergepresst. Verzweifelt bemüht, nicht zuzulassen, was jeder von ihnen beiden so sehr wollte. Und nicht durfte.

Die Band hörte zehn Minuten später auf zu spielen und der Platz vor der Bühne lichtete sich etwas. Mona und Milan aber blieben stehen.

„Warum kann man das Glück eigentlich nicht festhalten oder in Dosen füllen?", seufzte Mona leise.

„Weil es frisch am besten ist, vielleicht."

„Das stimmt, aber es gibt Momente, in denen man auch eine etwas ranzige Version von Glück nehmen würde."

„Hattest du viele solche Momente in deinem Leben? Ich meine, bevor das in der U-Bahn passiert ist?"

„Einen", antwortete Mona. „Als ich zehn war, war ich mit meiner Mutter und meinem Bruder in den Staaten. Ihre Familie besuchen. Wir sind dann nach zwei Wochen dort an den Flughafen nach Atlanta und wollten wieder zurückfliegen – wie geplant. Dann hat unsere Mutter seelenruhig unser Gepäck eingecheckt, uns noch bis zum Gate begleitet und gesagt, dass wir ohne sie fliegen müssen."

„Wie bitte?", rief Milan.

„Ja. Hat sie. Ohne Vorwarnung. Da standen Ping und ich und mussten ohne sie fliegen. Sie hat sich umgedreht und ist rausgegangen."

„Einfach so?" Milan starrte sie an.

„Zehn Dollar hat sie jedem von uns noch in die Hand gedrückt."

„Und dann?"

„Dann haben wir so lange geheult, bis ein Ehepaar auf uns aufmerksam wurde, sich während des Fluges um uns gekümmert hat und auch in Deutschland gewartet hat, bis unser Vater uns abgeholt hat."

„Das ist unfassbar. Wie kann sie nur …?"

„Sie war eben eine schlechte Mutter. Sie kam noch einmal zurück. Für ein paar Monate und dann ist sie endgültig abgehauen. Mein Vater hat das alles wettgemacht, aber manchmal denke ich, es ist schon ganz schön viel bei Ping und mir hängen geblieben. Keiner von uns hatte je lange, ernsthafte Beziehungen, wir haben beide Probleme damit, uns zu binden."

„Warum erzählst du mir das jetzt, Mona?"

Sie zuckte mit den Achseln. „Weil es Glück in Dosen eben nicht gibt. Man muss das nehmen, was man frisch kriegt. Das habe ich heute. Und du musst zurück zu Fiona und dem Baby. Ein guter Vater sein, weißt du."

Er nickte langsam. Sein bedächtiges, nachdenkliches Nicken.

Wie sehr ich dieses Nicken liebe, dachte Mona insgeheim.

„Es ist gut, dass du das sagst, ich muss dir was erzählen."

Mona versuchte zu lächeln. „Es werden Zwillinge?"

„Nein", sagte er und sein Lächeln wirkte ebenso gezwungen wie ihres. „Ich, also Fiona und ich, wir heiraten." Geräuschvoll schnaufte er aus.

„Ah", brachte Mona hervor. Wo war die Leichtigkeit hin? Wo das Glück? Wie vom Regen weggewaschen war all ihre Freude; und das Glück, das es nicht in Dosen gab, war plötzlich gänzlich verschwunden. So, als wäre es nie dagewesen. Und sie war selbst schuld daran, sie hatte davon angefangen und jetzt war es plötzlich, als stünde Fiona neben ihnen und riss mit Gewalt an dem Regencape, in dem sie noch immer beide steckten.

Eine ganze Weile sagten sie beide nichts, dann räusperte sich Milan. „Es wird so eine November-Rain-Hochzeit", sagte er.

„Was ist denn eine November-Rain-Hochzeit?", fragte Mona, die ihre Sinne immer noch nicht wieder beisammenhatte. Sie konnte nicht denken, es musste reichen, dass sie sich auf den Beinen halten konnte.

Milan, offenbar froh darüber, dass sie überhaupt etwas sagte, erklärte: „Wie in dem Video von Guns n' Roses … Fi hat ein kurzes weißes Kleid, damit man ihr auf die Beine schaut und nicht auf den Bauch, und in der Kirche wird es …"

„Sag jetzt nicht, dass ihr kirchlich heiratet!", unterbrach ihn Mona.

Milan seufzte. „Doch, sie behauptet, es zählt sonst nicht richtig. Zuerst Kirche, dann schnell Standesamt, dann feiern wir."

„Warum machst du das alles mit?", erwiderte sie barsch.

„Keine Ahnung, weil ich meine Ruhe will, vielleicht."

„Tolle Basis, Milan. Echt jetzt." Sie hatte so lange mit ihrer Kritik an seiner Beziehung, mit allem hinterm Berg gehalten, dass sie das

Gefühl hatte, jetzt musste alles raus. „Du weißt auch, dass die Braut am Ende des Videos stirbt?"

Milan bewegte sich ein wenig, sodass das Regencape sich schmerzhaft über ihrer rechten Schulter spannte. „Das ist nicht witzig", entgegnete er.

„Ich weiß", sie musste trotzdem hysterisch lachen. „Aber schön, dass sie wenigstens auf Rockmusik steht."

„Könntest du das etwas ernster nehmen, bitte?"

„Ich nehme es verdammt ernst", sagte Mona leise. Der kurze Anflug von Humor war bereits wieder verschwunden. Sie scherzte hier über Milans Hochzeit. Das war nicht lustig. Wirklich nicht.

„Und sie steht nicht auf Rockmusik, sie war nur früher in Axel Rose verliebt", sagte Milan. Jetzt musste er auch grinsen.

„Aha, sie weiß aber schon, dass sie jetzt dich heiratet, oder?"

„Mona!"

„Was? Vielleicht hat sie das falsch verstanden und Rockmoderator mit Rockstar verwechselt." Sie hörte selbst, wie falsch ihre Stimme klang. Nicht scherzhaft, nicht neckend.

„Mona!", wiederholte er.

„Ja, das ist mein Name", fauchte Mona und zerrte heftig an dem Regencape. Sie wollte raus, raus aus dieser Enge. Weg von ihm. Sie brauchte Freiraum. Doch sie konnte ihren Arm nicht aus dem Ärmel befreien, sie steckte fest. Also zerrte und zog sie so lange, bis es laut ratschte und der Mantel in der Mitte entzweiriss. Eilig schlüpfte sie heraus und warf ihr Stück des Capes achtlos auf den Boden. Milan sah nun aus wie ein siamesischer Zwilling, den man, ohne zu fragen, von seinem Gegenstück getrennt hatte. Mona wusste nicht, warum die Tatsache, dass er heiraten würde, sie so aus der Bahn warf. Schließlich bekam er auch ein Kind mit Fiona, was eine wesentlich größere Verbindung war als ein bürokratischer Akt.

Milan ging einen Schritt auf sie zu und legte seine Hand an ihre regennasse Wange. Mona schloss die Augen. Da waren sie wieder. Die gleichen starken Gefühle, die sie nicht entscheiden ließen, ob sie ihn streicheln oder schlagen wollte. Das Einzige, was beide Handlungen gemeinsam hatten, war der absurde Wunsch, ihn zu berühren.

„Es geht nicht, Mona. Es geht nicht", sagte er.

Sie stand stumm da und spürte seine Hand noch, als er sie bereits längst wieder heruntergenommen hatte.

„Ich weiß", flüsterte sie.

„Kommst du? Zur Hochzeit? Könntest du bitte kommen?"

„Was?"

„Ich hätte dich einfach gerne dabei."

„Ich glaube, das ist so ziemlich die schlechteste Idee, die ich seit Langem gehört habe."

„Wir sind Freunde, schon vergessen?", erinnerte er sie. Seine Augen sagten etwas ganz anderes. Sie sprachen Bände und Mona brauchte nicht Anna Karenina gelesen zu haben, um diesen Blick zu verstehen. Sie musste wegsehen. Sie hielt es nicht aus. Denn in seinem Blick steckte das, was auch sie nicht verbergen konnte. Sie hatte versucht, sie zu vergraben, aber sie war zu widerspenstig, sie kam aus dem kleinsten Loch gekrochen und ergriff Besitz von ihr. Sie war störrisch und eigensinnig und vernunftlos, leichtsinnig, kopflos, aber voller Herz. Die Liebe zwischen ihnen beiden.

„Wenn wir Freunde wären, würdest du mich nicht so ansehen", sagte sie, drehte sich um und ging. Sie konnte es nicht mehr aushalten. Es war eine Sache, unglücklich verliebt zu sein, aber eine ganz andere, wenn man spürte, dass es dem anderen genauso ging.

***

Milan stieg über die Verpackung der Wiege und nahm Fiona den Hammer aus der Hand. „Lass mich das machen!"

Fiona strich über ihren runder werdenden Bauch und lächelte ihn an. „Noch zwei Wochen. Ich kann es nicht glauben. Es wird so romantisch!"

Milan stieg auf die Leiter und schlug den ersten Nagel in die Wand. Fiona lehnte sich von hinten an ihn und schlang ihre Arme um seine Mitte. „Fertig. Nur noch die Wiege. Unglaublich, wie schön es geworden ist."

Es war ein hübsches Kinderzimmer geworden. Und zu seinem Erstaunen hatte es ihm wirklich Spaß gemacht, es mit Fiona einzurichten. Sie hatte Geschmack und sie freute sich so sehr über all die Kleinigkeiten, die sie für das Baby kaufen konnte, dass sie Milan ein wenig damit angesteckt hatte. Er hätte sie auch gerne zu den Arztterminen begleitet, aber das wollte sie nicht und so begnügte er sich mit ihren begeisterten Schilderungen und den Ultraschallfotos, die sie mitbrachte. Er hatte ehrliches Interesse an dem Kind, nicht nur, weil er sich für seine ersten Reaktionen auf ihre Schwangerschaft schämte. Fiona war selig.

Nur wenn sie von der Hochzeit anfing, wurde Milan schweigsam. Die Hochzeit hatte nichts mit dem Baby zu tun. Die Hochzeit war etwas, aus dem er jetzt nicht mehr herauskam. Er hätte nie geglaubt, dass er einmal zu den Typen gehören würde, die versehentlich einen Antrag machten. Er hatte nie vorgehabt überhaupt zu heiraten. Schon gar nicht kirchlich.

Aber Fiona hatte ihm immer wieder wegen der rechtlichen Angelegenheiten in den Ohren gelegen – „Ein schlimmer Papierkrieg", „Das Kind anerkennen", „Ämter, Behörden, Termine", bla, bla, bla – und so hatte er eines Abends in ihrem Lieblingsrestaurant zu ihr gesagt: „Dann heiraten wir eben." Es war ihm entnervt herausgerutscht, er hatte es noch nicht einmal ernst gemeint. Aber sie war so begeistert darauf angesprungen, hatte mit Tränen in den Augen „Ja" gesagt und so hatte er unbemerkt und ungewollt seiner ungewollten Freundin mit der ungewollten Schwangerschaft einen Antrag gemacht. Es waren zu viele „un"s in seinem Leben und manchmal war ihm danach, einfach laut loszuschreien. Innerhalb weniger Wochen und Monate war er das geworden, was er nie hatte werden wollen: Ein Waschlappen, der genau das tat, was Fiona von ihm wollte.

Den zweiten Nagel schlug er mit so viel Wut in die Wand, dass Fiona erschrocken zusammenzuckte und ihn entgeistert ansah. „Was war das denn?", zischte sie.

„Das war ich!", brüllte er, stieg von der Leiter, ging in die Küche und nahm sich ein Bier aus dem Kühlschrank.

Zwei Tage später klingelte es bereits morgens an der Haustür. Fiona öffnete im Bademantel und wurde beinahe überfallmäßig beiseitegedrängt. In Milans neuem Wohnzimmer standen seine fünf besten Kumpel, drei Freunde aus Jugendtagen und ein halbes Dutzend

Jungs aus dem Boxclub. Dahinter eine übers ganze Gesicht grinsende Isabella. „Junggesellenabschied!", verkündete sie laut, reichte ihm ein T-Shirt, auf dem „Das Wars" im Stil von Star Wars und darunter „Möge die Macht mit ihm sein" stand, und befahl ihm, es anzuziehen. Etwas pikiert und sichtlich genervt verzog sich Fiona ins Schlafzimmer und nachdem Isabella alle mit kleinen Schnapsfläschchen ausgestattet hatte, zog die Meute mit Milan los. Sie setzten ihn mit verbundenen Augen in den Wagen und fuhren eine gefühlte Ewigkeit in der Gegend herum, bis sie schließlich haltmachten, ihm die Binde abnahmen und ihn auf einen Grillplatz außerhalb der Stadt führten, wo weitere Bekannte, Arbeitskollegen und Freunde warteten.

Milan trank viel, sprach wenig und amüsierte sich doch mehr, als er es für möglich gehalten hätte. Er musste sich nur einfach einreden, dass das kein Junggesellenabschied, sondern eine ganz normale Party unter Freunden war. Mona fehlte ihm. Er ertappte sich dabei, wie er sich vorstellte, sie säße auf einmal am Feuer neben ihm, legte ihren Kopf auf seine Schulter und sagte: „Du hast das alles nur geträumt. Ich bin da und ich will doch auch nur dich."

Stattdessen war es Isabella, die sich neben ihn ans Feuer setzte. „Hätte ich Mona auch einladen sollen?", fragte sie und knuffte ihn in die Seite. Sie hatte Schluckauf, wie immer, wenn sie zu viel Alkohol getrunken hatte.

Milan legte seinen Arm um sie und erklärte: „Ich bin froh, dass es dich gibt."

„Ich weiß", erwiderte seine Schwester. „Übrigens hast du eine neue Angewohnheit, die mir gar nicht gefällt. Du antwortest nicht mehr direkt auf Fragen."

„Das nennt man politisches Geschick", lachte er.

„Aha", grinste Isabella. „Ich wüsste trotzdem gerne, was es mit dieser Mona auf sich hat."

„Wie kommst du denn darauf, dass es überhaupt eine Mona gibt?"

„Ich sehe es in deinen Augen", erklärte sie, machte ein wichtiges Gesicht und hickste. „Und ich weiß, dass Betrunkene immer die Wahrheit sagen. Also, trink!", sie reichte ihm einen Becher mit undefinierbarem Inhalt.

„Jacky-Cola!" Er nahm den Becher und stürzte das Getränk hinunter, sah ins Feuer und fragte sich, wie alles nur so aus dem Ruder hatte laufen können.

Kapitel 16 – Every you every me

„WAS ZUM TEUFEL MACHST DU DA?" Aneta stürmte auf Mona zu und riss ihr das Tütchen aus der Hand, sodass sich der Inhalt quer über der Arbeitsfläche verteilte und ein Teil davon wie Staub auf den Boden fiel. Kiki sah vom Esstisch auf, an dem sie Prinzessinnen in einem Malbuch mit grüner Wassermalfarbe verunstaltete, und starrte ihre Mutter mit großen Augen an.

Mona schaute Aneta mindestens genauso fassungslos an. „Das ist eine Tütensuppe, Ani! Kein Kokain!"

„Das ist doch fast das Gleiche", polterte Aneta laut. Ihr Gesicht war feuerrot, an den kleinen Flecken unter ihre Augen und neben der Nase konnte Mona erkennen, dass sie geweint hatte. Nicht gerade wenig.

„Das kann einen umbringen, der Scheiß, der da drin ist", sie drehte die Tüte um und las auf der Rückseite laut die Inhaltsstoffe vor: „Maltodextrine, Glukosesirup …"

„Was ist eigentlich los mit dir?", fragte Mona perplex. Es war äußerst selten, dass Aneta so die Nerven verlor. Ihren Klavierschülern gegenüber war sie ein geduldiger Engel und selbst mit Kiki wurde sie selten richtig laut.

„Glutamat, Mona, du fütterst meine Tochter mit Glutamat!", polterte sie, dann aber rannen ihr die Tränen dick und nass über die Wangen.

„Ich sage dir, was einen umbringt: Einen Herzkasper zu bekommen, weil man seine beste Freundin völlig grundlos anschreit! Aber ganz sicher nicht, wenn ich mir und Kiki eine Tütensuppe mache!"

„Glumat ist lecker!", rief Kiki vom Esstisch aus und klappte ihr Malbuch zu. Aneta lächelte ein wenig, unter Tränen, und sagte dann schon um einiges ruhiger an ihre Tochter gewandt: „Könntest du rübergehen zu Louise? Ein bisschen spielen? Ich hole dich in einer Stunde ab, ja?"

„Okay", erklärte Kiki vergnügt und raste los.

„Willst du mir vielleicht erzählen, was los ist?", wollte Mona wissen, nahm Aneta bei den Schultern und drückte sie mit dem Hintern auf einen der Barhocker.

„Jacob will das Sorgerecht. Allein", seufzte Aneta.

„Was? Auf einmal?"

„Ja!"

„Das kann er doch nicht machen!"

„Er versucht es aber."

„Damit kommt er nicht durch, Ani. Niemals."

„Er hat die besseren Voraussetzungen. Eine Frau, ein Haus in Eppendorf, ein gutes Einkommen, Sicherheit … Ich dagegen, was habe ich schon? Unsichere Vermögensverhältnisse, wohne zur Miete in einem alten Industriebau, habe keinen Partner und eine Mitbewohnerin, die …" Vorwurfsvoll sah sie Mona bei diesen Worten an. Die Augen hatte sie zu dünnen Strichen zusammengekniffen und pustete wütend ein paar Strähnen ihres rötlichen Haars aus der Stirn.

Mona starrte sie an, stützte die Unterarme auf den Tresen und erwiderte: „Was willst du damit sagen? Komm schon, lass es raus! Du bist doch nicht wegen dem Scheißglutamat sauer auf mich! Willst du damit sagen, du hast eine Mitbewohnerin, die einen geistigen und körperlichen Schaden hat? Eine Mitbewohnerin, vor der deine Tochter Angst hat? Vor der sie immer mindestens drei Meter Abstand hält? Zu der sie kein Vertrauen mehr hat?" Mona redete sich in Rage. Aber der gestrige Tag, Milans Ankündigung, Fiona zu heiraten, steckte ihr noch so tief in den Knochen, dass sie sich an allen Stellen ihres Körpers wund und verwundbar fühlte.

„Was? Nein, das wollte ich nicht sagen", beschwichtigte Aneta schnell und berührte Monas Hand. Doch Mona wandte sich ab. Sie wollte nicht, dass Aneta ihre Tränen sehen konnte.

Aneta stand auf, ging auf sie zu und legte ihren Arm um sie, strich ihr die Haare aus dem Gesicht und erklärte leise und mit viel Gefühl: „Kiki hat keine Angst vor dir, Mona, sie hat Angst, dir wehzutun. Ich wollte es dir eigentlich nicht sagen, ich dachte, das legt sich von allein, aber weißt du, sie hat Angst, sie könnte dir Schmerzen zufügen, wenn sie dir zu nahe kommt."

„Aber warum denn?", Mona strich sich die Tränen aus den Augenwinkeln.

„Erinnerst du dich daran, wie sie sich letztes Jahr an diesem verdammten Teil am Ofen verbrannt hat? Diesem Dampfdingens?"

„Ja …", sagte Mona zögerlich. Sie verstand den Zusammenhang nicht.

„Na ja, es war eine ziemlich böse Verbrennung und sie hat ein Riesentheater gemacht, wenn ich ihr den Verband gewechselt habe, weil sich die Gazestreifen immer so unangenehm mit ihrer Haut verklebt haben. Und seither denkt sie, dass man Brandwunden auf keinen Fall anfassen darf. Sie glaubt, dass es dir immer noch wehtut, wenn man deine Narben berührt. Nur deshalb hält sie Abstand."

„Wirklich?"

„Wirklich. Zugegeben, am Anfang war es befremdlich für sie zu sehen, dass du anders ausschaust. Aber jetzt würde sie nichts lieber, als sonntags wieder zu dir ins Bett zu kriechen und mit dir Krokodile zu zeichnen, aber sie traut sich nicht. Egal, was ich ihr sage, sie glaubt, dass sie dir wehtun könnte."

„Oh … das ist … Ich muss ihr das dringend erklären!" Mona wollte sich sofort auf den Weg zur Nachbarin machen, wo Kiki mit Louise spielte. Sie musste das klarstellen, aber Aneta hielt sie am Arm fest.

„Weißt du, warum ich sauer auf dich bin?", sagte sie und sah ihr dabei fest in die Augen.

Mona schüttelte den Kopf.

„Nicht wegen des Glutamats, nicht weil du so bist, wie du bist, sondern weil du genau das Gleiche machst wie Lis!"

„Lis?"

„Ja, Jacobs Freundin."

„Ich dachte, du magst Lis?" Mona verstand so langsam gar nichts mehr. Zwar war Aneta gestern nicht wirklich gut auf sie zu sprechen gewesen, nachdem sie ihr gestanden hatte, mit Milan statt wie geplant mit Ole unterwegs gewesen zu sein. Aber dieser Ausbruch jetzt ergab keinen Sinn.

„Lis ist der Grund, warum Jacob und ich keine Familie mehr sind, und jetzt will er mir Kiki wegnehmen. Und du machst das Gleiche mit diesem Milan. Sein Herz ist nicht frei, er bekommt ein Kind mit einer anderen, Mona! Du kannst dich nicht dazwischendrängen! Ich weiß, dass mich das eigentlich nichts angeht, aber bitte, überlege, was du tust! Kiki ist jetzt ein Trennungskind, vielleicht trägt sie ein schlimmes Trauma davon …"

„Kiki wirkt nicht so, als hätte sie ein Trauma, Ani, und es gibt unzählige Trennungskinder. Wenn aus denen allen nichts werden würde …", Mona hob abwehrend die Hand, zog ihren Arm aus Anetas Griff und verschränkte die Hände entschieden vor der Brust.

Aneta schüttelte entschlossen den Kopf. „Kinder gehören zu ihren Eltern! Und zwar zu beiden Teilen gleichermaßen."

Mona schnaubte: „Du brauchst dich gar nicht so aufzuregen … Milan heiratet seine Fiona."

„Ah?", sofort hellte sich Anetas Gesicht auf.

„Könntest du bitte aufhören, so scheiße selbstzufrieden auszusehen? Und spar dir das Lächeln! Verdammt noch mal, ich liebe ihn!", rief Mona.

„*Was?*"

„Ja, ich liebe ihn." Es war nicht Monas Absicht gewesen, das überhaupt jemals laut zu sagen. Aber wenn der, der gemeint war, es schon nicht hören konnte, so musste sie es eben jemand anderem sagen.

Aneta baute sich vor ihr auf und pikste ihr mit dem langen, rot lackierten Nagel ihres Zeigefingers dreimal auf Höhe der Brust in die Haut. „Ach, Mona, du hast es doch nie länger als ein paar Nächte bei einem Typen ausgehalten!"

Der Satz tat weh, sehr weh. Auch wenn er der Wahrheit entsprach. Sie biss die Zähne aufeinander und sagte nichts.

Aneta gab wie üblich nicht nach. „Du solltest zu dieser Hochzeit gehen und dir bewusst machen, dass er zu einer anderen gehört, und dann verabredest du dich mit diesem Ole."

„Der hat Magen-Darm", erwiderte Mona.

„Ja wohl nicht für immer. Milan aber geht einen Bund fürs Leben ein!", konterte Aneta prompt.

„Ich gehe jetzt zu Kiki", knirschte Mona und marschierte laut stampfend aus dem Zimmer. „Kiki, Kiki!", rief sie über den Gang und kam wenig später mit dem etwas verstört dreinblickenden Mädchen wieder zurück.

„Setz dich bitte mal dahin", sagte Mona so sanft wie möglich und führte Kiki zur Couch.

„Warum denn?"

„Weil ich dir was sagen will."

Sie setzte sich mit etwas Abstand neben Kiki auf das Sofa, dann krempelte sie die Ärmel ihres braunen Oversizepullovers zurück.

„Schau mir einfach zu, Kiki. Sieh genau hin!" Mona führte langsam ihre rechte Hand zu den langen Narben, die sich über ihren linken Arm zogen, und fuhr mit deutlich sichtbarem kräftigem Druck darüber. Über all die Linien und Hügel, über die andersfarbigen Reste von schmerzenden Wunden. Dabei lächelte sie Kiki an.

Aneta hatte sich an den Esstisch gesetzt und räumte leise Kikis Malsachen auf, während sie die beiden beobachtete.

Das Mädchen verfolgte Monas Bewegungen gespannt, ohne ein Wort zu sagen. Schließlich tat Mona das Gleiche mit der linken Seite ihres Gesichts. Sie strich vor Kikis Augen darüber und lächelte dabei.

„Möchtest du auch einmal? Es tut überhaupt nicht weh. Gar nicht. Es fühlt sich eher ein wenig lustig an. – Kiki, du warst doch schon mal beim Zahnarzt?"

„Ja, weil die Vanessa mir im Kindergarten die Schaufel auf den Mund gehaut hat. Aber nicht mit Absicht. Und sie hat Entschuldigung gesagt."

„Genau und der Zahnarzt hat es doch dann in deinem Mund kalt gemacht, sodass du nichts gespürt hast. Deine Lippe war ein bisschen anders, so, als hättest du sie in Watte gepackt, oder?"

Kiki zuckte mit den Schultern und sagte dann mit dem klaren Weltbild einer Fünfjährigen: „Man nimmt Watte nicht in den Mund, das ist eklig."

„Ja, da hast du recht. Egal … Auf jeden Fall fühle ich da, wo meine Haut anders aussieht, weniger. Und schon gar keinen Schmerz. So wie du damals beim Zahnarzt."

Ganz überzeugt war Kiki noch nicht. „Darf ich wirklich hinfassen und du schreist auch nicht?", erkundigte sie sich und zog eine unsichere Schnute.

„Ja, das verspreche ich dir."

Die Neugier siegte schließlich und so berührte Kiki mit ihrer kleinen Hand Monas Unterarm und dann auch zunehmend sicherer ihr Gesicht.

„Siehst du, es hat mir überhaupt nicht wehgetan! Und wenn du irgendwann mal wieder Lust hast, mit mir Krokodile zu malen oder vielleicht morgens im Bett Geschichten zu hören, dann komm einfach rüber, okay?"

„Okay", erklärte Kiki, kaute auf ihrer Unterlippe herum und sagte dann: „Kann ich jetzt wieder zu Louise?"

„Ja, geh nur", antwortete Mona.

Kiki hüpfte los und dann drehte sie sich bereits im Gehen noch einmal um. „Darf Louise deine Narben auch mal anfassen?"

„Klar", lächelte Mona, dann drehte sie sich zu Aneta um und sagte: „Was ziehe ich denn an zu einer Hochzeit, die sich eher wie eine Beerdigung anfühlt?"

***

Drei Tage nach dem Festival hatte eine offizielle Hochzeitseinladung in Monas Briefkasten gesteckt. Dickes braunes Papier in quadratischer Form mit weißem Spitzenband darum. In der Mitte prangte ein schwarzes Herz mit den Initialen F & M. Mona hatte sich dabei erwischt, wie sie sich das „F" als ein weiteres „M" vorstellte. Als sie die Karte schließlich geöffnet hatte, klappte sich das Papier wie ein mehrseitiges Leporello auf.

Darin standen die üblichen Sprüche von Liebe und dem gemeinsamen Lebensweg, von denen Mona schlecht wurde. Sie hatte schnell auf das Datum und den Ort gesehen und die Karte dann wieder zugeklappt. Auf der Rückseite gab es sogar noch Namen und Adresse einer Hochzeitskoordinatorin, die für Spiele, romantische Überraschungen und dergleichen kontaktiert werden konnte. Mona hatte den dringenden Wunsch verspürt, die Reste von Kikis Frühstücksmüsli, das in einer braunen Suppe aus Milch und Kaba schwamm, mit der Einladung aufzutunken, um zu sehen, wie viel das aufwendige Design der Karte so aushielt. Nur mit größter Mühe hatte sie es sich verkneifen können.

„Du findest also immer noch, dass ich dahin gehen sollte?"

„Ja, und wenn du noch ein wenig trödelst, dann hat Fiona Glück und du verpasst die Stelle mit dem Vetorecht!", zischte Aneta, was weniger an ihrer Laune lag, als an der Tatsache, dass sie erfolglos versuchte, eine Micky Maus auf die löchrigen Knie von Kikis Jeans zu nähen. In Ermangelung eines Nadelkissens hatte sie sich zwei Stecknadeln zwischen die Zähne geklemmt und sah stirnrunzelnd zu Mona auf.

Es war eine Novemberhochzeit und damit fiel die Kleiderauswahl auf wärmere Teile, sodass sich Mona schließlich für einen dunkelblauen Hosenanzug entschieden hatte, den Aneta ihr geliehen hatte. Die Hosenbeine hatte sie umgekrempelt – denn Aneta war einige Zentimeter größer als sie –, mit Sicherheitsnadeln festgesteckt und dabei gedacht, wie gut es wäre, wenn es auch für ihr Herz so eine Art Sicherheitsnadel gäbe. Einfach nur, um zu vermeiden, dass sich all die mühsam eingesperrten Gefühle ausgerechnet an diesem Tag lösten.

„Könntest du nicht einfach mitkommen?", Mona verzog den Mund.

„Ich bin nicht eingeladen und jetzt geh!" Aneta stampfte wütend mit dem Fuß auf, als sich die letzte Naht am Aufnäher erneut löste und die Micky Maus wie ein zu großes, schlecht platziertes Pflaster von der Hose klaffte.

„Mmmpppfff", machte Mona, nahm ihre Handtasche und ging ohne ein weiteres Wort.

„Mmmpffe mich nicht immer an", rief Aneta ihr nach und fluchte kurz darauf laut, weil ihr die Stecknadeln dabei aus dem Mund gefallen waren.

Der Himmel über der Kirche war blau, strahlend blau. Und wären die Bäume nicht bereits kahl gewesen, die letzten bunten Blätter auf den Straßen Mangelware und die Temperaturen unter zweistellige Grade gefallen, so hätte man fast glauben können, es wäre ein strahlender Maitag, nicht der düsterste Novembertag, den Mona sich vorstellen konnte. Blauer Himmel hin oder her.

Sie brauchte nicht auf die Uhr zu sehen, um zu wissen, dass sie bereits zu spät war. Überall vor der Kirche parkten Autos, teilweise kreuz und quer, die Motorhauben dicht ans Heck des Vordermanns gedrängt. Mona schluckte schwer und wäre am liebsten umgekehrt. Bis auf eine Frau, die auf dem mit Luftballons und weißen Blumen geschmückten Platz beruhigend auf ein heulendes Kind einredete, war niemand zu sehen. Offenbar war sie sogar so spät, dass bereits alle in der Kirche Platz genommen hatten. Unschlüssig ging sie auf den Haupteingang zu. Mona hatte die Türklinke noch nicht in der Hand und wusste schon, dass sie das nicht konnte. Nicht nur, weil da drinnen Milan heiratete, nein, sie würde es nicht ertragen können, wenn alle die Köpfe nach ihr drehen würden und sie dastand wie der letzte Trottel. Sie war sich noch nicht einmal sicher, ob Fiona wusste, dass sie eingeladen war. Hatte Milan ihr je von ihr erzählt? Und wenn ja, wie sprach er dann von ihr? War sie „eine" Freundin? War sie eine verschwiegene Freundin? Gar nur eine Bekannte?

Hinter ihr raschelte es, Mona drehte sich um und sah, wie die Frau mit dem Mädchen wieder auf das Gebäude zuging, allerdings von der Seite. Offenbar gab es dort einen Nebeneingang. Mona wartete zwei Minuten und ging dann vom Tor zum Hauptschiff der Kirche weg, in die gleiche Richtung wie Mutter und Kind zuvor. An der westlichen Flanke des Gebäudes befanden sich zwei weitere Türen. Vielleicht konnte sie sich hineinschleichen und sich unbemerkt in eine der hinteren Reihen setzen? Sie überlegte kurz, welche der Türen sie wählen sollte, und entschied sich dann für die hintere. Langsam und leise drückte sie die Klinke der weißen Holztür durch und machte sie auf. Zu ihrer großen Überraschung stand sie aber nicht in der Kirche selbst, sondern sah durch die Schlitze eines dicken roten Vorhangs in eine Art Vorraum hinein. Es roch unangenehm stark nach Weihrauch und man konnte gedämpftes Gemurmel und leise Unterhaltungen hören. Es spielte weder die Orgel noch sang oder predigte jemand. Offenbar hatte der Gottesdienst noch nicht begonnen.

Behutsam schob Mona den Vorhang ein Stück weiter zur Seite, lauschte und trat dann langsam ein. Zuerst sah sie nach rechts, wo sich ein großer Einbauschrank und eine Ablagefläche befanden, dahinter hingen weiße lange Hemden und rote Kutten an schräg befestigten Haken an der Wand und eine dunkle Tür direkt gegenüber derjenigen, durch die sie eingetreten war, zeigte in Richtung des Kirchenschiffs. Sie atmete auf, als sie bemerkte, dass sie offenbar allein war. Dann allerdings sah sie nach rechts. Dort stand eine Reihe von Stühlen und auf einem saß Milan. Kaum erkennbar, mit nach unten geneigtem, glatt rasiertem Gesicht, gegeltem Haar und in einem dunkelbraunen Anzug mit Unterziehweste und Krawatte in hellem Beige. *Elfenbein nennt man die Farbe*, dachte Mona noch in völliger Verwirrung.

Er hatte sie noch nicht bemerkt, er starrte auf den Boden und sah ganz und gar nicht aus wie jemand, der in wenigen Minuten die Frau seines Lebens heiratete.

„Mmmhhh", räusperte Mona sich leise. Sie hätte ja einfach wieder nach draußen gehen können, wahrscheinlich hätte er es gar nicht bemerkt, aber sie brachte es nicht übers Herz. Es tat ihr weh, ihn so zu sehen, obwohl sie sich eigentlich darüber hätte freuen müssen.

Er sah auf und traf direkt ihren Blick. „Du … hier?"

„Ja, ich hier … Ich war zu spät und wollte mich zum Seiteneingang reinschleichen." Sie grinste ein wenig.

„Du bist tatsächlich gekommen!", sagte er und lächelte jetzt.

„Jap. Ich lass mir doch deine Hinrichtung nicht entgehen!"

Er lachte kurz bitter auf.

„Du siehst auf jeden Fall so aus, als würdest du auf den Scheiterhaufen geführt"

„Unsinn. Ich bin ein bisschen nervös", beschwichtigte er.

„Wartet der Bräutigam nicht am Altar auf seine Braut?", wollte sie wissen und sah ihm weiter in die Augen. Milan erhob sich schwerfällig, zog die Weste zurecht und antwortete: „Ich warte hier auf den Start. Wenn die Orgel spielt, gehe ich nach draußen."

„Minutiös geplant, was?"

„Ja."

„Was für ein Zirkus", entfuhr es Mona seufzend. „Entschuldige, das hätte ich nicht …", ergänzte sie schnell.

„Hast ja recht. Ich komme mir vor wie ein dressierter Affe. So bin ich eigentlich gar nicht …"

Mona legte den Kopf schief und musterte ihn. „Also ich bin deutlich haariger als du! Uuuaaaauhh." Sie hob die Arme und kratzte sich unter den Achseln.

„Du, du bist ja auch Chewbacca. Wookieekrieger, Schmuggler, Rebell. Du bist frei."

„Vielleicht solltest du daran denken, dass du all das hier wolltest. Niemand zwingt dich", erklärte sie jetzt völlig ernst.

„Ja, es ist doch auch nur … Ich bin ein bisschen nervös, das geht allen so kurz vor der Hochzeit." Er klang, als müsse er mehr sich selbst überzeugen als Mona.

„Liebst du sie?", flüsterte Mona. Das Herz schlug so laut und schnell in ihrer Brust, dass sie befürchtete, die ganze Hochzeitsgesellschaft könne es hören. Sie warf einen schnellen Blick auf die Tür. „Liebst du sie, Milan?"

Noch immer blieb er stumm und starrte Mona nur in die Augen. So fest und bohrend, dass es ihr schwerfiel, nicht einfach wegzusehen.

„Wenn du das nicht mit Ja beantworten kannst, dann kann ich nicht auf deine Hochzeit gehen. Ich kann da nicht rein." Sie zeigte mit zitternder Hand auf die Tür vor ihnen.

Milan ging einen Schritt auf sie zu und sagte etwas, womit sie überhaupt nicht gerechnet hatte. „Küss mich, Mona. Bitte küss mich."

Mona biss sich auf die Lippen und spürte, wie ihr die Tränen heiß in die Augen schossen. „Du weißt nicht, was du da sagst und was du da tust."

„Da hast du wieder einmal recht", meinte er heiser. Dann setzte er in seinen glänzenden Lackschuhen, die so gar nicht zu ihm passen wollten, zu einem weiteren Schritt an.

Mona wusste, sie musste zurückweichen, gehen, die Türen hinter sich endgültig zuwerfen, aber sie konnte nicht. Da waren die gelben Sprenkel in seinen Augen, die sie davon abhielten, da war so vieles an ihm und zwischen ihnen, so eine tiefe innere Berührung, dass sie nicht konnte. Ihr Herz stach ihren Kopf triumphal aus und deshalb blieb sie stehen.

Er zog sie an sich, schlang seine Arme kräftig um ihre Taille, die er fast vollständig umgreifen konnte. Fast schon unbewusst öffnete Mona die Lippen, reckte sich nach oben und hielt kurz vor seinem Mund inne. In diesem Bruchteil von Sekunden wusste sie, dass es Momente gab, die für ein ganzes Leben ausreichen mussten. Dass mancher

Augenblick mehr wert war als ganze Wochen oder Jahre. Solange sie denken konnte, würde sich dieser kurze Ausschnitt ihres Daseins einprägen und zu einer ebenso starken Erinnerung werden wie der Moment, in dem ihre Mutter sie hatte am Flughafen allein stehen lassen. Einprägsamer als die erste Zeichnung, die sie verkauft hatte, und sogar bedeutender als ihr tief sitzendes U-Bahn-Trauma.

Milan kam näher, aber sie schloss die Augen nicht. Sie sah ihn weiter an, während sie sich küssten, ihre Lippen den Druck des anderen erwiderten und ihre Zungen miteinander spielten, als alles in ihr in Feuer aufzugehen schien und das zum ersten Mal ein gutes Gefühl war. Sie sah ihn an und obwohl es der wohl beste Kuss ihres Lebens war, der verbotenste, der leidenschaftlichste, so war etwas noch intensiver, als mit Milans Mund zu verschmelzen: Das, was in seinen Augen geschrieben stand.

Sie sah darin die Antwort auf ihre Frage und sie sah darin, was alles hätte sein können, wenn das Leben nicht so dreist mit ihnen gespielt hätte. Sie sah Abschied darin und Wehmut. Sehnsucht und Aufgabe. Ein einziger Moment für ein ganzes Leben.

Schlagartig spürte Mona, wie heftige Wut in ihr hochkochte. Es war so unfair! Sie drückte mit ihren Händen gegen seinen Brustkorb und löste sich von ihm.

Dumpf, aber deutlich hörbar, klangen die ersten zaghaften Töne der Orgel zu ihnen herüber.

Milan schloss die Augen für einen Moment und erklärte dann: „Ich könnte mit dir da rausgehen und vielleicht würde ich es bereuen, es nie wirklich versucht zu haben, meinem Kind eine intakte Familie zu bieten. Aber ich weiß, dass ich es jetzt schon bereue, dich zu verlieren."

„Du verlierst mich nicht", erklärte Mona. Es waren die schwersten Worte ihres Lebens. „Ich bin doch da. Wir sind Freunde."

Diesmal stimmte er ihr nicht zu. Er nickte nur bitter, berührte ihre Wange und sagte: „Ich …"

„Nein", Mona legte ihm eilig ihren Zeigefinger auf den Mund. „Sag es nicht. Nicht heute. Ich will das nicht hören, nicht am Tag deiner Hochzeit. Weißt du, ich bin weit gerannt und doch nie von der Stelle gekommen. Ich bin geflüchtet, immer wieder, nur um jetzt festzustellen, dass ich im Kreis gelaufen und wieder bei null bin. Bei dir. Und ich weiß, ich kann nicht bleiben. Ich kann ganz einfach nicht bleiben."

Er nickte wieder, drehte sich quälend langsam um und ging auf die braune Tür zu, während Mona sich der weißen zuwandte. Die Orgel wurde lauter und lauter, als rufe sie ihm zu, endlich nach drinnen zu kommen. Eine Erinnerung daran, die eigene Hochzeit nicht zu verpassen.

Er schloss die Tür hinter sich und im gleichen Augenblick löste sich die Sicherheitsnadel an Monas Hosenbein und der Stoff fiel herunter. So wie ihr Herz. Genau wie ihr Herz.

***

Sie sahen ihn alle an. Ausnahmslos. Von der hintersten Bank, in der einer seiner jüngeren Cousins seinem Bruder gerade mit dem Gesangbuch eins auf den Kopf verpasste, bis zur vorderen Reihe, in der Isabella saß und fast so unglücklich aussah, wie er sich fühlte. Seine Mutter lächelte ihn an. War das ein Vogel auf ihrem Hut? Sein Vater rückte die schwarze Fliege zurecht und nickte ihm aufmunternd zu. Es war fast ein wenig grotesk. So, als wäre er in einer anderen Welt gelandet. Direkt vom Planeten Mona zurück in die Realität.

Milan schluckte und sah zu seiner Braut. Fiona stand neben ihrem Vater vor dem Altar und wartete auf ihn. Er hatte nur einen flüchtigen Blick übrig für ihr blütenweißes Kleid, den Schmuck auf ihrem Kopf, ihr Gesicht mit dem ungewohnt grellen Lippenstift. Vielmehr sah er, wie sie ihn möglichst lautlos dazu bewegen wollte, endlich zu ihr an den Altar zu treten. Sie riss die Augen auf, streckte das Kinn nach vorn und es fehlte nur noch, dass sie mit dem Fuß auf den Boden stampfte. Der Organist war irritiert und begann einfach noch einmal von vorn mit dem Lied.

Aber Milan verpasste den richtigen Zeitpunkt ein zweites Mal. Er wusste, er sollte, er musste eigentlich sogar. Aber es ging nicht. Alles in ihm sträubte sich, zu Fiona zu gehen, sich neben sie zu stellen und ihr eine Ehe zu versprechen, die er eigentlich nicht eingehen wollte.

Langsam fingen die Gäste an zu murmeln. Isabella war kurz davor, aufzuspringen, seine Mutter hielt die Hand vor den Mund. Sie kannte ihn gut genug, um zu wissen, worauf sie sich einstellen musste. Fionas

Opa hustete laut, ein Päckchen Taschentücher fiel aus der Hosentasche einer der Gäste, die Milan nicht kannte, und klatschte auf dem Boden auf.

Er gab sich einen Ruck. Er ging allerdings nicht auf Fiona zu, sondern an ihr vorbei, direkt auf den Altar zu. Der Pfarrer wich erschrocken ein Stück zurück, so, als habe Milan ein Attentat auf ihn vor. Einer der halbwüchsigen Ministranten in den roten Gewändern kicherte nervös.

Dann war alles still. Die Orgel verstummte mitten im Ton, die Kirche schien die Luft anzuhalten, während Milan auf das Mikrofon zutrat, es ein wenig nach oben schraubte und mit klarer, fester Stimme sagte: „Hallo. Ich weiß, ihr habt euch das anders vorgestellt, aber es tut mir leid. Fiona …"

Er sah, wie sie ihn fassungslos anstarrte, die Hand aus dem Arm ihres Vaters löste und dieser sie an den Schultern festhielt.

„Ich kann nicht. Ich kann dich nicht heiraten. Es wäre falsch und … Wir wären nicht glücklich. Es tut mir wahnsinnig leid. Ich weiß, dass ich euch heute alle enttäusche. Aber es wäre nicht ehrlich."

Milan schaute hinunter auf die Gäste, einige sahen sich jetzt fragend an, seine Mutter hielt nun beide Hände vors Gesicht und sein Vater sah aus, als ersticke er an seiner zu eng sitzenden Fliege. Es war eigentlich zum Schreien komisch. Milan schaute nach rechts, wo Fionas aufgebrezelte Mutter saß, deren Gesicht auf einmal so rot wurde wie ihr Kleid, und da war es um ihn geschehen: Er hätte beinahe laut gelacht. Er glukste ein wenig, zwinkerte seinem Onkel in der dritten Reihe zu und sagte schließlich mit belegter Stimme, das hysterisch nervöse Lachen hinunterschluckend: „Das Büfett ist damit schon mal eröffnet – den Rest hier können wir uns sparen."

Onkel Edgar applaudierte, seine Frau rief entsetzt: „Spinnst du?", und Milan war sich nicht sicher, ob er oder der arme, verfressene Bruder seines Vaters gemeint war.

Fiona war jetzt nicht mehr zu halten, sie riss sich wütend von ihrem Vater los, nahm ihren Brautstrauß aus der kleinen Vase neben ihrem Stuhl und rannte auf den Seitenaltar zu. Dort prügelte sie mit ihren weißen Callas – fünf Euro das Stück – wie wild auf die mit Blattgold überzogene Figur von Johannes dem Täufer ein.

206

„Es tut mir leid, Fi", sagte Milan noch einmal ins Mikrofon und eilte dann zurück in die Sakristei, bevor er weiteren Schaden anrichten konnte.

Seine Mutter lief ihm hinterher. „Milan!", rief sie. Im gleichen Tonfall wie damals, als er „FC Bayern München forever" mit Kuli auf die Couch geschrieben hatte.

„Ich muss ein paar Sachen regeln, Mama", entgegnete er und wich ihrem Blick aus.

„Milan, ich weiß nicht …!"

„Ich auch nicht, Mama", sagte er und sah sie an. Er wusste, dass sie enttäuscht von ihm war, und es tat ihm leid, auch wenn er nichts mehr daran ändern konnte. Dann aber wich der Vorwurf in ihren Augen einem weicheren, sanften Ausdruck. Sie trat auf ihn zu und umarmte ihn.

Von draußen konnte Milan hören, wie der Tumult erst richtig seinen Anfang nahm.

„Du bleibst jetzt erst einmal hier, ich beruhige Fiona."

„Bist du mir sehr böse?", fragte er.

Sie sah ihn ernst an und strich ihm dann langsam mit der linken Hand über die Wange, als wäre er wirklich noch ein kleiner, dummer Junge. „Wenn du nicht willst, dann willst du eben nicht."

Die nächste halbe Stunde verbrachte Milan mit Schadensbegrenzung. Er sagte der Band ab, die mit Vertragsstrafe drohte, rief im Restaurant an und buchte im Steigenberger Hotel – was für eine Albernheit, im Hotel zu übernachten, wenn man in der gleichen Stadt wohnte! – das Doppelzimmer in ein Einzelzimmer um. „Ohne Blumenschmuck, ja … nein, Sie haben richtig gehört, die Honeymoonsuite hat sich erledigt." Und er dachte an Mona. Die ganze Zeit an Mona.

Er ärgerte sich mehr denn je über sich selbst. Warum hatte er sich überhaupt auf diesen ganzen Zirkus eingelassen?

Irgendwann wurde es jenseits des Vorhangs der Sakristei ruhig und dann kam der Pfarrer und bat ihn zu gehen. Milan versuchte noch ein paarmal, Fiona anzurufen. Nicht weil er das wirklich wollte, sondern einfach nur wegen des schlechten Gewissens. Ihr Handy war ausgeschaltet. Und Mona? Die ging nicht ran.

Kapitel 17 – Back to Black

NACH DER HOCHZEIT WAR MONA WORTLOS AN ANETA VORBEIGEGANGEN, MIT HINTER SICH HERSCHLEIFENDER HOSE INS TREPPENHAUS MARSCHIERT UND HATTE DIE FERNBEDIENUNG IN DER MÜLLTONNE ENTSORGT. Als Nächstes hatte sie die Radioapp auf ihrem Handy deinstalliert und dann ihren Vater angerufen, um mit ihm angeln zu gehen.

Einen fetten Karpfen und vier kleine Stinte später fühlte sie sich ein wenig besser. Sie lachte über Heiners neueste Idee, eine seiner Romanprotagonistinnen einen vergifteten Angelköder verschlucken zu lassen, und gab sich verwundert über die Tatsache, dass sein Fahrrad verschwunden war. Ab und an klangen Milans Worte in ihren Ohren – „Na, dass du ein komisches Verhältnis zum Eigentum anderer hast, habe ich schon gemerkt" und vor allem immer wieder „Eigentlich will ich nur dich" – und den ganzen Tag über stellte sie sich vor, was er jetzt wohl tat. Ob er irgendetwas bereute? Den Kuss in der Kirche oder gar die ganze Hochzeit? Sie blätterte in den Zeitungen, die ihr Vater abonniert und zum Angeln mitgeschleppt hatte – es waren nicht gerade wenig –, und erwischte sich dabei, wie sie ein Auge auf die Hochzeitsanzeigen warf. Sie fand keine mit den Namen Fiona und Milan. Als ob das ein Beweis dafür gewesen wäre, dass diese ganze verdammte Hochzeit nicht stattgefunden hatte. Sie hatte stattgefunden. Sie war schließlich mehr oder weniger live dabei gewesen. Und jetzt saßen Milan und Fiona bei einer riesigen dreistöckigen Torte in irgendeinem noblen Restaurant und ließen sich als glückliches Paar beglückwünschen.

„Da stecke ich meine Füße doch lieber in den Dreck!", sagte sie laut.

„Als?"

„Hä?", erwiderte sie verwirrt.

Ihr Vater lachte. „Lieber als … Dein Satz ist nicht vollständig."

Mona griff in die Box mit den Ködern und hielt ihrem Vater drohend eine Handvoll Würmer unter die Nase. „Giftköder gefällig?", brummte sie.

Heiner lehnte dankend ab. „Was macht dieser Milan eigentlich?", wollte er plötzlich wissen.

„Der heiratet heute", knatterte sie zurück.

„Aha. Wenn du noch ein paar Köder brauchst? Für die Braut? Ich wäre daran interessiert, meine Theorie auszuprobieren!"

„Du mordest nur auf dem Papier, Papa. Belass es dabei!"

Schließlich konnte sie seinen sorgenvollen Blick nicht mehr ertragen, stand auf und sagte: „Ich muss telefonieren."

Sie entfernte sich ein Stück von ihrem Vater und holte ihr Handy aus der Jackentasche.

„Ole?", fragte sie, als nach zweimal Klingeln abgenommen wurde.

„Hallo, Mona! Schön, dass du dich meldest … Ehrlich gesagt, habe ich nicht mehr dran geglaubt!"

„Heute ist Samstag und Pauli hat ein Heimspiel. Ich hab eine Dauerkarte und könnte eine zweite besorgen. Bist du dabei?"

Es war purer Wahnsinn, ausgerechnet heute, in ihrer aktuellen Gemütsverfassung, das erste Mal wieder ein Stadion zu betreten. Aber es musste sein. Es war eine Art Selbstgeißelung für ihre Taten, für ihre Dummheit. Und wenn ihrem Herzen schon keine Sicherheitsnadel half, dann vielleicht die Keule.

Ihr Vater hatte sich bei ihren Worten erhoben und sah Mona zweifelnd an. „Stadion?"

„Es ist nicht im Stadion passiert!", entgegnete sie an ihren Vater gewandt, während sie die rechte Hand auf das Handy presste.

„Aber du verbindest das damit … Und Mona, die vielen Menschen … Geht Alexander mit?"

„Nein. Ole geht mit", erklärte sie störrisch, nahm die Hand vom Telefon und vereinbarte mit Ole eine Uhrzeit. Dann verabschiedete sie sich kurz angebunden von ihrem Vater, der sie vergeblich zweimal fragte, wer denn nun wieder Ole war, und stapfte davon. Sie würde es sich selbst schon beweisen, dass sie noch die Alte war. Es wäre doch gelacht, wenn sie nicht mit Ole etwas anfangen könnte! Es wäre gelacht, wenn sie nicht ohne Milan in ein Stadion gehen könnte, und es wäre ja wohl auch gelacht, wenn sie auf seine Stimme angewiesen wäre!

Als sie sich ins Auto setzte und sich die kalten Hände rieb, fiel ihr Blick auf das Autoradio. Sie zögerte nicht lang, sondern griff mit zwei Fingern ihrer rechten Hand in das Kassettenfach und zog an dem Gerät. Mit grenzenloser Wut riss sie das Radio aus der Verankerung und warf es aus dem Fenster. Der einzige Effekt jedoch war, dass sie an einen Blitzer denken musste und an braune Augen und Füße in Lackschuhen.

Sie fuhr viel zu schnell in die Stadt, rief unterwegs Alexander an und bequatschte ihn, ihr den QR-Code seiner Dauerkarte zu schicken, und als sie das Stadion erreichte, hatte ihre Wut den Siedepunkt überschritten, sie begann sich langsam abzukühlen und fragte sich, was eigentlich in sie gefahren war. Sie hatte die Flashbacks recht gut im Griff mittlerweile, die schlimmste Folge ihres Traumas waren nach wie vor ihre Stimmungsschwankungen, aber in einem kurzen Moment klaren Verstandes wurde ihr sehr wohl bewusst, dass das, was sie hier tat, nicht besonders gut durchdacht war. Doch nun war es zu spät. Sie sah Ole bereits in Daunenjacke, Schal und schwarzen Handschuhen am vereinbarten Treffpunkt stehen.

Er küsste sie zur Begrüßung auf die rechte Wange. Mona fragte sich, ob es Absicht war, dass er die linke aussparte, aber sie versuchte, dem keine Bedeutung zuzumessen. Er freute sich ganz offensichtlich, sie zu sehen, entschuldigte sich für die Katastrophe ihres ersten Dates und gelobte, diesmal alles besser zu machen.

Er fragte sie nach ihren Zeichnungen, sie zeigte ihm ein paar Entwürfe, die sie mit dem Handy abfotografiert hatte, und er war ehrlich interessiert.

Noch war nicht viel los, sie waren früh gekommen und bei dem zwar sonnigen, aber doch kalten Wetter kamen viele Fans erst kurz vor dem Spiel, wärmten sich vorher noch in Pubs und Kneipen auf oder reisten später an.

„Können wir gleich zu unserem Platz?", erkundigte sich Mona bei Ole, nachdem er für sie beide Getränke geholt hatte. „Ich habe ein Problem mit Gedränge." Das war mehr als untertrieben ausgedrückt, aber Ole fragte nicht weiter nach.

Mona versuchte sich daran zu erinnern, was sie in der Therapie gelernt hatte, und als sich das Stadion mehr und mehr füllte, bereute sie es zutiefst, die Fernbedienung weggeworfen zu haben. Ole war witzig, er war charmant, sein Lächeln hatte etwas Spitzbübisches, Jungenhaftes und es erreichte seine Augen. Aber Mona hatte dennoch nichts, woran sie sich klammern und so ihre langsam aufsteigende Panik in Schach halten konnte. Oles Stimme legte sich nicht wie die Milans honiggleich um ihre Seele und beschützte sie.

Je lauter das Stadion wurde, desto mehr verstummte Ole neben ihr. Mona klammerte sich mit den Fingern an den Sitz. Sie musste verhindern, dass ihre Angst sie in den U-Bahnhof zurückkatapultierte. Und dann half ihr erstaunlicherweise die Musik. Die Klänge von „Hells Bells" waren vertraut, Ole an ihrer Seite war es nicht, aber er sprang mit ihr auf und er riss sie mit und so konnte sie gerade noch rechtzeitig von der letzten Stufe abspringen und eben nicht hinuntergestoßen werden.

Mona war dennoch froh, als das Spiel begann und sie sich darauf konzentrieren konnte, den Blick auf etwas richten, das sie nicht bedrohte, weil sie es aus der Ferne betrachtete.

Vielleicht war es auch gut, dass das Spiel grauenhaft war. Beide Vereine wirkten, als hätten sie nicht richtig ausgeschlafen. Zäh spielten sie sich die Bälle zu, Zweikämpfe fanden wenn, dann nur auf der Tribüne statt, und zehn Minuten der zweiten Halbzeit waren bereits gespielt, da stand es immer noch 0:0 ohne eine einzige, ernsthafte Torchance.

„Soso, das tust du dir also jedes zweite Wochenende an." Ole grinste.

„Nein, ehrlich gesagt war ich schon sehr lange nicht mehr hier."

„Du hast eine Dauerkarte!", stellte er fest.

„Ja, und einen Dauerschaden."

„Wie meinst du das?"

Mona sah sich um. Der Schiedsrichter gab Pauli einen Elfmeter und die Menge röhrte. Mona spürte, wie der Tumult um sie herum schon wieder kurz davor war, sie zu ersticken. Alles war ihr zu eng. Zu viel. Zu laut. Zu bedrohlich. Es war eine verdammt schlechte Idee gewesen, ohne Milan hierherzukommen. Überhaupt hierherzukommen.

„Ich zeige es dir", sagte sie, einer spontanen Idee folgend, griff nach Oles Hand und zwängte sich an Brüllfritz vorbei aus der Reihe. Oles Finger hatten sich fest um ihre gekrallt, es war ein überraschend angenehmes Gefühl. Je höher sie zum Ausgang stieg, desto ruhiger wurde Mona. Kurz bevor sie das Stadion verließen, drehte sie sich zu Ole um und fragte: „Oder willst du das Spiel zu Ende sehen?"

„Ich glaube, da verpasse ich nichts", gab er zurück.

„Du stehst nicht so auf Fußball?", fragte sie.

„Ich bin HSV-Fan", sagte er grinsend.

„Autsch", gab Mona grinsend zurück.

Er machte keine Anstalten, ihre Hand loszulassen, und so führte sie ihn vom Millerntorgelände herunter, die Straße entlang, weiter, immer weiter bis zum Geburtsort ihres Traumas. Wenn sie schon auf gewaltigem Selbstzerstörungstrip war, dann konnte sie es auch richtig machen. In ihrem Kopf stach und pochte es, doch sie zwang sich, bis zum Treppenabsatz zu gehen. Stellte sich dann mit dem Rücken zum Eingang und sah Ole an.

„Hier ist es passiert! Hier unten hat dieses Arschloch mir meine linke Körperhälfte mit seinem Pyroscheiß verbrannt …"

„Du musst mir das nicht erzählen, es spielt keine Rolle", erwiderte Ole, fuhr sich durch die Haare und wirkte ein wenig ratlos.

„Es spielt eine riesige Rolle. Ich war seitdem nicht mehr hier."

„Warum dann jetzt?"

Ja, warum eigentlich? Vielleicht, weil sie einen anderen Schmerz brauchte, um ihre Verzweiflung Milans wegen zu verdrängen. Ein Schmerz für einen Schmerz.

„Weil ich das jetzt brauche", gab sie zurück und stieg die erste Stufe hinunter. Die zweite, die dritte. Alles war ruhig. Draußen in der kalten Luft und drinnen in ihrem Herzen. Es war, als wäre sie eingefroren. Die Angst hatte keinen Raum mehr, als sie nach unten ging, sich zwischen die Plastiktafeln stellte und lauschte, ob jemand „Feuer!" schrie.

Es war immer noch alles ruhig. Und kalt. Mona begriff, dass der Schmerz, Milan endgültig verloren zu haben, groß und stark genug war, um alles andere in ihr zu töten. Selbst die Angst war ihr egal geworden. Das hier bedeutete ihr nichts mehr, sie konnte ihr Trauma hier beerdigen, wo es geboren worden war. Doch sie spürte keine Erleichterung, kein Aufatmen. Nur tiefe innere Leere.

„Mona?", Ole stand auf Hälfte der Treppe und sah zu ihr hinunter. Er hatte die Hände in die Hosentaschen gesteckt und wartete geduldig darauf, dass sie wieder auf ihn zuging.

Auf einmal war es Mona, als müsse sie flüchten, so schnell wie möglich. Sie rannte beinahe, stürmte die Treppe hinauf und stürzte sich auf den etwas überrumpelten Ole. Um ihm die gleichen Worte zu sagen, die ihr Milan am Morgen gesagt hatte. Heute Morgen, obwohl es ihr so vorkam, als läge es Lichtjahre zurück.

„Küss mich!"

Ole sah ihr nur kurz in die Augen, hob sie dann hoch und setzte sie eine Stufe weiter nach unten, sodass sie auf einer Höhe standen. Dann küsste er sie mit sanftem Druck, legte seine rechte Hand in ihren Nacken und zog sie näher. Mona schloss die Augen. Sie legte all ihre Wut, all ihre Verzweiflung in diesen Kuss. Sie brauchte dringend etwas, um die Leere zu füllen. Und Ole war da. Er heiratete nicht. Und er wurde auch nicht Vater – zumindest wusste sie nichts davon. Das war Grund genug.

Vorsichtig drückte Ole sie ein wenig von sich. „Was hältst du davon, wenn wir etwas essen gehen? Mein Magen würde wieder feste Nahrung vertragen. Und dann können wir gerne so weitermachen wie gerade."

„Essen ist überbewertet", erklärte Mona. Sie durfte nicht zulassen, dass die Leere sie wieder verschluckte. „Wir könnten auch gleich zu dir gehen."

„Wenn du das möchtest …", antwortete Ole lächelnd. „Und da sagen alle, wir Fotografen wären so schnell bei der Sache."

„Zeichnende Kellnerinnen sind nicht besser", sagte Mona. „Wo wohnst du?"

„Praktisch um die Ecke", erwiderte Ole, griff wieder um ihren Hals und zog sie erneut an sich. Dann nahm er ihre Hand und diesmal ließ sie sich von ihm mitziehen. Sie verdrängte, dass er die falsche Haarfarbe hatte, dass er gute zehn Zentimeter kleiner war als Milan.

Dass er schlicht nicht das in ihr wachrief, was Milan in ihr weckte. Es reichte für den Moment, dass jemand sie berührte.

Wenig später standen sie vor einem Altbau in einem Hinterhof. Ole strich sich die blonden Haare aus der Stirn, sah sie fragend an und klopfte mit seinen Handschuhen auf die Oberschenkel. Sie nickte nur und folgte ihm dann das Treppenhaus hinauf in den ersten Stock. Er öffnete seine Wohnungstür, ging ihr voraus, streifte seine Schuhe ab und warf seine Jacke über eine Edelstahlstange, die sich über einem Sammelsurium von Schuhpaaren spannte. Mona tat es ihm nach. In dem weiten, weißen Flur, der direkt in ein helles, großes Wohnzimmer überging, hingen vereinzelt Schwarz-Weiß-Fotos in schwarzen Rahmen. Doch Mona machte sich gar nicht die Mühe, genauer hinzusehen, zu sehr war sie bemüht, nicht zuzulassen, was sie eigentlich fühlte.

„Willst du was trinken?", fragte Ole.

„Gern", antwortete sie und sah sich um. Es war furchtbar unordentlich. Überall lagen Klamotten herum, standen leere Wasserflaschen und benutztes Geschirr. Die Krönung waren ein paar löchrige Socken auf dem Heizkörper neben der Couch. Monas Handy in ihrer Tasche klingelte, sie zog es heraus und sah aufs Display. Milan rief an.

„Etwas Wichtiges?", rief Ole aus der Küche zu ihr herüber.

„Nein, überhaupt nicht", Mona drückte den Anruf weg, schaltete das Handy aus und ging langsam auf Ole zu. Noch im Gehen zog sie sich den dicken Pullover über den Kopf und ließ ihn achtlos auf den Boden fallen. Ole stellte ein Glas Wasser klirrend auf die steinerne Arbeitsplatte seiner Kücheninsel, schlüpfte dann ebenfalls aus seinem schwarzen Kapuzenpullover und näherte sich Mona bis auf wenige Zentimeter. Er fasste sie um die Hüfte, hob sie hoch und setzte sie direkt neben das Wasserglas. Dann strich er ihr über die Haare, küsste ihren Hals, streifte die Träger ihres Spaghettiträgertops herunter und fuhr mit den Fingern ihr Brustbein entlang. Ohne sie aus den Augen zu lassen, zog er sich das T-Shirt, das er noch trug, über den Kopf. Er war muskulöser, als Mona gedacht hatte. Deutlich zeichneten sich die Sehnen an seinem Oberarm ab, seine Brust war unbehaart und ein definierter Muskelstrang zog sich über seiner Jeans zu einem Dreieck zusammen. Mit der linken Hand öffnete er geschickt ihren BH, mit der rechten strich er ihr unter dem Top über ihren festen Bauch hinauf. Mona versuchte, sich darin zu verlieren, und es gelang ihr, nicht an ihre Narben zu denken, sich nicht zu schämen. Vielleicht, weil es ihr im Grunde egal war, was Ole von ihr dachte. Denn er bedeutete ihr nicht annähernd so viel wie Milan. Sie hatte gar nicht das Bedürfnis, sich selbst zu bewerten.

Ein wenig war es aber doch, als sähe sie sich von außen zu. Denn was man auch tat, um Leere zu füllen, man machte aus Luft keine Liebe.

Mit ihren kleinen Händen fasste sie Ole um seinen festen Hintern, zog ihn an sich, öffnete mit eiligen Fingern – eilig, damit sie es sich nicht noch anders überlegen konnte – seine Hose und ließ sich dann von ihm auf die Couch tragen. Er war zärtlich, drängte nicht, ihre Narben schienen ihn nicht zu stören, aber er schenkte ihnen auch keine wirkliche Beachtung. Er küsste gut, er wusste, was er mit seinen Händen zu tun hatte, und in einer Zeit vor Milan hätte sie sehr genossen, wie sich ihre beiden Körper miteinander verbanden. Nun gab es Milan aber. Und darum war sie mehr damit beschäftigt, sich einzureden, dass es ihr gefiel, mit Ole zu schlafen, als dass es wirklich der Fall war. Ole schien es nicht zu merken, oder aber er schob es vielleicht darauf, dass sie sich nicht gut kannten und es immer ein wenig seltsam und linkisch war, das erste Mal mit einem neuen Partner zu verbringen. Sie glaubte nicht, dass es mangelndes Interesse an ihr als Person war, denn er war auch nicht der Typ Mann, der sich schnarchend auf die Seite drehte, nachdem es vorbei war. Er strich ihr übers Haar und sagte: „Es wäre schön, wenn du bleiben würdest. Heute Nacht. Und: Wenn es nach mir gegangen wäre, hätten wir uns auch etwas Zeit lassen können."

Mona sah ihn stirnrunzelnd an. Er sah so fremd aus neben ihr. Und eigentlich war er das auch. Das Fluchttier in ihr drängte schon wieder.

„Wobei das auf St. Pauli mit Sicherheit die beste Halbzeit meines Lebens war", fügte er hinzu.

„Und das aus dem Munde eines HSV-Fans", sagte Mona lächelnd.

Sie bestellten sich Pizza und aßen sie in seinem Bett, in einem erstaunlich gut aufgeräumten Schlafzimmer. Er erzählte ihr, wie er zum Fotografieren gekommen war, und dass er im ersten Moment ihres Zusammentreffens gedacht hatte, er müsse sie kennenlernen. Er wollte sie überreden, sich von ihm fotografieren zu lassen, sie lehnte ab und bot ihm auch nicht an, ihn zu zeichnen. Wäre da nicht die Tatsache gewesen, dass sie miteinander geschlafen hatten, so hätte es ein schöner Abend unter Freunden werden können. Er war nett. Sehr nett. Er war derjenige, mit dem sie gerne befreundet gewesen wäre. Er brachte sie zum Lachen und sie mochte es, ihm zuzuhören. Nun hatte sie aber dafür gesorgt, dass sie mehr waren als Freunde. Milan dagegen … Wie komisch, dass sie genau das Gegenteil von dem wollte, was sie heute bekommen hatte.

Irgendwann schlief er neben ihr ein, den Arm auf ihre Brust gelegt. Er schlief so tief, dass es einfach gewesen wäre, seine Hand von ihrem Oberkörper zu nehmen und sich davonzuschleichen. Aber Mona zwang sich zu bleiben. Sie musste sich selbst beweisen, dass sie das konnte. Außerdem war es besser, neben jemandem zu liegen, der mit ihr zusammen sein wollte, als zu Hause einsam darüber nachzudenken, wie Milan wohl seine Hochzeitsnacht verbrachte.

Sie lag fast die ganze Nacht wach und wenn sie dann doch einmal wegschlummerte, träumte sie wirre Dinge. Ihre Mutter spielte darin eine Rolle. Und Milan. Als sie aufwachte, fühlte sie sich von beiden verlassen.

**

Milan saß da und starrte vor sich hin. Ihm fiel auf, dass an den weißen Bänken der Putz bröckelte. Langsam fuhr er mit den Fingern über die Farbe, kratzte daran, so lange, bis ein großes Stück sich löste und lautlos auf den Dielenboden fiel. Das rote Polster unter seinem Hintern war schon lange kalt, der Kronleuchter an der Decke erloschen und die goldenen Sterne an der hohen Barockdecke sahen ihn seit geraumer Zeit vorwurfsvoll an. Er wartete nur darauf, dass ihm endlich einer auf den Kopf fiel. Die Scheinwerfer auf der Balustrade schienen ihn ohnehin schon zu verhöhnen.

Hinter ihm klackten Absätze über den Boden. Dann schob sich jemand neben ihm auf die Kirchenbank.

„Hier bist du also", stellte Isabella fest.

„Hier bin ich", seufzte er. „Immer noch."

„Wie geht es jetzt weiter?", fragte sie sanft.

„Keine Ahnung", antwortete er und seufzte laut. „Was macht die bucklige Verwandtschaft?"

„Interessiert dich das wirklich?" Isabella legte völlig ungeniert ihre Beine auf die Bank vor sich und schob mit den Füßen eines der Kirchenblätter mit dem Programm, das nicht stattgefunden hatte, auf den Boden. Es flatterte herunter und blieb mit der Seite mit dem groß gedruckten Trauspruch nach oben liegen. Milan sah schnell weg.

„Nein, ja. Irgendwie schon. Wie ging die geplatzte Feier denn weiter?", fragte er Isabella.

„Ein paar haben sich über das Büfett hergemacht, die meisten sind nach Hause gegangen."

„Und Fiona?", fragte er mit vorsichtigem Seitenblick auf seine Schwester. Anders als in dem kurzen Moment dort auf dem Altar fand er auf einmal nichts mehr lustig. Er hatte seine schwangere Freundin stehen lassen und auch wenn es sich richtig angefühlt hatte, war es falsch gewesen, es überhaupt so weit kommen zu lassen. Hatte er nicht an einem seiner besten Freunde erst kürzlich gesehen, wie sehr es schiefgehen konnte, wenn man meinte, heiraten zu müssen?

„Ich wollte Fiona nicht wehtun, aber es ging nicht anders." Milan hob die Beine, die ihm auf einmal bleischwer erschienen, mithilfe seiner Hände auf die Vorderbank, neben die seiner Schwester.

Isabella nickte. „Ich glaube, du solltest dir mal klarmachen, was du wirklich willst. Oder sollte ich sagen: Wen?"

Kapitel 18 – Mr. Brightside

„WAS MEINST DU? Hättest du Lust, mich zu begleiten? Es ist ein Bergdorf, weißt du. Keine Autos, nur Fußgänger und Radfahrer …" Ole streckte seine Hand nach Mona aus und ließ sie unter ihren Pullover gleiten.

„Und eine Menge Fotografen", lächelte Mona. Sie hielt seine Hand fest. „Was soll ich da? Ich glaube nicht, dass ich mich da wohlfühlen könnte."

„Wir haben eine Suite in einem Viersternehotel mit Blick auf die Eiger-Nordwand. Im Erdgeschoss ist eine Sauna und ein Schwimmbad."

Mona zeigte ihm den Vogel.

Er hob die Hände und sagte: „Nicht überzeugend? Okay. Aber denk dran, du hättest mehr Motive zum Zeichnen, als du dir vorstellen kannst."

„Ich zeichne keine Landschaften", Mona verzog ein wenig den Mund.

Ole ließ seine Finger weiter nach oben wandern.

„Ich meinte ja auch die ganze lächerliche Fotografenschar. Du könntest deine Charakterstudien um ein paar besonders bescheuerte Exemplare ergänzen. Dann die Wanderer, Sennerinnen auf urigen Berghütten, knackige Jungbauern bei der Heuwende."

„Heuwende? Im März?"

„Ich gebe es auf", seufzte Ole.

„Ich weiß nicht, du bist da dann doch die ganze Zeit auf diesem Kongress, du hättest ja gar keine Zeit für mich!", wandte Mona ein.

„Nachts schon", grinste Ole frech, griff nach ihrer nackten Brust unter dem Oberteil und streichelte sie.

Mona legte die Beine auf die Balkonbrüstung und rückte gleichzeitig mit dem Stuhl ein wenig näher zu Ole. Genüsslich biss sie in einen kleinen roten Apfel. Es war ungewöhnlich warm für Ende Februar. Mit einer Decke um die Füße ließ es sich ganz gut draußen aushalten.

„Oder hast du Angst, es könnte etwas bedeuten, wenn du mit mir wegfährst? Du müsstest nachts im Zimmer bleiben, weißt du!" Ole nahm die Hand jetzt weg und sah sie aufmerksam an.

Mona zuckte mit den Achseln und schaukelte mit dem Stuhl vor und zurück. Auf dem Balkon gegenüber stand noch immer ein Weihnachtsbaum. Statt mit gläsernen Kugeln war er mit angepickten Meisenknödeln geschmückt. Mona musste lächeln. Sie ließ den Stuhl geräuschvoll wieder auf die Hinterbeine fallen und sah Ole mit gerunzelter Stirn an. „Bedeutet es denn etwas?"

„Selbstverständlich nicht", erklärte Ole und lachte laut. „Ich habe nur keine Lust, allein zu fahren. Aber wenn du nicht willst, frage ich jemand anderen."

„Wen denn?", Mona knabberte weiter an ihrem Apfel und grinste Ole mit vollen Backen an.

Ole zuckte mit den Achseln. „Es wird sich schon irgendein Model finden. Aber ehrlich gesagt, so rein vom Intellekt her wärst du mir lieber! Intelligenz ist sexy, weißt du."

„Aha. Du gehst also gerne mit meinem Intellekt ins Bett!", sie zuckte mit den Augenbrauen, zweimal.

„Könnte man so sagen", stimmte er zu.

„Wenn du mir versprichst, mich nicht als deine Freundin vorzustellen, bin ich dabei."

„Ich bin doch nicht verrückt. Du bist *eine* Freundin, liebste Monika, aber sicher nicht meine. Da sind wir uns beide doch zum Glück sehr einig."

„Nenn mich nicht Monika, Mr Knipslinse!"

„Vielleicht kann ich mir deinen Namen einfach nicht merken. All die anderen Frauen ..."

Bevor er weitersprechen konnte, warf Mona den Rest ihres Apfels nach ihm.

Ole beugte sich nach vorn, sodass ihm seine blonden Locken beinahe über die Augen fielen. Seine stahlblauen Augen hatten einfach die falsche Farbe, manchmal erschrak Mona, weil sie ein paar braune mit gelben Sprenkeln erwartete, wenn sie morgens aufwachte und Oles stets ein wenig verschmitzter Blick auf ihr ruhte. „Kommst du mit rein? Ich finde, du solltest diesen Pullover ausziehen.

Mona richtete sich ein wenig auf, zog den Pullover über ihren Kopf und verzog die Lippen zu einem Lächeln.

So war es zwischen ihnen beiden. Seit sie das erste Mal mit ihm geschlafen hatte und er ihr am Morgen danach klargemacht hatte, dass er keinen Wert darauf legte, dass sie blieb, wenn es nicht wollte. Es war eigentlich perfekt. Mona wollte flüchten und jetzt hatte sie die offizielle Erlaubnis. Was dazu führte, dass sie es gar nicht mehr so häufig tat. Wahrscheinlich war der ausschlaggebende Punkt allerdings, dass sie Ole nicht liebte. Nicht so wie eine Frau einen Mann liebt. Sie mochte ihn auf die gleiche Art wie Alexander. Mit dem Unterschied, dass sie mit ihm schlief. Manchmal sahen sie sich ganze Wochen nicht, manchmal ein paar Tage hintereinander. Manchmal hatten sie einfach nur Sex, manchmal nahm er sie mit zu einer Veranstaltung, stellte sie Leuten aus der Branche vor und erklärte immer, dass sie eine begnadete Künstlerin sei. So war Mona schließlich auch an einen Kontakt zu einem renommierten Kinderbuchverlag gekommen, wo ihr Krokodilbuch nun darauf wartete, gedruckt zu werden.

Ole verlangte nichts als Gegenleistung dafür, dass er Monas Karriere ankurbelte. Es war ihm ganz recht, dass Mona keinerlei Besitzansprüche an ihn stellte. Wenn das Wörtchen „eigentlich" nicht gewesen wäre, ja dann wäre alles in Ordnung gewesen. Aber das Wort wies Mona immer wieder in ihre Schranken, es schränkte sie ein und egal wie sehr sie sich dagegen wehrte, wie eisern sie es sich verkniff, Radio zu hören, um nicht unverhofft über seine Stimme zu stolpern, so sehr hämmerte jedes noch so harmlos gesprochene „eigentlich" ihr überdeutlich ins Bewusstsein, dass es eben eigentlich auch anders sein konnte.

***

Milan hätte Mona auch im März noch gerne angerufen und ihr gesagt, dass er Fiona nicht geheiratet hatte. Dass er in die Kirche marschiert war und alles abgeblasen hatte. Der ganze Tag kam ihm selbst mit wochenlangem Abstand immer noch wie ein schlechter Film vor und es war bezeichnend, dass das einzig Positive, das er als Erinnerung aus seinem geplatzten Hochzeitstag mitgenommen hatte, der Kuss war. Ein Kuss, den er der Falschen gegeben hatte.

Seither befand er sich in einem furchterregenden Leerlauf. Er und Fiona hatten nicht geheiratet, aber sich auch nicht wirklich getrennt. Er hatte versucht, Fiona zu erklären, warum er sie nicht heiraten konnte. Aber sie wollte seine Erklärungen gar nicht hören. Eine Woche lang war sie zu ihren Eltern verschwunden. Dann kam sie zurück und tat so, als wäre nichts gewesen. Sie kam zurück in die Wohnung, die immer noch ihre war und in der er jetzt lebte. Wie sehr er bereute, seine Bude in Barmbek aufgegeben zu haben! Fionas Mutter hatte ihm endlose Reden gehalten, er hatte einen Shitstorm an Anrufen und wütenden Nachrichten erhalten und letztlich war es ihm egal. Alles, woran er denken konnte, war, ob Mona es wusste, und wenn ja, warum sie sich nicht meldete. Er hatte nach diesem Tag nicht mehr versucht, bei ihr anzurufen. Und das war auch besser so. Was hätte er ihr sagen sollen? Er wurde noch immer Vater eines Kindes, dessen Mutter sie nicht war. Und er lebte noch immer mit Fiona in einer Wohnung.

Sie wollte auch weiterhin nicht, dass er mit zu den Untersuchungen kam, und er hielt das für ihre Art, ihn zu strafen. Er fragte sie jeden Tag, wie es ihr ging, und er legte auch noch seine Hand hin und wieder auf ihren Bauch. Aber das war so ziemlich der einzige wirkliche Kontakt. Er konnte sehen, wie Fiona darauf wartete, dass er eine Entscheidung traf. Er war sich sicher, dass sie ihm verzeihen wollte. Aber es lag ihm selbst nichts daran. In seinem ganz eigenen Leerlauf gefangen, gelang es ihm weder, einen Schritt nach vorn zu gehen, noch, einen zurück.

So vergingen Tage und Wochen, Monate in denen Milan jede verfügbare Schicht beim Radio übernahm und nach der Arbeit ziellos durch die Gegend schlenderte. Meistens landete er dann in der Schanze und fand sich vor Giovannis Buchladen wieder. Um sich dann selbst zu fragen, wie er überhaupt hierhergekommen war. Häufig hing dort ein Schild mit der Aufschrift „Geschlossen – Closett". Weshalb er jedes Mal lächeln musste und sich fragte, ob es an Giovannis fehlenden Englischkenntnissen lag oder ob es einer von Monas Scherzen war. Manchmal sah er Giovanni, der fröhlich pfeifend vor dem Laden an seiner E-Zigarette zog. Aber nie begegnete ihm Mona.

Die Auslage hatte sich nicht geändert. Noch immer lagen die grausam unglücklichen Liebesgeschichten im Schaufenster und hatten schon ein wenig Staub angesetzt. Echten Staub, nicht nur den, der sich mit den Jahren über Geschichten legt und sie entweder altmodisch macht oder zu Klassikern.

„Deine Sendung gestern war miserabel! Bekommst du keinen Sex mehr, seit du deine Alte vor dem Traualtar hast stehen lassen, befindest du dich in einer pränatalen Depression männlicher Art oder bist du schlichtweg von gestern auf heute verblödet?"

Richard stellte sich an das Waschbecken neben ihm. Da erst bemerkte Milan, dass er seit einer gefühlten halben Stunde davorstand und sich im Spiegel anstarrte. Es war ihm egal, wie Richard seine Sendungen fand. Aber ob Mona auch merkte, dass er völlig außer Form war? Gestern hatte er in seiner Not einen Witz aus der Bildzeitung vorgelesen. *Wie nennt man einen kleinen Türsteher? Sicherheitshalber.* Wenn er Richard gewesen wäre, hätte er sich spätestens danach den Saft abgedreht. Ob Mona ihm überhaupt noch zuhörte?

„Ich rede mit dir, Milan!"

„Ich höre dich", log er.

„Sieht aber nicht so aus. Was ist los mit dir?"

Milan zuckte mit den Achseln, drehte den Wasserhahn auf und ließ das Wasser laufen, ohne dass er seine Hände darunterhielt.

„Du musst da raus! Schnellstmöglich", sagte Richard ernst und legte ihm die Hand auf die Schulter.

Milan zuckte kurz und glaubte schon, jetzt hier auf der Herrentoilette seine Kündigung zu erhalten, als Richard sagte: „Meine Einliegerwohnung ist frei. Ist 'ne helle, schöne Bude. Ich habe einen Pool im Garten, an dem sich im Sommer die Bikinimädchen rekeln, und ich glaube, das ist genau das, was du brauchst."

„Ich habe sie in der Zeitung gesehen. Mit so einem Blonden an ihrer Seite. So einem Paparazzityp", murmelte Milan.

„Wen?", fragte Richard verwirrt. „Deine Frau – pardon, die Alte, die du fast geheiratet hättest?"

„Mona."

„Ach so", Richard seufzte laut, ging einen Schritt nach vorn und stellte den Wasserhahn ab.

„Mona also." Er strich sich über seinen Bart. „Mein Angebot steht. Und Milan, kein Kind der Welt wird glücklich, wenn seine Eltern unglücklich miteinander sind. Du solltest nicht einmal darüber nachdenken, wegen des Kindes bei ihr zu bleiben. Das hast du dir ja lange genug erfolglos vorgespielt."

„Ich weiß", antwortete Milan und schüttelte sich.

„Du kannst von mir aus auch mit dem Balg bei mir einziehen. Die Bude ist groß genug für Drillinge."

„Danke! Ehrlich, danke, Richard." Dabei wusste er, dass er das mit dem Baby nicht allein konnte. „Wenn mir bis dahin Brüste wachsen, damit ich das Kind stillen kann, sag ich dir Bescheid." Er lachte bitter. Milan wusste, dass der Punkt längst gekommen war, an dem er sich nicht mehr selbst belügen konnte. Er wusste aber irgendwie auch, dass er warten wollte, bis das Kind auf der Welt war. Vielleicht, weil er das Fiona schuldig war, vielleicht auch, weil er dem Baby beweisen wollte, dass er wenigstens dazu fähig war.

„Das geht vorbei mit dem Liebeskummer", erklärte Richard. „Haben wir alle hinter uns. Wenn ich etwas für dich tun kann, sag Bescheid. Aber tu mir einen Gefallen: Nie wieder Witze aus der Bildzeitung! Solltest du je wieder in Versuchung kommen, dann zerre ich dich eigenhändig aus der Kabine und mach dich zu unserer neuen Putzfee."

Milan musste ein wenig grinsen. „Geht klar."

Liebeskummer. Genau das war es. Er hatte die ganze Zeit nach einer passenden Bezeichnung für seine Misere gesucht. Aber der Punkt war, eigentlich – da war wieder dieses verdammte eigentlich – war ihm alles ziemlich egal. Es würde sich eine Lösung ergeben mit Fiona und dem Kind. Seine Mutter würde ihm irgendwann verzeihen und wenn Fionas Eltern nie wieder mit ihm sprachen, dann erfüllte ihn das eher mit Erleichterung als mit Unbehagen. Aber Mona … Mona war ihm nicht egal. Wenn er dem blonden Paparazzo auf der Straße begegnen würde, könnte er für nichts garantieren. So viel war ihm selbst in seinem benebelten Zustand klar.

Manchmal sprach er leise mit ihr. Zwischen zwei Songs, von denen er wusste, dass sie ihr gefielen. Er spielte ohnehin nur noch Songs, von denen er glaubte, dass sie sie mochte. Es war wieder sehr Radiohead-lastig geworden beim Rockradio. Traurige Rockballaden wechselten sich mit lauten, wütenden Metallsongs ab. Milans Sendungen waren längst zum Spiegel seiner Laune geworden.

„Kleines, du fehlst mir wie ein Kissen zum Schlafen. Wie mein Müslifrühstück, wenn es nur Brot gibt. Es ist, als hätte man mir einen Arm abgehackt", murmelte er.

Gestern hatte er zwei Stunden darüber nachgedacht, auf welchen Wegen Mona vielleicht davon hätte erfahren können, dass er Fiona nicht geheiratet hatte. Dann hatte er beschlossen, dass sie es wissen musste und es ihr einfach egal war.

Als er sie in der Zeitung Arm in Arm ganz verliebt mit diesem Möchtegernstarfotografen gesehen hatte, war er so wütend geworden, dass er ein Loch in Fionas Küchenwand geschlagen hatte. Nun wusste er endgültig, dass es keine Betonwand war, sondern Schrott. So wie ihre Beziehung. Überhaupt fand seine Frustration hauptsächlich körperlichen Ausdruck. Er ging so oft wie nie zuvor zum Training, legte Sondereinheiten ein und hoffte jedes Mal, sich nach totaler Verausgabung besser zu fühlen. Was nicht der Fall war.

Er hatte definitiv den schlimmsten Liebeskummer seit Romeo und Julia.

***

„Parkieren? Das heißt hier ernsthaft parkieren? Das ist ja knuffig. Ich finde das total süß", erklärte Mona begeistert und zeigte auf das Schild an der Talstation.

„Wenn du die Parkgebühren siehst, findest du es nicht mehr knuffig", sagte Ole lächelnd.

Die Sonne schien, die Luft war allerdings noch ziemlich kalt. Mona zog ihre Wollweste beim Aussteigen ein wenig enger um die Schultern und ärgerte sich insgeheim, nicht auf Ole gehört und die Winterjacke eingepackt zu haben. Sie waren schließlich am Berg und das merkte man nun auch allzu deutlich. Auch wenn sie ihre eigentliche Reisehöhe noch nicht erreicht hatten. Ole nahm ihren Rucksack vom Rücksitz seines BMW und ging voraus, um die Tickets für die Seilbahn zu kaufen. Mona kramte gedankenverloren ihren Geldbeutel heraus und zog einen Zehn-Euro-Schein aus der Tasche.

„Äh, sag mal, Ole, wie ist denn der Umrechnungskurs von Schweizer Franken in Euro?"

„Ein Franken entspricht so circa 85 Cent", antwortete Ole und grüßte den Kassierer am Schalter freundlich.

„Das kann nicht sein … das würde ja bedeuten, dass eine einzige Fahrt fast dreißig Euro kostet!"

„Willkommen in der Schweiz", Ole zuckte mit den Achseln. „Aber der Berg ist es wert."

„Ich wollte den Berg nicht kaufen, ich wollte nur nach oben fahren", knurrte Mona. „Und das Parkieren ist sicher auch nicht im Preis inbegriffen. Ich finde es übrigens jetzt schon nicht mehr süß."

Ole lachte. „Andere Länder, andere Preise. Komm schon!"

Mona schüttelte ungläubig den Kopf und nahm dann das Ticket, das er ihr reichte. Der Schalterbeamte hatte sie entweder nicht gehört oder er störte sich nicht an dem, was sie eben gesagt hatte.

Mona beschloss, die Fahrt dann eben besonders zu genießen, und stellte sich direkt an die Glasscheibe der Seilbahn. Es fühlte sich atemberaubend an, zwischen den Bergen hinauf in das Dorf gezogen zu werden. Je höher sie kamen, desto besser konnte sie die unglaubliche Schönheit der Landschaft bewundern. In einigen Metern Entfernung schwebten Fallschirme leicht wie Schmetterlinge an ihnen vorbei, unter ihnen kletterten Sportler an Felswänden, gesichert mit Haken und Seilen, und wenn sie den Kopf nach links drehte, dann konnte Mona die weiß glitzernden Felswände des mächtigen Eigers bestaunen.

Sie drückte sich beinahe die Nase an der Scheibe platt, freute sich ein kleines Loch in den Bauch, all diese Schönheiten der Natur zu Fuß erkunden zu können, und deshalb erschrak sie umso mehr, als der freie Blick auf das Grün der Alpenwiesen durch einen grau-weißen Kasten gestört wurde. Sie warf einen leicht verwirrten Blick in das Innere der von oben herunterkommenden Bahn mit der roten Aufschrift und prallte beim instinktiven Zurückweichen gegen Oles Brust.

„Hopsa, hast du jetzt schon die Höhenkrankheit?"

„Nein … ich … Ich muss wieder runter … jetzt … ich hab was vergessen."

„Hä?", machte Ole. „Ich habe doch deine Tasche."

„Ich hab was vergessen", erklärte sie und drückte sich an einem knutschenden Teenagerpärchen und einer älteren Dame vorbei in Richtung Tür. Als ob die Bahn dadurch früher zum Stillstand käme.

„Vielleicht solltest du warten, bis die Bahn steht!", neckte Ole sie. „Was hast du denn Wichtiges vergessen?"

„Frauenkram", erklärte Mona schnell. Kein Mann fragte bei dieser Antwort genauer nach. Sobald die Bahn an der Station zum Stehen kam, drückte sie sich nach draußen und sah sich um, wann die nächste von oben kam, um sie wieder mit hinunterzunehmen.

„Warte, Mona! Der Autoschlüssel!"

Sie drehte sich um, doch da klatschten die Schlüssel schon vor ihr auf dem weichen Rasen auf. Die Autoschlüssel halfen ihr kein bisschen weiter, aber das konnte sie Ole jetzt nicht erklären.

„Danke", stammelte sie. „Wir sehen uns gleich, beim Hotel."

„Ja, gut …" Ole schüttelte den Kopf, runzelte die Stirn und zuckte dann mit den Schultern.

Mona löste ein Ticket für die Fahrt nach unten, was sie wieder umgerechnet dreißig Euro kostete. Das Geld war ihr auf einmal völlig egal. Sie musste nur ganz schnell nach unten.

Wenige Minuten später, die quälend langsam vergingen – schließlich schwanden ihre Chancen mit jeder Minute –, kam die Bahn und sie sprang hinein, als ginge es ums blanke Überleben. Sie konnte die Aussicht nicht mehr genießen, es ging ihr alles zu langsam. Am liebsten hätte sie vor Nervosität mit den Fingern an der Scheibe gekratzt.

Unten angekommen sprang sie ebenso schnell heraus, wie sie hineingehüpft war, und sah sich hektisch um. Wo war er? Sie hatte ihn doch deutlich gesehen, oder? Milan. Das war doch Milan gewesen, oder etwa nicht? Dort in der anderen Bahn. Es war so bezeichnend, dass er nach unten fuhr, wenn sie nach oben fuhr. Aber warum war er hier?

„Oh Gott, er ist wieder hoch, weil er mich gesehen hat!", stöhnte Mona halblaut vor sich hin. Der Schalterbeamte fragte in bemühtem Hochdeutsch: „Kann ich Ihnen helfen?"

„Nein, ich … ich parkiere nur hier und jetzt suchiere … jetzt suche ich jemanden …" Sie biss sich auf die Lippe und überlegte, was sie tun könnte. Zunächst drehte sie eine Runde über den Parkplatz und hielt Ausschau nach Milans kornblumenblauem Audi. Aber der war nirgends zu sehen. Die meisten Kennzeichen waren ohnehin nicht deutsch, sondern stammten aus der Schweiz oder Österreich. Also stapfte sie zurück zum Häuschen und bezahlte wieder dreißig Euro.

„Möchten Sie einen Fahrplan?", fragte der Beamte. „Oder gleich eine Jahreskarte?"

„Ich fürchte, die kann ich mir nicht leisten", brummte Mona und setzte sich auf die Wartebank.

Mit etwas weniger Elan, aber mit immer noch rasendem Herzen stieg sie wieder ein und fuhr zum zweiten Mal nach oben. Diesmal achtete sie auf jedes Detail. Stand Milan an der Zwischenstation? War er einer der Wanderer, die die letzten Meter zu Fuß nahmen? Sie fixierte die entgegenlaufenden Seile mit großen Augen, um diesmal die nach unten fahrende Bahn genauer unter die Lupe nehmen zu können. Sie beugte sich nach vorn und stand gebückt wie eine alte Frau, damit sie über das Kind mit dem Wanderstock vor sich hinwegsehen konnte. Aber es kam keine Bahn von oben. Und als sie ausstieg, stand da auch kein Milan. Was sollte sie jetzt tun? Das ganze verdammte Bergdorf absuchen? Sie konnte ihn doch auch nicht einfach anrufen?

Nervös sah sie auf die Uhr. Inzwischen waren eineinhalb Stunden vergangen. Dann – als sie den Blick bereits wieder auf die Ortsschilder richten wollte, um zu sehen, in welcher Richtung das Hotel Eiger lag – kam ihr eine Idee. Sie nahm ihr Handy aus der Tasche. Es gab einen ganz einfachen Weg, herauszufinden, ob Milan wirklich zufällig oder nicht zufällig im gleichen Schweizer Bergdorf war wie sie. Und wäre ihr das früher eingefallen, so hätte sie sich knapp sechzig Euro gespart. Sie aktivierte die mobilen Daten, loggte sich im Internet ein und sagte halblaut in die Spracherkennung: „Rockradio Hamburg – Webradio."

Zum ersten Mal war sie dankbar für die Sprachsteuerung, es wäre ihren zitternden Fingern auch in weiteren eineinhalb Stunden nicht gelungen, die Worte richtig einzugeben.

Sie schloss die Augen und lehnte sich gegen einen Holzpfeiler, der eine Weide von der Straße abtrennte. Zumindest lief sie hier keine

Gefahr, in ihrem verwirrten Zustand von einem Auto angefahren zu werden.

Es dauerte einige Sekunden, bis das Handy ihre Suche geladen hatte, und dann war sie auf einmal da. Seine Stimme. Er war nicht hier. Natürlich nicht. Warum auch? Schnell drückte sie die Seite weg und schaltete seine Stimme aus, bevor sie noch mehr Unheil anrichten konnte. Mona war so frustriert, dass sie am liebsten ohne jegliche Sicherung den steilen Abhang zu ihrer Rechten hinuntergeklettert wäre. Es reizte sie, mit voller Wucht gegen den Holzpfahl zu treten und dann irgendetwas damit zu zertrümmern.

Was hatte sie sich nur eingebildet?! Es war aus. Es war schon aus gewesen, bevor es überhaupt hatte beginnen können.

„Aaaaargh", rief sie und selbst mit großer Mühe war es ihr nicht möglich, den Schrei zu dämpfen.

„Ja, das machen die Berge mit einem, manchmal", erklärte ein vorbeilaufender älterer Herr mit spitzem grauem Schnurrbart in breitem Schweizerdeutsch.

Fast hätte Mona ihm nachgerufen: „Die Berge können mich mal", aber dann riss sie sich zusammen und beschloss, dass es reichen musste, den Kopf in den erstbesten Schneehaufen zu stecken, der ihr auf dem Weg zum Hotel begegnen würde. Vielleicht konnte man sich ja auch mit kühlem Bergwasser so sehr selbst den Kopf waschen, dass einem die dummen, überflüssigen Gedanken vergingen.

***

Da saß er nun und hatte ihn auf seinem Schoß. Dieses winzige Bündel Leben. Milan kam es vor, als habe ihm jemand Zahnstocher zwischen die Augen gespannt. So müde er war, Schlaf war ausgeschlossen. Es war ganz einfach unmöglich, diesen kleinen Kerl nicht anzusehen. Milan war seit über sechsunddreißig Stunden wach. Die Geburt hatte lange gedauert. Fiona hatte beim Frühstück die ersten Wehen bekommen und sie hatten gleich alles stehen und liegen lassen. So wie Eltern es beim ersten Kind eben taten. Eilig hatten sie sich auf den Weg gemacht. Doch im Krankenhaus war nichts vorangegangen. Stundenlang. Bis die Ärzte ihnen schließlich zu einem Kaiserschnitt geraten hatten.

Fiona schlief jetzt. Und Milan saß in einem kleinen Krankenhauszimmer auf einem gepolsterten Stuhl und hielt seinen Sohn im Arm. Er konnte es nicht fassen. Wie man von einer Sekunde auf die andere eine Liebe empfinden konnte, die einem Angst machte. Er hatte nicht gewusst, wie klein ein Mensch sein konnte und wie groß er geliebt werden konnte. Das Ausmaß, die schiere Unendlichkeit dieser Liebe machte ihn demütig. Was konnte es Größeres geben? Mit dem ersten Augenaufschlag seines Jungen, mit diesen dunklen, für seinen kleinen Kopf fast zu großen Knopfaugen, war Milan klar geworden, dass er niemanden auf der Welt mehr lieben konnte als seinen Sohn.

„David", sagte er leise seinen Namen. Obwohl sie sich bereits lange vor der geplatzten Hochzeit auf den Namen geeinigt hatten, war er neu. Ungewohnt. „David." Zärtlich strich er ihm über den kleinen Kopf, die feinen dunklen Härchen, die unter der weißen Babymütze hervorlugten. Er würde alles tun, um diesen kleinen Kerl glücklich zu machen. Fast alles.

Leise summte er die Melodie von Creeds „With arms wide open" und musste unwillkürlich das erste Mal an diesem so unglaublichen Tag an Mona denken. Kannte sie den Song? Hatte er ihn sogar schon einmal für sie gespielt oder hatten sie ihn zusammen gehört? Es fiel ihm mit dem fortschreitenden Abstand, mit den Wochen, den Monaten zwischen November und April, die zwischen ihnen lagen, zunehmend schwer, das zu sagen. Irgendwie hätte er sie gerne angerufen und ihr gesagt, dass sein Sohn da war. So, als müsse sie ebenso viel Enthusiasmus ob dieser Neuigkeit empfinden wie er. Doch das war Unsinn. Traurig begriff er, dass mit Davids Geburt der Graben zwischen ihnen nur weiter gewachsen war. Er war der Grund dafür, dass Mona und er kein Paar geworden waren, und so furchtbar Milan das auch immer noch fand, so fand er die Vorstellung, David einzutauschen, es rückgängig zu machen, bereits nach wenigen Stunden mit seinem Kind als völlig abwegig. Als überaus schmerzhaft sogar.

***

Mona klappte den Anglerstuhl auf und bedeutete Kiki, sich zu setzen. Die grinste breit über ihr vor Aufregung gerötetes Gesicht. „Wirklich?", fragte sie vorsichtig.

„Na klar. Das war doch dein Geburtstagswunsch. Du hast Glück, dass wir noch einmal Frost bekommen haben."

„Ist das erlaubt, Mona?"

Mona lächelte und zuckte mit den Achseln. „Mir doch egal, ob das erlaubt ist."

„Du bist aber bockig", entgegnete Kiki.

Statt einer Antwort nahm Mona die Schildkappe mit der springenden Forelle darauf von ihren Haaren und setzte sie Kiki auf den Kopf. „Das machen Eisangler so", erklärte sie. Dann stieg sie auf den Rand des Brunnens, hielt sich mit der linken Hand an der steinernen patinabedeckten Echse fest und klopfte mit dem Griff ihrer Angelrute zweimal sanft auf die dünne Eisschicht. „Tata! Da haben wir unser Angelloch", erklärte sie Kiki. „Aber ob wir wirklich etwas fangen …"

„Wenn da so ein großer Fisch aus dem Wasser kommt …", Kiki deutete auf die drei Meter große Figur, die den Mittelpunkt des Stuhlmannbrunnens darstellte, „… dann werden wir doch auch einen kleinen fangen können, oder nicht?"

Mona lächelte. „Wir versuchen es einfach." Sie drückte Kiki die Angel in die Hand, befestigte einen Kunstköder daran und warf dann mit ihr gemeinsam die Leine so lange aus, bis sie tatsächlich das Loch trafen. Der Winter war für ein paar Tage mit voller Wucht zurückgekommen und Mona hatte vergeblich versucht, Kiki von ihrem Vorhaben abzubringen, mit ihr ausgerechnet an einem der bekanntesten Brunnen Hamburgs Eisangeln zu gehen.

„Mona, kannst du machen, dass Mama und Papa sich wieder liebhaben?", wollte die Kleine plötzlich wissen.

„Nein, das kann ich nicht, Süße. Aber sie haben dich lieb. Das ist doch das Wichtigste, oder?"

„Sie streiten sich aber immer um mich!"

„Nur weil sie dich so sehr liebhaben, dass jeder gerne Zeit mit dir verbringen will."

„Ich will bei Mama wohnen und manchmal auch zu Papa, ohne dass einer von beiden anschließend so guckt." Sie verzog den Mund zu einer breiten Grimasse.

Mona beschloss, dass es Zeit war, sie aufzuheitern. „Du erschreckst ja die Fische!"

„Hier gibt es doch gar keine …" Kiki ließ die Angel auf ihre kleinen Knie sinken und starrte auf den Boden.

„Wollen wir wetten?"

„Um was?" Sie sah neugierig auf.

„Ich behaupte, hier gibt es Fische. Und wenn es keine gibt und wir nichts fangen, dann lade ich dich auf einen riesigen Eisbecher ein!"

„Im Winter? Krieg ich da nicht Bauchweh?"

„Nein, Eisangler bekommen kein Bauchweh von Eiscreme. Oh, ich glaube, da zappelt was …" Mona nahm die Angel von Kikis Knien und tat so, als hinge ein dicker Fisch an der Angel. Kiki sprang aufgeregt vom Stuhl und beugte sich über den Brunnenabsatz.

Mona beobachtete sie und kam nicht umhin, auch an Milan zu denken. Ob das Kind schon da war?

Kikis Eltern waren getrennt, ihre eigene Mutter hatte ihren Vater verlassen. Und Milan blieb für sein Kind bei einer Frau, die er nicht liebte. Was war die bessere Wahl? Bedeutete ein Kind zu haben, gleichzeitig seine eigenen Wünsche in den Hintergrund zu stellen – in jeglicher Hinsicht? Selbst in einer so entscheidenden Frage wie der, mit welchem Menschen man leben wollte?

Mona hatte keine Antwort darauf. Zweifelsohne wäre sie froh gewesen, ihre Mutter wäre geblieben. Und bestimmt hätte auch Kiki gerne beide Elternteile dauerhaft um sich. Sicher gehörte zum Elternsein immer auch dazu, es zu versuchen. Es miteinander zu versuchen. Aber was, wenn man scheiterte? War es dann nicht besser, auf sein Bauchgefühl zu hören? Seufzend ließ sich Mona auf den Stuhl zurückfallen. Ihr Bauchgefühl war schließlich nicht entscheidend. Es war Milan, der sich trotz allem entschlossen hatte, Fiona zu heiraten. Und damit musste sie nun leben. Sie starrte eine Weile auf den Brunnen, dann gab sie sich einen Ruck und versuchte, die trüben Gedanken zu vertreiben.

„Ich verrate dir ein Geheimnis, Kiki!"

Kiki strahlte. „Was für ein Geheimnis?"

„Leg mal die Angel weg und komm mit!"

Mona ging dem Mädchen voraus, ein paar Schritte vom Brunnen weg, auf die Wiese zu. Dann kniete sie sich nieder, beugte ihren Kopf in Richtung des Bodens und streckte gleichzeitig den Hintern in die Luft.

„Suchst du Angelwürmer?", fragte Kiki.

„Psst", machte Mona und warf einen kurzen Blick auf ihre Armbanduhr. „Komm, mach es mir nach!"

Kiki beugte sich ebenfalls nach unten. „Dein Ohr auf die Erde, Kiki", erklärte Mona.

Kiki tat, wie ihr geheißen, und keine zehn Sekunden später stieß sie einen spitzen Freudenschrei aus. „Der Boden wackelt ja", begeisterte sie sich.

„Das ist die S-Bahn, die fährt direkt hier unter der Erde."

„Tolles Geheimnis", freute sich Kiki.

Nicht nur unter der Erde lauern Geheimnisse, dachte Mona. *Wir tragen sie in uns. Jeden Tag. So lange, bis wir mit ihnen oder unter ihnen begraben werden.*

***

„Fiona, das ist mehr als albern!"

„Was albern ist und was nicht, entscheide immer noch ich", zischte sie.

Milan riss ihre Hände gewaltsam weg und übernahm den Griff des Kinderwagens. „Glaubst du ernsthaft, ich bin nicht in der Lage, meinen Sohn spazieren zu fahren?"

Sie blieb stumm und sah auf den Boden.

„Gewöhne dich daran! Wir werden einiges aufteilen in nächster Zeit", blaffte er und lief energisch los.

Fiona stapfte beleidigt die Treppe hinauf. Es kostete sie unendliche Mühe, ihn hier mit David stehen zu lassen. Das wusste er. Aber es ging nicht anders. Die Trennung war beschlossene Sache, es war nur noch nicht klar, wann und wie. Sie würden sich einigen müssen, wer David wann bei sich hatte, und würden aus einem Säugling bereits ein

Trennungskind machen. Milan hasste den Gedanken, nicht weil es ihm schwerfiel, sich von Fiona zu lösen, sondern weil er ein schlechtes Gewissen seinem Sohn gegenüber hatte. Sicher, David würde es nie anders kennen, und er hoffte sehr, dass sie beide mit der Zeit einen vernünftigen Umgang miteinander haben würden. Aber das änderte nichts an seiner Angst. Ein Vater verlor so leicht den Zugang zu seinem Kind. Fiona könnte mit jemand anders zusammenleben und David ihren neuen Freund für seinen Vater halten. Bei dem Gedanken tat sich ein Loch auf, das ihn zu verschlucken drohte. Er wollte wirklich für den Kleinen da sein, egal, wie er zu Beginn über die Schwangerschaft gedacht hatte. Aber er konnte es nicht gemeinsam mit Fiona.

Das hatten die letzten Wochen so überdeutlich gezeigt. Fiona – in ihrer ganz eigenen Logik – behauptete zwar gekränkt, sie wäre wohl nicht mehr attraktiv für ihn wegen der restlichen Schwangerschaftspfunde und ihrer Kaiserschnittnarbe, aber das war es nicht. Das war es ganz und gar nicht. Seltsamerweise hatte gerade die überschwängliche Liebe und Vaterfreude, die er seinem Sohn gegenüber empfand, ihm klargemacht, wie wenig er für Fiona fühlte. So wollte er sein Leben nicht verbringen. Er hatte es versucht, aber es ging nicht. Er sah ständig nur braune Augen mit goldenen Sprenkeln und jeder Tag begann damit, dass er sich fragte, ob er Mona wohl heute zufällig über den Weg laufen würde. Er wartete auf ein zufälliges Zusammentreffen, weil er sich einredete, es müsse so sein. Und dabei war es, als hielten ihn unsichtbare Mächte von ihr fern. Er hatte ihre Nähe seit der geplatzten Hochzeit nie direkt gesucht, sondern sich immer nur danach gesehnt. Es wäre einfach gewesen, sie zu sehen. Er hätte sie vor ihrer Haustür abpassen können, bei Alexander in der Firma, er hätte sie anrufen können. Aber gerade weil er wusste, wie einfach es sein konnte, hatte er das dumme Gefühl, es nicht provozieren zu dürfen, sie zu treffen. Wahrscheinlich aber war es nur die Angst, sie könnte nicht ansatzweise so fühlen wie er. Nicht mehr.

Dann kam die Einladung zu ihrer Ausstellung und er wusste, es wäre nun so weit. Sie beide würden unweigerlich aufeinandertreffen und er hatte bereits angefangen, seine Worte zu proben. Er war gespannt zu sehen, ob es noch da war, das Besondere zwischen ihnen, oder ob er sich in seinem Kopf etwas zusammengesponnen hatte, für das es keine Grundlage mehr gab. Warum hatte sie ihn überhaupt eingeladen? Weil sie Freunde waren? Oder weil sie genauso gut wusste wie er, dass sie niemals nur einfach Freunde sein konnten.

Kapitel 19 – Sign of the times

„WAS SOLL DAS?", Mona schlug die Augen auf und blinzelte verschlafen. Eine dicke Locke hing ihr schräg ins Gesicht und irgendetwas kitzelte sie an der Nase.

„Ich beobachte dich."

„Wozu?", sie richtete sich auf und rieb sich mit der Hand übers Gesicht.

„Ich habe mich gefragt, wie jemand beim Schlafen aussieht, der ein großes Geheimnis hütet!", erklärte Aneta zwinkernd.

Spärlich beleuchteten die dünnen, noch winterlichen Sonnenstrahlen Anetas Gesicht. In Monas Zimmer gab es kein Rollo, im gesamten Haus nicht, doch während Aneta in ihrem und Kikis Zimmer dicke, lichtundurchlässige Vorhänge angebracht hatte, mochte Mona es, dass der Tag ihr Zuhause ganz natürlich verdunkelte oder erhellte. Es half ihr bei ihrem Schlafrhythmus. Und wenn sie aus einem Albtraum erwachte, dann tröstete sie der Mond oder das künstliche Licht der Straßenlaternen. Mona stützte sich auf die Ellbogen.

„Was denn für ein Geheimnis?", gähnte Mona. Sie hatte keine Ahnung, was Aneta von ihr wollte.

„Seid ihr jetzt offiziell ein Paar, Ole und du? Und, das sollte man bei dir ja immer dazufragen: Ist er verheiratet, heiratet er bald und wie viele hat er schon geschwängert?"

Mona stöhnte lauf auf, ließ sich wieder nach unten sinken und zog sich das Kissen übers Gesicht.

„Kommt er heute Abend?"

„Aua", rief Mona, als sie etwas Kaltes am Oberschenkel berührte. „Kiki, du bist ja auch da!"

Kiki streckte ihren kleinen Kopf unter der Decke hervor, patsche mit – im Gegensatz zu ihren Füßen – wohlig warmen Händen an Monas Wange und strahlte sie an.

„Also, kommt er heute Abend?"

„Jaaaa … und jetzt lass mich in Ruhe!"

„Papa kommt auch", erklärte Kiki fröhlich.

Das Lächeln rutschte Aneta aus dem Gesicht, sie sah urplötzlich so aus, als hätte sie gar keine Ahnung mehr davon, wie Lächeln überhaupt ging.

„Was hast du da gesagt?", hauchte Aneta.

„Papa kommt. Ich hab ihm eine von den Einverladungen gegeben. Da haben so viele in der Küche gelegen. Eine hab ich auch Lis geschenkt."

„Lis …", zischte Aneta. Sie wirkte, als wolle sie Kiki schütteln.

Mona nahm ihre Hand und flüsterte ihr zu: „Er kommt sicher nicht …"

Die Situation zwischen Aneta und Jacob hatte sich zugespitzt. Sie kommunizierten nur noch per WhatsApp oder über ihre Anwälte. Aneta musste – um die Kosten für ihren Rechtsbeistand aufzubringen – ein ganzes Stück Freiheit als Klavierlehrerin aufgeben und gab nun auch Abendkurse an einer Musikschule. Sie war in den letzten Monaten so dünn geworden, dass sie in all ihren Kleidungsstücken verloren aussah. Das Schwierigste war aber für sie, sich vor Kiki nichts anmerken zu lassen. Deren Begeisterung für ihren Vater war ungebrochen und so musste Aneta nach den Besuchswochenenden den Redeschwall der Kleinen über sich ergehen lassen und verbiss sich jeglichen kritischen Kommentar.

Mona bewunderte sie dafür und versuchte, ihr so viel sie konnte zu helfen. Wann immer es ihr möglich war, kümmerte sie sich um Kiki, saß viele Abende zu Hause, um sie zu beaufsichtigen. So oft hatte sie dabei der Versuchung widerstanden, Milan anzurufen oder seinen Radiosender anzuschalten. Er war verheiratet und sie hatte ihn kurz davor geküsst. Es war besser, wenn sie sich nie wiedersahen. Egal, was sie ihm in der Kirche gesagt hatte. Wie sollte es auch möglich sein, befreundet zu sein? Es war schlicht unmöglich, weiter so zu tun, als träfe irgendeine platonische Bezeichnung auf sie beide zu.

Mona schlug die Bettdecke zurück. „Kommt schon. Ich mache uns Pfannkuchen zum Frühstück. Dick bestrichen mit Nutella und Kokosflocken."

„Aaaah", gurrte Aneta. „Stellst du ihn mir mal richtig vor? Bisher habe ich ihn ja nur im Vorbeihuschen gesehen oder unten mit seiner Karre im Halteverbot."

Mona biss sich verärgert auf die Lippe. Sie konnte es noch immer nicht abstellen, das Gefühl, dass dieses Halteverbot für Milan reserviert war.

„Ich muss ihm dringend ausreden, dich in den Osten zu entführen."

„Er will mich nicht in den Osten entführen, es ist nur ein Angebot. Und nicht von Ole, sondern von MotionWorks. Außerdem weiß ich noch gar nicht, ob ich es annehme."

„Was willst du denn auch in Halle …?", brummte Aneta.

„Heute Abend stelle ich ihn dir vor", versprach Mona und umging damit das Thema, mit dem Aneta sie seit ein paar Tagen beinahe stündlich nervte. Sie wusste selbst noch nicht, ob sie aus Hamburg fortwollte. Es war zwar zunächst nur für ein halbes Jahr, aber Mona hatte ihre Entscheidung noch nicht getroffen.

Aneta sah an ihr vorbei und verzog den Mund zu einem dünnen Strich. „Bist du mir böse, wenn ich nicht dahin gehe?"

„Wohin?", fragte Mona ungläubig, in Gedanken noch bei dem Angebot der Trickfilmfirma.

„Auf deine Ausstellung …", erklärte Aneta und kratzte sich nervös am Hals.

„Natürlich bin ich dir böse! Hallo! Du bist meine beste Freundin und das ist meine allererste Ausstellung. Ohne dich kotze ich dem Kurator vor Aufregung vor die Füße", Mona verschränkte die Arme vor der Brust.

„Und was soll ich machen? Dir eine Plastiktüte unter die Nase halten?", fragte Aneta, ein kleines Lächeln stahl sich in ihr Gesicht und blieb hartnäckig, als Mona antwortete: „Ich erwarte, dass du mich gebührend bewunderst! Deine nichtsnutzige Losermitbewohnerin hat es fertiggebracht, ihre Zeichnungen ausstellen zu lassen!"

„Ich habe nie gesagt, dass du nichtsnutzig bist! – Ich will Jacob nicht begegnen, Mona."

„Er wird nicht kommen und wenn doch, dann rede ich mit ihm."

„Ach, und was soll das bringen?", Aneta war nicht überzeugt.

„Das sehen wir dann!"

Aneta zog einen Schmollmund. „Gibt es Kuchen?"

„Jede Menge", erwiderte Mona.

„Und du versprichst mir, dass du mich nicht einfach so dastehen lässt? Sondern mich ein paar heißen Typen aus der Kunstbranche vorstellst?"

„Verspreche ich dir! Wenn du willst, nehme ich dich als offizielle Begleitung mit und rücke den ganzen Abend keinen Zentimeter von deiner Seite!"

„Was würde Ole dazu sagen?", protestierte Aneta.

„Er wird es verkraften. Wir sind ja schließlich kein altes Ehepaar!"

Kiki schlug hinter ihr auf dem Bett Purzelbäume.

„Was seid ihr denn?", bohrte Aneta nach.

„Freunde", erklärte Mona schlicht.

„Ah ja." Aneta zuckte mit den Augenbrauen.

„Nein, wirklich. Wir sind Freunde, die …", mit Blick auf Kiki senkte sie die Stimme, „… Freunde mit gewissen Extras."

„Freundschaft plus?", Aneta räusperte sich künstlich.

Mona nickte.

„Du änderst dich nie!", seufzte Aneta.

Hätte ich, dachte Mona, *aber es sollte eben nicht sein.* Mona sah hinüber zu ihrem Schrank, wo das Kleid hing, das Ole ihr zum Geburtstag geschenkt hatte. Sie knirschte unbewusst mit den Zähnen, als sie daran dachte, wie sie den ganzen Tag darauf gewartet hatte, dass Milan sich meldete. Dabei wusste er vermutlich noch nicht einmal, wann ihr Geburtstag war. Sie würde das Kleid heute Abend tragen.

Vor vier Wochen hatte Ole sie aufgeregt angerufen und ihr davon berichtet, dass eine Fotoausstellung in der Kunstgalerie eines Freundes ausfiel und er dringend Ersatz suchte. Stattdessen sollte Mona teilnehmen, mit ihren Charakterstudien, die nun sauber gerahmt an den blanken Wänden einer hellen Hamburger Galerie hingen und auf ihr erstes, heute Abend erfolgendes Urteil warteten.

Das Kleid war schwarz, lang – sie hatte es kürzen lassen müssen und dabei an die zu langen Hosenbeine an Milans Hochzeitstag gedacht –, am Rücken geschlitzt und hatte einen für Monas Befinden zu weiten Ausschnitt. Sie wusste, sie würde den ganzen Abend daran zupfen und sich wünschen, sich für diese Gelegenheit Anetas üppigen Busen ausleihen zu können.

Manchmal, nein, das war gelogen, ständig dachte sie an Milan und daran, was er zu all den Änderungen in ihrem Leben sagen würde. Ob er zwinkern und freudig erklären würde: „Jetzt machst du auch noch Karriere, was, Chewbacca?", oder ob er eifersüchtig wäre. Auf Ole.

Es war verrückt. Sie wollte Milan sehen, sie wollte mit ihm reden und sie konnte doch nicht und war jeden Tag froh darüber, es geschafft zu haben, der großen Versuchung widerstanden zu haben, ihn anzurufen. Auch diese Albernheit mit der Einladung … Wie gut, dass sie die Karte nie abgeschickt hatte.

Plötzlich wurde ihr siedend heiß. Sie drehte sich ruckartig um, starrte Kiki an, die die Knöpfe ihres Bettbezugs aufgemacht hatte und hineingeschlüpft war. „Wie ein Zelt", murmelte sie.

Mona riss die Decke hoch und brüllte so laut, dass Kiki heftig zusammenzuckte: „Kiki, die Einladungen, hast du die … da war eine … da war eine mit einer Schrift drauf – ohne Briefmarke. Was hast du mit der gemacht?"

Bevor Kiki antworten konnte, stürzte Mona aus dem Zimmer in die Küche und zog die Schublade unter der Brotschneidemaschine auf. Dort lagen noch vereinzelte Einladungen, vielleicht fünfzehn, zwanzig Stück. Aber alle ohne Umschlag. Keine mit Barmbeker Adresse.

„Kiki!"

„Was ist denn?" Kiki schlurfte in ihrem übergroßen gelben Schlafanzug heraus und stellte sich unschuldig dreinblickend neben Mona.

Die beugte sich nach unten und bemühte sich, ganz ruhig und gelassen zu sagen: „Kiki, da war ein Umschlag drin. Hast du den gesehen?"

„Ja", nickte Kiki eifrig. „Da war kein so ein Bild drauf. Aber ich hab den trotzdem in den Briefkasten gesteckt. Geht das auch ohne Bild?"

Unfrei, dachte Mona. *Wie passend.* Milan hatte von ihr eine unfreie Einladung bekommen.

„Geht das?", hakte Kiki nach und zupfte Mona am Bein.

„Ja … das geht."

„Gut", gab sie zurück, setzte sich an ihren Hochstuhl und klopfte fröhlich mit einem Löffel auf dem Tisch herum.

„Aneta … es ist okay, wenn du heute Abend nicht kommst. Ich gehe auch nicht", schrie Mona und ließ sich erschöpft gegen den Kühlschrank sinken.

**

Aneta drückte ihr fest gegen den nackten Rücken. „Du gehst da jetzt rein. Das ist dein Tag. Er kommt nicht. Genauso wenig wie Jacob. Ich will es den beiden raten, nicht zu kommen!"

Wenn sie Glück hatte, dann hatte er die Einladung nie bekommen. Er wohnte bestimmt nicht mehr in Barmbek. Er wohnte jetzt sicher bei Fiona. Allein ihr Name drehte Knoten in Monas Eingeweide. Dazu musste sie ihn noch nicht einmal laut aussprechen.

„Mir ist kalt!", beschwerte sich Mona und wollte sich wieder umdrehen.

Doch Aneta gab nicht nach. „Dann geh jetzt da rein! Da ist es warm!"

Brummend und leise vor sich hin murrend öffnete Mona die Glastür zur Galerie.

Ole stand bereits, wie immer mit der Kamera um den Hals, an eine Wand gelehnt. Wie immer hatte er sich wenig Mühe mit seiner Gesamterscheinung gegeben und sah dennoch passend gestylt aus. Sein etwas nachlässiger Look mit den zu langen blonden Haaren und dem schelmischen Ausdruck im Gesicht passte so perfekt zum allgemein gängigen Bild vom Fotografen, dass er Mona manchmal wie ein einziges Klischee erschien. Wenngleich das von ihm absolut nicht beabsichtigt wurde. Ole war eben Ole und Mona mochte ihn. Aber nicht mehr. Nicht genug, um nachts neben ihm einschlafen zu wollen, und nicht genug, um Milan zu vergessen.

„Dein großer Tag, Mona!", rief er und küsste sie überschwänglich direkt auf den Mund.

Kiki starrte Mona an und dann Ole, dann ihre Mutter.

Die Erwachsenen mussten lachen. „Das ist Monas Freund", erklärte Aneta gerade leise genug, dass Mona es nicht hören und widersprechen konnte.

„Kann ich euch kurz am Kuchenbüfett abliefern?", fragte Mona vorsichtig, als sie sah, wie Oles Freund, der Besitzer der Kunstgalerie, mit langen Schritten zielgerichtet auf sie zukam.

„Klar", erwiderte Aneta. „Komm, Kiki, ich hab Himbeertörtchen gesehen."

Mona wurde von Oles Freund herzlich begrüßt, dann machten sie einen letzten Rundgang durch die Ausstellung. Hatte Mona noch Angst gehabt, es würden überhaupt keine Leute kommen, so musste sie jetzt im Gegenteil fürchten, dass die Häppchen nicht reichten. Die Weitläufigkeit der Räume ließ nicht zu, dass es großes Gedränge gab, aber die Ausstellung war tatsächlich sehr gut besucht.

„Gut besucht für eine unbekannte Künstlerin", raunte ihr Ole zu. Die hellen, hohen Räume sorgten dafür, dass bei Mona keine Panik aufkam. Trotzdem strich sie sich immer wieder Strähnen ihres Haars über die linke Wange und kam sich den ganzen Abend über vor, als glühe sie aus allen Poren. Aber das lag mehr an der Aufregung über das Neue und an der Tatsache, dass sich fremde Menschen tatsächlich für ihre Zeichnungen interessierten. Ihr betreuender Lektor aus dem Kinderbuchverlag war gekommen, Alexander, ihr Vater, Giovanni aus dem Buchladen und einige andere Freunde. Darüber hinaus so viele fremde Menschen, das Mona der Kopf schwirrte vor neuen Namen und Komplimenten zu ihren Arbeiten.

Nach gut eineinhalb Stunden konnte sie dann endlich ihr Versprechen einlösen und gesellte sich zu Kiki und Aneta. Aneta war tief ins Gespräch vertieft mit einem großen, hageren Mann, der einen Presseausweis um den Hals trug.

„Du verrätst ihm jetzt hoffentlich keine schlüpfrigen Details aus unserem WG-Leben!", lachte Mona und stellte sich neben die beiden.

Kiki hatte es sich in Ermangelung von Sitzgelegenheiten unter dem Tisch gemütlich gemacht, auf dem die Törtchen und Baisers schon deutlich abgenommen hatten. Neben ihr stand ein Teller mit angebissenen Gebäckstücken, ihre Wangen waren schokoladenverschmiert. Mona grinste ihr zu und streckte beide Daumen hinter ihrem Rücken in die Luft.

„Keine Angst, er interessiert sich eher für mich als für dich!", grinste Aneta frech und knuffte den Journalisten leicht in die Seite.

„Richtig", lachte dieser.

Es war ein Moment, wie ihn Mona gerne festgehalten hätte. Alles war gut für den Augenblick. Fast alles.

Sie beschloss, einen letzten Rundgang zu machen, um zu sehen, ob vielleicht an dem ein oder anderen Bild ein „Verkauft"-Schildchen hing. In einer verwinkelten Ecke – weil sie fand, dass er diesen ruhigen Platz verdient hatte – war das Porträt des alten Mannes zu sehen. Sie hatte auch ihn eingeladen. Schließlich war es nur recht und billig, wenn sie ihn schon gezeichnet hatte. Am Rande des Bildes tanzte – kaum mit bloßem Auge erkennbar – das Mädchen aus dem Super-8-Film. Und darüber am Rahmen – Mona stockte der Atem – prangte tatsächlich ein Aufkleber mit der Aufschrift „Verkauft." Mona stand nun allein vor dem Bild und wusste nicht so recht, ob sie sich freuen sollte, etwas verkauft zu haben, oder traurig darüber sein musste, das Bild hergeben zu müssen.

„Fällt es Ihnen schwer, sich davon zu trennen?", fragte eine dunkle Stimme hinter ihr. Die Worte klangen mühsam, ein wenig heiser gesprochen.

Sie drehte sich ruckartig um und sah in exakt das gleiche Gesicht, in das sie noch eben auf Papier geblickt hatte. „Sie sind da!", stellte sie überrascht fest.

„Natürlich, Sie haben mich doch eingeladen", der alte Herr aus dem Haus von gegenüber lächelte sein typisches, trauriges Lächeln. Es war seltsam, ihn so direkt vor sich zu haben. All die Linien, die das Leben in sein Gesicht gezeichnet hatte und die Mona versucht hatte, auf Papier zu bannen, fielen ihr nun leibhaftig und ohne Glas dazwischen ins Auge.

„Richtig. Und ja, es fällt mir schwer."

„Sie haben mich gut getroffen", erklärte er und rückte ein wenig näher.

Mona fand das nicht mehr. Nicht jetzt, da sie ihn von Nahem betrachten konnte und sah, was ihrem Bleistift alles entgangen war. In diesen Falten lag ein ganzes Leben voller Geschichten, voll Liebe und Schmerz. Viel Schmerz, mehr Schmerz, als sie für möglich gehalten hatte.

„Wenn Sie einmal Sehnsucht haben sollten nach Ihrem Bild, dann klingeln Sie doch einfach bei mir", sagte der Mann freundlich.

„*Sie* haben das Bild gekauft?", fragte Mona verwundert. Aus der Nähe betrachtet, hatte er ein deutlich markanteres Gesicht. Die kleine, scharfe Narbe zwischen Ohr und Haaransatz zum Beispiel verlieh ihm etwas Verruchtes. Die vereinzelten grauen Stoppeln auf seinen Wangen etwas zutiefst Trauriges.

„Dass ich Sie hier treffe, ist ein bisschen, wie jemandem aus einem Roman im wahren Leben zu begegnen. Ich möchte Ihnen das Bild schenken, ich finde nicht, dass Sie einen Cent dafür bezahlen sollten", sagte Mona zutiefst überzeugt.

Er lächelte. „Ich kann es mir aber leisten und ich zahle gerne etwas dafür. Hat das Bild eigentlich einen Namen? Alle anderen haben einen, aber hier sehe ich kein Schild."

„Es heißt ‚Das Geheimnis'", erklärte Mona etwas schüchtern.

„Das ist gut", nickte der Alte und rückte seine grüne Fliege zurecht. Der Gehstock, auf den er sich stützte, nahm ihm nichts von seiner imposanten Statur, er war sicherlich gute zwanzig Zentimeter größer als Mona.

„Würden Sie es mir verraten, Ihr Geheimnis?", erkundigte sich Mona vorsichtig. „Was hat es mit dem Mädchen in dem Film auf sich?"

Müde lächelte der Alte. Seine dunklen, kleinen Augen schweiften sehnsüchtig durch den Raum. So, als wäre er gar nicht da, sondern tanzte in ebenjenem Moment mit dem Mädchen unter ihrem Regenschirm.

„Nein. Aber ich verrate Ihnen etwas viel Wichtigeres. Sehnsucht ist ein furchtbares Laster. Wenn wir uns immer nur nach etwas sehnen, dann können wir die Gegenwart gar nicht mehr genießen. Das wurde mir klar, als ich dieses Bild von mir heute zum ersten Mal sah. Wissen Sie, wir können unsere Geschichte nicht mehr umschreiben, wir können nur unser eigenes Leben um sie herumdrapieren wie Geschenkpapier mit bunten Bändern. Wir müssen es so nehmen, wie es ist, und müssen damit manchmal ein wenig viel, wie ich finde. Dennoch, manchmal ist es noch nicht zu spät. Bei Ihnen zum Beispiel ist es nicht zu spät."

Mona sah ihn mit offenem Mund an.

Da lachte er laut und schallend. „Ich beobachte Sie auch."

Dann fuhr er fort: „Für sie beide ist es noch nicht zu spät. Ich bin ein alter Mann, mir muss ein Super-8-Film ausreichen. Aber Sie, Sie haben die Chance, diesen Film noch zu erleben."

„Wie meinen Sie das?", fragte Mona und wusste es doch eigentlich schon ganz genau.

„Noch ist Sommer, Mona!", sagte er leise. „Was, wenn Sie Ihren Herbst erreichen und sich immer wieder fragen, was aus Ihnen beiden geworden wäre, wenn Sie nur genug Mut gehabt hätten?"

„Es geht doch nicht immer um Mut!"

„Um was denn dann?", fragte er sanft.

Dann hob er den Stock, sodass Mona schon erschrocken zurückweichen wollte, zeigte auf das Bild und erklärte mit fester Stimme: „Ich stehe an einem Punkt, an dem die Gegenwart so wenig zu geben hat, dass ich verzweifelt nach der Vergangenheit greife. Aber Sie, Sie haben doch noch alles vor sich. Haben Sie Mut!"

Er setzte den Stock mit einem lauten Knallen auf dem Boden auf und drehte sich ohne ein Wort des Abschieds um.

„Danke", rief Mona ihm hinterher. Wofür eigentlich? Für einen Rat, den sie nicht annehmen konnte?

Es ging nicht um Mut, es ging nie um Mut. Es ging immer nur um Schuld. Sie wäre schuld daran, eine Familie zu zerstören. Und man konnte sich Glück ganz einfach nicht mit Schuld erkaufen.

Mona seufzte, legte dann die Hände an die Wand und atmete tief durch. Sie sollte diesen Tag genießen und sich nicht in trüben Gedanken verlieren.

Als sie sich wieder etwas gefasst und beschlossen hatte, später an diesem Tag ausgiebig über die Worte des Alten nachzudenken, ging sie aus der Ecke hinaus, zurück zu den langen Gängen der Halle, an deren Wänden unverändert zahlreiche Besucher ihre Bilder betrachteten. Ein Blick zum Büfett bestätigte ihr, dass Aneta noch immer gut unterhalten war. Kiki griff gerade mit ihren kleinen Händen unter der Tischdecke hervor vorwitzig nach einem Törtchen mit Sahnehaube und Kirsche und so fühlte sich Mona nicht verpflichtet, die beiden zu beschäftigen.

Sie sah sich um, eigentlich auf der Suche nach Ole und dem stetigen Klicken seiner Kamera, das ihn umgab, wie andere ein bestimmter Parfumduft, da zuckte sie erschrocken zusammen. Neben ihrem Vater stand ein großer Mann mit dunkelbraunen Haaren. Sein Nacken erschien ihr vertraut, die Art, wie er sich bewegte, den Kopf neigte, all das war ihr nur zu bekannt. Und lieb.

Wie erstarrt blieb sie stehen und wünschte sich einen Moment lang, sie hätte die Ecke mit dem Bild des Alten nie verlassen.

Dann drehte er sich zu ihr um. Alles andere wurde unwichtig. Denn als sie ihn von vorn sah, war es ihr, als hätte ihr jemand eine Faust in den Magen gerammt und ihr dabei den Boden unter den Füßen weggezogen. In einer Art Rucksack saß, die winzigen Füße nach unten baumelnd, ein Baby und schmiegte sich ganz selbstverständlich an Milans Brust. Wie konnte der bloße Anblick eines so kleinen Wesens sich anfühlen wie spitze Nadelstiche auf blanker Haut?

Milan war Vater geworden. Das zu sehen, war etwas ganz anderes, als nachts – schweißgebadet von Albträumen – aufzuwachen und sich auszurechnen, ob es inzwischen so weit sein konnte. Es war anders, als online auf den Fotogalerien der Entbindungsstationen Hamburger Krankenhäuser nach Babys mit dem Nachnamen Drombusch zu suchen. Hier und heute sah sie es mit eigenen Augen und das erst machte es real.

„Hallo, Mona." Er lächelte.

„Hallo, Milan."

„Danke für die Einladung."

„Gerne", log sie.

Er sah hinab auf das Köpfchen des Kindes, dann wieder hoch zu ihr.

Mona begriff, dass sie nicht weiter so tun konnte, als wäre das Baby nicht da. Das Kind, vollständig in Dunkelblau gekleidet, hob etwas wackelig den Kopf und sah sie mit offenem, wachem Blick an.

Mona räusperte sich. Aus dem Augenwinkel sah sie Alexander, der sie aufmerksam beobachtete. Bereit einzuschreiten.

„Es steht dir. Ist ein hübscher Kerl. Er hat deine Nase", sagte sie schließlich. Es gelang ihr zu lächeln.

„Sie sieht mehr nach Nicolais Nase aus, wenn du mich fragst, aber ja, er kommt schon nach mir", nickte Milan. Er klang stolz.

„Bist du glücklich?", fragte sie leise.

„Es ist schön, Vater zu sein", gab er zurück und strich dem Kind über das Baumwollmützchen.

„Hast du immer noch Angst, meine Fragen direkt zu beantworten?", platzte es aus ihr heraus.

Milan kam nicht mehr dazu, ihr zu antworten. Ole stellte sich besitzergreifend neben Mona, küsste sie auf die Wange und sagte: „Kommst du, Liebes, wir müssen doch noch die Fotos machen."

Mona hatte noch nicht einmal Zeit, verärgert darauf zu reagieren. Noch nie hatte Ole sie „Liebes" genannt, was sollte das? Sie hatte auch keine Zeit, Milans Reaktion auf die falsche Zurschaustellung nicht vorhandener Beziehungsgeflechte zu interpretieren, denn in diesem Moment brach hinter ihrem Rücken ein Tumult los.

Sie hörte Aneta laut schreien, dann rannte jemand los, die weiße, schwere Tischdecke wurde vom Büfett heruntergezogen, mit einem schrillen Klirren fielen die Tortenplatten mitsamt den darauf befindlichen Süßigkeiten auf den Boden. Ein Kind heulte. Dann hörte Mona jemanden sagen: „Igitt. Wie ekelhaft!", und schließlich rannten zwei Kellner eilig in Richtung Küche.

Das Schreien versetzte Mona augenblicklich in Panik. Wie erstarrt stand sie da und zitterte heftig. Wäre sie nicht durch Milans überraschendes Auftauchen schon so angegriffen gewesen, hätte sie es vielleicht noch kontrollieren können, so aber stieß sie einen gellenden Schrei aus und warf sich mit dem Bauch auf den Boden. Ihre Knie schmerzten von dem Aufprall, die Ellbogen knallten spitz auf die Fliesen, ihre rechte Wange berührte den kalten Stein und mit dem nicht unter Haaren verborgenen linken Auge sah sie Kiki, die sich unter dem Kuchenbüfett erbrach. Aneta kniete sich neben sie und dann war da auf einmal auch noch Jacob, der Aneta anbrüllte. Mona hörte nur gezischte Brocken seines ganzen Unmuts, aber es reichte, die Worte „verantwortungslos", „Konsequenzen", „Nicht gut aufgehoben" wahrnehmen zu können, um zu spüren, dass hier etwas gewaltig schieflief.

„Du bist in Sicherheit, mach die Augen zu und drücke auf den roten Knopf", hörte sie Milan sagen. Sie schloss tatsächlich die Augen und spürte, wie es wirkte, seine Stimme zu hören. Sie wurde ruhig und gleichzeitig furchtbar wütend. Warum hatte er noch immer diese Macht über sie? Er sollte nicht hier sein! Nicht real. Nicht in Gedanken und nicht mit Worten. Nicht in ihren Träumen. Er gehörte nicht zu ihr und sie wollte nicht, dass er irgendeine Art von Einfluss auf sie hatte.

Mona riss die Augen wieder auf, rappelte sich hoch und lief zu Aneta. Sie ließ Milan mit dem Baby im Trageteil ganz einfach stehen. Seinen Blick konnte sie nur zu gut spüren, aber sie versuchte, ihn zu ignorieren. Sie kniete sich neben Kiki und strich ihr die Haare aus dem Gesicht. „Das war einfach etwas zu viel Kuchen", erklärte sie leise.

„Sie lässt sie unter dem Tisch sitzen und sich mit Kuchen vollstopfen. Was ist das denn für eine Mutter!", erboste sich Jacob.

„Meine Mama ist beste, die allerbeste", flüsterte Kiki leise, bevor sich ihr kleiner Körper wieder schüttelte und sie den undefinierbaren Rest ihres Mageninhalts direkt auf die Schuhe ihres Vaters erbrach.

Aneta griff ihre Tochter unter den Armen und zog sie unter dem Tisch hervor. „Komm, Mäuschen, wir gehen jetzt zur Toilette und machen dich sauber."

„Jacob, kann ich dich kurz sprechen?", sagte Mona zu Anetas Ex, als die beiden außer Hörweite waren.

„Warum denn?", polterte er.

Um sie herum begannen die hilfsbereiten Mitarbeiter des Cateringservices, das Chaos zu beseitigen, und Mona nahm beiläufig wahr, dass Ole die gaffenden Besucher auf einen Umtrunk an die Bar bat.

„Bitte. Dich und Lis", Mona drehte sich zu der schlanken blonden Frau, die wortlos neben dem Tisch gestanden hatte.

Mona ging Jacob und Lis voraus und führte sie an das ruhigere, ferne Ende des Ganges. „Jacob, du darfst Aneta Kiki nicht wegnehmen. Es tut dem Kind nicht gut und du machst Ani damit völlig fertig."

„Wir wollen sie bei uns haben, nicht nur sporadisch. Wir sind besser für sie. Wir sind eine richtige Familie." Jacob stemmte die Hände in die Hüften und blitzte sie wütend an.

„Ach? Wo steht denn geschrieben, was eine richtige Familie ist …?"

„Vater, Mutter, Kind!", brüllte Jacob. „Dass ihr beiden Weiber dem Kind nicht guttut, das konnte man ja heute wieder eindeutig beobachten."

„Sie hat zu viel Kuchen gegessen, na und? Ich kann mich erinnern, dass sie letztes Jahr kopfüber in euren Gartenteich geplumpst ist, weil sie die Schildkröte über den Zaun hinweg herausfischen wollte. Ich frage mich, was gefährlicher ist."

„Das kannst du nicht vergleichen", erwiderte Jacob nun etwas ruhiger.

„Familie ist doch das, was wir daraus machen, nicht das, was die Allgemeinheit für richtig hält. Kiki gehört zu euch beiden, aber sie will bei Aneta leben. Und dich und Lis liebt sie deswegen trotzdem. Aber ihr solltet nicht ein Gericht über ihr Leben entscheiden lassen, sondern ihr die Wahl geben."

„Was hast du schon für eine Ahnung davon, hä?"

„Jacob … lass gut sein!" Lis berührte ihren Mann leicht am Arm, doch er schüttelte sie ab.

„Ich habe sehr viel Ahnung davon, meine Mutter hat mich im Stich gelassen. Aber Aneta und ich, wir sind für Kiki da. Lass sie entscheiden! Ihr solltet vernünftig miteinander umgehen."

„Mona, ich wollte nicht, dass …", fing Lis wieder an. Doch Jacob schnitt ihr mit einer einzigen Handbewegung das Wort ab. Da begriff Mona, dass auch Jacob nur verzweifelt versuchte, etwas festzuhalten, was nach außen hin so perfekt schien, es aber womöglich gar nicht war. Unwillkürlich sah sie sich nach Milan um. Was, wenn auch bei ihm nicht alles so war, wie es schien? Was, wenn der alte Mann recht hatte und man nur etwas Mut brauchte? Schließlich ließ sich Glück nicht in Dosen füllen.

Sie sah wieder zu Anetas Ex. „Geh nach Hause, Jacob! Und denk darüber nach. Macht euch nicht gegenseitig unglücklich."

Mit diesen Worten wandte sie sich ab und ging. Mehrere Besucher hatten die Ausstellung bereits verlassen. Einige standen noch um die Bar. Milan war nicht darunter. Ole lachte laut, erzählte mit wilden Gesten einen Witz und bedeutete ihr, sich zu ihm zu gesellen. Mona aber kehrte um und verließ das Gebäude durch den Hintereingang. Es war genug. Genug für einen Tag.

***

Als Milan nach Hause kam, die Schuhe im Gang abstellte und aus dem Wohnzimmer die summenden Geräusche des Fernsehers hörte, wusste er, dass er nicht bleiben konnte. Er wusste, dass er Mona eine Antwort schuldig war. Vorsichtig schnallte er den schlafenden David aus der Babytrage, nahm ihm die Mütze ab und trug ihn dann langsam und mit leisen Schritten ins Schlafzimmer, in dem nur noch auf einer Seite des großen Boxspringbettes Kissen und Decke lag. Dort legte er den tief schlafenden Jungen in die Wiege, schaltete das Babyfon an und ging zurück ins Wohnzimmer. Er schüttelte Fiona unwillig an der Schulter, sagte dann knapp: „Ich muss noch mal weg, David schläft in der Wiege", und ging ohne ein weiteres Wort wieder nach draußen. Er hatte keinen Plan, aber es war auch völlig unmöglich, noch einen Plan zu haben, nachdem er Mona wiedergesehen hatte. Es war endgültig zu groß geworden, um dagegen zu kämpfen. Er musste sie sehen und er musste … was eigentlich? Die Sehnsucht war so viel größer als die Vernunft.

Er ging den ganzen Weg zurück zur Ausstellung zu Fuß und musste dann enttäuscht feststellen, dass er zu spät kam. Durch die Glasscheiben hindurch sah er, dass die Gebäudereinigungsfirma bereits mit der Putzmaschine zugange war. Nur an der breiten Bar standen noch ein paar Gestalten. Milan musste grinsen, als er sah, dass sich der blonde Fotograf schwerfällig über die Bar lehnte. Mona war nicht dabei. Er überlegte, hineinzugehen und nach ihr zu fragen, aber entschied dann, es besser bei ihr zu Hause zu versuchen. Es tat gut zu gehen und sich dabei endlich ehrlich einzugestehen, was er längst wusste.

Kapitel 20 – I hate everything about you (why do I love you)

MONA SAß MIT ANGEWINKELTEN BEINEN UND EINER DICKEN DECKE UM DIE FÜßE AUF DEM KLEINEN FLECKCHEN WIESE, DAS DAS HAUS, IN DEM SIE WOHNTE, VON DEN NACHBARGEBÄUDEN TRENNTE. Zu ihrer Linken ragte eine alte Bruchsteinmauer in die Höhe, vor ihr hatte sie in dem Grillkorb mit ein paar spärlichen Holzresten ein kleines Feuer gemacht. So ließ es sich ganz gut aushalten auf einem der alten Gartensessel, die ein paar Jugendliche aus dem Nachbarhaus angeschleppt hatten. Es war ruhig zwischen den Hauswänden. Mona schloss die Augen, lehnte sich ein wenig zurück und dachte über die Worte des alten Mannes nach.

Da hörte sie das Rascheln näher kommender Schritte. Träge öffnete sie die Augen und musste blinzeln, weil sie nicht glauben konnte, wen sie nun zum zweiten Mal an diesem Tag sah.

„Du hast gute Fortschritte gemacht", sagte Milan. Er lächelte nicht. Sein Gesicht war fast ausdruckslos. „Hättest du dir vor einem halben Jahr vorstellen können, vor einem Feuer zu sitzen?"

„Nein, hätte ich nicht", gab sie zu. „Was ist passiert?"

„Nichts. Alles in Ordnung." Er stellte sich neben sie und versuchte zu lächeln.

„Und deshalb bist du hier, weil alles in Ordnung ist?", fragte sie zweifelnd.

„Warum nicht?"

„Ja, warum nicht?", sagte sie leise.

„Ich vermisse dich, Mona." Jetzt sah er ihr direkt in die Augen.

Sie antwortete nicht gleich. Stattdessen starrte sie ins Feuer. Nach einer Weile sah sie hoch zu ihm und erklärte: „Meister Yoda sagt in Star Wars, dass Furcht zu Wut führt, Wut zu Hass und Hass zu unsäglichem Leid."

„Hasst du mich?", fragte er ruhig.

„Nein, ich hasse dich nicht. Ich hasse die Umstände."

„Was, wenn sich die Umstände geändert haben?"

„Milan, ich habe dich heute gesehen. Mit deinem Kind. Nichts hat sich geändert."

„Ja, das stimmt. Seit dem Tag, an dem du mir bei Nicolai begegnet bist, hat sich zwischen uns nichts geändert."

„Das habe ich nicht gemeint."

„Ich weiß."

Eine Weile sagte er nichts. Dann ging er zur ihr, setzte sich neben sie auf den Boden, sah zu ihr hoch und erklärte: „Ich wollte eigentlich immer nur dich."

„Das hast du schon einmal gesagt. Und du hast dich trotzdem immer wieder für sie entschieden", stellte Mona fest. „Du hast mir mal gesagt, dass du das Wort ‚uneigentlich' hasst, richtig?"

„Ja", nickte er.

Mona holte tief Luft: „Ich hasse das Wort eigentlich. Eigentlich macht alles kaputt. Eigentlich ist ein Wort für Unentschlossene."

„Ich bin überhaupt nicht unentschlossen!" Er stand auf, kniete sich vor sie, lehnte sich nach vorn und schlang seine Arme um ihre Taille. Er zog sie an sich, legte seine Hand mit sanftem Druck um ihren Nacken, bis sie nachgab und kurz zögernd mit ihren Lippen seinen Mund berührte.

„Ich bin dir ein paar Antworten schuldig", erklärte er schließlich.

„Bist du das?"

„Ja. Du hast mich gefragt, ob ich glücklich bin."

„Ja."

„Ich bin nicht glücklich, nicht ohne dich."

Mona schluckte und legte den Kopf in den Nacken, sah hinauf in den dunklen, sternlosen Himmel.

„Bist *du* glücklich, Mona?", fragte er mit fester Stimme.

Sie sah ihn an. „Ich bin glücklich, wenn ich dich höre und wenn ich dich sehe. Und es macht mir Angst, dass das immer noch so ist."

„Wir könnten das ändern!"

„Wie denn?", rief sie empört. „Du bist mit einer anderen verheiratet! Du hast mit einer anderen ein Kind!"

„Ich habe sie nicht geheiratet", erklärte Milan. Er sah ihr direkt in die Augen und da war wieder dieser traurige Ausdruck, den Mona nicht zuordnen konnte.

„Was?" Mona blinzelte überrascht und schüttelte dann perplex den Kopf. Ihre Haare flogen elektrisiert um ihr Gesicht, verärgert pustete sie die kitzelnden Strähnen weg. „Das sagst du mir jetzt?" Ruckartig stand sie auf und verpasste dem wackelnden Gartensessel einen wütenden rückwärtigen Tritt, sodass er dumpf ins Gras fiel.

„Ja."

„Warum nicht gleich? Warum nicht gleich, Milan?" Sie spürte, wie die Wut unaufhaltsam die Oberhand über ihre Emotionen gewann.

„Weil es nichts daran geändert hätte, dass ich ein Kind mit ihr habe", sagte er fest. Er griff nach ihrer Hand, aber sie entzog sich.

„Und jetzt?", wiederholte Mona. „Was ist jetzt anders?"

Er stand auf, stellte sich dicht vor sie.

„Als ich dich heute gesehen habe, wusste ich, dass es nie wieder anders sein wird. Ich werde mir immer wünschen, bei dir zu sein. Und dann fragst du mich ausgerechnet, ob ich glücklich bin, und ich hätte dir am liebsten gesagt: Gerade jetzt das erste Mal, seitdem wir uns in der Kirche getrennt haben.

Mona holte aus und schlug mit ihrer kleinen Faust gegen seine Brust.

„Du … und dieser blonde Paparazzo … Ich wollte mich nicht dazwischendrängen."

„Dazwischen?", schrie Mona.

Er hielt ihre Hände fest.

„Zwischen dich und mich passt kein Blatt Papier und schon gar nicht Ole. Du weißt das, Milan, oder? Du weißt es …" Mona spürte, wie die Tränen brennend hinter ihren Augen lauerten. Aus Wut. Aus Traurigkeit.

„Sshhh", sagte er, fuhr mit seiner Hand langsam über ihr Gesicht und erwischte dabei die erste Träne, die sich vorwitzig ihren Weg über ihre Wange gebahnt hatte.

„Ich küsse dich jetzt und wehe du schlägst mich wieder." Er lächelte sie zärtlich an.

„Dann mach endlich und hör nicht wieder damit auf", brummte sie leise. Er beugte sich zu ihr und Mona erschien es wie eine kleine, köstliche, erwartungsvolle Ewigkeit, bis seine Lippen endlich ihre berührten. Zunächst war es ein schüchterner, ein sehr zarter Kuss. Doch es brauchte nicht lange, bis der Funken überschlug, bis sie beide fordernder wurden, ihre Zungen einander neckten und Mona klar wurde, dass es heute kein Zurück mehr geben würde. Sie wollte mehr, so viel mehr.

Milan war es, der schließlich vorsichtig den Kontakt zwischen ihnen unterbrach. „Wir sollten nach oben gehen. Zu dir. Ist der Drache da?", flüsterte er.

„Der Drache?" Mona verstand nicht.

„Deine Feuer speiende, rothaarige Mitbewohnerin."

Sie lächelte und blinzelte zu ihm hoch. „Ani schläft schon. Milan, ich …"

„Bitte, Mona, sprich nicht. Nicht heute. Morgen können wir über alles reden. Ich brauche dich. Jetzt. Hier. Ich will einmal, ein einziges Mal nichts zerreden."

„Ich auch nicht", stimmte sie zu.

Sie hatten die Treppenstufen noch nicht erreicht, da hatte er ihr den Pullover schon ausgezogen und sie ihm die dünne Jacke. Auf dem ersten Absatz, dort, wo das Geländer ein wenig verbogen war, trug sie nur noch ihren BH und es schwindelte ihr vor all den Berührungen, vor all jenem, was sie sich so lange gewünscht und ersehnt hatte. Sie wollte ihn fragen, was all das auf einmal sollte. Warum jetzt? Warum heute? Warum nicht viel, viel früher? Aber sie hatte genauso Angst wie er, alles zu zerreden. Ein weiteres „Eigentlich" würde dieser Tag nicht vertragen. Deshalb war sie still und befahl den Stimmen in ihrem Kopf, es ebenso zu sein.

Im Gang, direkt nachdem sie die schwere Eingangstür zum Loft geschlossen hatte, drückte Milan sie ein wenig ungestüm gegen die Wand. Seine Hände waren so warm, so groß und kräftig. Sie waren überall. Mona bog sich ihm entgegen. Sie wollte das alles. Sie wollte es so sehr, dass sie Angst hatte, er könne noch vor ihr zur Vernunft kommen. Dieser Moment, dieser Augenblick entlud alles, was sich monatelang in ihnen beiden aufgestaut hatte. Es brauchte keine

Erklärung. Seine Haut auf ihrer Haut, seine Lippen auf ihrem Schlüsselbein, ihre Finger in seinem Haar. All das war vorhersehbar gewesen. Es war bestimmt, so zu sein, wie es war. Sie hatten nur beide mit enormem Kraftaufwand das Unweigerliche hinausgezögert.

Er hob sie hoch, presste sie mit dem Druck seines muskulösen Unterkörpers an die Wand. Sie konnte seine Erregung spüren, den warmen, festen Druck gegen ihre Schenkel. Es war zu spät, sich dagegen zu wehren. Keiner von beiden konnte mehr etwas gegen diese lange unterdrückte Leidenschaft ausrichten. Mit einer Hand stützte Milan sich gegen die Wand, mit der anderen löste er die Haken an ihrem BH. Mona streckte sich ihm entgegen. Dann hob er sie hoch und trug sie über die Treppen der Küche in ihr Zimmer. Er stellte sie vor dem Bett zurück auf ihre Füße und kniete sich vor sie. Öffnete den Knopf ihrer Hose, löste langsam den Reißverschluss und ließ ihre Hose und Unterwäsche auf den Boden sinken. Mona stieg heraus und tat es ihm gleich.

Dann standen sie eine Weile voreinander, nackt und ohne sich zu berühren. Sekunden, die Mona erschienen, als würden sie alles rückgängig machen. Ihre Zeit zurückdrehen zu dem Moment in Nicolais Wohnung, als sie einander zum ersten Mal begegnet waren. Es gab nichts mehr zwischen ihnen, es gab nur noch sie beide. Ungeduldig nahm Mona Milans Hand und zog ihn mit sich auf ihr Bett. Sein Blick zeigte ihr, dass sie sich nicht schämen musste. Nicht für die langen Narben, die er nun zum ersten Mal vollständig sah. Anders als Ole machte er keinen Unterscheid zwischen den Teilen ihrer Haut, die vom Feuer gezeichnet waren, und jenen, die sich heller und unversehrt unmittelbar anschlossen. Im Druck seiner Hände auf ihrer Haut lag Verzweiflung. Verzweifelte Begierde. In jeder ihrer Berührungen eine Innigkeit, die an Wahnsinn grenzte. Keiner konnte genug bekommen. Es musste mehr sein, näher sein, es reichte nicht. Nichts war genug. Sie liebten sich mit einer Hingabe und Intensität, die Mona nie zuvor erlebt hatte. Es war alles endlich genau so, wie es sein sollte.

Sicher, ihre Narben waren nach wie vor da, aber noch während sie erstaunt betrachtete, wie ihre beiden Körper miteinander verschmolzen, noch während sie sich ineinander bewegten, wusste sie, dass die Narben nicht mehr ihren Körper bestimmten. Dass sie ein Teil von ihr werden durften, weil Milan sie als solche akzeptierte und liebte. Sie hob ihren Oberkörper ein wenig an, küsste ihn auf die Stirn und auf die Nase.

Milan wandte nie die Augen ab, er sah sie die ganze Zeit über liebevoll an. Er sah und mochte sie so, wie sie war, das konnte sie deutlich in seinen Augen lesen, als sie sich ein letztes Mal unter ihm aufbäumte und gemeinsam mit ihm den Höhepunkt erreichte.

Sie verharrten noch einige Minuten so, er mit den Händen über sie gestützt, sie mit glücklichem Lächeln zu ihm hochschauend. Milan zu spüren, war wie nach Hause kommen. So als habe sie durch ihn endlich einen Weg gefunden, wieder vollständig in ihrem Körper anzukommen. Warum hatte sie das nicht viel früher verstanden? Er war von Anfang an derjenige gewesen, der zu ihr durchdringen konnte. Durchs Koma und durch die ganze schwere Zeit nach dem Vorfall. Es war nur natürlich, dass sie sich jetzt, da ihre Körper miteinander verbunden waren, vollständig fühlte.

„War es das, was du wolltest?", fragte sie leise, während er sich neben sie legte und langsam mit dem Finger über ihre Handfläche fuhr.

„Ja, das wollte ich. Mehr als alles andere."

„Ich auch", sagte sie lächelnd. Sie wollte gerade die Augen schließen, sich an ihn schmiegen und sich erlauben, all die Glückseligkeit ausgiebig zu genießen, da klingelte ein Handy. Leise und erstickt. Erst wollte sie gar nicht reagieren, aber das Klingeln hörte nicht auf. Mona tastete mit der Hand unter eines der Kissen und zog Milans Handy heraus. „Deins", sagte sie und warf, bevor sie es ihm reichte, einen Blick aufs Display. Sie erstarrte, als sie Fionas Bild sah.

„Deine Frau", sagte sie säuerlich und zog sich rasch die Decke über die nackte Brust.

„Ich habe sie nicht geheiratet, wie du weißt."

„Aber du wohnst mit ihr zusammen?", sagte Mona mehr auf Verdacht, als dass sie es wirklich ernst meinte.

„Ja, aber …"

Das Handy klingelte erbarmungslos weiter. „Geh doch ran!", sagte sie bissig.

Er drehte das Handy in seinen Händen, unschlüssig, was er tun sollte. Dann fuhr er mit dem Finger über das Display und sagte: „Ja, Fiona?"

Mona konnte nicht hören, was die Frau am anderen Ende sagte, aber sie sah nur zu gut, wie sich Milan dabei von ihr wegdrehte, ihr den Rücken zukehrte. Sie schien völlig vergessen.

„Mit David?", hörte sie ihn sagen und beobachtete, wie er auf den Rand des Bettes rutschte. Weiter weg von ihr. Immer weiter weg.

Mona starrte ihn an und spürte dabei schon, wie es in ihr sprudelte, aus tausend heißen Quellen namens „Eifersucht", „Neid" und „Wut."

„Ich komme … ja, ich komme sofort." Milan sah Mona bedauernd an.

Da legte sich ein nur zu bekannter Schalter in Monas Kopf um, reflexartig griff sie nach dem T-Shirt neben sich und bemerkte zu spät, dass es Milans war und nicht ihr eigenes. Sie zog es sich über den Kopf, kickte die Decke von ihren Füßen, robbte aus dem Bett und rannte zur Tür. Mit einem festen Schlag knallte sie die Tür hinter sich zu. Sie rannte einfach weiter, nur im T-Shirt. Die Treppe hinunter, zur Haustür hinaus, raus in die kalte Nachtluft. Mit blanken Füßen auf dem Asphalt stand sie plötzlich vor Milans kornblumenblauem Audi. Sie überlegte nicht lange, ihr rationaler Verstand war ohnehin ausgeknockt. So holte sie aus und trat mit voller Wucht – ohne zu bedenken, dass sie keine Schuhe trug – gegen den linken Hinterreifen.

Noch während ihre Füße von dem festen Tritt schmerzten, wurde ihr eine viel schmerzvollere Wahrheit bewusst. Es mochte sein, dass er jetzt mit ihr zusammen sein wollte. Aber sie wäre niemals seine Nummer eins. Ihr Platz wäre der hinter einem Kind, das nicht ihres war. Hinter einer Frau, mit der er dieses Kind hatte. Sicher, sie hatte seine Familie nicht zerstören wollen. Aber hatte sie rein aus Gutherzigkeit auf ihr Glück verzichtet? Mona wurde klar, dass sie auch aus Angst gehandelt hatte. Sie war ihm aus dem Weg gegangen, weil sie instinktiv gewusst hatte, dass sie nicht die wichtigste Rolle in seinem Leben spielen konnte. So wie eben, als Fiona anrief und er von ihr weggerückt war, würde es immer sein, wenn sie beide zusammenkämen. Er stand stets auf Abruf bereit, für eine andere Frau und ein ihr fremdes Kind. Mona fühlte sich nicht stark genug dafür. Im besten Fall war sie wütend auf sich, wütend auf die letzten zwei Stunden, in denen sie einen Menschen näher an sich herangelassen hatte, als sie es je wollte. Er hatte Kontrolle über ihre Gefühle, seit sie das erste Mal seine Stimme gehört hatte, aber jetzt … jetzt, da sie wusste, wie es sich mit ihm anfühlte, hatte er auch noch Kontrolle über ihren Körper.

„Mona", rief es hinter ihr. Sie kniff die Augen zusammen, dann nahm sie noch einmal Schwung und trat gegen die Autotür. Hatte er etwa gelacht? Wütend drehte sie sich um.

„Verschwinde", zischte sie ihm entgegen.

Milan hatte die Hose verkehrt herum angezogen, sein Haar war verstrubelt und seine Schuhe trug er noch in der Hand. „Lass mich dir doch erklären!"

„Ich brauche keine Erklärung! Ich will, dass du mich willst, weil du mich willst, und nicht, dass du … Ach vergiss es und verschwinde!"

„Mona!", es war ein wenig absurd, wie sie dastand. Die kleine Mona im weißen Shirt, so wie bei ihrem allerersten Zusammentreffen, brachial wütend, mit ihren blanken, für ihren kleinen Körper proportional zu großen Füßen wild auf das Auto eintretend.

„Hau schon ab!"

Sie wäre ja selbst gegangen, wenn dann nicht aufgefallen wäre, dass sie keine Haustürschlüssel dabeihatte und nun halb nackt im Shirt auf der Straße stand und zusehen musste, wie sie Aneta aus ihrem elefantös festen Schlaf weckte.

Milan blieb stehen. „Ich will dich, Mona. Nur dich!"

„Es funktioniert nicht", sagte sie. Viel leiser jetzt und traurig. Die Wut war von einer Sturmböe tiefer Traurigkeit davongepustet worden wie eine Feder. „Ich kann das nicht. Dein Sohn … und … da wird immer Fiona sein. Ich kann es nicht, Milan."

Das halbe Lächeln, das eben noch darauf gewartet hatte, sein Amüsement deutlich zu zeigen, verschwand. Skeptisch blickte er sie an. „Meinst du das ernst?"

„Ja", erklärte sie.

„Aber Mona …"

Sie schüttelte den Kopf und dann sah sie auf ihre nackten, kalten Füße und erklärte langsam: „Manchmal treten Menschen in unser Leben und bleiben eine Weile. Manche länger, manche kürzer. Vielleicht muss manchmal einfach eine Nacht reichen. Ich kann das nicht, Milan. Ich will dich für mich. Die ganze Zeit dachte ich, ich möchte nur deine Familie nicht kaputt machen, aber jetzt weiß ich, dass es auch um mich geht. Dein Kind ist nicht mein Kind. Ich will nicht die böse Stiefmutter sein. Und ich will eine eigene Familie haben. Ich würde immer fürchten, dass du wieder zu ihr zurückgehst. Du hattest all die Monate Zeit, dich für mich zu entscheiden, und hast es nicht getan … Warum jetzt?"

In ihrem Kopf brummten die Worte des alten Mannes. *Mut, Mona.* Aber sie blendete seine Stimme aus, sie wollte das nicht hören. Sie hatte kein einziges Quäntchen Mut mehr übrig.

„Du hast Angst."

„Ja."

„Du brauchst keine Angst zu haben. Ich will nur dich."

„Und dein Kind, oder etwa nicht?", fragte Mona.

„Ja."

„Geh bitte!"

„Wirklich?", fragte er.

„Ja. Hau ab! Bitte!"

„Ich will nicht gehen, Chewbacca", sagte er.

Mona bibberte. Es wurde verdammt kalt. Sowohl von unten als auch an ihren nackten Armen. „Bitte, geh."

Milan stieg betont langsam in seinen Wagen. Noch bevor er den Motor startete, ließ er das Fenster herunter, lehnte sich heraus und sagte: „Ich weiß, dass du immer vor Mitternacht abhaust. Ich wusste nur nicht, dass du auch bei mir einfach nur fliehen willst."

„Das ist es nicht", sagte Mona.

Milan warf ihr einen letzten, verbissenen Blick zu und dann fuhr er. Geradewegs über Monas Herz hinweg. So, wie sie es gewollt hatte.

Als er endlich um die Ecke gefahren war, hastete sie zum Haus und klingelte bei ihrem eigenen Namensschild Sturm. Es dauerte geschlagene zehn Minuten – in denen Mona das Gefühl hatte,

mindestens zwei Zehen der Hamburger Nachtkälte geopfert zu haben –
, bevor Aneta in einem verwaschenen Benjamin-Blümchen-Schlafanzug vor ihr stand und sich müde die Augen rieb.

„Frag nicht!", sagte Mona.

„Zumindest musste ich dich diesmal nicht abholen", bemerkte Aneta trocken.

Mona ließ sie stehen und stapfte mit hängenden Schultern an ihr vorbei.

Kapitel 21 – Thunder

„UND WARST DU BEI IHR?", keifte Fiona. „Bei der Schlampe mit dem zerfetzten Gesicht?"

Sie warf ihm die Einladung zu Monas Ausstellung vor die Füße. Per Nachsendeauftrag aus seiner alten Wohnung war die Karte gekommen. Er sah zu dem Korb unter der Küchenanrichte, in dem sie Altpapier sammelten. Er war herausgezogen, einige Papiere lagen auf dem Boden.

Er konnte es ihr nicht verdenken, dass sie sauer war. Sie hatte eine ständige festsitzende Wut auf ihn. Es ging ihm zunehmend auf die Nerven, auch wenn er insgeheim verstand, warum sie sich so verhielt. Es war schließlich seine Schuld.

„Was ist mit David?", fragte er. „Du hast gesagt, es geht ihm nicht gut."

An ihrem Blick konnte er erkennen, dass sie gelogen hatte. Sie sah zur Seite, rang eine Sekunde lang um Fassung und kreischte dann: „Du nimmst *mein* Kind nicht noch einmal mit zu dieser Nutte!"

Milan kniff die Augen fest zusammen, senkte den Kopf und reckte das Kinn nach vorn. „Dein Kind?", blaffte er zurück.

Fiona antwortete nicht, aber sie sah zur Seite.

„Es ist immer noch unser Kind!", erinnerte Milan laut.

Fiona schnaufte kaum merklich.

Milan, der eine weitere Bosheit von ihr erwartet hatte, war irritiert. Dann hatte er plötzlich seine eigenen Worte im Kopf: *Er hat Nicolais Nase.* Ein leiser Verdacht keimte auf. Ein Korn des Zweifels war gesät.

„Fiona?" Er starrte sie fragend an.

Sie erwiderte seinen Blick trotzig und sah dann David an. „Na, mein kleiner Schatz, wohin hat der Papa dich gestern denn entführt, mmh?"

Warum klang das Wort Papa auf einmal so seltsam? So leer? Ein wenig zynisch.

„Es wird Zeit, Fiona", seufzte er und setzte sich auf den Rand der Couch. Vorsichtig, um den schlafenden David nicht zu wecken. Er warf einen Blick auf das kleine Köpfchen, das ihm in den wenigen Wochen seit seiner Geburt eine ganz neue Dimension tiefer Liebe gezeigt hatte.

„Zeit wofür?", fragte Fiona misstrauisch und setzte sich neben ihn.

„Das wir uns eingestehen, dass das hier alles nichts bringt."

„Sagt dir das deine kleine verbrannte Schlampe?"

Milan krallte seine rechte Hand in den Stoff des Sofas. Es fiel ihm immer schwerer, in Fionas Gegenwart ruhig zu bleiben. Was er bereits zu Beginn ihrer Beziehung geahnt hatte, war nun bittere Gewissheit: Er würde Fiona nie lieben können. Er hatte sie nie geliebt. Nicht einmal in den Minuten nach der Geburt, als er neben ihr stand und man ihr nach dem Kaiserschnitt David auf die Brust legte. Er hatte sofort eine tiefe Liebe für das Kind empfunden, aber nichts für Fiona. Sicher, er war froh darüber, wie liebevoll sie mit dem Jungen umging. Dankbar, wie sie Schwangerschaft und Geburt und die anstrengenden ersten Tage, in denen es mit dem Stillen nicht richtig klappen wollte, gemeistert hatte. Aber das war alles. Dazwischen sah er sie an und sah eine Fremde. Eine Frau, mit der er nicht zusammen sein wollte. Das lag nicht unbedingt an ihr. Es lag an ihm und nur deswegen hielt er noch durch.

„Ich brauche niemanden, der mir das sagt. Mal ehrlich, Fiona. Mach dir doch nichts vor! Das Einzige, was uns verbindet, ist dieser kleine Kerl hier. Ich kann nicht mehr. Ich kann und will nicht mehr mit dir zusammenleben. Das ist doch alles eine Farce."

„Du trennst dich von mir? Du hast mir gesagt, dass du mich noch nicht heiraten kannst, aber mit mir zusammen sein willst."

„Das stimmt. Aber ich kann nicht. Ich liebe dich nicht und du liebst mich nicht. Das ist doch die Wahrheit. Wir sind nicht glücklich miteinander und wenn du ehrlich bist, waren wir das auch noch nie. Getrennt sind wir doch schon lange." Und dann sprach er es aus: „Ich werde ausziehen."

Sie überhörte es. „Ich habe dich geliebt, Milan. Bis du mich vor meiner gesamten Familie gedemütigt hast!", schrie sie. Wie immer, wenn die Rede auf die Hochzeit kam.

„Nein, hast du nicht. Glaubst du, ich merke nicht, wie du durch mich hindurchsiehst? Du interessierst dich nicht für mich."

263

„Ich interessiere mich nicht für dich?! Ich habe dir hundertmal gesagt, du müsstest im Sender endlich mal mit Richard über deine Position reden. Mein Vater hat dir …"

„Das ist kein Interesse, Fiona, und fang nicht wieder mit diesem Haus an! Ich will nicht neben deinen Eltern wohnen. Du hast kein Interesse an mir, du willst mich ändern."

„Nicolai hatte so recht …", fauchte sie und unterbrach sich dann selbst.

„Womit hatte mein Bruder recht?"

„Nichts …"

„Womit?"

Kurz sah sie ihn wutentbrannt an. Der exakt gleiche Blick, mit dem sie ihn bereits vor Monaten in der Kirche bedacht hatte. Eine Mischung aus unbändigem Zorn und Abscheu. Damals hatte er den Ausdruck in ihren Augen gut verstehen können, jetzt aber zog sich etwas in seinem Magen so fest zusammen, dass er sich am liebsten vor Schmerzen gekrümmt hätte. Er ahnte, dass er eine Wahrheit erfahren würde, von der er nicht wusste, ob er sie ertragen konnte.

David auf der Couch neben ihm schlug die Augen auf.

Milan krallte auch noch die andere Hand in die Sofalehne und sagte mit fester Stimme: „Womit, Fiona?"

Verächtlich schnaubte Fiona und sagte dann: „Er hat mir gleich gesagt, dass ich in einer anderen Liga spiele als du!" Sie hatte den Mund zu einem dünnen Strich zusammengezogen, an ihrem linken Auge zuckte das Lid.

„Wann hat er das gesagt?" Milan spürte, wie ihm das Blut aus dem Gesicht wich. Er warf noch einen Blick auf Davids kleines Gesicht und holte tief Luft.

„Gleich, sagte ich, Milan. Von Anfang an. An unserem ersten Abend." Eiskalt tropften die Worte aus ihrem Mund. Um ihren Mund spielte ein frostiges Lächeln.

Plötzlich war es Milan, als wäre Nicolai ebenfalls im Raum und wiederholte, was er damals im Bootshaus gesagt hatte. *Du stehst wohl im Moment auf abgelegte Ware, was?*

Milan sprang auf und packte Fiona grob an der Hand. „Wer ist Davids Vater?"

Sie schüttelte ihn verärgert ab und zischte dann leise: „Was soll das?"

Milan ließ seinen Arm kraftlos sinken. „Wer ist sein Erzeuger?"

Fiona lachte bitter. „Herrgott, Milan! Bist du wirklich so blöd? Willst du oder kannst du es nicht sehen?"

„Nicolai?", brachte er mühsam hervor.

Sie nickte. Zumindest hatte sie so viel Anstand und Scham, ein wenig rot zu werden.

„Du hast mir Nicos Baby untergejubelt?!", schrie er. Er war kurz davor, Fiona seine geballte Faust ins Gesicht zu rammen. Mit Mühe hielt er sich zurück, stand auf und schlug stattdessen mit der rechten Hand mit voller Wucht gegen die Wand. Dabei sah er zu David, der sich auf der Couch wand, seine kleinen Beine nahe an seinen Körper heranzog und leise anfing zu wimmern. Milan spürte, wie seine brennenden Augen sich nicht von dem Jungen lösen wollten.

„Du magst den Jungen doch so sehr, Milan." Sie zuckte tatsächlich mit den Schultern, dann fuhr sie etwas leiser fort: „Dein Bruder ist ein Playboy! Er ist selbst wie ein Kind, was hätte er mit einem Baby anfangen sollen? Du warst da anders. Und ich habe einen Vater für David gebraucht. Ich mochte dich."

Er sah sie entgeistert an. „Weiß Nico davon?"

„Nein", stöhnte sie. „Er weiß es nicht."

„Hattest du vor, es mir irgendwann zu sagen? Du hast zugesehen, wie ich Abend für Abend für ihn gesungen habe, als er in deinem Bauch war, du hast mich diese Vaterschaftsanerkennung machen lassen, du hast mich den Namen aussuchen lassen, du ..." Er schnaufte. „Wie konntest du nur?"

„Ich wollte, du wärst sein Erzeuger, Milan. Doch daran kann ich nichts ändern. Aber sein Vater bist du!" Es klang ehrlich. Und traurig.

„Hast du dich all die Zeit hinter meinem Rücken über mich lustig gemacht?", schrie er.

„Nein, nein ... wirklich nicht ... nie ..."

„Der dumme Milan, der sich auf ein Kind freut, das nicht seines ist!" Er griff nach ihrem Arm und schüttelte sie.

„Nein, ich fand es schön. Es war zauberhaft …"

„Halt die Klappe!" Milan ließ sich auf den Boden sinken. „Du bist ein verlogenes Stück Scheiße, Fiona. Und ich, ich wünschte, ich könnte aus dieser Tür gehen und müsste dich nie wiedersehen."

„Warum tust du es nicht?", fragte sie leise. Nun hatte sie Tränen in den Augen. Das Überhebliche war gänzlich verschwunden. „Es hat nicht funktioniert. Mein Plan hat nicht funktioniert. Du liebst mich nicht. Du liebst diese Mona."

Er blinzelte sie an.

„Glaubst du, das wüsste ich nicht?", flüsterte sie. Dann stand sie auf und kniete sich vor ihn.

Er schloss die Augen.

Fiona legte ihre Hände auf seine Knie. „Ich wollte dich und das Baby, Milan. Es war falsch, was ich getan habe. Aber ich habe es aus Liebe getan."

„Aus Liebe?", schnaubte er.

„Ja. Aus Liebe zu David und … und auch aus Liebe zu dir."

„Das ist keine Liebe, Fiona. Ich glaube, du weißt nicht, was Liebe ist."

Sie sprang auf, biss sich auf die Lippe und wich vor ihm zurück, als hätte er sie bedroht. Einen Schritt, dann zwei, dann sagte sie: „Du bist frei, Milan. Du kannst gehen." Sie sah zu David, der fröhlich strampelte. „Geh."

„Ich bin nicht frei", erklärte er und erhob sich. Das Zimmer drehte sich und gleichzeitig stand die Erde still. Er verharrte einen Moment lang mit hängenden Armen und sah entgeistert auf seinen Sohn. Dann ging er langsam und träge aus dem Raum. Es war ihm, als laste das Gewicht der ganzen Welt auf ihm und drücke ihn mit brutalster Gewalt zu Boden. Seine Glieder waren so schwer, dass er sich kaum bewegen konnte. Alles schmerzte, alles pochte, sein Kopf hämmerte. Ziellos lief er in der Wohnung herum. Er hatte keine Ahnung, was er jetzt tun sollte.

Fiona hatte ihm das Ziel geraubt. Mehrmals. Zum ersten Mal, als sie ihm sagte, dass sie schwanger sei, und er wusste, dass er damit Mona verlieren würde. Zum zweiten Mal heute, als er seinen Sohn verlor. Der gar nicht sein Sohn war.

Schließlich ging er ins Gästezimmer, wo er seit Wochen auf der Couch schlief, und raffte wahllos ein paar Klamotten zusammen und stopfte sie in einen übergroßen Army-Rucksack, den er hinter sich her ins Bad zog. Dort hielt er ihn unter die Ablage über dem Waschbecken, streckte seine Hand wie einen Keil zwischen Fionas Tagescreme und sein Aftershave und dann schob er den gesamten rechten Teil des schmalen Bretts herunter, direkt in den Rucksack hinein. Zahnbürste, ein elektrischer Rasierer, Haarschaum … Es klirrte und klapperte und er hörte, wie sein Parfum gegen die Deoflasche krachte. Aber das war besser, als wenn diese ganze Ausräumsache lautlos vor sich gegangen wäre. Man konnte doch nicht lautlos aus dem Leben seines Sohnes verschwinden. *Er ist nicht dein Sohn.*

Milan sah auf die zur Hälfte geleerte Waschablage. So schnell hatte man aus einem gemeinsamen Leben wieder zwei gemacht.

Er erinnerte sich daran, wie er im Krankenhaus neben Fiona auf dem Bett gesessen hatte, das kleine Bett mit den Glaswänden vor sich, in dem sie den friedlich schlafenden David beobachtet hatten.

Fiona hatte gesagt: „Glaubst du, es würde uns auffallen, wenn man ihn hier zufällig vertauschen würde?"

Milan hatte zunächst gelacht, aber dann hatte er gesehen, dass es ihr ernst war.

„Das Kind …", sie hatte die Stimme gesenkt und möglichst unauffällig auf ihre Bettnachbarin gedeutet, die gerade am Wickeltisch ihrem Baby mit einiger Mühe eine frische Windel verpasste, „… heißt Daniel … und hat auch schwarze Haare."

Milan hatte sie beruhigt: „Das ist unserer, den erkennen wir unter Tausenden."

Aber der Gedanke hatte sie nicht losgelassen. Sechs Wochen nachdem sie bereits zu Hause gewesen waren, hatte Fiona wieder damit angefangen und Milan gefragt, ob er den Kleinen hergeben würde, wenn er jetzt wüsste, dass er vertauscht worden war.

Milan hatte erschrocken „Auf keinen Fall!" gerufen. „Um nichts auf der Welt!"

Um nichts auf der Welt …

Nun war zwar David nicht vertauscht worden, aber er … Viel schlimmer noch. Er hatte sich wie ein Vater gefühlt und war nichts … Nichts weiter als Davids Onkel.

Schwer atmend vor unbändiger Wut auf Fiona und seinen Bruder, vor Wut über seine eigene Unkenntnis in all den Monaten, war er kurz davor, seinen Zorn wieder körperlich auszuleben. Löcher in Wände zu schlagen, Dinge zu zerschmettern … Aber da draußen schlief David. Und auch wenn er jetzt wusste, dass David nicht sein Kind war, so war er, Milan, doch immer noch sein Vater. Irgendwie.

„Wo gehst du hin?" Fiona stand in der Tür, ihre Stimme zitterte.

Er beachtete sie nicht, schob sie grob zur Seite und ging noch einmal zurück zum Sofa, auf dem David lag. Er wollte ihm übers Gesicht streichen, aber er konnte nicht. Hätte der Kleine die Augen aufgeschlagen, wäre er in diesem Moment aufgewacht, Milan hätte es nicht ausgehalten.

„Bitte …", sagte Fiona flehend und versuchte noch einmal, sich ihm in den Weg zu stellen.

„Geh aus dem Weg, bevor ich mich vergesse!", herrschte er sie an.

Im Flur blieb er einen Moment lang stehen. Unentschlossen, wohin er gehen sollte.

***

„Ole?"

„Es ist zwei Uhr morgens, Mona."

„Du kannst die Uhr lesen, Glückwunsch", zischte sie.

„Was gibt's?", seufzte er.

„Ich habe es mir überlegt. Ich gehe nach Halle."

„Machst du?"

„Ja!"

„Hättest du mir das nicht morgen früh sagen können?"

„Nein, ich wollte es mir nicht noch mal anders überlegen."

„Soll ich mitkommen?"

Sie blieb stumm.

„Bedeutet das jetzt, dass ich mich mit Models ohne Intellekt begnügen muss?" Mona konnte nicht hören, ob er darüber traurig war oder wie üblich eher amüsiert.

„Vielleicht findest du ja auch eine, die beides hat. Look und Grips", erwiderte sie.

„Wird schwierig."

„Gute Nacht, Ole."

„Gute Nacht, Monika."

„Nenn mich nicht so."

„Darf ich dich ab und zu besuchen? Um unsere Freundschaft aufzufrischen?", fragte er süffisant.

„Ich bin ja noch nicht mal dort."

Nachdem sie sich verabschiedet und aufgelegt hatte, legte sie sich im Bett zurück, presste ihre Hand auf ihre Brust und versuchte, das Rasen darin zu beruhigen. Ihr Kopf hatte sich entschieden, ihr Körper offenbar noch nicht. Es machte ihr Angst, weil sie frisches Glück geschmeckt hatte und sich jetzt nicht mehr mit Dosenfutter begnügen konnte. Sie hatte mit Milan zum ersten Mal absolute Vollkommenheit gespürt und deshalb, so wusste sie, würde ihr ein Hauch von Glück nicht mehr genügen. Aber es ging nicht. Es ging einfach nicht. Von Anfang an war ihre Liebe zum Scheitern verdammt gewesen. Es wurde Zeit, das einzusehen, statt sich ständig Fragen nach dem Sommer und dem Herbst zu stellen. Sie würde alle vier Jahreszeiten auch ohne Milan überleben.

***

Milan stieg aus dem Zug und sah sich suchend um. Stefan hatte ihm versprochen, ihn abzuholen. Als er noch immer etwas verwirrt – er hatte die ganze Nacht über nicht geschlafen, sondern sich auf Isabellas Mini-Sofa hin und her gewälzt – in der Gegend herumschaute und sich um die eigene Achse drehte, rief plötzlich jemand seinen Namen.

Milan hatte nicht damit gerechnet, sofort bei seiner Ankunft in München wieder mit dem Verlustschmerz seiner Vaterschaft konfrontiert zu werden, deshalb seufzte er laut, als er in dem großen, schlanken Mann mit Brille und Kappe, der einen Buggy vor sich herschob, einen seiner besten Freunde erkannte.

„Emma arbeitet", erklärte Stefan entschuldigend und deutete auf das zweijährige Mädchen im Wagen, das er liebevoll anlächelte.

„Kein Problem", erklärte Milan. Malena biss abwechselnd auf einem Schnuller und auf einem Hörnchen herum. Milan starrte sie an und sah dabei nur, was er selbst nicht länger war: der Vater eines Kindes. Ein beißendes Gefühl des Neids stieg in ihm auf. Am liebsten wäre er einfach wieder in den Zug gestiegen und nach Hause gefahren.

Stefan schien es nicht zu bemerken, er begrüßte Milan mit einer festen, freundschaftlichen Umarmung und gab ihm in den folgenden Minuten, in denen sie sich zu Fuß auf den Weg durch den Park bis zu Stefans Wohnung machten, gar keinen Grund mehr, sich unwohl zu fühlen.

Sie machten halt an einem Spielplatz, an dem sich Malena zum Spielen in den Sand setzte.

„So", setzte Stefan an. „Jetzt noch mal im Klartext. Du hast mir am Telefon gesagt, es ist was mit deinem Sohn."

„Er ist eben nicht mein Sohn", keuchte Milan.

„Wie bitte?"

„Fiona …", Milan stockte, aber Stefan legte ihm die Hand auf die Schulter und sagte ruhig: „Fang einfach von vorn an."

Als er fertig war, sah Stefan ihn aufmerksam an und schüttelte den Kopf. „Das war nicht alles, oder?"

„Nein, war es nicht … Da gibt es auch noch Mona …"

„Mona?"

Also setzte Milan erneut zum Erzählen an.

„Das ist doch eigentlich ziemlich romantisch, also der Part mit deiner Mona", stellte Stefan einige Minuten später fest. Er streckte die Beine durch, sodass es laut knackste.

„Was genau findest du jetzt romantisch? Dass Mona bei mir den gleichen Fluchtreflex an den Tag legt wie bei allen anderen?"

„Finde ich schon. Sie hat euch die Banalität des Alltags erspart, Streit um die Fernbedienung, um den Verursacher von Fingertapsern auf dem Spiegel, darum, wer den meisten Müll fabriziert und wer ihn rausbringt. All solche Dinge. Ihr seid nicht alltäglich geworden. Das ist super. Wirklich!"

„Ist das eine Zusammenfassung deiner gescheiterten Beziehungen vor Emma?"

„Das ist eine Zusammenfassung meiner Beziehung *mit* Emma." Stefan zwinkerte. „Mal im Ernst, es kommt doch darauf an, was du willst."

„So einfach ist es nicht."

„Doch, es ist immer so einfach. Du willst Mona?"

„Ja!"

„Und du willst dein Kind."

Für diese Antwort brauchte Milan etwas länger, aber er war umso erstaunter, dass die Antwort ebenfalls ein klares Ja war.

„Siehst du", nickte Stefan zufrieden. „Es ist einfach."

***

Das Handy bewegte sich wie ein viel zu langsam drehender Kreisel über den Tisch und brummte dabei wie eine sterbende Fliege.

„Geh endlich ran!", rief Aneta ihr aus dem Bad zu. „Ich ertrage deinen Brummkreisel nicht mehr."

„Es ist Milan."

„Und?", rief sie und kam schließlich mit der Cremedose in der Hand in die Küche gelaufen.

„Ich weiß auch nicht. Es ist wie immer, wenn ich jemanden zu nah an mich heranlasse, dann bekomme ich Panik. Aber normalerweise bereue ich es nicht. Heute aber fühle ich mich, als hätte ich den Kater meines Lebens."

„Einen Liebeskummerkater?" Aneta lächelte leicht.

Mona nickte. „Aber ich hab mich entschieden. Ich fahre heute."

Aneta überlegte eine Weile, dann stand sie auf, setzte sich auf den Stuhl neben Mona, legte ihre rechte Wange auf die Tischplatte und sah Mona aus wenigen Zentimetern Abstand mit ihren blassblauen Augen ernst an. Sie holte tief Luft und sagte dann: „Ich liebe dich dafür, dass du versucht hast, dagegen anzukämpfen. Ich weiß, ich bin nicht ganz unschuldig daran, dass du dich so lange gequält hast. Du und er. Es ist nicht fair, meine Geschichte auf deine zu übertragen, und es ist auch scheiße, Mona ..." Sie kassierte einen strafenden Blick von Kiki für die Verwendung des Sch-Wortes und hob entschuldigend die Hände,

271

bevor sie fortfuhr: „Es ist schade, dass deine Mutter so einen Einfluss auf deine Beziehungen hat. Du hast Angst, wieder verlassen zu werden."

„Vielleicht", antwortete Mona.

Aneta schnaufte laut und flüsterte dann: „Und ich liebe dich dafür, dass du Jacob gestern den Kopf gewaschen hast. Überhaupt liebe ich dich dafür, dass du so bist, wie du bist. Und ich werde dich schrecklich vermissen. Wenn dich irgendjemand in Halle unglücklich macht, dann schicke ich dir meine tschechischen Brüder."

„Du hast nur zwei Schwestern, Ani", Mona musste lachen.

„Egal, das war rein metaphorisch gemeint." Sie strich Mona liebevoll übers Haar. „Los, geh ran und verabschiede dich!"

Mona ließ das Handy noch einen Halbkreis drehen, dann seufzte sie und nahm das Telefonat an.

„Mona?" Er klang seltsam. Vielleicht war es auch nur die Verbindung, aber in seiner Stimme lag eine Schwere, die wie langsame, träge Wellen auf sie überschwappte.

Mona zog sich einen Stuhl heran und setzte sich. „Was ist passiert?"

„Er ist nicht von mir. Mein Sohn. David. Sie hat mich angelogen."

Mona sagte nichts.

„Sie hat mir das Kind untergejubelt, sie hat es von Anfang an geplant."

Mona war es, als liefen die letzten Monate noch einmal wie ein Film an ihr vorbei. Der Nachmittag, an dem sie erfahren hatte, dass er Vater wurde. Sie fasste sich an die Stirn, als könne sie die Tischtennisbälle spüren, die er ihr an den Kopf geworfen hatte. *Ich mag dich.* Sie spürte auf der Zunge eine Bitterkeit, die so sauer war, so giftig und ätzend, dass sie sich kaum auf den Beinen halten konnte. Sie sah ihn wieder in der Sakristei der Kirche sitzen. Sie sah sie beide auf dem Autodach bei IKEA. Sie hörte immer wieder, wie sie sich gegenseitig beteuerten, nur Freunde zu sein. All die Lügen. All die Halbwahrheiten. Unterdrückte Gefühle und gezähmte Leidenschaft, heruntergeschluckte Liebe, an der sie beinahe erstickt wäre. All das. Für nichts und wieder nichts.

„Alles umsonst?"

Es war, als höre er sie nicht; Mona war sich auch nicht sicher, ob sie es wirklich laut gesagt hatte.

„Seit wann weißt du es?", fragte sie. Es war seltsam, dieses Gespräch am Telefon zu führen. Sie wollte ihm dabei in die Augen sehen.

„Seit ein paar Tagen. Aber du gehst ja nicht ans Telefon."

„Wo bist du, Milan?"

„Ich bin bei einem Freund. In München."

‚Du hättest zu mir kommen können', wollte sie sagen, aber sie blieb stumm. Stattdessen drückte sie die Augen fest zu und sagte dann: „Ich fahre heute, Milan. Nach Halle."

„Was zum Teufel willst du in Halle?"

„Ich ziehe dorthin."

„Du machst was?"

„Ich hab ein Angebot, erst mal nur für ein Praktikum, aber es könnte was werden."

„Warum um Himmels Willen machst du ein Praktikum in Halle?"

„Dort ist der Firmensitz von MotionWorks. Trickfilme, Zeichner …"

„Nein!", rief er laut.

„Doch", antwortete sie.

Dann war es wieder eine Weile still zwischen ihnen. Fast schon hoffte Mona, er würde ihr sagen, jetzt wäre alles anders. Jetzt, da das Kind nicht sein Kind war. Sofort schämte sie sich für den Gedanken. Das war schließlich auch nicht das, was sie wollte.

Milan sagte noch immer nichts. Mona glaubte, sein Herz durchs Telefon schlagen zu hören. So laut wie ihres.

Dann erklärte er mit fester Stimme: „Ich will trotzdem Davids Vater sein."

Sie starrte eine Weile auf den Boden, auf die rauen Holzdielen, studierte die Rillen und Muster. So lange, bis ihr schwindelig war. „Das ist gut, Milan. Wirklich. Leb wohl."

Bevor er antworten konnte, legte sie auf.

Kapitel 22 – In the name of love

AUS DEM FRISCHEN FRÜHLING WURDE EIN WARMER, HELLER APRIL, DEM EIN HEIßER MAI FOLGTE.

Milan war nach einigen Tagen in München zurückgekehrt nach Hamburg, aber es war ihm, als wolle er nicht wirklich ankommen in diesem Leben, das sich binnen weniger Stunden im März wieder einmal um sich selbst gedreht hatte. Er dachte oft daran, was er im letzten Jahr gewonnen und wieder verloren hatte, und die Bilanz wollte nicht recht aufgehen. Er wusste, welche Unbekannte ihm fehlte, aber die Unbekannte war mehr oder weniger unbekannt verzogen und er konnte auf einmal nichts mehr mit sich anfangen. Allein deshalb, weil Mona nicht in Hamburg war. Eine Tatsache, die ihn völlig verrückt machte. Er hasste es, nur daran zu denken, dass *sein* Lockenkopf so viele Kilometer von ihm entfernt war.

Was nützte ihm die schöne Frühlingssonne, von der alle schwärmten, wenn seine Frühlingsgefühle noch immer im Winter feststeckten. Unter einer dicken Eisschicht, mit Schnee darüber.

***

„Hast du dich jetzt eigentlich in Halle verliebt oder kehrst du reumütig nach Hamburg zurück, weil du gemerkt hast, dass unsere kleine Stadt nicht wirklich der Nabel der Welt ist?" Zoe nahm ihre übergroße Brille von der Nase und kratzte sich mit dem Bügel an der Wange.

Mona musste lachen. Manchmal erinnerte ihre neue Kollegin sie ein wenig an Aneta. „Verliebt" klang es in ihren Ohren und da war ihr gar nicht mehr zum Lachen. Nein, verliebt war sie erst ein einziges Mal gewesen. Sie verdrängte den Gedanken, biss sich kurz auf die Unterlippe und nahm dann die Tasche vom Haken im Flur ihrer kleinen Wohnung.

„Nicht, dass du das falsch verstehst, ich würde mich freuen, wenn du bliebst", ergänzte Zoe.

Mona zuckte etwas mit den Achseln und antwortete dann aufgesetzt leichtfertig: „Ach, mal sehen. Die Leute hier sind auf jeden Fall ganz nett. Wenn sie sich anstrengen."

Zoe grinste und warf ihre langen blonden Dreadlocks mit gekonntem Schwung über die Schulter. „Na, dann will ich mich mal ganz besonders anstrengen heute."

Mona sah an Zoe vorbei zu dem großen Spiegel im Gang, den Aneta ihr zum Auszug geschenkt hatte. Für die erste Wohnung, in der sie allein lebte, und die erste, bei der sie sich finanziell ein wenig von ihrem Vater unter die Arme greifen ließ. Sie nickte ihrem Spiegelbild Mut zu, das Sommerkleid, das eben nicht jeden Zentimeter der Hautentnahmenarbe am Bein bedeckte, anzubehalten.

„Wollen wir?", fragte sie Zoe.

„Und wie!", antwortete ihre neue Freundin und hakte sie unter.

Sie trafen sich in der Innenstadt mit ein paar Freunden von Zoe und zwei weiteren Kollegen von MotionWorks. Mona war schon zweimal in der Szenekneipe gewesen und genoss auch bei ihrem dritten Besuch die warmen, roten Farben, die hohen Decken und die langen geschwungenen Glasleuchter, die im Erdgeschoss über der langen Theke schwebten. Spätestens in ein, zwei Stunden würde man aus dem Keller die Bässe dröhnen hören, denn dort befand sich der hauseigene Club.

Sie wurde von den anderen herzlich begrüßt, von Victor, Zoes bestem Freund, besonders überschwänglich. Er setzte sich sofort neben sie und erkundigte sich, was sie trinken wollte.

„Na, Hamburgerin. Wie sehen die Zukunftspläne aus? Hat MotionWorks dich schon fest eingestellt?", fragte er schließlich und reichte ihr das Weinglas.

„Ja, sicher. Die haben nur auf mich gewartet", sagte Mona lachend.

„Ich habe ihr auch schon gesagt, dass wir sie nicht mehr so einfach zurücklassen", zwinkerte Zoe ihr zu und zuckte mit Blick auf Victor bedeutungsvoll mit den Augenbrauen.

Mona fühlte sich überhaupt nicht danach zu flirten. Seit Milan schien es ihr, als hätte sie gänzlich das Interesse am anderen Geschlecht verloren. Es machte ihr nicht wirklich Sorgen – manche Dinge brauchten eben Zeit –, aber manchmal fragte sie sich schon, was mit ihr los war. Victor war mit seinen braunen, halblangen Haaren und den schönen blauen Augen wirklich ein Hingucker. Er war nett, aufmerksam, witzig und freundlich. Aber das war Ole auch gewesen.

Und Milan auch ... Sie schüttelte sich, woraufhin sich Zoe, die die Geste falsch verstand, seufzend in den hellen Loungesessel zurückfallen ließ. Mona versuchte den Abend zu genießen, sie war froh, so schnell Anschluss gefunden zu haben. Ellen, Carmen und Frank, die sie bereits von vorherigen Treffen kannte, versuchten sie zu überreden, im August gemeinsam mit ihnen in ein Ferienhaus nach Kroatien zu fahren, sie sprach mit Victor über die Sommerfestivals, die in den nächsten Wochen in Leipzig und Halle stattfinden würden, und zeichnete auf Wunsch ihrer Kollegin Simone eine Karikatur der ganzen Truppe.

Sie musste sich nicht einreden, dass es ein schöner Abend war. Es *war* ein schöner Abend. Wie gut es gewesen war, Hamburg einmal den Rücken zu kehren, neue Bekanntschaften zu machen und einige Dinge einfach hinter sich zu lassen. Sie sagte sich selbst, dass sie alles richtig gemacht hatte. Nur manchmal, in ganz seltenen kleinen Momenten, wollte sie sich selbst nicht glauben.

„Kommt die kleine Kiki bald mal wieder?", wollte Zoe wissen, nachdem sie die vierte Runde Getränke geordert hatten und die Mädels bereits überlegten, nach unten in den Club umzuziehen.

„Nicht gleich nächste Woche, aber sie kommt mich sicher bald wieder besuchen. Hat ihr gut gefallen im Puppentheater. Danke noch mal für den Tipp!"

„Gerne", erwiderte Zoe mit einem warmen Lächeln. Sie blickte in die Runde, sah dann wieder zu Mona und sagte: „Wie sieht's aus? Gehen wir tanzen?" Sie hielt den Daumen ihrer linken Hand nach unten gestreckt und deutete auf den Boden.

„Ach, ich weiß nicht. Ich glaube, mir reicht es für heute", erwiderte Mona. Irgendwie war ihr auf einmal nicht mehr nach Gesellschaft. Sie trank selten und heute hatte sie schon mehr als ein Glas Wein intus. Der Alkohol machte sie etwas schwummerig und auch ein wenig melancholisch. Sie musste an Aneta denken, die sich – wenn sie hier gewesen wäre – über die schicke Aufmachung des Ladens ein wenig lustig gemacht und dennoch mit Begeisterung die Tanzfläche des Clubs unsicher gemacht hätte. Sie vermisste das Klappern von Kikis Löffel in der Müslischale, den Anblick nie zugeschraubter Zahnpastatuben im gemeinsamen Badezimmer, es fehlte ihr, nach

Hause zu kommen, wo jemand auf sie wartete. Aber das war nicht alles. Das wusste sie und verdrängte es, so gut sie konnte.

„Geht ihr mal runter, ich will ein bisschen frische Luft schnuppern und dann nehme ich mir ein Taxi und fahre heim."

Zoe sah sie zweifelnd an. „Sicher?"

„Ich könnte dich nach Hause fahren", bot Victor an.

„Danke, echt. War schön mit euch, wir sehen uns, in Ordnung?", lehnte Mona ab.

„Gut, wenn du meinst. Aber nimm nicht allein die Öffentlichen", meinte Zoe.

„Keine Sorge", sagte sie kopfschüttelnd. „Du weißt doch …"

„Ja, weiß ich." Zoe stand auf, als sich Mona erhob, und umarmte sie.

Mona winkte noch einmal in die Runde und ging dann durch die große schwere Glastür nach draußen. Wenige Meter entfernt war ein Taxistand, aber bevor sie sich auf den Weg machte, wollte sie einen Moment für sich haben. Sie setzte sich auf den noch immer warmen Bürgersteig vor der Kneipe und genoss den kühlen Windhauch auf ihrer Haut. Ein Handy klingelte dumpf. Sie hörte es zwar deutlich, hielt es aber zunächst nicht für ihr eigenes. Bereits in ihrer ersten Woche in Halle war ihr altes Telefon ihr während des Einkaufens aus der Hosentasche gestohlen worden und sie hatte bisher weder Zeit noch Lust gehabt, alle Funktionen des neuen Handys umzustellen. So war ihr auch das unangenehme Ringen – das mehr nach einem Wecker klang – nicht vertraut.

Vor der Kneipe befanden sich außer ihr nur zwei junge Frauen, die sich gerade eine Zigarette ansteckten. Keine reagierte auf das Klingeln und erst da begriff Mona, dass es tatsächlich ihr Handy war. Hektisch suchte sie in ihrer Tasche nach dem Gerät in der weißen Plastikhülle. Ihr wurde heiß und sofort wieder kalt. Es war ein Uhr morgens. Wenn jetzt jemand versuchte sie zu erreichen, dann konnte das kaum etwas Gutes bedeuten. Der Anrufer war zudem recht penetrant. Mit zitternden Fingern fand sie das Handy schließlich unter ihrer Geldbörse. Ohne auf die Nummer zu achten, nahm sie ab.

„Ja?", sagte sie atemlos.

„Aufgewacht, du Schlafmütze! Mach mal deine Tür auf!"

„Was?", fragte sie verblüfft.

Der neckende Ton ließ Mona zunächst erleichtert aufatmen.

Eine der Raucherinnen sah neugierig zu ihr herüber. Sie brauchte einen Moment, um die Stimme zuzuordnen. Die Stimme war männlich. Vertraut. Amüsierter Unterton.

„Ich stehe seit einer halben Stunde vor deiner Tür und warte, dass du mir endlich aufmachst", sagte Ole.

„Ich bin nicht zu Hause! Was machst du denn hier?"

„Wollte dich besuchen!"

„Nachts?"

„Okay, ich bin geschäftlich hier. Aber ich wollte dich trotzdem sehen."

Mona war überrascht. Sie hatten sich eine Weile nicht mehr gesehen, nur ein oder zweimal telefoniert.

„Bist du betrunken?", erkundigte sie sich vorsichtig.

„Nein! Du?"

„Gut, ich bin noch in einer Kneipe. Also genau genommen davor. Ich brauche zwanzig Minuten."

„Alles klar, ich mache es mir auf den hübschen kackbraunen Kacheln vor deiner Haustür gemütlich. Beeil dich, Monika!"

Sie musste unwillkürlich lächeln. Ole war zwar nicht derjenige, nach dem sich ihr dummes Herz so sehr sehnte, aber er war ein Stückchen Heimat und vielleicht der Einzige, der ihre blöden Sehnsüchte ein wenig vertreiben konnte. Schließlich war ihm das schon einmal gelungen.

Exakt zweiundzwanzig Minuten später hastete sie die Treppen hinauf und da saß er tatsächlich. Oles Locken hingen ihm in die Stirn, neben ihm stand seine allgegenwärtige schwarze Fototasche und dahinter ein olivgrüner Rucksack. Er selbst trug Jeans, die am Bund zerfranst waren, und ein graues Shirt mit unleserlichem Aufdruck. Die Schuhe hatte er ausgezogen und nebeneinander vor ihre Wohnungstür gestellt.

„Bist du wegen mir hier?", fragte sie scherzhaft.

„Nein, ich habe mich neuerdings auf das Fotografieren von hässlichen Hausfluren spezialisiert, und dachte, den hier darf ich mir nicht entgehen lassen."

„Ole …"

„Was?"

„Du bist nicht romantisch."

„Sagst du!"

„Sage ich."

„Na und? Muss man romantisch sein, um bei dir vor der Tür zu sitzen?"

„Ein bisschen schon, glaube ich", antwortete sie. Dann deutete sie auf die Schuhe vor ihrer Tür und meinte trocken: „Du hast aber nicht vor, hier einzuziehen, oder?"

„Für heute Nacht?", fragte er und legte den Kopf schief.

Mona seufzte, nur scheinbar genervt, kickte Oles Schuhe zur Seite und schloss die Tür auf.

Ole rappelte sich auf, sammelte seine Sachen zusammen und folgte ihr.

„Hast du dir die Stadt schon angesehen?", wollte er wissen, während er sich in ihrer Wohnung umsah und anerkennend nickte.

„Ja, ich glaube, es gibt kaum einen Flecken, den ich noch nicht gesehen habe. Ich war im Kunstmuseum, am Händeldenkmal, am Roten Turm, in ziemlich jeder Kirche und …"

„Wow", Ole nickte anerkennend. „Wie lange bist du jetzt hier? Hast du es eilig oder musst du dich dringend auf andere Gedanken bringen?" Ole musterte sie ernst, drehte sich und ging schließlich zielstrebig auf die kleine dunkelgraue Couch in Monas Wohnzimmer zu.

„Was für andere Gedanken denn?", fragte sie, wandte den Blick ab und zupfte ihr Kleid nach unten.

Ole zuckte wissend mit den Augenbrauen. „Du siehst gut aus, sehr gut. Hat deine Wohnung auch ein Bett?", er grinste anzüglich.

Als Mona ihn ansah, wusste sie, dass es nicht ging. Es war alles falsch. Mit Ole zu schlafen, bevor sie mit Milan zusammen gewesen war, war okay gewesen. Gut gewesen. Jetzt war es ein Ding der

Unmöglichkeit. Seine Augen waren die falschen, seine Stimme nicht die, die jeden Zentimeter an ihr zum Klingen brachte. Sosehr sie Ablenkung nötig hatte, das würde nicht funktionieren.

„Ich habe ein Bett für mich und ein Sofa für Gäste", stellte sie klar.

„Hast du immer noch diesen Vogel im Kopf?", wollte Ole wissen und breitete die Hände aus, als wären sie Flügel. „Wie hieß der gleich? Fink? Ach nein, Milan, nicht wahr?", sagte er ein wenig säuerlich.

Sie hatte ihn nicht im Kopf. Es war viel schlimmer. Sie hatte ihn im Herzen. Und ihn daraus zu vertreiben, war nicht so einfach. „Was machen die Models?", lenkte sie schnell ab.

„Sie lassen mich nicht nachts auf der Couch schlafen", gab Ole schlagfertig zurück.

Mona rollte mit den Augen. „Gute Nacht, mach es dir bequem", sagte sie und wollte sich umdrehen.

„Warte!" Ole sprang auf und hielt sie fest. „Du lässt mich jetzt einfach hier sitzen?"

„Ich frühstücke morgen mit dir", antwortete Mona, stellte sich auf die Zehenspitzen und küsste ihn auf die Wange. „Schlaf schön."

„Monika, du brichst mir das Herz", rief Ole theatralisch, ließ sich wieder auf die Couch fallen und warf ihr einen Luftkuss zu.

Mona ging langsam in ihr kleines, frisch renoviertes Bad, nahm ein Wattepad und schminkte sich sorgfältig ab. Sie starrte noch eine Weile in den Spiegel über dem Waschbecken und fühlte sich fremd dabei. Verloren und allein. Trotz oder vielleicht gerade wegen Ole in ihrer Wohnung.

Ohne noch einmal ins Wohnzimmer zurückzukehren, ging sie geradewegs ins Schlafzimmer, zog sich aus und legte sich aufs Bett. Lange lag sie da und sah die Decke an, die Schatten, die vorbeifahrende Autos mit ihren Lichtern hereinwarfen, und ließ zum ersten Mal seit Wochen zu, an den Grund für ihre immer wiederkehrende Traurigkeit zu denken. Alles war eigentlich perfekt. Wenn eigentlich nicht eben bedeutet hätte, dass es da ein Loch in ihrem Herzen gab, in das nur einer passte.

Als sie am Morgen erwachte, brauchte sie länger als gewöhnlich, um sich zu orientieren. Sie hatte von schreienden Babys geträumt, die

Kopfhörer auf den Ohren hatten, aus denen Milans Radiostimme sprach. Und von Stau auf der Autobahn Richtung Hamburg. Ein endloser Stau, der vollständig aus blauen Audis bestand. Seufzend tapste sie ins Bad, duschte und weckte dann Ole, um ihr Versprechen einzulösen. Er machte keinen weiteren Versuch, in ihr Bett zu kommen, stattdessen war er ganz Gentleman und bestand darauf, Mona zum Frühstücken in ein Café einzuladen.

Es war bereits um zehn Uhr so sonnig, dass sie draußen sitzen konnten. Mona blinzelte zum Himmel hinauf, während Ole die Frühstückskarte ein zweites Mal studierte.

„Wie kannst du nur immer noch Hunger haben?", fragte sie ihn und deutete auf die zwei leeren Teller vor ihm, auf denen nur noch einzelne Brotkrumen lagen.

Ole zuckte mit den Achseln und grinste. „Ich leugne meine Bedürfnisse wenigstens nicht!", erklärte er zweideutig.

„Was soll denn das wieder heißen?"

„Warum bist du hier, Mona?"

„Um mit dir zu frühstücken!", erklärte sie unschuldig.

„Warum bist du in Halle? Sag jetzt nicht: Zum Arbeiten. Du bist doch geflüchtet!"

Mona sah wieder hinauf in den Himmel, um nicht sofort antworten zu müssen. Sie erkannte einen Vogel, der über dem freien Platz kreiste. Sah etwas genauer hin. Der große Raubvogel flog mehrere Kreise und kam tiefer herunter. Sie erkannte die charakteristischen, halb gefächerten Schwanzfedern, die das Tier eindeutig als einen Roten Milan auswiesen. *Na toll, passender geht es kaum*, dachte sie.

Ole sah sie abwartend an.

Mona seufzte und sagte schließlich: „Du kennst die Geschichte doch. Es sollte halt nicht sein. Milan hat ein Kind mit einer anderen. Also eigentlich nicht, aber er will trotzdem sein Vater sein und …"

Ole zog die Augenbrauen so weit nach oben, dass es schon lächerlich aussah.

„Es ist kompliziert", gab Mona auf. Wenn sie ehrlich war, wusste sie selbst nicht mehr, warum das alles so schlimm war. Warum sie geglaubt hatte, dass sie nicht damit leben konnte. Sie, die Kiki praktisch adoptiert hatte. Sie, die anderen predigte, sich auf anständige Art und Weise mit ihren Patchworkfamilien zu arrangieren. Vielleicht hatte sie einfach nicht gewusst, wie sehr es wehtun könnte, ihn endgültig aufzugeben. Ein Schmerz, den sie zwar betäubte, der aber immer unter der Oberfläche lauerte. Bereit, wieder auszubrechen. Wie eine heimtückische Krankheit.

„Wir bestellen dir noch einmal das große Breakfast for two", schlug sie vor und beendete das Thema damit.

***

Nachdem sie sich von Ole verabschiedet hatte, machte sie sich zu Fuß wieder auf den Weg zu ihrer Wohnung. Sie holte sich einen Zeichenblock und einen Bleistift und machte es sich auf ihrem Minibalkon gemütlich. Das war noch immer die beste Heilung gewesen. Etwas tun, was sie gerne mochte. In ihren Ohren dröhnte Milans Stimme auf einmal so laut, als liefe eine seiner Sendungen und sie hätte das Radio bis zum Anschlag aufgedreht. Auf einmal war es, als würde die Entfernung zwischen ihnen dazu führen, dass sie ihn besser hören konnte. Vielleicht gab es keinen Rückkopplungseffekt mehr. Daher war sie diesmal erleichtert, als ihr Handy, das sie aus Platzmangel auf dem Tisch in einen leeren Blumentopf an der Zierleiter zu ihrer Linken gesteckt hatte, plärrend klingelte.

Aneta meldete sich ohne Begrüßung, wie immer schoss sie gerade drauflos, so, als würde Mona neben ihr stehen und wäre nicht 350 Kilometer entfernt in einer anderen Stadt, in einem anderen Bundesland.

„Weißt du noch, wie wir über Kiki gelacht haben, die geglaubt hat, wenn jemand einen Schlaganfall hat, hätte er in die Steckdose gefasst? Wir lagen am Boden, haben gezappelt, als stünden wir unter Strom, und konnten uns nicht mehr beruhigen. Ich weiß nicht, warum mir das jetzt einfällt. Keine Ahnung … Vielleicht weil ich so gerne mit dir lache und niemand so kichert wie du."

„Ich vermisse dich auch, Ani!", entgegnete Mona und steckte sich den kleinen, kurzen IKEA-Bleistift hinters Ohr. Es war Nummer siebenundsechzig. Sie hatte sie alle gezählt. All die, die zu kurz geworden waren, um mit ihnen zu zeichnen. Und die als Andenken in einer kleinen Holzkiste unter ihrem Bett begraben waren.

„Deswegen rufe ich aber gar nicht an … Also auch. Mona, es ist ein Brief für dich gekommen. Ich wollte ihn dir nicht einfach so schicken, ich dachte, du bräuchtest eine kleine Warnung."

„Was ist passiert?"

„Es ist ein Brief von der Polizei. Aber … ich weiß auch nicht. Du bist nicht geblitzt worden, oder?"

Mona lebte seit über zwei Monaten in Halle, es war unwahrscheinlich, jetzt noch einen Bescheid wegen zu schnellen Fahrens aus Hamburg zu erhalten. Automatisch schickte ihr dummer, dummer Kopf ihr gleich Bilder vors innere Auge, an die sie gar nicht denken wollte. Milan am Falkensteiner Ufer, der mit Schwung das Blitzergerät in die Elbe beförderte und sich dann zu ihr drehte. Seine Hände um ihre Hüften legte und …

„Nein", rief sie laut. Es war keine Antwort auf Anetas Frage, aber das konnte diese ja nicht wissen.

„Soll ich ihn wirklich nicht aufmachen?"

„Ja. Doch. Mach ihn auf und lies ihn mir vor! Keine Ahnung, was die von mir wollen."

Sie hörte, wie Aneta das Telefon kurz zur Seite legte und den Brief ratschend öffnete. Dann raschelte das Papier, Aneta räusperte sich. Sie begann mit der offiziellen Anrede und den ersten Zeilen des Briefes. Wie immer, wenn sie etwas vorlas, kam ihr tschechischer Akzent deutlicher zur Geltung, als wenn sie frei sprach. Schließlich verstummte sie und sagte nur: „Sie haben ihn."

„Wen?", fragte Mona.

Aneta rief aufgeregt: „Sie haben das Schwein aus der U-Bahn."

Zunächst begriff Mona gar nicht, was ihre Freundin ihr sagte. Dann aber riss sie die Augen weit auf und antwortete: „Sie haben ihn?"

„Ja. Sie bitten dich, auf dem Revier zu erscheinen."

„Wann?"

„Du sollst dich melden und einen Termin ausmachen."

„Ich will nicht!"

„Was?", brüllte Aneta durch den Hörer.

„Ich will nicht."

„Du musst."

„Ich kann nicht nach Hamburg zurück, noch nicht."

Aneta, die ihre Antwort falsch interpretierte, entgegnete mit Unverständnis: „Dafür müssen die bei Disney dich freistellen!"

„Ich arbeite nicht bei Disney, Ani!"

„Ja, aber fast."

Lächelnd schüttelte Mona den Kopf und seufzte schließlich. „Ist gut, ich ruf da mal an."

„Mach das! Und, Mona …?"

„Ja?"

„Ich vermisse dich wirklich!"

„Ich dich auch."

Aneta sagte nichts mehr, legte aber auch nicht auf.

„Wolltest du noch was sagen?", fragte Mona.

„Ja … nein, sag ich dir, wenn du hier bist."

„In Ordnung, bis bald."

„Bis bald!"

Mona hatte gar nicht gemerkt, dass sie während des Telefonats aufgestanden war. Aber tatsächlich, sie saß nicht mehr auf dem Klappstuhl, sie stand und umklammerte mit ihren Fingern das Geländer des Balkons. Auf einmal hatte sie Angst. Angst, dass Hamburg ihr den Rest geben würde. Den Rest, den es noch brauchte, um sich klarzumachen, dass sie einen Fehler begangen hatte. Dass sie einfach nur feige gewesen war.

Sie ging nach drinnen, um sich kaltes Wasser ins Gesicht zu schütten, ging unschlüssig, was sie tun sollte, wieder in den Gang hinaus und sah in den Spiegel. In ein Gesicht, das sie gelernt hatte, als ihres zu akzeptieren. Ein Gesicht, das sich so glatt und frei von vergangenem Schmerz angefühlt hatte, wenn Milan darübergestrichen hatte. Ein Gesicht mit sehnsuchtsvollen Augen. Braune Augen mit gelben Sprenkeln, die der Möglichkeit, ihr Gegenstück endlich wieder in Augenschein nehmen zu dürfen, gefährlich freudig entgegenblickten. Schließlich riss sie sich los, ging wieder nach draußen, nahm ihr Handy und wählte die Nummer der Polizeidienststelle, die Aneta ihr geschickt hatte.

**

284

„Ich bringe ihn morgen wieder." Milan stand an der Türschwelle. Er kam sich vor wie ein wandelndes Klischee, jemand, der sich selbst fremd war, weil er nie geglaubt hatte, einmal zu den Vätern zu gehören, die ihre Kinder zum Besuchswochenende abholten.

„Was habt ihr beiden vor?", fragte Fiona vorsichtig. Sie war noch dünner geworden in den letzten Monaten. Sie litt und Milan konnte das Gefühl nicht abstellen, das gerecht zu finden. Er litt mehr. Davon war er überzeugt. Und daran konnte nichts etwas ändern. Keine stundenlangen Boxtrainings, nicht die gebrochene Nase vom letzten Kampf, nicht all der körperliche Schmerz von zu vielen Trainingseinheiten, mit dem er versuchte, den psychischen zu überlagern. Es änderte nichts, dass seine Kumpels ihn jedes Wochenende mit zum Feiern nahmen und ihn zwingen wollten, sich zu amüsieren. Es half nichts, dass Isabella ständig vor seiner neuen Wohnung in Richards Untergeschoss stand und ihm selbst gekochte vegetarische Kreationen in Töpfen mit verkohltem Boden brachte. Es änderte nichts an seiner tief sitzenden schlechten Laune, dass er zu seinem Radiojob Aufträge als Synchronsprecher erhalten hatte und besser verdiente denn je. Nur David machte einen kleinen Unterschied, wenn er ihn anlächelte, wenn er brabbelte und sich von Woche zu Woche zu verändern schien. Nur mit David war er ein wenig glücklich.

„Wir fahren zuerst zu meinen Eltern und dann mal sehen … Vielleicht machen wir es uns zu Hause gemütlich, schauen Bundesliga oder er bekommt sein erstes McDonald's-Kindermenü", scherzte Milan.

„Viel Spaß!", sagte Fiona und wollte die Tür schon schließen, als Milan fragte: „Hat mein Bruder sich mal wieder gemeldet?"

„Du meinst nach seinem letzten katastrophalen Besuch, bei dem er David allein auf das Schaukelpferd setzen wollte und dann nach zehn Minuten abgehauen ist?"

„Ja …"

„Nein, hat er nicht." Sie hielt kurz inne, als brauche sie Mut für den nächsten Satz. Dann fuhr sie etwas leiser fort: „Milan … ich wünschte, du wärst Davids Vater. So richtig. Ich meine, du bist sein Papa, aber … du weißt schon."

„Ja, ich weiß."

„Es tut mir leid. Es tut mir alles so leid", Fiona senkte den Kopf. Der neue, kürzere Haarschnitt stand ihr gut, dachte Milan.

Er zuckte mit den Schultern und dachte an Mona. In Halle. So weit weg und seinem Herzen doch so nah.

„Was ist mit … Mona?", fragte Fiona. Milan sah ihr ins Gesicht und stellte erstaunt fest, dass diese Frage keine Anschuldigung beinhaltete, keinen Vorwurf, sondern ein wenig Traurigkeit, aber keine Verbitterung mehr.

„Sie wohnt nicht mehr in Hamburg."

„Und?", sagte Fiona, schluckte und versuchte zu lächeln.

„Sie wohnt in Halle." Milan steckte die Hände fest in die Hosentasche.

Es war Fiona schon häufiger gelungen, ihn zu überraschen. Meist nicht positiv. Aber mit dem nächsten Satz gelang ihr das seltene Kunststück tatsächlich. „Dann hol sie dir zurück!" Mit diesen Worten drehte sich Fiona um und schloss langsam die Tür.

Milan sah ihr noch eine Weile ungläubig nach, das heißt, eigentlich blickte er auf die Tür. Verwundert. So lange, bis David, der im Maxicosi wie zu seinen Füßen saß, sich lautstark bemerkbar machte.

Später am Abend, als er mit David bei seinen Eltern auf der Terrasse saß, spuckte ihm der Kleine seinen Brei auf die Jeans. Milan setzte den Jungen auf den Schoß seiner Mutter, ging nach drinnen und zog im Badezimmer seine Hose aus. Er brummte verärgert, als er sah, dass sogar die Hosentaschen etwas von dem Karotte-Kartoffel-Gemisch abbekommen hatten, und drehte die Taschen auf links. Es wäre ihm vielleicht gar nicht aufgefallen, dass etwas dabei herausfiel, wenn er nicht zufällig mit dem nackten großen Zeh seines rechten Fußes daraufgetreten wäre. Dort, auf den weißen Fliesen im Bad seiner Eltern, lag der kleine Chip aus dem Blitzgerät, das er mit Mona in der Elbe versenkt hatte. Er hatte ihn sicherlich schon ein Dutzend Mal mit gewaschen und nun war auch noch Babybrei darauf gelandet, aber Milan beschwor das kleine Plastikteil inständig, seinen Inhalt eisern bewahrt zu haben.

***

Mona stand im Stau. Auf der A 7. Kurz nach Hannover war ein Tanklaster umgekippt und nun fühlte sie sich schon wieder an Milan erinnert. Seit Anetas Anruf konnte sie an nichts anderes denken. Die kleinsten Dinge sorgten seither dafür, dass sie alles mit ihm verband. IKEA-Logos, blaue Motorhauben, kleine Kinder in Tragetüchern, Männer mit Undercutfrisuren, sogar grüne Shirts mit V-Ausschnitt. Es war, als wolle ihr die Welt vor Augen führen, was sie aufgegeben hatte, und ihr noch einmal richtig kräftig den dicken Daumen in die offene Wunde legen.

Es waren ein paar Tage vergangen, seit sie den Termin im Polizeipräsidium vereinbart hatte, und in keiner Nacht seither hatte sie gut geschlafen. Sie träumte von Milan. In allen Varianten. Manchmal fragte er in ihren Träumen: „Wann kommst du wieder?", manchmal verhöhnte er sie und erklärte hämisch und hallend, mit einem Echo aus verächtlichem Lachen: „Hast du wirklich geglaubt, ich würde Fiona für dich verlassen?" In wieder anderen Träumen ging sein Mikrofon in Flammen auf, die seine rechte Wange verbrannten, die er dann an ihre legte. Die Träume und die Erinnerungen an ihn, die unvermittelt an jeder Straßenecke auf sie warteten, trieben Mona in den Wahnsinn. Gestern war sie sogar so weit gegangen, eine der S-Bahn-Stationen im Leipziger City-Tunnel zu betreten. Allein. Weil sie sich irgendwie hatte beweisen wollen, dass sie eben doch ohne ihn auskam. Wenn sie schon nicht davonlaufen konnte, so hatte sie geglaubt, vielleicht half dann die direkte Konfrontation. Aber sie hatte sich geirrt. Wie sehr sie sich geirrt hatte! Noch jetzt brach ihr der Schweiß aus, wenn sie daran dachte, wie sie verzweifelt dort gestanden hatte. Es war ihr erster Flashback seit Langem gewesen, aber er hatte sie brutal in die Vergangenheit zurückkatapultiert. Sie musste es einsehen: Sie brauchte Milan. Und sie wollte ihn auch. Je näher der Termin gerückt war, zu dem sie nach Hamburg zurückkehren würde, desto nichtiger erschienen ihr all die Gründe, die sie von Milan fortgetrieben hatten. Sie hatte nie an ihrer Liebe zu Kiki gezweifelt, warum hatte sie es für abwegig gehalten, seinen Sohn ebenso lieben zu können? Liebe wurde doch nicht kleiner, wenn man sie teilte, sie wurde größer. Wie tragisch, dass ihr das erst jetzt bewusst wurde. Am liebsten hätte sie ins Lenkrad gebissen und sich gleichzeitig selbst dafür geohrfeigt, dass sie so ein Feigling gewesen war. Mut, hatte der alte Mann gesagt. Mut …

Als der Verkehr nach über zwei Stunden wieder floss und sie sich ihrer Heimatstadt weiter näherte, ließ der unterschwellige Dauerschmerz der letzten Monate erstaunlicherweise ein wenig nach. Mona fühlte sich mit jedem Kilometer, den sie Hamburg näher kam, leichter. Es war, wie nach einem langen Winter zum ersten Mal Sonnenstrahlen zu spüren. Es war wie die Wirkung von kühlem Wasser auf verbrannter Haut. Und damit kannte sie sich schließlich aus. Es war Erleichterung darüber, dass die Sehnsucht ein Ende haben könnte.

Und da wusste Mona auf einmal, was sie sich in den letzten Monaten nicht hatte eingestehen wollen. Sie wusste plötzlich, dass sie sich nicht mit Starrsinn und einem piksigen, aber unsinnigen Gefühl von Neid erneut die Chance auf ihr Glück nehmen durfte. Hatten er und sie sich nicht schon längst bewiesen, dass sie einander liebten? Warum war sie so dumm gewesen, zu glauben, aus der Stadt zu fliehen, würde bedeuten, ihre Gefühle zurückzulassen? Aber womöglich war es wieder einmal zu spät. Sie hatte es sich doch so oft schon selbst erklärt. Sie hatte es ihm sogar gesagt. *Ich bin weit gerannt und doch nie von der Stelle gekommen. Ich bin geflüchtet, immer wieder, nur um jetzt festzustellen, dass ich im Kreis gelaufen und wieder bei null bin. Bei dir. Und ich weiß, ich kann nicht bleiben. Ich kann ganz einfach nicht bleiben.*

Was für ein Unsinn, was für eine Lüge! Sie war nur deshalb nicht von der Stelle gekommen, sie war nur deshalb im Kreis gelaufen, weil sie bei ihm bleiben sollte. Musste. Weil sie zueinandergehörten.

Doch was jetzt? Wie konnte sie ihm überhaupt noch beweisen, dass es ihr ernst war? Dass sie jetzt, da sie zurückfuhr, wusste, dass sie nie wieder vor ihm davonlaufen wollte.

Sie drückte fest auf die Hupe, weil sie ihrem Unmut endlich ein Ventil geben musste. Es hupte zurück. Von irgendwo hinter ihr. Dann von vorn. Mona drückte noch einmal auf die Hupe. Ein wütender Takt. Wie hatte sie nur so dumm sein können?

***

„Sehen Sie sich das Foto und die Aufnahme doch noch einmal genau an!"

Mona blickte pflichtbewusst an dem Beamten vorbei auf die Fotos auf dem Bildschirm.

„Wir haben Hinweise aus der Szene erhalten, nachdem es bei den letzten Heimspielen wiederholt zu Ausschreitungen gekommen war. Und wir haben diese Aufnahme zugespielt bekommen. Wenn Sie uns nicht weiterhelfen können, dann werden wir das Video ins Netz stellen und Kommissar Zufall mit ins Boot nehmen." Der junge Polizist wollte es sicher nicht drohend klingen lassen, dennoch fühlte sich Mona ein wenig unter Druck gesetzt. Doch sie hatte ihre Entscheidung getroffen, noch bevor sie dem Mann den Gang entlang zu dem kleinen Raum gefolgt war, in dem sie nun saßen.

„Ich weiß es nicht. Es tut mir leid", erklärte Mona. Dann stand sie abrupt auf und ohne den Polizisten eines weiteren Blickes zu würdigen, marschierte sie aus dem Zimmer, geradewegs auf die Tür zu. Sie würde sich nicht umdrehen. Kein einziges Mal mehr.

Draußen vor dem Gebäude wartete Aneta. „Und?", rief sie ihr aufgeregt zu.

„Ich habe ihn nicht erkannt", sagte Mona. Sie bemühte sich nicht sonderlich, ihre Lüge als Wahrheit zu verkaufen. Schnurstracks lief sie an Aneta vorbei zum Wagen.

„Wie kann man nur mit so kurzen Beinen so schnell laufen", fluchte ihre Freundin und bemühte sich, mit ihr Schritt zu halten.

„Du hast ihn nicht erkannt?", wollte sie wissen, nachdem sie Mona eingeholt hatte.

Mona drehte sich um. „Doch, habe ich."

„Aber das hast du denen da drin nicht gesagt?" Es lag kein Vorwurf in ihrer Stimme, Aneta beobachtete sie nur sehr genau.

Mona drehte sich zu ihr und sagte: „Es geht ums Verzeihen. Ich habe verstanden, dass hinter jeder Wut Angst steckt und hinter jeder Geste des Verzeihens eine Art Befreiung. Ich will nicht mehr. Nicht mehr wütend sein und nicht mehr so viel daran denken. Ich will lieber daran denken, dass es Milan war, der mich gerettet hat. – Können wir einfach nach Hause gehen, bitte?"

„Natürlich", sagte Aneta zärtlich und legte ihren Arm um sie.

***

„Hallo, hier ist Milan."

„Aha", klang es zurück.

„Ähm, weißt du, wer ich bin?", fragte er vorsichtig, weil Aneta nichts weiter sagte.

„Ja, weiß ich."

„Ja, gut. Also … meinst du, du könntest mir Monas Nummer geben? Unter ihrer alten Nummer meldet sich eine gewisse Janina, die von Mona noch nie etwas gehört hat."

„Ihr Handy wurde geklaut. Aber woher hast du denn meine?"

„Du stehst im Telefonbuch, unter den Klavierlehrern in Altona", erklärte er.

Die Antwort schien sie zufriedenzustellen, sie brummte kurz, dann knackste es einen Moment in der Leitung und schließlich gab sie ihm die Nummer durch. Ein wenig widerwillig, wie er fand. Dann sagte sie: „Tschüss!", und legte auf.

Milan sah auf sein Handy und gab die Nummer langsam, fast ein wenig ehrfürchtig ein. Dann öffnete er die Fotogalerie seines Smartphones und klickte auf das letzte heruntergeladene Bild. Die Qualität des Blitzerfotos war hundsmiserabel. Es war verpixelt, graue Schatten über schwarzen kleinen Punkten. Aber es war der Beweis für eine der schönsten Nächte seines Lebens und es musste ausreichen. Es musste einfach. Wenn sie das Foto sah, musste ihr klar werden, dass sie ihr Leben lang so tun konnten, als könnten sie gut ohneeinander leben, es dadurch aber nicht wahr würde. Weil das Gegenteil der Fall war. Auf dem Foto blickte Milan geradezu unschuldig in die versteckte Kamera und Monas Gesicht war nur zur Hälfte zu sehen, wie üblich umrahmt von ihren dicken, dunklen Locken. Milan schrieb darunter: *Ich verstehe nichts von Kunst, aber das zwischen uns ist das Schönste, das Kunstvollste, was ich mir vorstellen kann.* Und dann drückte er auf Senden.

***

„Wir alle werden mit Mut geboren, werden erwachsen und verlieren ihn wieder", sagte die Ente und wackelte mit dem Schnabel.

„Dann bleibe ich immer klein", erklärte das Krokodil.

„Du kannst ruhig groß werden, wenn du nie vergisst, wie es ist, klein zu sein und Mut zu haben", meinte die Ente.

Mona schloss das Buch und sah Kiki an. „Gute Nacht, Mäuschen." Sie hauchte Kiki einen Kuss auf die Stirn und ging leise aus dem Zimmer. Vor Kikis Zimmertür wartete Aneta. Sie saß auf dem Boden und hatte Kikis Kassettenrekorder in der Hand.

„Was hast du vor?", flüsterte Mona. „Ich dachte, wir trinken einen Rotwein. Oder möchtest du dir mit mir ‚Bibi und Tina'-Kassetten anhören?"

„Halt die Klappe und komm mit ins Wohnzimmer", verkündete Aneta ernst, stand auf und packte Mona am Arm.

Sie ließ sie erst los, als sie vor der breiten Couch standen. Dort drückte sie Mona auf die Sitzfläche, steckte den Stecker des bunten Geräts in die Steckdose hinter der Stehlampe und fummelte an einem Drehschalter herum, bis sie zufrieden „Ah!" sagte.

Mona verstand nicht, was vor sich ging, aber Aneta ließ sie auch gar nicht erst zu Wort kommen.

„Das hier, meine Liebe, läuft seit acht Wochen jeden Abend. Zur gleichen Zeit."

Mona begriff immer noch nicht. Offenbar hatte Kikis Kassettenrekorder auch eine Radiofunktion. Und auf dem Sender lief eine Werbung für einen Waschmittelhersteller.

„Warte noch einen Augenblick", Aneta sah auf ihre Uhr, nickte dann wieder zufrieden und sagte: „Exakt 21 Uhr, jeden verdammten Abend." Das „verdammt" klang so, als verdiene es Anetas gesamte Wertschätzung.

Leise begannen die ersten Klänge eines Liedes zu ertönen, das Mona bekannt vorkam, das sie aber nach den ersten Takten noch nicht benennen konnte. Es dauerte etwa zehn Sekunden, bis sie wusste, dass es „In the name of love" von U2 war. Ihr Herz begann ein wenig außer Takt zu schlagen. Schneller als das Lied, schneller, als gesund war. Eine Gänsehaut breitete sich auf ihren Unterarmen aus und mit offenem Mund starrte sie auf das mit Glitzerstickern verzierte Gerät. Ohne ein einziges Wort zu sprechen, lauschte sie dem Song. Einmal sah sie kurz zu Aneta, deren Gesicht einen höchst zufriedenen Ausdruck angenommen hatte. Sie wippte gut gelaunt mit dem Fuß unter dem Tisch. Monas Augen tränten, sie wusste nicht, ob es daran lag, dass sie aufgehört hatte zu blinzeln, oder ob es bereits Tränen der Rührung waren. Die letzten Gitarrenklänge drangen aus den kleinen pinkfarbenen Lautsprechern, da sagte Aneta: „Jetzt kommt das Beste!"

Das stimmte. Und wie das stimmte! Monas gerade noch zum Bersten klopfendes Herz setzte einen Moment lang aus. Milans Stimme klang so nah und lebendig aus dem Radio, dass es ihr war, als stände er nun wirklich neben ihr. Bei ihr. „Für dich, Chewbacca", sagte er ins Mikrofon.

Da hielt es Mona nicht mehr auf dem Stuhl. Sie sprang auf, drehte einen verwirrten Kreis um den Tisch und rief panisch: „Wo ist mein Handy, wo ist mein Handy?"

„Bleib locker, er läuft dir nicht davon. Das Problem hat man ja eher mit dir." Dann streckte sie lässig ihren Arm aus und reichte Mona das Handy, das neben ihr auf dem Tisch gelegen hatte.

Mona brauchte mehrere Anläufe, bis es ihr gelang, das Bild, das sie haben wollte, im Internet zu finden und den Screenshot zu speichern. Dann endlich drückte sie auf Senden. An eine Nummer, die sie nicht auf ihrem Handy, dafür umso unauslöschlicher in ihrem Kopf gespeichert hatte. Das Foto eines leeren Parkhauses über den Dächern Hamburgs verschwand ein wenig verschwommen hinter einem sich drehenden Kreis mit grünem Pfeil. Dann war es geschafft. Unter das Bild schrieb sie: *Nie mehr eigentlich. Ich warte auf dich.* Dann wollte sie ihr Handy zurück in die Tasche stecken und hielt verwirrt inne. Im selben Augenblick, in dem ihr der Nachrichtendienst verkündete, dass ihr Foto verschickt worden war, erhielt sie eines von Milan. Sie sah fassungslos auf das Schwarz-Weiß-Foto, das mehr schwarz als weiß war, und dann rannte sie los. Wie eine Irre, aus dem Gang, die Treppe hinunter, raus zu ihrem Wagen. Aneta rief ihr noch irgendetwas hinterher, aber das verstand sie nicht mehr.

***

Mona hatte nicht bedacht, dass es Samstagabend war und IKEA bereits seit über einer Stunde seine Toren geschlossen hatte. Längst waren die Massen nach Hause gegangen und hatten ihre Ekestad-Küchen,

Kattevik-Waschtische und Stuva-Regalsysteme in ihre Autos verladen. Wäre die Schranke zum Parkhaus nicht aufgegangen, so wäre Mona in der Lage gewesen, einfach hindurchzufahren. So entschlossen war sie. Sie quälte sich Etage um Etage nach oben, um dann festzustellen, dass das oberste Stockwerk für Autos gesperrt war. Sie sah, bis auf ein paar wenige Autos, die allesamt die falsche Farbe hatten, auch auf dem letzten befahrbaren Stockwerk nichts und niemanden. Was, wenn er doch nicht kam? Es gab so viele Wenn und Aber, dass ihr davon schwindeliger war als von den ewigen Kurven.

Mona parkte ihren Wagen mitten auf der letztmöglichen Etage und lief dann mit eiligen Schritten in Richtung des obersten Decks. Dort war alles leer, wie zu erwarten kein einziges Auto. Keine Menschenseele. Mona sah sich hektisch um, ihr Herz drohte ihr schon wieder aus der Brust zu springen. Doch dann sah sie ihn. Er stand hinter einem der breiten IKEA-Banner und sah über das Geländer hinweg auf die Stadt hinunter. Mona schloss kurz die Augen. *Mut*, sagte sie sich. *Mut. Er ist doch da. Was gibt es jetzt noch zu verlieren?*

Sie war sich nicht sicher, ob ihre Butterbeine sie bis zu Milan tragen konnten. Es hätte sie nicht gewundert, wenn jeglicher Muskel sich einfach in Gefühl aufgelöst hätte.

„Hey, du komischer Vogel", grüßte sie ihn mit zitteriger Stimme, noch einige Schritte von ihm entfernt.

„Hey, Chewbacca", er drehte sich um und trat hinter dem Plakat hervor.

„Ich hatte dich eigentlich auf einem Autodach erwartet."

„Das hatte ich auch vor, aber IKEA hatte andere Pläne."

Sie ging auf ihn zu. „Hey", sagte sie noch einmal.

„Hey", er lächelte. Gott, tat das gut, ihn lächeln zu sehen!

„Ich habe dich angelogen", erklärte sie, nur noch wenige Zentimeter von ihm entfernt. Die Hände baumelten ein wenig hilflos an ihren Seiten, wollten ihn eigentlich berühren. Aber sie wagte es noch nicht.

„Wir haben uns beide angelogen. Die ganze Zeit", erklärte er ruhig.

„Du siehst dünn aus", stellte sie fest.

„Ich konnte nicht viel essen. Ohne dich."

Mona fühlte sich auf einmal furchtbar schüchtern. Sie biss sich auf die Unterlippe und redete sich Mut zu. „Ich hatte dir doch gesagt, dass manche Menschen in unser Leben treten und eine Weile bleiben."

„Du hast vor allem gesagt, dass manchmal eine Nacht reichen muss", stellte Milan fest.

Mona nickte. „Ja, aber das gilt nicht für uns."

Milan runzelte die Stirn. „Ach ja?"

„Manchmal begleiten uns Menschen ein Leben lang und hinterlassen dabei keine Spuren. Andere gehen nur einen kleinen Teil unseres Weges mit uns gemeinsam und sind doch richtungsweisend. Weißt du, deine Fußspuren, die verblassen nicht, Milan. Da kann ich machen, was ich will, und wenn ich um die ganze Welt laufe. Deine Spuren haben sich in mein Herz gebrannt."

„Und was heißt das? Du hast doch Angst vor Feuer, oder nicht?" Er tastete mit seinen Händen nach ihr. Fand ihre kleinen Finger und schlang seine fest darum.

„Ich finde, auf eine Brandnarbe mehr oder weniger kommt es eigentlich nicht an", sagte sie lächelnd.

Er sah sie an und kam noch ein wenig näher. So nah, bis sich ihre Nasenspitzen berührten. „Kein eigentlich mehr, Mona."

„Nie mehr."

„Versprochen?"

„Versprochen!"

„Kriegen wir das hin? Mit David, meine ich… und mit all dem Ballast, den wir so mit uns herumtragen."

Mona legte den Kopf leicht schief, griff nach ihren Haaren und steckte sie hinter die Ohren. Langsam. Zuerst die rechte Seite, danach etwas beherzter die linke. Dann streifte sie sich ihr Armband vom Handgelenk und band sich zum ersten Mal seit einem Jahr die Haare zu einem Zopf. Ohne eine Strähne über ihre Wange zu legen, ohne sich zu verstecken.

„Vielleicht wird es schwierig. Aber nichts ist schwieriger, als ohne dich zu sein. Also, ja, ich glaube schon, dass wir das schaffen. Ganz uneigentlich."

Danksagung

Als ich angefangen habe, dieses Buch zu schreiben, wusste ich noch nicht, wie es ausgeht. Das ist meistens so, aber in diesem Fall musste ich erst das falsche Ende schreiben, um das richtige zu finden. Und dafür danke ich meiner Schwester Teresa. Ich hoffe, du verzeihst mir, dass es am Ende doch gut ausgeht, und irgendwann schreibe ich für dich ein Buch mit dramatischem Ende. Ganz sicher. Ich kann nur noch nicht sagen, wann.

Außerdem danke ich wie immer meiner Familie und meinen Freunden, insbesondere meinem Mann und meinen Kindern für die Liebe, die ihr mir jeden Tag gebt und ohne die ich gar nicht über Liebe schreiben könnte.

Ich danke meinen Schwestern für ihr Interesse an meinen Schreibereien und ihre Motivation. Und ich danke meinem Papa für das Geschenk zu meinem letzten Geburtstag. Es ist schön, Mamas Foto im Hintergrund zu haben, wenn ich schreibe. Es ist dann ein bisschen, als schaue sie mir über die Schulter.

Ich danke meinen aufmerksamen Testlesern Franzi und Christiane.

Ein ganz großes Dankeschön an alle „medizinischen Berater", Sascha, Kami, Lis und Fabian, die mir meine Fragen zu Verbrennungen und deren Behandlung beantwortet haben. Sollte ich Fehler gemacht haben, sie gehen ganz allein auf meine Kappe.

Ein riesengroßer Dank gebührt der wunderbaren Julie Hübner. Ich kann gar nicht ausdrücken, wie froh ich bin, dass du so schnell, geduldig und mit deinem unglaublichen Blick für Details meine Texte liest. Du weißt, deine Meinung ist mir unheimlich wichtig.

Vielen herzlichen Dank auch an Tim Rohrer, meinen Verleger, für deine Unterstützung, Rat und Tat und unsere gute Zusammenarbeit.

Und dann natürlich ein besonderes Dankeschön an Ulrike Jonack. Ich durfte nun das zweite Mal das Lektorat mit dir machen und was soll ich sagen … ohne dich wäre ich sicher nicht über manchen Fehler gestolpert, sondern über das ein oder andere schwierige Kapitel direkt auf die Nase geknallt. Tausend Dank – du bist super!

Die letzten Sätze in diesem Buch – von meiner Seite – gelten DIR, lieber Leser, sofern du bis hierher gelesen hast, was ich doch schwer hoffe. Danke, dass du dich für mein Buch entschieden hast! Ich hoffe, du hattest ein paar schöne Lesestunden mit „Eigentlich nur dich", mit all den Zeilen und der Liebe, die dazwischensteckt.

Songs

Wie der aufmerksame Leser vielleicht bemerkt hat, haben alle Kapitel als zusätzliche Überschrift den Titel eines Songs. Wer also Lust hat und wem die Musik gefällt, der darf sich gerne die folgenden Songs anhören, die Mona und Milan bei ihrer Geschichte begleiten. Als kleine Hilfestellung hier noch mal die Titel und Interpreten.

Lieder:
Come as you are – Nirvana
Song 2 – Blur
Hells bells – ACDC
Lake of Fire – Nirvana
Self Esteem – The Offspring
Numb – Linkin Park
Sound of silence – Disturbed
Creep – Radiohead
Clean – Jesper Munk
Losing my religion – R.E.M
Go your own way – Fleetwood Mac
Don't look back in anger – Oasis
One – U2
Heaven nor Hell – Volbeat
November Rain – Guns N' Roses
Every you every me – Placebo
Back to black – Amy Winehouse
Mr. Brightside – The Killers
Sign of the times – Harry Stiles
I hate everything about you (why do I love you) – Three days grace
Thunder – Imagine Dragons
In the name of love – U2

Eine kleine Bitte zum Schluss …

Wir hoffen, Ihnen hat dieses Buch gefallen …

Der schnellste Weg, andere Leser da draußen an Ihren Erfahrungen mit diesem Buch teilhaben zu lassen, ist eine Rezension im Online-Buch-Shop. Ihr Feedback hilft nicht nur anderen Lesern, Neues zu entdecken, sondern auch dem Autor, zu verstehen, was aus Lesersicht in diesem Buch gut und weniger gut ist. So kann sich der Autor weiterentwickeln und Ihnen sowie anderen Lesern in Zukunft noch schönere Geschichten präsentieren. Außerdem sind Ihre Erfahrungen, Erkenntnisse und Eindrücke als ehrliches Leser-Feedback eine enorme Wertschätzung vieler liebevoller Arbeitsstunden, die in dieses Buch geflossen sind.

Danke also schon im Voraus, wenn Sie sich zwei bis drei Minuten Zeit nehmen und eine kleine Bewertung zum Buch z.B. auf Amazon veröffentlichen.

Mehr zum Autor finden Sie auf
www.kristina-moninger.de,
www.facebook.com/InaMon85/,
www.instagram.com/moningerkristina/ und
www.feuerwerkeverlag.de/moninger

Abonnieren Sie auch unseren Verlags- und Autoren-Newsletter und erfahren Sie so als Erster von unseren **Neuerscheinungen, Autorennews** und exklusiven **Buch-Gewinnspielen**:
www.feuerwerkeverlag.de/newsletter

Weitere Bücher der Autorin und des FeuerWerke Verlages

Wenn gestern unser morgen wäre

Kristina Moninger

Sara hat innerhalb weniger Tage so ziemlich jeden Fehler begangen, den sie begehen konnte. Als sie inmitten dieses Chaos ausgerechnet Matt vors Auto läuft, ist plötzlich nichts wie zuvor. Die Uhren wurden zurückgedreht und all das, was in der Woche vor dem Unfall passiert ist, scheint ungeschehen. Sara hat nun die unbezahlbare Möglichkeit, die wichtigsten Tage ihres Lebens noch einmal neu zu erleben. Um endlich alles richtig zu machen. Aber irgendwie sind ihr Kopf und ihr Herz sich gar nicht so ganz einig darin, was eigentlich falsch und was richtig ist...

Nur eine Ewigkeit mit Dir

Kristina Moninger

Lilly ist müde, lebensmüde. Jonas lebt nicht, zumindest nicht richtig.
Als die beiden aufeinander treffen, handelt es sich um einen Glücks-, aber keinen Zufall. Denn Jonas kennt Lilly bereits aus einem anderen, einem längst vergangenen Leben. Während Lilly Tag für Tag neuen Lebensmut schöpft, muss sich Jonas seiner Vergangenheit stellen - und damit auch einer Entscheidung, die die Grenze zwischen den Zeiten immer brüchiger werden lässt ...
Eine wundervolle Geschichte über die grenzenlose Macht einer Liebe, die alle Zeiten überdauert.

Dem Horizont so nah

Jessica Koch

Jessica ist jung, liebt das unkomplizierte Leben und hat Aussichten auf eine vielversprechende Zukunft. Als sie eines Abends das Haus verlässt, ahnt sie nicht, dass sie ihrer großen Liebe begegnen wird. Sie ahnt nicht, dass diese Begegnung ihr gesamtes Weltbild verändern wird. Und vor allem ahnt sie nicht, dass sie schon bald vor der schwerwiegendsten Entscheidung ihres Lebens stehen wird ...

Die Geschichte einer großen Liebe. Eine Geschichte über Vertrauen, Mut, Schmerz, Verzweiflung und die Kraft loszulassen. Eine wahre Geschichte.

Vergiss nicht, dass wir uns lieben

Barbara Leciejewski

Ohne die geringste Erinnerung an ihre Vergangenheit oder Identität treffen Paula und Johannes aufeinander – im einzigen Haus einer wunderschönen, aber menschenleeren Gegend am Meer. Sie sind einander fremd, aber auf irgendeine Weise auch unendlich vertraut. Aus Angst, Unsicherheit und Verzweiflung wird innerhalb weniger Tage Liebe – eine unerklärliche Liebe. Doch was geschieht, wenn eines Tages alle Rätsel gelöst werden, wenn die Vergangenheit zurückkehrt und wenn nur noch eine einzige Frage bleibt: Wie stark ist die Macht der Liebe wirklich?